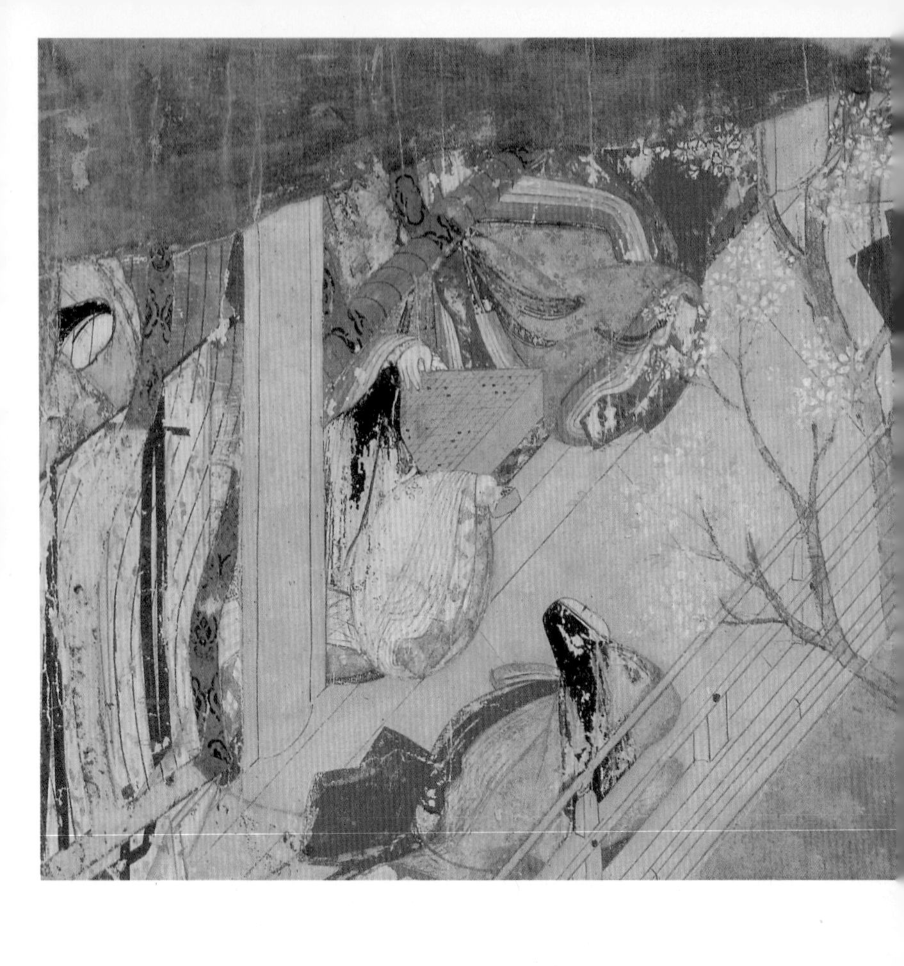

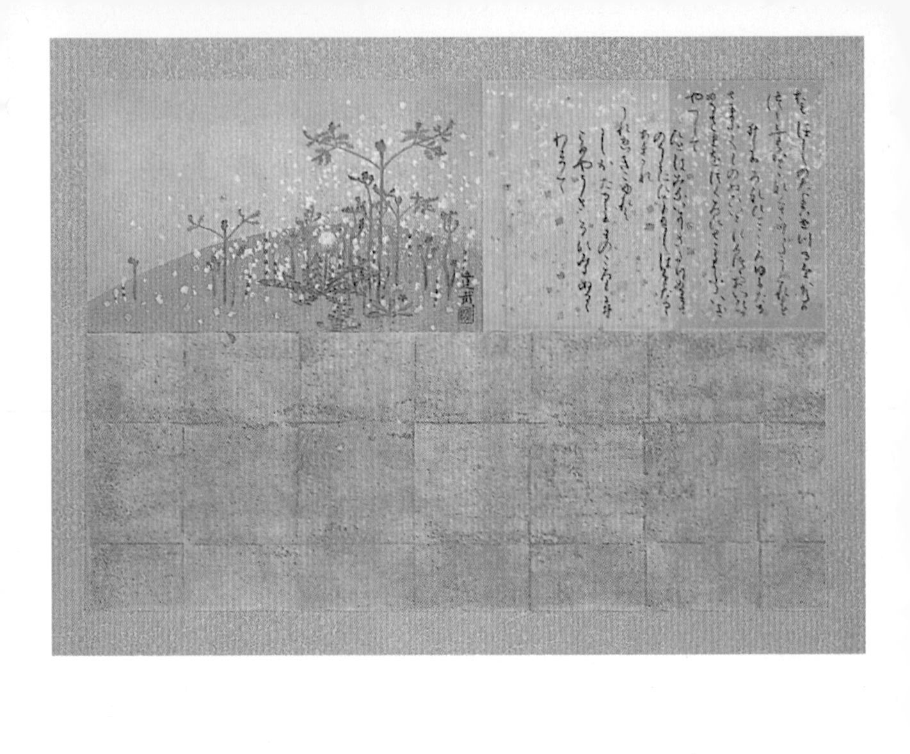

겐지이야기
8
源氏物語

GENJI MONOGATARI
by Murasaki-Shikibu, re-written by Jakucho Setouchi

Original Japanese edition published by Kodansha Ltd.
Korean translation rights arranged with Jakucho Setouchi
through Japan Foreign-Rights Centre

Translated by Kim Nan-Joo
Published by Hangilsa Publishing Co., Ltd., Korea, 2007.

「이 도서의 국립중앙도서관 출판시도서목록(CIP)은
e-CIP 홈페이지(http://www.nl.go.kr/cip.php)에서 이용하실 수 있습니다.
(CIP제어번호: CIP2006002746)」

겐지이야기 8

◆무라사키 시키부 지음
◆세토우치 자쿠초 현대일본어로 옮김
◆김난주 한국어로 옮김
◆김유천 감수

한길사

源氏物語

겐지이야기

8

지은이 · 무라사키 시키부
현대일본어로 옮긴이 · 세토우치 자쿠초
한국어로 옮긴이 · 김난주
감수 · 김유천
펴낸이 · 김언호
펴낸곳 · (주)도서출판 한길사

등록 · 1976년 12월 24일 제74호
주소 · 10881 경기도 파주시 광인사길 37
www.hangilsa.co.kr
E-mail: hangilsa@hangilsa.co.kr
전화 · 031-955-2000~3 팩스 · 031-955-2005

제1판 제1쇄 2007년 1월 1일
제1판 제5쇄 2023년 3월 24일

값 15,500원
ISBN 978-89-356-5811-4 04830
ISBN 978-89-356-5814-5 (전10권)

남들은
이파리마저 메마른
고목이라 여기겠지요
실은 색도 향도 있는
첫 매화꽃인 것을

겐지이야기 8

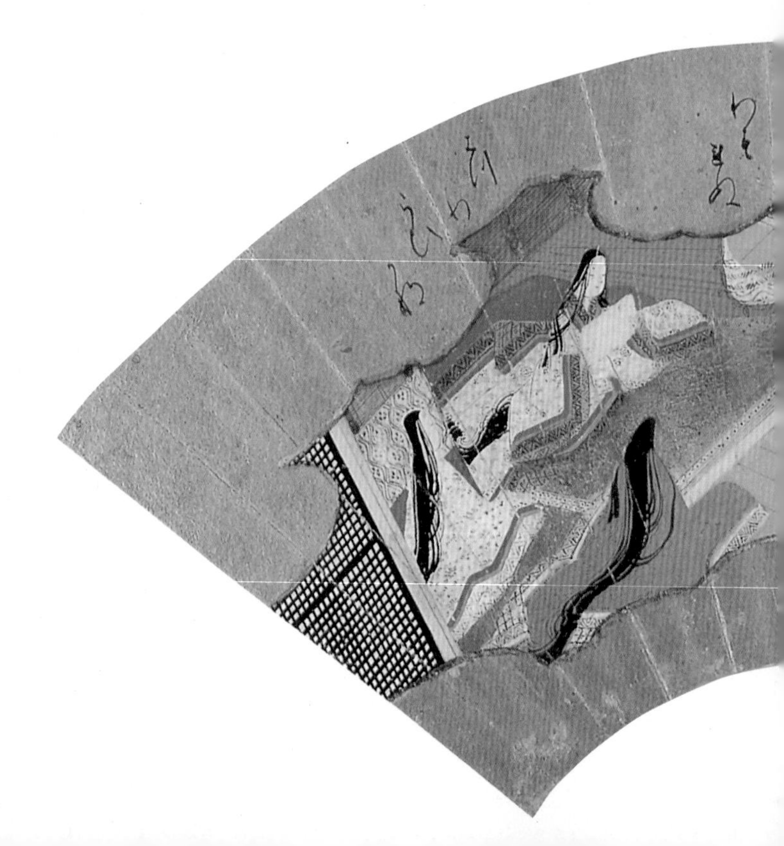

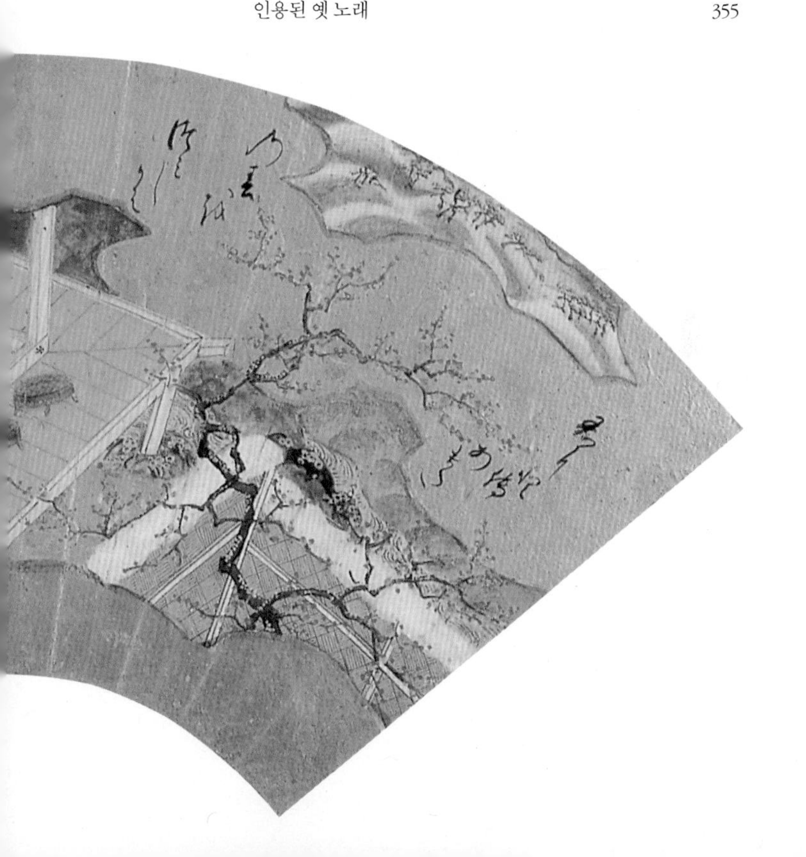

일러두기

- 이 책은 무라사키 시키부(紫式部)의 고전소설 『겐지 이야기』(源氏物語)를 세토우치 자쿠초(瀬戸内寂聴)가 현대일본어로 풀어쓴 것을 한국어로 옮긴 것이다.

- 처소명에 따라 붙여진 등장인물의 이름은 처소를 나타낼 땐 한자음으로 읽고, 인물을 가리킬 땐 소리 나는 대로 썼다. 따라서 동명이인이 많다.
  예1: 장소 승향전(承香殿); 인물 쇼쿄덴(承香殿) 여어.
  예2: 장소 여경전(麗景殿); 인물 레이케이덴(麗景殿) 여어.
  예3: 장소 홍휘전(弘輝殿); 인물 고키덴(弘輝殿) 여어.

- 산, 강, 절 이름은 지명과 한글을 혼합해서 달았다.
  예: 히에이 산(比叡山), 나카 강(那賀川), 기요미즈 절(清水寺).

- 거리, 건물, 직함명 등은 한자음 그대로 읽었다.
  예: 육조대로(六条大路), 이조원(二条 院), 자신전(紫宸殿), 여어(女御), 갱의(更衣), 대납언(大納言).

- 각 첩의 제목은 될 수 있는 대로 뜻으로 풀었다.
  첩명 해설은 자료를 바탕으로 옮긴이가 정리해 붙였다.
  예: 저녁 안개(夕霧), 밤나팔꽃(夕顔).

- 등장인물의 이름은 직함에 따라 한자음으로 읽은 경우와, 고유음 그대로를 살린 경우가 있다. 그밖에 인물의 특징을 잘 보여주는 경우에는 뜻을 살려서 달았다.
  예1: 중납언, 대보 명부; 예2: 고레미쓰; 예3: 검은 턱수염 대장, 반딧불 병부경.

- 이 책의 말미에 붙은 부록 중 '어구 해설' 과 '인용된 옛 노래' 는 다카기 가즈코(高木和子)가 작성한 것을 바탕으로 필요에 따라 첨삭했다. 본문에 풀어쓴 것은 생략하고, 필요에 따라 그 내용을 옮긴이가 보완하여 정리한 것이다.

- 일본 고유의 개념인 미카도(帝)는 이름 뒤에 올 때는 '제'로, 단독으로 쓰일 때는 '천황'과 '폐하'를 혼용했다.

다케 강

다케 강의 다리 옆에 있는,
이라 부른 사이바라의
그 한 소절에 담은
내 애틋한 마음을
헤아려주셨는지요
◆가오루

「다케 강」을 노래한 후
밤이 깊어지기도 전에
서둘러 돌아가셨는데
대체 그 한 소절에서 어떤 깊은 마음을
헤아려야 하는 것인지
◆도 시종

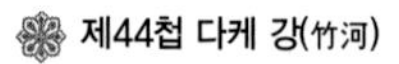

제44첩 다케 강(竹河)

가오루의 채근에 도 시종이 사이바라의 「다케 강」을 노래한 뒤, 가오루와 주고받은 노래에서 이 제목이 붙었다.

이 이야기는 겐지 일족과는 다소 인연이 먼 검은 턱수염 태정대신의 집안에서 시중을 들었던 말 많은 시녀들 가운데, 지금도 살아남아 있는 자들이 묻지도 않았는데 늘어놓은 것입니다.

무라사키 부인의 시중을 들었던 시녀들의 이야기와는 상당히 달라 그 말 많은 시녀들은 이렇게 의심스러워합니다.

"겐지 님의 자손들에 관해서 잘못된 이야기들이 많이 전해지고 있는데, 이는 우리보다 나이가 많아 노망이 든 사람들이 제대로 기억하지 못하는 까닭일까요."

과연 어느 쪽 말이 옳을는지요.

다마카즈라 부인과 검은 턱수염 태정대신 사이에는 아들 셋에 딸 둘이 태어났습니다.

검은 턱수염 태정대신은 이 자식들을 그 누구보다 훌륭하게 키우려는 욕심으로 하루하루가 가는 것을 더디게 여기고 있었는데, 어이없게도 그만 저세상으로 가고 말았습니다.

모든 것이 꿈만 같으니, 하루라도 빨리 들이자고 서둘렀던 여식의 입궁도 태정대신의 죽음으로 중단되고 말았습니다.

사람의 마음이란 권세를 따라 좌우되는 것인지라, 그토록 기세등등하게 번성하였던 집안도 검은 턱수염 태정대신이 돌아가신 후로는, 비장의 보물과 각지에 흩어져 있는 장원 등은 그대로 있어도 일가의 위엄이 몰라보도록 변하니 저택도 드나드는 이가 없어 쓸쓸해졌습니다.

다마카즈라 부인의 친인척 가운데에는 지금도 세상에 그 이름을 날리고 있는 분이 많으나, 원래 신분이 높은 분들과는 친분이 그리 두텁지 않았던데다 태정대신이 다소 인정미가 없고 변덕도 심한 분이었던 터라 사람들이 가까이하기를 어려워하였던 탓인지 다마카즈라 부인 역시 많은 분들과 넉넉한 친분을 나누지는 못하였습니다.

육조원의 겐지는 옛날과 변함없이 이 다마카즈라 부인을 가족의 일원으로 생각하여 유산에 관한 유언에서도 친딸인 아카시 중궁 다음에 다마카즈라 부인의 이름을 올렸습니다. 유기리 우대신은 겐지의 유언을 마음에 새기고 무슨 일이 있을 때마다 다마카즈라 부인을 찾아 뵈었습니다.

도련님들은 각기 성인식을 치르고 성인이 되었으니, 아버지가 돌아가신 탓에 의지할 곳 없어 서럽기는 하나 자신의 힘으로 어엿한 어른이 되어가겠지요. 그보다 다마카즈라 부인은 딸들을 어떤 배필과 짝을 지어주어야 할지가 고민거리였습니다.

검은 턱수염 태정대신은 살아 있을 당시, 여식을 입궁시키고 싶다는 의사를 폐하께 밝혔습니다. 그런 탓에 폐하께서는 아씨가 성인이 될 날을 손꼽아 기다리고는 어서 입궁하라는 권하였으나, 아카시 중궁이 폐하의 총애를 독차지하고 있는 상황이라 그 위세에 눌려 아무도 후궁으로 명함조차 내밀지 못하고 있는 지경입니다. 그런 형편에 새삼스레 후궁의 말석에 올라 중궁의 눈치를 살피는 것도 성가신 일이고, 다른 후궁들에 비해 처우가 좋지 못한 비참한 꼴을 보는 것 또한 애가 타는 일이니 다마카즈라 부인은 이러지도 저러지도 못하고 궁리만 하는 상태입니다.

레이제이 상황 역시 정중하게 청혼을 해오니, 그 옛날 다마카즈라 부인이 자신의 뜻을 거역한 아쉬움까지 다시금 들추어내며 원망을 합니다.

"지금은 그 당시보다 나이도 먹었고 황위에서도 물러났으니 흉물스럽다 하여 돌아보고 싶지 않을지도 모르나, 안심할 수 있는 아비에게 맡기는 셈치고 아씨를 내게 주세요."

다마카즈라 부인은 레이제이 상황의 간청에도 마음을 정하기 못합니다.

'대체 어찌하면 좋을꼬. 당시 나의 불행한 운명 때문에 본의 아니게 레이제이 상황의 마음을 거역하여 원한을 산 것이 지금 생각하면 부끄럽고 후회스러운 일이기는 하나, 이렇게 인생을 마감하여야 할 마당에 딸을 대신 드린다 하여 나를 새로이 보아 주실까.'

아씨는 용모가 출중하다 평판이 자자하여 구혼을 하는 자들도 많았습니다. 유기리 우대신과 구모이노카리 부인 사이에서 태어난 장인 소장은 형들 이상으로 곱게 자랐고 인품도 누구 못지않게 훌륭합니다. 이 장인 소장이 아씨와의 혼인을 간절하게 바라고 있습니다. 멀지 않은 혈연지간인지라 유기리 우대신의 아들들이 부담 없이 찾아오면 다마카즈라 부인도 남들 대하듯 하지는 않습니다. 이 아들들은 시녀들과도 친근하게 지내는 터라 친분이 두터운 시녀들을 연줄로 하여 아씨에게 의중을 전하려 하니, 부탁을 받은 시녀는 밤낮없이 뭐라뭐라 전하는지라 성가시고 귀찮은 한편 안쓰럽게 생각하기도 합니다.

장인 소장의 어머니 구모이노카리 부인도 다마카즈라 부인에게 종종 편지를 보내고 유기리 우대신 역시 이렇게 부탁의 말을 건넵니다.

"아직은 관위가 높지 않으나, 서로가 아무것도 모르는 남도 아니니 혼인을 허락하여주십시오."

허나 다마카즈라 부인은 큰딸을 신하에게 주고 싶은 마음은 없었습니다. 작은딸이라면 장인 소장이 다소 관위가 올라 체면을 세울 수 있는 신분이 되면 혼인을 시켜도 좋으리라고 생각합니다.

한편 소장은 만약에 허락을 해주지 않으면 보쌈도 불사하겠다는 식으로 목숨을 걸고 있습니다. 다마카즈라 부인은 전혀 어울리지 않는 인연은 아니나 여자 쪽에서 승낙을 하기도 전에 시끄러운 문제가 생기면 세상의 이목이 곱지 않을 것이니, 말을 전하는 시녀에게 이렇게 주의를 하고 다짐을 합니다.

"절대, 절대 불상사가 일어나서는 아니 되니, 그 점 유념하거라."

시녀들 모두 그 기세에 눌려 말을 전하는 것조차 번거롭게 여기게 되었습니다.

레이제이 상황은 겐지의 만년에 스자쿠 선황의 셋째 황녀 온나산노미야가 낳은 가오루를 마치 자신의 아들처럼 귀여워하고 있습니다. 가오루는 지금 4위 시종으로 나이는 열네다섯 살 정도입니다. 아직은 어린아이 티를 벗지 못한 것이 당연할 나이인데, 벌써 어른스럽고 반듯한 성품에 바람직한 인품까지 갖추고 있으니, 장래가 매우 촉망됩니다.

다마카즈라 부인은 이 가오루를 큰딸의 배필로 삼고 싶어합니다. 가오루의 거처인 삼조궁은 댁에서도 가까운지라, 다마카즈라 부인의 아들들이 권하여 놀러오는 일이 종종 있습니다. 안 그래도 마음이 쓰이는 그윽한 아씨들이 있는 댁이라 젊은이들은 한결같이 신경을 곤두세우고 있는데, 일부러 눈에 띄도록 드나드는 젊은이들 가운데 미남이라는 점에서는 이 댁에 눌러 살다시피 하고 있는 장인 소장이 가장 뛰어나고, 보는 이가 기가 죽을 정도로 훌륭하고 차분하면서도 아름답다는 점에서는 4위 시종 가오루를 능가할 자가 없었습니다.

겐지의 피를 잇고 있다 하여 특별히 여겨지는 것일까요, 이 가오루는 세상 사람들에게 절로 사랑을 받는 분이었습니다.

젊은 시녀들은 이 가오루에게 각별한 점수를 주며 칭송합니다.

다마카즈라 부인 역시 그 용모를 극찬하며 가오루에게만은 마음을 터놓고 친근하게 대하였습니다.

"참으로 어쩌면 저리도 훌륭한 분일지요."

"돌아가신 겐지 님께서 나를 얼마나 어여삐 여겨주셨는지를 생각하면 마음을 위로할 길이 없어 그저 슬프기만 한데, 그대가 아닌 그 누구를 유품으로 여기고 뵐 수 있겠습니까. 유기리 우대신은 높으신 몸이니, 특별한 일이 있을 때가 아니면 뵈올 수가 없고."

다마카즈라 부인이 이렇듯 가오루를 마치 친형제를 대하듯 극진하게 여기니 가오루도 누님 댁을 찾듯 이 댁을 드나들고 있습니다.

가오루는 여느 젊은 귀공자들과 달라 색을 탐하지도 않고 침착하고 점잖하기만 한 터라, 이 댁 저 댁의 젊은 시녀들은 그 점을 아쉬워하고 분해하면서 귀찮게 말을 걸어 가오루를 난감하게 합니다.

정월 초순, 다마카즈라 부인의 형제이며 그 옛날 「다카사고」를 불렀던 안찰사 대납언과 검은 턱수염 태정대신의 장남이며 마키바시라 부인과 친남매인 도 중납언이 다마카즈라 부인 댁을 찾아왔습니다. 유기리 우대신도 아들 여섯을 데리고 이 댁을 찾았습니다. 유기리 우대신은 용모는 물론 무엇 하나 결점이 없는 분으로 성망까지 갖추고 있습니다.

아들들 또한 하나 같이 아름답고 나이에 비하여 관위도 높으니 아무런 걱정도 없는 듯 보입니다. 헌데 그 가운데 장인 소장은 각별한 사랑을 받는 몸인데도 침울하고 고민을 안고 있는 듯한 표정입니다.

유기리 우대신은 다마카즈라 부인과 옛날과 변함없이 휘장을 사이에 두고 대화를 나눕니다.

"이렇다 할 용건이 없으니, 종종 찾아 뵙지도 못하고 있습니다. 나이를 먹으면서 궁중 출입을 하는 것 말고는 나다니기가 불편하고 성가셔져, 옛이야기라도 나누고 싶다 생각하면서도 늘 기회를 놓치고 마니 안타까울 따름입니다. 무슨 일이 있으면 사양치 말고 젊은 사람들을 불러 쓰도록 하세요. 그대들의 성의를 보이라고 단단히 일러두었습니다."

"지금은 이렇게 나이를 먹고 하잘것없는 신세로 영락하였는데 번듯하게 대하여주시니 돌아가신 겐지 님의 은혜를 잊을 수가 없습니다."

다마카즈라 부인은 이렇게 말한 차에 넌지시 레이제이 상황으로부터 큰딸을 달라는 청혼이 있었다는 암시를 하였습니다.

"이렇다 할 뒷배도 없이 상황의 후궁으로 들이자 하니 오히려 흉물스러운 일인지라 이러지도 저러지도 못하고 마음만 앓고 있습니다."

"폐하께서도 뜻을 밝히셨다는 얘기를 들었는데, 어느 쪽으로 정하시렵니까. 레이제이 상황은 퇴위를 하셨으니 전성기를 지난 감이 없지 않으나 그 용모는 지금도 변함없이 젊고 아름다우십니다. 내게도 보란 듯한 딸이 있었으면 하는 욕심은 있는데, 후궁의 말석에나마 오를 만한 딸이 없으니 그 점이 아쉽군요. 그건 그렇고 첫째 황녀의 어머님이신 고키덴 여어는 이 인연을 허락하셨는지요. 전에도 상황께 딸을 바치려 한 사람들이 있었으나, 여어가 조심스러워 그만둔 모양입니다."

"헌데 그 여어께서 레이제이 상황께서 퇴위를 한 후로 따분함을 감당할 수 없으니 상황과 함께 내 딸에게 마음을 붙이고 싶다 하며 오히려 혼인을 권하시니, 나도 어찌 된 일인가 하여 생각이 많습니다."

이 댁을 찾은 사람들은 누구랄 것도 없이 그 길로 삼조궁을 찾아갑니다. 옛날과 변함없이 스자쿠 상황을 따르는 사람들과 육조원에 관계된 사람들은 그런 연고로 지금도 온나산노미야의 거처를 그냥 지나치지 못하고 찾아보는 듯합니다. 다마카즈라 부인의 아들 우근위 중장, 우중변, 시종 역시 유기리 대신과 그 쪽으로 동행하였습니다. 사람들을 거느리고 나선 유기리 우대신의 위세가 참으로 대단하였습니다.

저녁나절이 되어 4위 시종 가오루가 다마카즈라 부인 댁을 찾아왔습니다. 앞서 찾았던 공달들도 그 훌륭함이 한결같고 모두가 아름다운 젊은이들뿐인데, 한 걸음 늦게 나타난 가오루의 아름다움에는 미치지 못하니, 젊은 시녀들은 금방 눈길을 빼앗기고 마음이 설레 이렇게들 수군거립니다.

"역시 다른 분들과는 다르군요."

"이 댁의 큰따님에게는 역시 저분이 어울리지요."

가오루는 정말 싱그럽고 화사한 모습을 하고 있으니, 사소한 몸짓 하나에도 사방에 풍기는 향기가 이 세상 것 같지가 않습니다. 아무리 집안 깊은 곳에 있는 아씨들이라도, 사람의 정리를 아는 분이라면 가오루라는 분이 과연 다른 젊은이들보다 뛰어나다는 것을 알고 있으리라 여겨집니다.

그때 염송당에 있던 다마카즈라 부인의 부름이 있었습니다.

가오루는 동쪽 계단을 올라 문에 걸려 있는 발 앞에 앉았습니다. 뜰 앞에 있는 어린 매화나무에는 봉우리가 맺혀 있고, 서투른 꾀꼬리 첫 울음소리가 한가로이 들렸습니다. 그런 배경에 가오루의 싱그러운 모습이 실로 잘 어울리니, 시녀들은 색정적인 농담이라도 하여 꼬드기고 싶은지 온갖 말로 마음을 끌려 합니다. 허나 가오루는 대답조차 제대로 하지 않고 얄미울 정도로 점잖을 떨고 있어 시녀들이 분해하는데, 그 가운데 재상이란 상급 시녀가 노래를 읊었습니다.

꺾어보면 그 향기
더욱 그윽하게 퍼질 터인데
조금은 요염한 모습을 보여주시지요

올 들어 처음 핀 매화 같은 그대여

재빠른 솜씨라고 감탄하며 가오루도 답가를 읊었습니다.

남들은
이파리마저 메마른
고목이라 여기겠지요
실은 색도 향도 있는
첫 매화꽃인 것을

“내 소맷자락을 만져보시지요.”

“사실은 색보다 그 향을 받고 싶은 것을요.”

가오루의 농담에 시녀들은 이렇게 입을 모아 중얼거리며 가오루의 소맷자락을 정말 잡아당기려는 듯 주위를 맴돌고 있습니다.

“참으로 난감한 사람들이로군요. 그렇듯 성실하고 품행이 반듯한 분에게 그런 낯간지러운 소리를 하다니.”

다마카즈라 부인이 안쪽에서 꾸짖는 소리가 낮게 들립니다.

‘이거 품행이 반듯한 사람이란 별명이 붙고 말았군. 한심한 별명이로세.’

가오루는 이렇게 생각하며 앉아 있습니다.

다마카즈라 부인의 셋째 아들인 시종은 아직 전상인이 되지 않은 터라 이쪽저쪽 문안드릴 일이 없어 그 자리에 함께 있었습니다. 천향목 쟁반 두 개에 과일과 술잔을 담아 내왔습니다.

"유기리 우대신은 세월이 흐르면서 더더욱 돌아가신 겐지 님을 닮아가는 것 같습니다. 가오루 님은 겐지 님을 닮은 구석은 없어 보이는데 어쩌면 그리도 차분한지, 풋풋한 몸짓을 보면 겐지 님께서 한창 젊었던 시절이 떠올라 견딜 수가 없습니다. 겐지 님께서 젊었을 시절에 꼭 이런 모습이었을 터이지요."

다마카즈라 부인은 이렇게 말하며 옛일을 생각하고 눈물을 머금었습니다.

시녀들은 가오루가 돌아간 후에도 여전히 남아 있는 향기로운 방향을 열심히 칭찬하며 소란을 피워대고 있습니다.

'마치 색을 전혀 모르는 멋없는 사람처럼 여겨졌으니 한심하구나. 그렇다면 어디 한번 호색한 흉내를 내볼까.'

가오루는 품행이 반듯한 사람이란 별명이 붙은 것이 마땅치 않아, 스무 날쯤 지나 매화가 한창일 즈음에 다마카즈라 부인 댁의 도 시종을 찾았습니다.

중문을 들어서려는데 자신과 비슷한 평상복 차림의 사람이 서 있었습니다. 상대는 숨으려 하는데 소맷자락을 잡고 보니, 늘 이 댁을 드나드는 우대신 댁의 장인 소장이었습니다.

침전의 서쪽 방에서 비파와 쟁 소리가 나는지라 마음이 어수선한 장인 소장이 그곳에 서 있었던 게지요.

'얼핏 보아도 고뇌의 빛이 역력하군. 부모가 허락하지 않는

사랑에 괴로워하는 것도 큰 죄가 되는 게로구나.'

가오루는 이렇게 생각하였습니다. 쟁 소리가 멈춘 틈에 가오루는 장인 소장에게 말하였습니다.

"자, 안내를 부탁하지요. 나는 전혀 이 댁의 구조를 모르니."

가오루는 장인 소장을 대동하고 서쪽 건널복도 앞에 있는 홍매나무 아래로 다가갔습니다.

봄이 찾아와
매화나무 가지에 날아와 앉은
저 꾀꼬리

사이바라의 「매화나무 가지」를 읊조리는 가오루의 몸에서 나는 향기가 매화향보다 짙게 사방에 풍기니 시녀들이 옆문을 열고 노랫소리에 맞춰 육현금을 멋들어지게 연주하였습니다.

"여조의 노래에 여자가 연주하는 육현금 소리는 잘 맞춰지지 않는 것이 예사인데, 제법 대단한 솜씨로구나."

가오루가 감탄하여 다시 한 번 노래하자, 이번에는 비파까지 화사한 음색으로 합세하였습니다. 꽤나 취미가 고상한 댁인 듯하여 마음이 끌리니 가오루는 오늘 밤은 다소 마음을 누그러뜨리고 시녀들에게 허물없이 농담을 건네었습니다.

발 안에서 육현금을 내미는데 가오루나 장인 소장이나 서로에게 양보하며 받아 들려 하지 않으니, 다마카즈라 부인이 아들도 시종을 통하여 이렇게 부탁하였습니다.

"이전부터 그대의 육현금 소리는 돌아가신 전 태정대신의 육현금 소리를 닮았다는 풍문을 많이 들었던 터라, 실로 듣고 싶었습니다. 오늘 밤에는 꾀꼬리 울음소리에 꾀었다 여기고 부디 한 곡 연주하여주세요."

가오루는 부끄러워 뒷짐만 지고 있을 때가 아니라는 생각에 살며시 줄을 퉁기니, 딱히 긴장하는 기색도 없고 그 음색이 뭐라 말할 수 없이 정감 있게 울립니다.

전 태정대신은 같이 산 적이 없어 어리광 한 번 부려보지 못한 아버지이지만 지금은 이미 이 세상에 없다 생각하면 마음이 허전하니, 다마카즈라 부인은 이런 우연한 기회에 육현금 소리를 들으며 친아버지를 떠올리고 슬퍼하였습니다.

'이 가오루 님은 어찌 된 일인지 신기할 정도로 죽은 동생 가시와기 위문독의 모습을 닮았는데, 육현금의 음색마저 그 사람을 쏙 빼닮은 듯하구나.'

부인은 또 이렇게 생각하며 눈물을 흘리니, 눈물이 많아진 건 나이 탓일까요.

장인 소장도 구성진 목소리로 「이 전각은」의 한 소절인 '사키쿠사 세 갈래 가지처럼 세 채고 네 채고 전각을 짓고 있구나'를 불렀습니다. 공연한 잔소리를 해댈 노인도 없으니 어느 틈엔가 서로가 흥에 겨워 연주를 합니다. 주인 쪽의 도 시종은 돌아가신 아버지 검은 턱수염 대신을 닮았는지 음악에는 취미가 없어 술잔만 기울이고 있습니다.

"축의의 노래 정도는 불러도 좋지 않을까요."

장인 소장이 이렇게 힐난하자 다른 사람들의 노래에 맞추어 미숙한 솜씨이나마 재미나게 「다케 강」을 불렀습니다.

발 안에서 다마카즈라 부인이 술잔을 내밀었습니다.

"취기가 돌면 마음속에 감추고 있는 것을 단속하지 못하여 자칫 쓸데없는 말을 할 수도 있다 들었습니다. 저를 이렇듯 취하게 하여 어찌하실 셈인지요."

이렇게 말하며 가오루가 술잔을 받지 않자, 다마카즈라 부인은 소례복 밑에 받쳐입어 사람의 정겨운 체취가 배어 있는 평상복을 가오루에게 감사의 표시로 내어주었습니다.

"이것은 또 무슨 뜻인지요."

가오루는 허둥대며 도 시종의 어깨에 그것을 걸쳐주고 돌아갔습니다. 도 시종은 가는 길을 가로막고 다시 가오루의 어깨에 그것을 걸쳐주려 하였으나 가오루는 피하듯 그대로 돌아가고 말았습니다.

"잠시 들러 갈 생각이었는데 술자리가 마련되어 그만 밤이 깊은 줄 몰랐습니다."

장인 소장은 가오루가 이렇듯 자주 이 댁을 찾으면 사람들의 호의가 가오루 쪽으로 쏠릴 것이라 생각하니, 낙담하면서 풀이 죽어 자신의 처지를 통탄하였습니다.

사람들은 모두
향기가 그윽한 매화에
마음을 빼앗길 터인데
나 홀로 봄날의 어두운 밤을
쓸쓸히 헤매고 있으니

장인 소장이 한숨을 쉬며 이렇게 노래하자 발 안에서 시녀가 화답하였습니다.

사람이란
경우와 때에 따라
마음이 끌리고 감동도 하는 것이지요
그저 향이 좋다 하여
매화꽃에만
마음을 빼앗길 리 있겠습니까

그 다음날 가오루는 도 시종에게 편지를 보내었습니다.

"어젯밤에는 술에 취하여 분별력을 잃고 실례를 범하였는데, 모두들 어찌 생각할까 걱정스럽습니다."

다마카즈라 부인과 아씨도 보았으면 하는 눈치인지, 가나를 넉넉하게 섞어 쓴 글 끝에 시 한 수를 읊었습니다.

다케 강의 다리 옆에 있는,
이라 부른 사이바라의
그 한 소절에 담은
내 애틋한 마음을
헤아려주셨는지요

도 시종은 그 편지를 침전으로 들고 가 모두에게 보였습니다.
"필체가 참으로 훌륭하군요. 젊은 나이에 벌써부터 이렇듯 번듯하게 쓰시다니, 정말 대단한 분입니다. 어렸을 때 겐지 님이 돌아가셨으나, 어머님이 그리 엄격하게 키우시는 것같아 보이지 않았거늘, 역시 남들보다 빼어난 운명을 타고난 게지요."
다마카즈라 부인은 이렇게 말하며 아들들의 글자가 바르지 못한 것을 꾸짖었습니다.
도 시종이 예의 서투른 글씨로 답장을 썼습니다.

"어젯밤에는 가벼운 술자리였는데, 취하였다 하시며 돌아가신 것을 모두들 이상히 여겼습니다."

「다케 강」을 노래한 뒤
밤이 깊어지기도 전에

서둘러 돌아가셨는데
대체 그 한 소절에서 어떤 깊은 마음을
헤아려야 하는 것인지

가오루는 「다케 강」의 한 소절을 계기로 그 후로도 도 시종의 방을 드나들며 아씨에 대한 의중을 넌지시 드러내곤 하였습니다. 이러하다 보니 장인 소장이 우려하였던 대로 모두의 관심과 호의가 가오루에게 쏠리게 되었습니다. 도 시종 역시 젊은이다운 기분에 가오루와 가까운 친척으로 사이좋게 지낼 수 있기를 바랐습니다.

삼월이 되자 '꽃봉오리가 터지는 벚꽃이 있는가 하면 하늘에 구름이 낀 것처럼 보일 만큼 휘날리며 떨어지는 벚꽃도 있으니', 어디를 가든 흐드러지게 핀 꽃이 아름다운 시절이었습니다.

찾아오는 이도 없이 한가로이 사는 이 댁에는 이렇다 하게 할 일도 없으니, 아씨들이 마루 끝에 나와 앉아 있어도 나무랄 이가 없는 듯합니다.

그무렵, 아씨들의 나이가 열여덟아홉 정도였을까요. 용모나 인품이 실로 아름답고 곱습니다. 큰딸은 얼굴 생김이 오목조목하고 기품 있으며 명랑하고 쾌활하여, 과연 신하와 인연을 맺기에는 아깝다 싶을 정도입니다.

하양 빨강 평상복에 적황색과 노란색 계절에 어울리는 색상의 옷을 겹쳐 입었는데, 그 부드러운 옷자락 저 끝까지 애교가 넘쳐흐르는 듯합니다. 빈틈없이 몸단장을 한 상큼한 모습이 보는 이가 주눅이 들 정도로 기품이 있습니다.

작은딸은 엷은 홍매색 옷에 휘어진 버들가지처럼 늘어진 머리카락이 윤기가 흐르고 탐스럽습니다. 이 딸은 몸매가 날씬하면서도 우아하고, 차분하고 진중하며 사려 깊게 보이는 느낌이 언니를 능가하는 듯합니다. 그래도 시녀들은 화사한 아름다움은 언니에게 미치지 못할 것이라고 생각합니다.

둘이서 바둑을 두느라 마주 앉아 있으니, 이마를 가린 앞머리와 긴 머리채가 옷자락 끝까지 늘어져 있는 모습이 실로 아름답습니다.

"시종은 인기가 좋은가 봅니다. 바둑의 심판 역을 허락한 것을 보면."

형님들이 도 시종이 승부를 가리는 심판 역으로 가까이에 대기하고 있는 것을 들여다보고는 그들 또한 의젓하게 자리를 잡고 앉으니, 시녀들도 몸가짐을 단정히 고쳐 앉았습니다.

"궁중 생활에 바빠 시종에게 밀려난 것이 안타깝구나."

맏아들인 중장이 이렇게 아쉬워하자 둘째 아들인 우중변이 이렇게 말하였습니다.

"변관인 저는 형님 이상으로 바빠 집에서는 누이들을 제대로 보살피지 못하고 있는데, 이렇게 싹 무시하셔도 괜찮은 것인지요."

바둑을 두면서 오빠들의 농담에 부끄러운 듯 고개를 돌리는 아씨들의 모습이 정말 아름답습니다.

"궁중 출입을 하면서 분주하게 이리저리 오가고 있으나, 돌아가신 아버님이 살아 계셨다면 하고 생각되는 일이 많으니."

맏아들인 우근위 중장은 이렇게 말하며 눈물을 머금고 누이들을 바라봅니다. 이 중장은 이때 나이가 스물일고여덟 살쯤이었으니 사려도 깊고 분별력도 갖추어, 돌아가신 아버지가 생전에 바랐던 대로 누이들을 어떻게든 입궁을 시켜야겠다고 생각하고 있습니다.

뜰 앞에 서 있는 꽃나무 가운데에서도 아씨들은 유독 색깔이 아름다운 벚꽃을 꺾어 오라 합니다.

"다른 꽃과는 정말 다르지요."

이렇게 말하며 꽃을 어루만지는 누이들의 모습을 보면서 중장이 말하였습니다.

"그대들이 아직 어렸을 때, 이 꽃을 서로가 자기 꽃이라고 우기는 것을 돌아가신 아버님께서는 첫째의 꽃이라고 정하셨습니다. 어머님은 둘째의 꽃이라 하셨고요. 나는 그때 울거나 고집을 피우지는 않았으나, 내심 불만스러웠지요. 그 벚나무가 이리도 고목이 된 것을 보면 지난 세월이 얼마나 오래인지 알 수 있는데, 그사이에 많은 분들이 앞서 저세상으로 가셨으니 남아 있는 우리들의 슬픔 또한 말을 꺼내자면 한이 없습니다."

때로는 눈물을 머금고 때로는 미소를 지으며 이렇게 얘기하며 평소와는 달리 느긋하게 시간을 보내고 있습니다. 지금은 다른 집안의 사위가 되어 이 댁을 찾는 일도 그리 많지 않은데, 오늘은 꽃의 아름다움을 한껏 즐기고 있습니다.

다마카즈라 부인은 이렇듯 훌륭하게 성장한 분들의 어미 된 사람치고는 매우 젊고 아름다워 한창나이 때의 여인 못지않은 자태를 뽐내고 있습니다. 사실 레이제이 상황은 지금도 이분을 잊지 못하여 그리운 심정으로 옛일을 떠올리곤 하니, 무슨 빌미를 만들어 다시 한 번 만나볼까 궁리하기에 더더욱 큰딸과의 혼인을 바라는 것이었습니다. 형제들은 레이제이 상황과의 혼사에 대하여 이런 의견을 피력하였습니다.

"아무래도 탐탁지가 않습니다. 세상 사람들은 만사 시세에 따르는 것에 납득하지요. 레이제이 상황께서는 과연 그 모습을 하염없이 바라보고 싶을 만큼 아름다우시나, 역시 한창때는 지나셨다 싶습니다. '금과 피리의 선율, 꽃과 새의 향과 지저귐 소리도 계절과 어울려야 사람의 눈과 귀에 머무는 법이지요'. 차라리 동궁에게 드리면 어떻겠습니까."

"글쎄요, 어떨지요. 동궁에게는 그 누구도 어깨를 나란히 할 수 없으리만큼 고귀하고 훌륭한 분이 곁을 지키며 위세를 떨치고 있는데, 어지간한 신분의 사람이 끼어들어봐야 마음고생만 많고 웃음거리나 되지는 않을까 하여 부담스럽습니다. 아버님이 살아 계셨다면 앞날의 운세야 어찌 되었든 뒤를 보살펴, 지금 당장 입궁을 하더라도 그 보람이 있도록 하여주셨겠지만요."

다마카즈라 부인은 이렇게 애틋한 심정으로 술회하니, 모두들 침울한 표정을 짓습니다.

오빠들이 물러가자 아씨들은 다시 바둑을 두기 시작하였습니다. 어렸을 때부터 서로가 자기 것이라 겨루었던 벚꽃을 걸고 둘이 농담을 나누어가며 바둑을 둡니다.

"세 번을 둬서 두 번을 이긴 사람이 벚꽃을 가지는 겁니다."

사위가 어둑어둑해지자 마루 끝에 나와 앉아 바둑을 마저 둡니다. 발을 말아 올려놓고, 시녀들까지 편을 갈라 서로가 모시는 아씨 편을 들면서 이기기를 바랍니다.

마침 그때 예의 장인 소장이 도 시종의 방을 찾았으나, 형제들이 함께 나간 후였습니다. 여느 때에는 인기척도 없이 조용한데 오늘은 복도의 문이 열려 있어 그곳으로 살짝 안을 들여다보았습니다. 이런 절호의 기회를 맞다니 부처님이 모습을 나타내신 곳에 우연히 함께한 것만큼이나 고마운 일이라 생각하는 것 또한 소장의 애달픈 연심이라 해야겠지요.

어스름하게 낀 저녁 안개에 뒤섞여 또렷하게는 보이지 않으나, 눈에 잔뜩 힘을 주고 보니 연분홍색 옷의 색깔로 보아 그분이 틀림없었습니다.

과연 '꽃이 흩어져 떨어진 후, 그 꽃의 흔적이라 여길 만큼' 모습이 화사하고 아름다웠습니다. 장인 소장은 저렇듯 아름다운 분을 남의 손에 넘길 수는 없다고 점점 더 연모의 정을 불태웁니다. 저녁나절의 어스름한 불빛 아래 편한 모습으로 앉아 있는 젊은 시녀들도 아름다워 보입니다. 결국 오른편인 작은딸이 이겼습니다.

"승부의 징소리가 더디군요."

이렇게 조잘거리는 시녀도 있습니다. 오른편이 이겼을 때 연주하는 고려악을 흥분하여 이렇게 농담조로 말하는 것입니다.

"원래 저 벚나무는 오른편이어서 작은아씨의 서쪽 방 가까이에 서 있는 것을, 억지로 왼편이라 하니 그리 오래도록 다툼을 하는 것입니다."

오른편이 득의양양하게 작은딸에게 가세합니다.

장인 소장은 무슨 영문인지는 모르나 흥미로워 뭐라 한 마디 하고 싶은데, 느긋함을 즐기는 이때에 눈치 없는 처신은 삼가자 싶으니 그대로 물러갔습니다. 그 후에도 다시 한 번 볼 수 있는 기회는 없을까 하여 나무 그늘에 숨어 은밀히 상황을 살피며 어물쩡거리고 있습니다.

아씨들은 그 후에도 꽃을 놓고 다툼을 하며 시간을 보냈는데, 세찬 바람이 불어오자 꽃잎이 우수수 떨어지는 것이 아쉬운 큰딸이 이렇게 노래를 읊었습니다.

저 벚꽃 탓에
바람이 불 때마다 애타하네
내게는 늘 매정하고 쌀쌀맞은
꽃임을 알고 있는데도

큰딸 편의 시녀 재상이 뒤이어 노래로 성원하였습니다.

피었다 싶으면
서둘러 떨어지는 벚꽃이기에
내기에 져서
빼앗겼다 하여도
조금도 아쉽지 않으니

이긴 작은딸은 또 이렇게 노래로 답하였습니다.

부는 바람에 꽃이 지는 것은
세상의 순리라 하여도
가지째 내게로 옮겨 온
이 벚꽃을
그리 편한 마음으로 볼 수는 없을 텐데요

작은딸의 시녀 대보도 이렇게 노래합니다.

오른편인 이쪽에 마음이 있어
연못가로 떨어지는 꽃이여
수면에 이는 거품이 되어서라도
오른편인 우리에게로

흘러오려마

이긴 쪽의 여동이 뜰로 내려가 벚나무 아래를 돌아다니며 떨어진 꽃잎을 하나 가득 모아 왔습니다.

드넓은 하늘 바람에 날려
사방으로 떨어졌다 하나
이 꽃은 이제 우리의 것
꽃잎을 담뿍 주워 모아
모두 함께 바라보아요

그것을 본 진 편의 나레키라는 이름의 여동은 이렇게 노래하고는 마음이 좁아 보인다며 입을 삐죽거렸습니다.

제아무리 자기 것이 된
벚꽃이라 하여도
그 색향마저 나누지 않으려
드넓은 하늘을 덮어 바람을 막을 정도로
큰 소맷자락을 가지고 있는지요

그럭저럭 지내는 사이에도 세월은 쉬지 않고 흐르니, 다마카즈라 부인은 딸들의 앞날이 걱정되어 이런저런 생각이 끊이질 않습니다.

레이제이 상황에게서는 매일처럼 재촉하는 편지가 날아듭니다.

고키덴 여어 역시 수시로 편지를 보내어 열심히 설득을 합니다.

"나를 어쩌면 그리도 남을 대하듯 서먹서먹하게 멀리하시는 것인지요. 상황께서도 내가 그쪽에 무슨 말을 하여 방해를 하는 것이라 여기면서 원망을 하시니, 농담이라 하여도 괴롭기는 마찬가지입니다. 어차피 언젠가는 마음을 굳혀야 할 일, 어서 빨리 결심을 하세요."

'역시 그리될 전생의 운명이란 말인가. 여어까지 방해는커녕 나서서 이렇게 말씀하시니, 참으로 황송한 일이로구나.'

이전부터 혼숫감은 넉넉히 준비를 하여온 터라 그밖에 시녀의 옷가지들과 자잘한 준비를 서둘렀습니다.

이 소식을 들은 장인 소장은 당장이라도 쓰러져 넘어질 듯 흥분하여 어머니 구모이노카리 부인을 책망하였습니다. 어머니는 아들의 우는 소리에 당혹하여 어찔 줄을 몰라, 다마카즈라 부인에게 편지를 보냈습니다.

"이렇듯 부끄러운 일을 넌지시 부탁드려야 하는 어리석은 부모 마음이 참으로 어둠 속을 헤매는 듯합니다. 이미 알고 계셨다면 부디 현명하신 판단으로 어여삐 여기시어 지금이라도 아들의 마음이 진정될 수 있도록 아무쪼록 조처를 부탁드립니다."

다마카즈라 부인은 참으로 난감한 일이라며 한숨을 쉬고는 이렇게 답장을 썼습니다.

“어찌하면 좋을지 나 역시 결정을 하지 못하고 있었는데, 레이제이 상황께서 친히 간곡한 부탁을 한 바 있어, 어쩌지 못하고 있습니다. 진심으로 우리 딸을 원하신다면 당분간은 참고 기다려주십시오. 머지않아 납득이 갈 만한 조처를 취하도록 하겠습니다. 그렇게 하는 것이 조용히 일을 해결하는 방법이겠지요.”

다마카즈라 부인은 큰딸을 레이제이 상황에게 들인 후에 둘째를 중장에게 보내면 될 것이라 생각하는 게지요.

‘둘의 연분을 한꺼번에 맺어주면 세상의 이목이 곱지 않을 터이지. 장인 소장은 아직 관직도 높지 않으니, 훗날에나.’

다마카즈라 부인은 이렇게 생각하고 있는데, 정작 소장은 마음을 달리 먹을 것 같지 않습니다. 언뜻 그 모습을 본 후로는 큰아씨의 모습이 눈앞에 어른거리고 그리움에 북받치니, 어떻게든 기회를 만들어 뜻을 이루어야겠다고만 다짐하고 있습니다.

헌데 이렇듯 레이제이 상황과 인연을 맺는 것으로 결정이 나버려 희망의 끈조차 뚝 끊어지고 말았으니 한없는 비탄에 빠져 있습니다.

그럼에도 여전히 아무 소용없는 푸념이라도 늘어놓고 싶어도 시종의 방을 찾으니, 마침 도 시종은 가오루에게서 온 편지를 읽고 있었습니다. 당황하여 편지를 감추려 하는데 장인 소장이 혹시나 싶어 빼앗으니, 도 시종은 무슨 사연이라도 있는 듯 여겨지면 곤란할 듯하여 편지를 애써 감추지는 않았습니다. 이렇다 할 내용은 없으나, 문면에 이번 큰아씨의 혼인 건을 은근히 원망하는 눈치가 배어 있었습니다.

나의 애틋한 마음을 돌아보지도 않고
매정하게 떠나가는
세월만 헤아리며
봄날의 해거름을
처연하게 보내야 하는가

'이 사람은 이렇듯 유연하게 대처하며 점잖게 푸념을 늘어놓고 있는데, 이내 꼴이라니. 남의 이목도 아랑곳하지 않고 초조하게 굴었구나. 그것 하나만으로도 세상 사람들이 나를 얼마나 업신여길 것인가.'

장인 소장은 이렇게 생각하니 마음이 아파 아무 말도 하지 못하고, 늘 말을 전하여주는 시녀 중장 오모토의 방으로 가면서도 어차피 오늘도 헛걸음일 것이라고 한숨을 쉬었습니다.

도 시종이 답장을 써야겠다면서 편지를 들고 어머니에게로 가는 뒷모습을 보니, 장인 소장은 젊으니만큼 화가 몹시 나 가슴이 답답하였습니다.

장인 소장이 천박할 정도로 원망을 늘어놓고 한탄을 하여대니, 중장 오모토 역시 안된 마음에 농담으로 받아넘기지도 못하고 뭐라 대답하지도 못합니다. 장인 소장은 아씨들이 바둑을 두던 날 남몰래 그 모습을 엿본 저녁나절의 일을 진지한 표정으로 얘기합니다.

"마치 꿈만 같았던, 그 기뻤던 날이 다시 한 번 왔으면 좋겠구나. 아아, 앞으로는 무엇을 낙으로 살아야 할지. 이렇게 그대에게 부탁을 하는 일도 앞으로는 몇 번 없겠구나. 매정하고 쌀쌀맞은 태도까지 그립다는 옛 노래의 심정이 정말 옳다 싶다."

중장 오모토는 안쓰러워하면서도 새삼 뭐라 위로할 말이 없습니다. 소장의 실연을 위로하기 위하여 다마카즈라 부인이 작은딸과의 혼인을 제안하였으나, 장인 소장은 이슬만큼도 기뻐하는 기색을 보이지 않았습니다.

'역시 그날 저녁에 아씨들의 모습을 직접 보고 만 탓에 이렇듯 연심이 더욱 불타오른 것이겠지. 그럴 만도 한 일이야.

허나 중장 오모토는 이렇게 생각하면서 그 점을 거꾸로 이용하여 소장을 힐난하였습니다.

"만의 하나 아씨들의 모습을 엿본 사실이 마님의 귀에 들어가는 날에는 이 무슨 파렴치한 사람일까 하여 소장님을 더더욱 싫어하게 될 것입니다. 저 역시 안쓰럽던 마음이 사라졌습니다. 정말 방심해서는 아니 될 분이로군요."

"아니 그렇다면 어쩔 수 없는 일이지. 나는 어차피 죽을 몸이니, 지금은 아무것도 무섭지가 않다. 그건 그렇고 바둑에 진 것이 안타깝구나. 나를 그곳으로 불러주었다면 눈짓으로 신호를 보내어 반드시 이기게 해드렸을 터인데."

왜 그런지 알 수 없구나
이 하잘것없는 몸이
가지고 있다 한들
승부근성 따위
아무런 소용없는 것을

이렇게 중얼거리니 중장 오모토는 웃으면서 대답하였습니다.

그것은 안 될 일이지요
강한 쪽이 이겨 마땅한 것이
승부의 세계
그대의 마음 하나로
어찌 이길 수 있겠습니까

소장은 오모토의 이런 대답마저 심술궂게 느껴졌습니다.

가엾다 여기고
내게 바둑 한 수를 허락하듯
아씨와 나를 맺어주시오
살고 죽는 것이 그대에 딸린
이 몸이니

소장은 이렇게 울다가 웃으며 밤이 새도록 중장 오모토와 대화를 나누었습니다.

그 다음날은 사월 초하루였습니다. 장인 소장의 형제들은 입궁을 한다 하여 우왕좌왕 분주한데, 장인 소장은 혼자 풀이 죽어 수심에 잠겨 있습니다. 어머니 구모이노카리 부인은 아들의 그런 모습을 보고 눈물을 머금고 있습니다.

"레이제이 상황의 체면도 있고 하니 억지를 써가면서까지 말을 전할 수는 없을 듯하여 다마카즈라 부인을 만났을 때에도 굳이 입으로 말하여 부탁하지는 않았는데, 지금 생각하면 내 실수였다 싶어 후회스럽구나. 내가 직접 부탁을 하였더라면 아무리 그래도 거절하지는 못하였을 터인데."

유기리 우대신도 이렇게 말합니다.

장인 소장은 또 편지를 써서 보냈습니다.

아름다운 꽃에 넋을 잃고

이 봄을 지냈으나

오늘부터는 그 꽃도 사라지고 없으니

내 마음 깊은 슬픔에

괴로워하겠지요

큰아씨 앞에 상급 시녀들이 모여 앉아 아씨에게 연모의 정을 품고 있는 젊은이들을 안쓰러워하며 이러쿵저러쿵 말을 전하고 있습니다.

"'살고 죽는 것이'라 노래한 소장의 처절한 모습이 말뿐이라고는 여겨지지 않아 참으로 보기가 딱하였습니다."

중장 오모토가 이렇게 전하자 다마카즈라 부인도 참으로 안된 일이라고 생각하였습니다.

'유기리 우대신과 구모이노카리 부인의 심중을 헤아려, 장인 소장이 그토록 바랄 것 같으면 대신 둘째를 보내리라고 마음먹었는데, 큰아이를 상황께 보내는 것을 방해하려는 듯 보이니 그 점은 좀 심하구나. 아무리 훌륭하다 한들 신하와는 절대 인연을 맺어서는 안 된다는 아버님의 유언이 있었으니. 레이제이 상황에게 보내어도 앞날이 막연할 뿐이거늘.'

이렇게 생각하고 있을 때 마침 장인 소장이 보낸 편지가 전해지니, 시녀들은 동정을 금치 못합니다.

오늘에야 알았습니다
하늘을 우러르듯
아씨를 연모하는 것처럼 보였으나
실은 꽃에게 마음을 빼앗겼었다는 것을

답장은 이렇게 중장 오모토가 씁니다.

"정말 가엾게 되었군요. 허튼수작이었다 얼버무리려 하시니."

시녀들은 이렇게 수군거렸으나, 대필을 한 중장 오모토는 귀찮아 글귀를 바꿔 쓰지 않았습니다.

다마카즈라 부인의 큰딸은 사월구일에 레이제이 상황전에 들었습니다.

유기리 우대신은 수레와 수행원을 많이 딸려 보냈습니다. 구모이노카리 부인은 지금까지 자매의 정을 나눈 것도 아닌데다 장인 소장의 예의 건으로 마음이 상할 대로 상한 상태였으나, 몇 번이나 그 일로 편지를 주고받았으면서 지금 와서 소식을 뚝 끊는 것도 도리가 아닌지라, 여자의 축의용 옷가지들을 훌륭하게 지어 선물하였습니다.

"어찌 된 영문인지 마치 혼이라도 빠져나간 듯한 아들의 건강을 보살피는데 정신을 빼앗겨, 이번 경사에 관한 소식을 미처 듣지 못하였습니다. 허나 알려주시지도 않다니 참으로 섭섭한 처사입니다."

구모이노카리 부인의 편지에는 이렇게 씌어 있었습니다. 언뜻 보기에는 온건한 글귀이나 알게 모르게 원망을 담고 있으니, 다마카즈라 부인은 딱한 일이라 여기며 읽고 있습니다. 유기리 우대신에게서도 편지가 왔습니다.

"직접 찾아 뵈어야 마땅하나 근신을 하여야 할 시기이기에 찾아 뵙지 못하고 아들들을 보내니, 무슨 일이든 사양 말고 시키십시오."

더불어 겐 소장과 병위좌 등을 보내니, 다마카즈라 부인은 역시 마음씀씀이가 넉넉한 분이라며 기뻐 답례를 하였습니다.

다마카즈라 부인의 친정인 안찰사 대납언도 시녀들의 수레를 선물하였습니다. 대납언의 부인은 돌아가신 검은 턱수염 대신의 여식 마키바시라 아씨이니 다마카즈라 부인과는 핏줄은 달라도 모녀 사이이며, 안찰사 대납언과 다마카즈라 부인은 이복형제지간입니다. 관계가 이러하니 그윽한 친분을 나누어야 마땅한 사이인데 그렇지가 못합니다. 마카비시라 부인과 한배에서 태어난 남동생 도 중납언은 자진하여 발길을 해 좌근 중장과 우중변 등 다마카즈라 부인이 낳은 형제들과 함께 혼례 행사를 진두지휘하고 있습니다. 허나 검은 턱수염 태정대신이 살아 계셨더라면 하고 만사가 아쉬울 따름이니, 슬픈 마음이 가시질 않습니다.

장인 소장은 중장 오모토에게 괴로운 심정을 구구절절 털어놓았습니다.

"이제는 모든 것이 다 끝났다고 각오를 굳힌 목숨이나, 그래도 역시 슬픔을 이길 수가 없습니다. 하다못해 '가엾게 여긴다'는 한마디라도 하여주신다면 그 말을 위로 삼아 다소나마 연명할 수 있을지도 모르련만."

중장 오모토가 이렇게 씌어 있는 편지를 들고 아씨의 처소를 찾으니, 아씨 두 분이 무슨 얘기를 나누며 몹시 침통해하고 있었습니다. 밤이고 낮이고 두 분이 늘 사이좋게 지내고 있어 가운데 문으로 나뉘어 동쪽과 서쪽 방에 기거하는 것조차 싫어하며 수시로 오갔는데, 앞으로는 따로 떨어져 살아야 하는 것이 슬퍼 견딜 수 없는 게지요.

오늘은 유독 정성스레 화장을 하고 곱게 단장한 큰아씨의 모습이 눈이 부시도록 빛나고 아름답습니다. 돌아가신 아버지 대신의 유언을 떠올리며 감상에 젖어 울적한 탓일까요, 장인 소장의 편지를 손에 들고 펼쳐봅니다.

아버지는 유기리 우대신이요 어머니는 구모이노카리 부인이라, 훌륭하고 듬직한 부모님이 두 분 모두 계시는데 장인 소장은 어찌하여 이리도 하잘것없는 생각만 하는 것일까 하여 이상히 여기면서도 '이제는 모든 것이 다 끝났다고 각오를 굳힌 목숨'이라니 참말일까, 하고 생각하며 당장 편지 끝자락에 노래를 지어 썼습니다.

이 무상하고
서글프기만 한 세상에서
그대가 원하는
가엾다는 한마디를
그 누구를 향하여
말하면 좋을까요

"이제는 각오를 굳혔다는 그대의 불길한 말에 가여움이란 것을 지금에야 조금 알게 되었습니다."

큰아씨는 이렇게 쓰고 그 뜻을 전하라 일렀습니다.

중장 오모토는 손을 대 고쳐 쓰지 않고 그대로 장인 소장에게 전하였습니다.

소장은 답장을 보고 더없이 귀하고 고마운 일이라고 생각하면서도 오늘이 바로 혼삿날이니 마지막이라는 것을 염두에 두고 직접 쓴 것이리라 여겨져, 쏟아져 흐르는 눈물을 가눌 수가 없었습니다.

장인 소장은 단박에 공연히 트집을 잡는 듯한 내용의 답장을 썼습니다.

"내가 못 이룬 사랑에 애가 타 죽으면, 과연 누구의 이름이 입소문에 오를까요."

이 세상에 살아 있는 한
죽음 또한 내 뜻대로
되지는 않는 것이니
그대의 가엾다는 한마디는
끝내 들을 수 없겠지요

"제 무덤 위에나마 '가엾다'는 한마디를 던져주실 마음이 있다면, 오직 그 마음을 믿고 죽음의 길을 서두를 터이나."

큰아씨는 중장 오모토가 편지의 내용을 고쳐 쓰지 않고 그대로 보낸 것이 잘못이었다 짐작하고는, 매우 난감하여 아무 말도 하지 못하였습니다.

냉천원으로 동행하는 시녀와 여동은 용모가 반듯한 자들만을 선별하였습니다. 그리고 그 의식은 입궁 의식과 거의 비슷하였습니다. 다마카즈라 부인은 우선 큰아씨와 함께 고키덴 여어의 처소를 찾아 인사를 올렸습니다.

밤이 깊은 후에 큰아씨는 레이제이 상황을 알현하였습니다. 아키고노무 중궁과 고키덴 여어는 나이를 먹어 늙은 모습인데 큰아씨는 지금이 한창나이이니 너무도 사랑스럽고 아름답습니다. 그 아리따운 모습을 보고 어찌 레이제이 상황이 예사로이 대우할 수 있겠는지요. 큰아씨는 상황의 총애를 한 몸에 받게 되었습니다.

레이제이 상황은 지금 평범한 신하와 다름없이 편안한 노후를 보내고 있으니, 그 모습이 실로 넉넉합니다.

레이제이 상황은 다마카즈라 부인에게 당분간은 큰아씨를 보살피며 냉천원에 머물라 권하였으나, 서둘러 돌아가고 마니 몹시 서운해하였습니다.

한편 레이제이 상황은 밤낮을 불문하고 겐 시종 가오루를 불러들여 놓아주지를 않으니, 그 옛날 기리쓰보 선황이 어린 겐지를 곁에서 떼어놓지 않고 총애하였던 것 못지않게 애정을 쏟습니다.

가오루는 냉천원의 모든 부인들과 격의 없이 화목하게 지내고 있습니다.

큰아씨에게도 친근감을 품고 있는 듯 행세하고 있는데, 마음속으로는 큰아씨가 자신을 어찌 여길까 신경을 곤두세우고 있습니다.

사위가 고요한 해거름에 가오루는 도 시종과 함께 뜰을 거닐었습니다. 큰아씨의 방이 가까이 보이는 물 놀이터의 이끼 낀 바위에 걸터앉아 앞뜰의 잣나무에 늘어져 있는 탐스러운 등꽃을 바라보면서, 큰아씨에 대한 연모의 정을 이루지 못하였음을 넌지시 암시하였습니다.

손으로 만질 수 있다면
솔보다 짙고 아름다운
보랏빛 저 등꽃 송이를
이리 허망하게 바라보지만은 않을 것을
지금은 모두가 소용없는 일이나

이렇게 노래하고 등꽃을 올려다보는 가오루의 모습이 도 시종의 눈에는 이상하리만큼 슬프게 보여 딱한 마음이 간절하니, 이번 일은 자신도 어찌할 수 없는 불가피한 것이었다는 뜻을 알리며 변명하였습니다.

그대가 등꽃에 비유한 아씨는
나와 같은 핏줄이기는 하나
미숙한 나의 힘으로는
도저히 어쩔 수 없었음이니

도 시종은 마음씨가 고운 사람인지라 가오루에게 동정을 보였습니다. 가오루는 이성을 잃을 만큼 깊이 연모한 것은 아니었으나 그래도 아쉬움이 컸습니다.

예의 장인 소장은 한결같은 마음으로 큰아씨를 연모하였기에 어쩔 바를 모르니, 무분별한 행동을 저지르지는 않을까 염려스러울 정도로 마음을 진정시키지 못하고 괴로워하고 있습니다.

큰아씨에게 청혼을 하였던 이들 가운데에는 작은아씨에게로 마음이 옮겨 간 자도 있었습니다. 허나 이 소장은 다마카즈라 부인이 구모이노카리 부인의 푸념을 듣고, 그렇다면 대신 작은 아씨를 드리겠노라 권하였는데도 아무런 반응을 보이지 않았습니다.

유기리 우대신의 아들들은 전부터 냉천원을 부담 없이 드나들었는데 큰아씨가 시집을 온 후로 장인 소장은 통 발길을 하지 않습니다. 어쩌다 얼굴을 보였다가도 시큰둥하여 도망치듯 곧바로 돌아가곤 하였습니다.

천황은 죽은 검은 턱수염 태정대신이 큰아씨의 입궁을 그토록 바랐는데 그 유지에 반하여 레이제이 상황에게 시집보낸 것을 못마땅해하며, 큰아씨의 오빠인 좌근위 중장을 불러들여 대체 어찌하여 일이 그리되었는지 전후 사정을 물었습니다.

중장은 다마카즈라 부인에게 불만스럽다는 듯 이렇게 투정을 늘어놓았습니다.

"폐하께서 몹시 언짢아하시는 듯합니다. 그러니까 세상 사람들도 내심 이번 일을 이상히 여길 것이라고 말씀을 드렸는데, 어머님은 생각이 달라 이리 결심을 하셨으니 지금 와서 이러쿵저러쿵하고 싶지는 않습니다만, 허나 이렇듯 폐하의 부름이 있으니 우리들의 신상을 위해서도 난감한 일이 되었습니다."

"갑자기 서둘러 결정할 마음은 없었는데 레이제이 상황이 딱할 정도로 간청을 하시는데다 번듯한 뒷배도 없이 폐하를 모시는 것은 불안하기 짝이 없는 일이 아닙니까. 레이제이 상황께서는 퇴위를 하여 편안한 입장이 되셨으니 그래서 상황께 맡기기로 한 것입니다. 모두가 사정이 좋지 않을 때에는 충고를 해주지 않고, 지금 와서 태도를 바꾸어 유기리 우대신마저 내가 무슨 잘못이라도 저지른 것처럼 대놓고 질책을 하시니 마음이 영 편치 않습니다. 허나 이 또한 전생의 인연으로 그리된 것이겠지요."

다마카즈라 부인은 이렇게 온화하게 말하며 더 이상은 문제삼지 않으려 합니다.

"전생의 인연이란 것이 어디 눈에 보이는 것입니까. 폐하께서 이렇듯 간절하게 말씀하시는데, 어찌 전생의 인연을 운운하며 인연이 없었던 것이라 말씀드릴 수 있겠습니까. 아카시 중궁을 꺼려 입궁을 사양하였다 한들, 레이제이 상황께는 고키덴 여어가 있으니 그 또한 변명이 되지 않지요. 뒷배를 보아주느니 어쩌느니 하면서 친근하게 지낸다 하여도 만사가 원하는 대로 되지만은 않겠지요. 아무튼 앞일은 두고 보아야 할 것 같습니다. 생각하여보면, 다른 분들이 폐하께 중궁이 있다 하여 사양하고 후궁이 되지 않는 것도 아니지요. 폐하께서 많은 후궁을 거느리는 것은 당연지사, 예로부터 그런 점을 감안하여 입궁을 하였습니다. 만의 하나 레이제이 상황의 고키덴 여어가 누이를 불쾌하게 여기는 일이라도 있으면, 세상 사람들은 이 결혼이 애당초 잘못된 인연이었다고 말들이 많을 것입니다."

두 형제가 이렇듯 어머니를 추궁하니 다마카즈라 부인은 몹시 속이 상하였습니다.

허나 큰아씨에 대한 레이제이 상황의 총애는 날로 깊어갈 뿐이었습니다.

칠월에 큰아씨가 회임을 하였습니다. 입덧으로 고통스러워하는데도 그 아름다움에는 변함이 없습니다. 많은 사람들이 그토록 성가시게 청혼을 하였던 것도 이렇듯 아름다운 분을 그냥 보고 그냥 듣고만 지나칠 수 없어서였다고 생각하니, 타당한 일이라고 수긍이 갑니다.

레이제이 상황은 밤낮으로 음악놀이를 베풀면서 가오루를 곁에서 떼어놓지 않는 덕분에, 발 안에서 울려 나오는 큰아씨의 금 소리도 들을 수 있습니다. 언젠가 「매화나무 가지」에 맞춰 중장 오모토가 퉁겼던 육현금 소리를 떠올리고는 불러들여 퉁기게 하니, 가오루는 그 소리를 듣고도 이런저런 옛 생각이 나 마음의 평정을 잃곤 합니다.

해가 바뀌어 궁중에서는 남답가 행사가 있었습니다. 요즘에는 젊은 전상인들도 가무와 음곡에 능한 자들이 많습니다. 그 가운데에서 특히 예능에 뛰어난 자들을 선별하니, 가오루는 답가의 오른편의 가두가 되었습니다. 악인들 중에는 장인 소장도 섞여 있었습니다.

십사일, 맑은 하늘에 달빛이 화사하게 비칠 무렵 답가 일행은 천황의 어전을 출발하여 냉천원으로 향하였습니다.

여어는 물론 지금은 미야스도코로라 불리고 있는 큰아씨도 냉천원의 처소에 마련된 자리에서 구경을 합니다. 많은 상달부와 친왕들도 냉천원을 찾았습니다. 유기리 우대신과 전 태정대신 집안의 자제들을 제외하면 빛나듯 아름다운 귀공자들이 없지 않을까 싶은 시절입니다.

천황의 어전보다 이 냉천원을 더욱 어려운 장소라 여겨 모두들 긴장하고 각별한 신경을 쓰는 가운데, 예의 장인 소장은 미야스도코로가 발 안에서 보고 있을 것이라 짐작되니 가슴이 두근거려 어쩔 줄을 모릅니다. 향기도 없이 그저 하얗기만 한 솜꽃을 머리에 꽂았는데, 꽂는 사람의 손길에 따라 다르게 보이니 소장은 그 모습에나 목소리에나 그윽한 정취가 배어 있습니다.

「다케 강」을 노래하고 힘차게 춤을 추며 계단 옆으로 다가가자 소장은 작년 정월의 그 밤, 덧없었던 그 밤의 놀이가 떠오르면서 혹여 실수를 하지 않을까 싶을 정도로 북받쳐오르는 눈물을 견딜 수 없었습니다.

아키고노무 중궁의 침전에 당도하였습니다. 레이제이 상황도 그곳에서 행렬을 구경하고 있습니다. 밤이 깊어지면서 달이 낮보다 더 밝게 빛나 부끄러울 정도로 모든 것을 환히 비추니, 소장은 과연 미야스도코로가 자신을 어찌 보고 있을까 그것에만 신경이 쓰였습니다. 허공을 밟는 듯 정처 없는 마음으로 휘청휘청 걸어다니는데, 모두가 술잔까지 자신에게 내미는 듯하여 마음이 언짢았습니다.

가오루는 밤새 이곳저곳을 돌아다닌 탓에 몸이 지치고 곤하여 누워 있는데 레이제이 상황으로부터 부름이 있었습니다.

"아아, 힘들구나. 잠시 쉬고 싶거늘."

가오루는 이렇게 투덜거리면서도 레이제이 상황을 찾아 뵈었습니다.

레이제이 상황은 궁중에서는 남답가의 모습이 어떠하였는지를 물었습니다.

"옛날에는 나이 많은 사람들이 가두 역을 맡았는데, 이 젊은 나이에 가두로 선발되다니 정말 대단하구나."

레이제이 상황은 가오루가 사뭇 대견하다는 표정입니다. 레이제이 상황은 「만춘락」을 흥얼거리며 미야스도코로의 처소로 옮겨가니 가오루도 동행하였습니다.

남답가를 구경하기 위해 찾아온 후궁의 사가 사람들이 많아 평소보다 북적거리고 활기찬 분위기입니다. 가오루는 건널복도의 문 앞에 잠시 서서 목소리를 알고 있는 시녀에게 말을 걸고 있습니다.

"어젯밤에는 달빛이 너무 밝아 부끄러울 정도였지요. 장인 소장이 달빛이 눈부시다는 표정을 짓고 있었는데, 달빛에 부끄러워 그런 것만은 아니겠지요. 궁중에서는 그토록 안절부절못하지는 않았으니."

시녀들 가운데에는 장인 소장을 딱하게 여기며 듣고 있는 자도 있습니다.

"'봄날의 어두운 밤은 아무런 소용이 없으니 매화꽃은 어둠 속에 보이지 않으나 향내만은 숨길 수 없어'라고 하였는데, 달빛에 빛나는 가오루 님의 모습이 장인 소장보다 한결 아름답다고 모두들 입을 모아 칭찬하였습니다."

시녀들은 이렇게 가오루를 치켜세우고는 발 안에서 노래를 읊습니다.

「다케 강」을 노래하였던
그 밤의 놀이를
기억하시는지요

딱히 추억이 될 만한 일도
없었으나

별 뜻도 없는 노래이나 가오루는 저도 모르게 눈물을 머금으니, 미야스도코로에 대한 마음이 역시 예사롭지 않았나 보다 하고 새삼 깨닫습니다.

세월이 흐르고 흘러
「다케 강」을 노래하였던 당시의
기대 또한 허망하게 흘러가버렸으니
세상이 괴롭고 무상한 것임을
새삼 알게 되었습니다

이렇게 화답하는 가오루의 애절한 풍정에 시녀들은 또 넋을 잃고 황홀해합니다.

가오루는 그 누구처럼 겉으로 드러나게 우는 소리를 하지 않는 인품인지라 모두들 더욱 연민의 정을 품게 되는 듯합니다.

"말이 너무 많으면 곤란하지요. 그럼 이만 실례."

가오루가 이렇게 말하고 물러나려 하는데 레이제이 상황의 부름이 있었습니다. 다소 거북하나 가오루는 레이제이 상황이 부르는 쪽으로 찾아 뵈었습니다.

"유기리 우대신이, 돌아가신 겐지 님이 답가가 있었던 다음날에 육조원에서 실로 흥겨운 여악놀이를 베푸셨다 하더군요. 지금은 그분의 뒤를 이을 만큼 풍류에 넘치는 우아한 분이 없으니. 그 시절의 육조원에는 음악에 뛰어난 재능을 지닌 부인들도 많았지요. 그러하니 그런 조촐한 놀이를 하여도 흥취가 깊었던 것일 겝니다."

레이제이 상황은 이렇게 옛날을 그리워하면서 금을 조율하게 하여, 쟁은 미야스도코로에게 비파는 가오루에게 건넸습니다. 상황 자신은 육현금을 퉁기며 사이바라의 「이 전각은」을 합주하였습니다.

미야스도코로의 쟁은 미숙한 점이 더러 있는 솜씨였으나 상황이 친히 연습을 시킨 모양입니다. 화려하고 현대적인 음색이 아름답고, 가요든 곡이든 정말 훌륭하게 연주합니다. 이분은 무슨 일을 하든 남에게 뒤지지 않고 위태롭거나 불안해 보이는 구석이 없는 듯합니다. 얼굴 생김 또한 실로 아름다울 것이라 여겨지니 가오루는 역시 아쉬움이 컸습니다.

이런 기회가 많으니 가오루는 절로 미야스도코로에 대한 허물이 없어져, 추태를 보이는 일도 없고 친근하게 구는 한편으로 넌지시 원망을 늘어놓는 일도 없습니다. 다만 무슨 말을 하다가 기대하였던 바람이 이루어지지 않은 아쉬움과 슬픔을 슬며시 암시하는데, 미야스도코로가 과연 어떻게 생각하였을지 그것까지는 알 도리가 없습니다.

사월에 미야스도코로는 딸을 낳았습니다. 각별히 경하할 사건은 아니나 유기리 우대신을 비롯하여 많은 사람들이 레이제이 상황의 뜻을 받들어 출산 축하연을 베풀었습니다.

할머니가 된 다마카즈라 부인이 늘 안고 어르며 귀여워하는데, 레이제이 상황으로부터 어서 돌아오라는 재촉이 빗발 같아 오십일 잔치를 치를 무렵에 냉천원으로 돌아갔습니다.

레이제이 상황에게는 딸이 하나 있기는 하나, 오랜만에 얻은 딸을 세상에 그 예가 없을 정도로 기뻐하고 귀여워합니다.

이무렵에는 상황이 평소보다 더욱 미야스도코로의 처소에만 머물러 있는 듯하니, 고키덴 여어의 시녀들은 심상치 않은 일이라며 불평을 늘어놓습니다.

"이렇듯 극진하게 대접하시지 않아도 좋을 인연인데. 참으로 세상일이란 속절없지요."

당사자인 여어와 미야스도코로 사이에는 서로의 마음이 쉬이 뒤틀어질 만한 일은 없으나, 시중을 드는 시녀들 사이에서는 쉴새없이 옥신각신하는 일이 벌어집니다. 장남인 좌근위 중장이 우려하였던 바가 현실로 드러난 셈이었습니다. 다마카즈라 부인도 이렇게 걱정하였습니다.

"시녀들이 함부로 입씨름을 하고 있으니, 끝내 무슨 일이 벌어질지 걱정입니다. 큰아이가 세상의 웃음거리가 되는 비참한 꼴을 당하지 않으면 좋으련만. 상황의 총애가 깊다 하나 오래도록 시중을 들어온 분들의 눈총을 사 버림받으면 앞날이 편치 않겠지요."

폐하께서는 지금까지도 여전히 언짢아하며 때로는 그 마음을 토로하기도 한다고 사람들이 전하니, 다마카즈라 부인은 도무지 마음이 불편하여 견딜 수가 없습니다. 차라리 둘째를 공식적인 관직에 오르게 하여 폐하를 모시게 할까 싶은 생각에 상시직을 사퇴하기로 작정하였습니다. 상시직은 조정의 중책인지라 사퇴하고 싶다 하여 그리 쉬이 허락되지는 않습니다. 그래서 다마카즈라 부인도 오랜 세월을 두고 그만두려고 생각하고 있었으나 그만둘 수 없었던 것입니다.

허나 이번에는 특별히 천황이 죽은 검은 턱수염 대신의 유지를 고려하여, 꽤 오래전의 전례에 비추어 상시직을 딸에게 물리는 것을 허락하여 실현되게 되었습니다.

이 또한 둘째가 전생의 인연이 그러하여 다마카즈라 부인이 오랜 세월 염원하였던 사퇴가 이루어진 것이라 보입니다.

이렇게 하여 다마카즈라 부인은 둘째가 별 탈 없이 폐하를 모시게 된 것은 다행스러운 일이라 여기면서도 여전히 장인 소장을 딱하게 여기는 마음은 변함없었습니다.

'구모이노카리 부인으로부터 큰딸을 장인 소장에게 달라는 부탁을 받았을 때, 대신 둘째를 드리겠노라 넌지시 언약을 하였는데 둘째마저 이렇게 되고 말았으니, 부인이 뭐라 생각하실지 모르겠구나.'

이렇게 걱정하며 다마카즈라 부인은 차남인 우중변을 사자로

하여 유기리 우대신에게 다른 뜻은 없음을 변명하였습니다.

"폐하께서 이런 의중을 밝히셨는데, 자매가 모두 주제넘게 높은 곳을 넘본다 하여 세상이 뭐라 할까 걱정입니다."

"폐하께서 불쾌해하시며 화를 내시는 것은 지당한 일이라 생각됩니다. 상시란 공직에 있으면서 부인처럼 폐하를 모시지 않는 것은 불충이라 할 수 있지요. 둘째아씨의 출사를 마땅히 결심하셔야지요."

유기리 우대신은 이렇게 답하였습니다. 이번 일 또한 아카시 중궁의 속마음을 헤아리고 나서야 입궁토록 하였습니다.

검은 턱수염 태정대신이 살아 있었다면 둘째를 아무도 가벼이 여기지는 못할 터인데, 하며 다마카즈라 부인은 서러워합니다.

천황은 큰아씨가 내로라하는 미인이라는 소문이 자자하다는 것을 들어 알고 있는데 레이제이 상황에게로 간 것을 다소 불만스러워하는 듯 보이나, 작은아씨는 고상한 취미와 그윽한 태도로 폐하를 모시고 있습니다.

다마카즈라 부인은 출가에 뜻을 품었으나 아들들이 만류하는 터라 뜻을 접지 않을 수 없었습니다.

"아직은 누이들의 뒤를 보살펴야 하니 차분하게 불도 근행에 정진하실 수도 없을 것입니다. 당분간 두 누이가 자리를 잡는 것을 지켜보시면서 비난받을 만한 일이 없어지면 그때 불도에 전념하도록 하십시오."

다마카즈라 부인은 궁중 출입을 할 때에도 남의 눈에 띄지 않게 은밀하게 움직입니다.

레이제이 상황은 아직도 다마카즈라 부인에 대한 미련을 갖고 있는 터라, 무슨 용건이 있어도 절대 찾아 뵙지 않습니다. 옛일을 생각하면 죄스러울 따름이라 모두의 반대를 무릅쓰고 사과하는 의미로 큰딸을 상황에게 바쳤는데, 행여 찾아 뵈었다가 허튼 소문이라도 나게 되면 얼굴도 들 수 없을뿐더러, 나잇값도 못하는 일이 될 것이라 생각하기 때문입니다.

딸인 미야스도코로에게도 이런 속사정이 있음을 털어놓을 수는 없는데, 미야스도코로는 좀처럼 찾아주지 않는 어머니를 원망합니다.

'옛날부터 돌아가신 아버지는 나를 각별히 귀여워하셨고, 어머니는 벚나무를 놓고 씨름을 할 때처럼 사소한 일에도 둘째 편을 드셨지. 지금도 그 점은 변함이 없으니 나는 조금도 안중에 없으신 모양이야.'

미야스도코로는 그렇다 하나 레이제이 상황 역시 미야스도코로 이상으로 다마카즈라 부인을 냉정한 사람이라 여기고 불만을 토로합니다.

"나 같은 늙은이에게 그대를 보내놓고 나몰라라 돌아보지도 않는 것이 그럴 만도 한 일이나."

상황은 미야스도코로에게 이렇게 말하나, 미야스도코로에 대한 총애는 날로 깊어만 갔습니다.

몇 년이 지나 미야스도코로는 다시 사내 아이를 낳았습니다. 상황을 모시는 후궁들에게 오래도록 이런 경사가 없었는지라, 세상 사람들은 상황과 미야스도코로의 인연이 예사롭지 않다면서 놀라워하였습니다.

레이제이 상황은 더욱이 놀라고 기뻐하며 이 어린 아들을 애지중지하였습니다. 허나 한편으로는 재위 중이었다면 태어난 보람도 있었을 터인데, 지금은 아무런 권세도 없는 입장이니 참으로 안되었다고 유감스럽게 생각합니다. 상황은 지금까지 미야스도코로가 낳은 딸을 더없이 소중하게 여겨왔는데, 이렇듯 귀여운 아들이 또 태어난 것을 신기하고 기쁘게 생각하며 미야스도코로를 더욱 애틋하게 총애하였습니다.

고키덴 여어는 그 도가 지나친 총애를 못마땅해하며 시샘하였습니다.

무슨 일이 있을 때마다 두 사람 사이가 어긋나고 평온하지 못하여, 좋지 않은 사건이 벌어지니 자연히 서먹해지고 멀어지는 듯 보입니다.

이런 경우에는 아랫것들은 물론 별 관계가 없는 제삼자까지 세상의 전례를 따라 본처의 편을 드는 것이 보통입니다. 냉천원에서도 사정은 다르지 않으니, 사람들은 신분이 고귀하고 시집온 지 오랜 분들만이 옳고 미야스도코로는 옳지 못하다고 사사건건 입방아를 찧어댑니다.

"그것 보십시오. 저희들이 올린 말씀이 틀리지 않았습니다."

오빠들까지 다마카즈라 부인에게 이렇게 역정을 냅니다. 부인은 걱정으로 마음이 어지러운데, 그런 말들을 일일이 듣는 것조차 괴로워 한탄을 합니다.

"세상에는 마음고생 하나 하지 않고 느긋하게 보란 듯이 살고 있는 사람도 많거늘. 어지간한 행운을 타고 태어나지 않은 이상 입궁이든 상황을 모시는 일은 생각조차 하지 말아야겠습니다."

그 옛날 큰아씨에게 마음을 두었던 젊은이들이 지금은 제각각 어엿하게 출세를 하여, 그 당시 결혼하였더라면 어울리는 한 쌍이었을 분들도 꽤 많습니다. 그 가운데 당시에는 젊고 연약하게만 보였던 시종 가오루가 지금은 재상 중장이 되었으니, "니오노미야여, 가오루여" 하고 듣기가 민망할 정도로 떠받들어지고 있습니다. 과연 이 사람은 인품도 신중하고 그윽하여, 고귀한 신분의 황족들과 대신이 자신들의 여식과 결혼을 시키고 싶어 청혼을 하는데, 가오루는 전혀 들은 척도 하지 않는다 합니다.

그런 소문이 귀에 들리니 다마카즈라 부인은 시녀들과 이런 말을 나눕니다.

"그 당시에는 나이도 젊어 믿음직스럽지 못하게만 보였는데, 지금은 어엿한 어른이 되신 모양입니다."

장인 소장 역시 지금은 3위 중장이 되었다 하고 평판도 아주 좋습니다.

"용모도 나무랄 데가 없었지요."

"지금 이 냉천원에서 골치 아픈 처지에 있는 것보다는 나았겠죠."

시녀들이 이렇게 심술궂은 험담을 하니, 다마카즈라 부인은 정말 마음이 안되었습니다.

3위 중장은 지금도 미야스도코로에 대한 연모의 정을 끊지 못하여 스스로를 한심하게 여기며 괴로워하고 있습니다. 좌대신의 딸과 결혼하기는 하였으나 그분에게는 전혀 애정을 느끼지 못하고 '동쪽 길 끝에 있는 히타치 지방의'라고 심심풀이 삼아 글로 쓰고 읊조리는 것은 잠시나마 만나고 싶다는 아랫구가 의미하는 바를 바라는 것일까요.

미야스도코로는 마음고생이 심한 냉천원에서의 생활을 번거로워하여 사가에 와 있는 날이 많아졌습니다. 다마카즈라 부인은 뜻대로 되지 않은 큰딸의 신세를 안타까워하는데, 폐하께 바친 둘째는 오히려 안락하고 화려하게 지내고 있으니, 우아함과 그윽함으로 좋은 평판을 얻고 있습니다.

좌대신이 세상을 떠나 유기리 우대신이 좌대신으로, 안찰사도 대납언이 좌대장 겸 우대신으로 승진하였습니다. 그 이하 직위의 사람들도 순서에 따라 승진하여 가오루 중장은 중납언이, 3위 중장은 재상이 되어 승진 축하연을 가졌는데, 모두가 같은 가문의 사람뿐 다른 가문의 사람은 찾아볼 수 없을 정도이니 그

권세가 하늘을 찌를 듯합니다.

가오루 중납언은 승진 인사차 다마카즈라 부인의 댁을 찾아, 침전의 앞뜰에서 문안의 춤을 춥니다. 가오루를 대면하고 얘기하는 부인은 목소리에도 기품과 애교가 넘치니 더없이 화사합니다.

"아무도 찾아주는 이 없는 이런 황폐한 곳을 그냥 지나치지 않고 들러주니 그 고마운 마음씀씀이에 옛일이 생각납니다."

'조금도 나이 들어 보이지 않으시군. 이러하니 레이제이 상황께서 단념하지 못하시는 게지. 상황께서 필시 무슨 일을 벌이실 듯하군.'

가오루는 이렇게 생각하면서 대답하였습니다.

"승진의 기쁨이랄 것도 없으나, 직접 만나 뵙고 싶어 찾아왔습니다. 그냥 지나치지 않았다 하심은, 평소 찾아 뵙지 못한 소홀함을 꾸짖는 것인지요."

"오늘은 늙은이가 투정을 부려서는 아니 될 날이니 삼가 조심스러우나, 일부러 발길을 하여주는 일이 좀처럼 없는데다 직접 만나지 않고 사람을 통해 이런 답답한 심정을 어찌 전할 수 있겠습니까. 실은 레이제이 상황을 모시고 있는 큰아이가 마음고생이 심하여 처신을 어찌해야 좋을지 몰라 난감해하고 있습니다. 고키덴 여어를 믿고, 또 아키고노무 중궁 역시 불쾌하여도 쾌히 받아들여주시리라 믿었는데, 두 분 모두 예의를 모르는 몹쓸 사람이라 여기시는 듯하니 견딜 수가 없습니다. 자식들은 그대로 냉천원에 남아 있으나, 본인은 마음을 다독이게 하려 이리로 데리고 왔습니다. 그 일에 관해서도 듣기 민망한 소문이 나돌고 있는데다, 상황 역시 사가로 나가 있는 것을 마땅치 않게 여기고 계시다 합니다. 좋은 기회를 엿보아 그대가 말씀을 좀 전해주세요. 중궁이든 여어든 믿고 의지할 수 있는 분이라 여겨 상황께 보낸 것입니다. 당장은 두 분 모두 허물없이 마음을 허락하여주셨으나, 지금은 일이 이렇게 되고 말았으니 처지를 모르고 세상물정을 몰랐던 저의 얕은 생각이 후회스러울 따름입니다."

다마카즈라 부인은 눈물을 흘리며 이렇게 넋두리를 늘어놓습니다.

"그렇게 상심할 일은 아니지요. 예로부터 궁살이가 힘겨운 것은 당연한 일로 여겨지고 있으나, 레이제이 상황께서는 퇴위를 하시어 편안하게 지내시면서 만사 눈에 띄지 않는 소박한 일상을 보내고 계십니다. 그 부인들 또한 마음 편하게 지내시고 있는 듯하나, 그 속에는 어찌 지고 싶지 않은 마음이 없겠습니까. 남들이 보기에는 실수라 할 수 없는 일이라도 당사자들에게는 마땅치 않게 여겨지는지 사소한 일에도 화를 내곤 하시니, 이는 여어나 후궁들에게 흔히 있는 버릇이지요. 그렇게 시시콜콜한 일에는 신경을 쓰지 않겠노라는 각오를 다지고 그 혼사를 결심한 것이 아니신지요. 모든 일을 그저 온건하게 지켜보시는 것이 좋지 않을까 싶습니다. 남자인 제가 굳이 나서서 주상드릴 일은 아니라 생각됩니다."

가오루가 이렇게 별일 아니라는 듯 말하니 다마카즈라 부인은 씁쓸하게 웃으면서 푸념을 합니다.

"모처럼 만난 기회에 투정을 부리려 하였더니, 기다리고 있었던 보람도 없이 그런 무심한 말씀을 하는군요."

매사를 억척스럽게 처리하고 있는 두 딸의 어머니라 하기에는 다마카즈라 부인의 모습이 너무도 젊고 아리땁습니다. 미야스도코로도 이런 어머니를 닮지 않았을까 생각하니, 우지에 사는 여덟째 황자 하치노미야의 딸에게 마음이 끌리는 것 또한 이런 느낌에 매력을 느끼기 때문일 것이라고 가오루는 생각합니다.

상시가 된 둘째도 그즈음에 퇴궁을 하여 사가에 있었습니다. 두 분이 사가에서 한가로이 지내는 모습은 참으로 풍정이 그윽합니다. 사방이 고요하고 잡일에 구애를 받지 않는 생활에다 발 안의 기척 또한 기가 죽을 정도로 기품이 있으니, 가오루는 절로 긴장하여 매무시를 단정히 합니다. 다마카즈라는 그 반듯한 사람이 우리 사위였다면, 하고 문득 생각합니다.

새로이 우대신이 된 분의 자택은 다마카즈라 부인의 댁에서 바로 동쪽 이웃이었습니다. 신임 축하연 날에는 젊은 공달들이 대거 손님으로 참가하였습니다. 유기리 좌대신 댁에서 있었던 활쏘기 대회와 씨름 후의 대향연에 니오노미야 병부경이 참석

하였던 것을 떠올리고 오늘의 잔치 자리 역시 빛내주었으면 하는 마음에 초대를 하였으나, 니오노미야 병부경은 끝내 출석하지 않았습니다.

사실 우대신은 소중하게 키워온 기품 있는 딸들을 니오노미야에게 꼭 보여주고 싶은 마음이 있는 듯한데 니오노미야는 어찌 된 셈인지 별 관심을 보이지 않습니다.

또한 겐 중납언 가오루가 나이가 들면서 이상적이고 훌륭한 풍채를 보이는데다 무엇 하나 남에게 뒤지는 것이 없으니 우대신과 마키바시라 부인은 눈독을 들이고 사위로 삼고 싶어합니다.

이웃인 우대신 댁이 이렇듯 오가는 수레 소리와 수행원들의 우렁찬 목소리로 시끌벅적하니, 다마카즈라 부인은 그 옛날 검은 턱수염 태정대신이 살아 계셨던 시절의 대향연을 떠올리며 깊은 시름에 잠겨 있습니다.

"반딧불 병부경이 돌아가신 지 얼마 되지 않아, 우대신이 병부경의 미망인인 마키바시라 부인의 처소에 드나들게 된 것을 세상에서는 경솔한 처신이라 험담을 많이 하였으나, 우대신의 연심은 한결같아 결국은 정실로 맞아들였으니 나름대로 바람직한 일이었지요. 남녀 사이란 정말 알 수 없는 것입니다. 대체 무엇을 믿고 의지하면 좋을지."

다마카즈라 부인은 이렇게 말합니다.

재상 중장으로 승진한 유기리 우대신의 아들 장인 소장은 축하연 이튿날 저녁나절이 되어 다마카즈라 부인 댁을 찾았습니다.

"사람 취급을 받아 조정에서 직위가 오른 기쁨 따위 별것 아닙니다. 그보다 사랑을 이루지 못하여 맺힌 한을 풀 길이 없으니."

재상 중장은 미야스도코로가 사가에 와 있다는 생각에 몹시 긴장하여 눈물을 억누르고 이렇게 말하나, 그 모습이 무척이나 의식적으로 보이는데, 나이는 스물일고여덟 살 전후로 한창 젊음을 자랑하는 풋풋하고 싱그러운 얼굴입니다.

"참으로 난감한 분이로군요. 세상일이 무엇이든 그리 뜻대로 된다 여기고 우쭐하여, 직위가 오른 것에는 별 관심도 보이지 않고 승진도 고맙다 하지 않다니. 돌아가신 태정대신이 살아 계셨다면, 우리 아들들 역시 여자일 따위로 이렇듯 한심한 꼴을 보여 마음을 끓였겠지요."

다마카즈라 부인은 이렇게 말하며 훌쩍훌쩍 눈물을 흘립니다. 두 아들이 우병위독과 우대변으로, 아직 참의가 되지 못한 것을 안타깝게 여기는 게지요. 도 시종이라 불리는 셋째 아들은 두중장이 되었습니다. 나이로 하자면 부족한 지위라 할 수 없으나 남들보다 승진이 늦으니 한탄스럽습니다. 재상 중장은 여전히 미야스도코로에게 접근하기 위해 뭐라뭐라 그럴듯한 구실을 만들려 하는군요.

하시 히메

하시 히메가 지킨다는 우지 강
그 여울물에 삿대질하며 지나가는 배
아, 쓸쓸한 우지 다리의
하시 히메의 마음을 생각하면
삿대에서 떨어지는 물방울처럼
내 소맷자락도 눈물에 젖으니

◆가오루

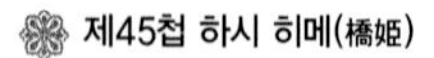

제45첩 하시 히메(橋姬)

하시 히메는 우지 강의 다리(橋)를 지키는 수호신이다. 우지를 찾은 가오루가 큰아씨에게 보낸 노래에서 이 제목이 붙었다.

그 무렵 영락하여 세상 사람들로부터 완전히 잊혀진 옛 분이 있었으니, 바로 돌아가신 기리쓰보 선황의 여덟 번째 황자이며 겐지의 이복 동생인 하치노미야입니다. 어머니도 고귀하고 어엿한 가문의 출신인지라 한때는 동궁으로 추대될 것이란 소문도 나돌았지요.

그러하니만큼 시절이 바뀌어 당대의 권력으로부터 냉대를 받게 될 사건에 연루된 후로는 그 위세를 흔적도 없이 잃고 말았습니다. 뒤를 돌보아주던 사람들도 황자가 동궁이 되리란 기대가 무너진 것에 낙담하여 포기하고는 그만 곁을 떠나고 말았습니다.

이렇게 하여 하치노미야는 공적으로나 사적으로나 전혀 의지할 곳 없는 신세가 되어 고립되고 말았으니, 그야말로 세상으로부터 버림을 받은 상태였습니다.

부인은 옛 대신의 딸이었으나 지금의 처지가 한스럽고 불안하기만 하니, 부모님이 장차 동궁의 비가 될 것이란 꿈을 품고 있었던 때를 생각하면 뭐라 말할 수 없이 괴로웠습니다. 허나 부부의 애정이 돈독하고 금실이 좋은 것을 다행으로 여기며 서로에게 의지하여 힘겨운 세상살이를 견뎌내고 있었습니다.

세월이 흘러도 후사가 없어 허전해하면서 오래도록 기다렸습니다.

"이 따분하고 쓸쓸한 생활의 낙으로 삼을 귀여운 아이라도 생겼으면 좋겠구나."

하치노미야가 늘 이렇게 바라왔는데, 뜻하지 않게 귀여운 여자 아이가 태어났습니다. 이 여식을 한없이 사랑하며 소중하게 키우는 사이에 부인이 또 회임을 하였습니다. 이번에는 사내 아이가 태어났으면 하고 바랐으나 역시 딸아이였습니다. 출산은 순조로웠으나 부인은 산후에 몸조리를 제대로 하지 못하여 병을 얻은 채 그대로 저세상으로 가고 말았습니다.

하치노미야는 너무도 큰 충격을 받고 망연자실하여 어쩔 줄을 몰랐습니다.

'이렇게 살아남기는 하였으나 살아가기가 쉽지 않구나. 참으로 견디기 어려운 일만 많은 세상이로다. 차라리 출가를 하고 싶으나 부인의 온화한 태도와 인품을 생각하면 도저히 버리고 출가할 수가 없었느니. 부인의 애정에 의지하여 출가도 하지 못하고 그럭저럭 살아왔는데, 이제는 홀로 남은 몸이 되었으니 이 허망한 세상을 헤쳐나갈 기력조차 없구나. 격식을 차려야 하는 친왕이란 신분에, 남자 혼자 몸으로 어린 두 딸을 키워야 하는

것도 흉측스럽고 체면이 서지 않는 일이니.'

이렇게 생각하며 이제는 출가의 염원을 이루어야겠다고 바라나 딸들을 맡길 사람이 없으니 두 딸을 두고 떠나는 것이 못내 걱정스러웠습니다. 주저하고 망설이다가 무심한 세월만 흘렀으니, 두 딸이 각기 더없이 귀엽고 사랑스럽게 성장하여 용모가 반듯한 것을 조석의 낙으로 삼고 지내는 사이에 끝내 출가를 하지 못하였습니다.

시녀들은 나중에 태어난 딸 때문에 부인이 돌아가셨다 하여 불길하다고 투덜거리며 작은딸을 정성껏 보살피려 하지 않습니다.

부인은 마지막 숨을 거두면서 의식이 거의 없는 가운데에서도 이 딸을 실로 가련하게 여겨 한 마디 유언을 남겼습니다.

"내가 죽으면 이 딸아이를 나의 분신이라 여기고 귀여워해주세요."

하치노미야는 부인과의 전생의 인연이 허망한 것을 원망하며 비통해하던 때였으나, 결국은 유언을 떠올리고 마음을 바꾸어 이 딸을 눈에 넣어도 아프지 않을 정도로 귀여워하였습니다.

"이렇게 된 것도 다 운명이거늘, 숨을 거두는 마지막 순간에도 그렇듯 이 딸이 가여워 훗날의 일까지 걱정을 하였으니."

그런데 이 딸의 용모가 특히 빼어나니, 사랑스럽고 아리따운 자태가 각별하였습니다.

언니는 성품이 차분하고 깊이가 있는 분으로, 용모나 몸짓에 품위가 있고 그윽하게 보입니다. 더없이 가련하여 보듬어주고 싶어지는 섬세한 느낌과 고귀한 혈통이란 점에서는 둘째를 능가합니다.

허나 하치노미야는 두 딸을 차별하지 않고 소중하게 키우고 있습니다. 생활이 궁핍하여 뜻하는 대로 되지 않는 일이 많은 가운데 세월만 흐르면서 집안은 점차 쓸쓸해져갈 뿐입니다. 시중을 들던 사람들도 앞날이 불투명하니, 더 이상 참지 못하고 하나 둘 떠나 사방으로 흩어졌습니다.

부인의 죽어 경황이 없는 때였던지라 둘째의 유모도 듬직한 사람을 고르지 못하였는데, 그 사람조차 사려가 깊지 못하여 어린 딸을 내버려두고 떠나가니 그 후로 황자는 홀로 둘째를 키웠습니다.

과연 댁내는 넓고 우아한 풍정을 자아내고 있습니다. 연못과 동산은 옛 모습을 그대로 간직하고 있으나 손질을 하지 않아 잡초가 제멋대로 자라 있는데, 하치노미야는 따분하여 수심에 잠긴 채 그 풍경을 바라보고 있습니다. 가사 따위의 번듯한 책임자도 없으니 손질을 할 일손이 없어 처마보다 웃자란 잡풀이 제 집인 양 푸릇푸릇하게 펴져 있습니다. 사계절을 따라 피고 지는 꽃과 단풍의 색과 향기도 부인과 함께 바라보고 즐겼기에 마음의 위로가 되었는데, 홀몸이 된 지금은 고독함만이 몸을 저미니 마음 붙일 곳이 없는 채 늘 몸에 지니고 있는 지불에만 정신을 집중하여 밤낮으로 근행에 정진하고 있습니다.

하치노미야는 여식들과의 인연에 얽매여 본의 아니게 출가를 하지 못한 것이 매우 유감스러웠습니다. 자신의 마음인데 어찌하여 자신의 뜻대로 할 수 없는 것인지, 전생의 숙명이 원망스럽고 분하여 견딜 수가 없었습니다. 하물며 세간의 뭇사람들처럼 재혼 따위 어찌 할 수 있으랴 하고 생각하니, 세월이 흐르면서 점점 더 속세와 멀어져 마음만은 출가를 한 자와 다름이 없습니다. 부인이 돌아가신 후로 속세의 남정네들 같은 바람은커녕 그런 마음조차 품은 적이 없었습니다.

"어찌하여 그리 고지식하게 생각하시는 것입니까. 부인과 사별하실 당시의 슬픔은, 세상에 더 이상의 슬픔이 있을까 싶을 정도셨을 터이나, 때가 지나면 그렇지만도 않습니다. 세간의 사람들처럼 재혼을 하시면 이렇듯 쓸쓸하고 황폐한 집안도 절로 다시 서게 될 터인데."

사람들이 곁에서 보다 못하여 이렇게 간언을 하며 이런저런 연줄을 더듬어 혼담을 들이밀었으나, 하치노미야는 들은 체도 하지 않았습니다.

염불을 외는 틈틈이 딸들을 상대하고, 두 딸이 점차 성장하자 금을 가르치고 바둑을 두고, 변 맞히기 등의 놀이도 하였습니다. 그런 때 두 딸의 성품을 헤아려보면, 언니는 총명하고 사려 깊고 신중하며 동생은 순진하고 가련하고 조심성이 많은 것이 실로 귀여우니, 자매가 각기 개성이 뚜렷합니다.

봄날의 화창한 햇살 아래 정원의 연못에서 물새가 노닐며 우짖는 소리가 들립니다. 하치노미야는 평소에는 신경도 쓰지 않고 간과하였는데 오늘은 자웅이 사이좋게 떨어지지 않는 것을 부러운 마음으로 바라보며 딸들에게 금을 가르치고 있습니다. 두 딸 모두 귀여운 모습에 아직은 어린 손으로 퉁기는 금의 음색이 실로 흥겹게 들려 하치노미야는 눈물을 머금고 노래를 짓습니다.

어미 새는 아비 새를 버리고
앞서 세상을 떴는데
어쩌자고 어린 새끼들은
이 덧없는 세상에
살아남은 것일까

"슬픔이 끊일 날이 없구나."

이렇게 중얼거리며 흐르는 눈물을 닦아내니, 그 모습이 실로 아름답습니다. 오랜 세월의 근행으로 몸은 야위었으나 그래서 더욱이 기품 있고 우아하게 보입니다. 딸들을 살피는 마음과 풀기가 없는 부드러운 평상복을 입은 소탈한 모습에서 오히려 그윽한 기품이 배어나오니 보는 이가 주눅이 들 정도입니다.

큰딸이 벼루를 살며시 끌어당겨 그 위에 연습을 하듯 뭐라고 흘려 쓰자 하치노미야는 종이를 내밀며 말하였습니다.

"여기에다 쓰세요. 글자는 벼루에다 쓰는 것이 아니니."
큰딸을 수줍어하며 종이에 노래를 써내려갔습니다.

어머니도 없이
어느 틈에 이렇게 자랐을까
하고 생각하니
어머니를 잃은
허망한 운명을 깨닫게 되었습니다

훌륭한 솜씨라고는 할 수 없으나, 때가 때인지라 가슴에 절실하게 와 닿습니다. 머지않아 능숙해질 필적이 기대가 되는데 아직은 글자의 이음매가 매끄럽지 못합니다.

"둘째도 써보세요."

둘째딸은 언니보다 다소 서투른 글자로 한참이나 시간을 들이며 써내려갔습니다.

슬픔에 눈물을 머금고도
자상하게 키워주시는
아버님이 안 계셨더라면
저는 언제까지나 알에서 깨어나지
못하였겠지요

딸들이 입고 있는 옷은 하도 닳고 닳아 풀기조차 없고, 곁에 시중을 드는 몸종 하나 없어 서글프기 짝이 없으나, 둘 다 더없이 귀엽고 사랑스러운 모습이라 더욱이 애처롭고 가련하게 여겨집니다.

하치노미야는 경을 한 손에 들고 독경을 하는 한편으로, 딸들을 위하여 악보를 보며 노래를 불러주기도 합니다. 큰딸에게는 비파를, 둘째에게는 쟁을 가르칩니다. 아직은 서툴러 더듬거리나 늘 합주를 하며 연습을 하는 터라 듣기에 괴롭지는 않으니, 제법 기특한 솜씨를 보여주고 있습니다.

하치노미야는 아버지 선황과 어머니 여어가 일찍 돌아가신데다, 뒤를 돌보아줄 든든한 세력도 없었던 탓에 많은 학문을 쌓지는 못하였습니다. 그러하니 하물며 이 풍진 세상을 순조로이 헤쳐나갈 처세술 따위는 터득하였을 리가 없지요. 신분이 고귀한 많은 분들 가운데 특히 기품이 있고 너그럽고 성품이 여자 같은지라, 조상 대대로 내려오는 보물과 외조부 대신이 물려준 유산 등 그 무진장한 재산이 지금은 어디로 다 가버렸는지 흔적도 없이 사라지고, 화려하고 고급스러운 세간만 잔뜩 남아 있습니다. 그런 터라 하치노미야를 찾아 뵙고 그 뜻을 헤아려 시중을 들고자 하는 이도 없습니다. 이 하치노미야는 궁중에서 따분함을 달래려 음악을 관장하는 아악료의 악사 등 음악에 조예가 깊은 자들을 불러 모아 음악놀이에 마음을 쏟으며 성장을 한 탓에, 음악에 한해서는 그 솜씨가 능란하고 훌륭하였습니다.

이 하치노미야는 겐지의 동생입니다. 레이제이 상황이 동궁으로 있었던 시절, 스자쿠 선황의 어머니인 고키덴 황태후가 음모를 꾸몄습니다. 자신의 권세를 남용하여 동궁을 폐하고 이 황자를 동궁으로 옹립하려고 하였던 것이지요.

그 때문에 겐지가 스마와 아카시를 유랑하고 도읍으로 돌아와 권좌에 복귀한 뒤에는, 본의 아니게 겐지 일족과 인연이 멀어지고 말았습니다. 그 후로 겐지의 자손들만이 줄줄이 번영을 누리고 있는 시절이니, 세간에 얼굴을 내밀기조차 꺼려하였습니다.

그런데다 지난 몇 년 동안은 생활 자체가 출가한 사람이나 다름없어진 터라, 속세에 대한 모든 바람을 체념한 상태입니다.

이렇게 지내는 동안, 살고 있던 저택에 화재가 발생하는 사건이 벌어졌습니다. 하치노미야는 잇달아 불길한 일만 생기는 자신의 운명에 몹시 낙담하였습니다. 도읍에는 달리 옮겨 살 만한 적당한 집이 없으나, 다행히 우지란 곳에 풍취 가득한 산장을 갖고 있어 그곳으로 거처를 옮기게 되었습니다. 이미 다 단념한 속세이기는 하나, 정든 도읍을 멀리 떠나자니 슬픔을 금할 수 없었습니다.

산장은 우지 강가에 있는데, 어살을 쳐놓은 곳에 가까워 급하게 흐르는 물살의 소리가 요란하게 들립니다.

"정적한 곳에서 살면서 불도 근행에 정진하고자 한 평소의 바람에는 걸맞지 않으나, 어쩔 수 없는 일이로구나."

하치노미야는 이렇게 각오를 다졌습니다. 그렇지 않아도 사는 것이 쓸쓸한데, 꽃과 단풍, 흐르는 물소리를 낙으로 삼으니 이전보다 수심에 잠기는 일이 많았습니다.

이렇게 세상과는 완전히 인연을 끊은 채 야산에 칩거한 생활 속에서도 부인이 살아 있다면 하는 간절한 마음은 여전하니, 그리움에 사무치지 않는 날이 없었습니다.

고락을 함께하였던 그리운 사람도
둘이 같이 살았던 집도
모두 연기가 되어 사라지고 말았는데
어찌하여 나만 홀로 남아 있는 것인가

하치노미야는 살아 있는 보람마저 없다는 듯 죽은 부인을 애타게 그리워합니다.

끝내 산 속 깊은 곳에 살게 된 후로는 애써 찾아오는 이 한 사람 없습니다. 신분이 낮은 하인과 시골 냄새를 풍기는 나무꾼들이 간혹 문턱을 넘나들며 잡일을 거들 뿐입니다.

이렇게 하치노미야는 산 속 깊은 곳에서 걷히지 않는 아침 안개처럼 마음을 닫고 한없는 수심에 잠겨 세월을 보내고 있었습니다.

헌데 이 우지의 산 속에 성승에 가까운 고매한 아사리가 살고 있었습니다. 학문에도 뛰어나고 세인들의 신망도 두터운데도 궁정의 불사에는 거의 출석하지 않고 산에만 틀어박혀 지냅니다.

하치노미야가 이렇게 가까운 곳에 살게 된데다 적막하게 생활하는 가운데에서도 염불 수행을 쌓는 한편 자신에게 경전을 배우는 것을 가상히 여겨, 아사리는 하치노미야를 존경하며 수시로 산장을 찾아 뵈었습니다.

아사리는 하치노미야가 오랜 세월에 걸쳐 공부하여 터득한 경전의 깊은 속뜻을 설명하면서, 이 세상은 모두가 헛된 것이며 무상하고 잠시 거쳐 가는 곳임을 가르칩니다.

"몸은 아직 속세에 있으나 마음만은 '극락정토의 맑은 연못에 핀 연꽃에 올라 살 수 있을 듯한데', 이 어린것들을 버리고 떠날 수가 없어 출가를 결행하지 못하고 있습니다."

하치노미야는 아사리에게는 이렇게 마음을 털어놓고 얘기합니다.

이 아사리는 레이제이 상황과도 친분이 있어, 찾아 뵙고 경전을 가르치기도 합니다. 도읍으로 올라간 길에 냉천원을 찾아, 늘 그렇듯 상황이 경전을 공부하고 묻는 질문에 대답을 합니다. 그러던 어느 날 아사리는 하치노미야의 소식을 전하였습니다.

"그 황자는 실로 총명하고 뛰어나신 분으로 불교의 학문에도 조예가 깊어 깨달음의 높은 경지에 올라 있습니다. 불도의 인연으로 태어나신 분이라 할 수 있지요. 맑고 깨끗한 모습이 그야말로 성승의 풍채라 여겨집니다.”

“아직 머리를 깎지 않고 속세의 모습 그대로 있다는 말인가. 젊은이들이 그분을 일컬어 ‘속성’이라 한다 하는데, 참으로 갸륵한 일이로다.”

레이제이 상황은 이렇게 말하였습니다.

그때 재상 중장 가오루도 자리에 함께하고 있었습니다.

‘나야말로 이 세상이 무상하고 덧없다는 것을 잘 알면서도 부지런히 근행도 하지 않고 허송세월만 하고 있구나.’

가오루는 몸은 속세에 있으나 마음은 스님이 되어 있다는 그분을 남몰래 부러워하면서, 과연 그 마음가짐은 어떠한 것일까 하여 귀를 바짝 곤두세우고 말씀을 듣습니다.

“그분은 애당초 출가를 염원하였으나 사소한 일로 주저하였는데, 지금은 딸들의 신상이 가여워 버리고 떠날 수 없다 하며 한탄을 하고 있습니다.”

아사리는 또 이렇게 말씀을 올립니다. 신분은 중이나 과연 음악을 좋아하는 아사리인지라 황자를 고풍스럽게 칭찬하기도 합니다.

“그분의 따님들이 합주를 하는 금의 음색이 우지 강의 물결 소리와 앞을 다투어 들리니 더없이 훌륭한 풍정이었습니다. 그곳이야말로 극락이 아닐까 싶을 정도였지요.”

레이제이 상황은 미소를 띠고 이렇게 말합니다.

“그렇듯 성승에 가까운 분의 슬하에서 성장한 딸이라 하기에 속세의 일은 아무것도 할 줄 모르리라 여겼는데, 금 솜씨가 뛰어나다니 거 참 흥미롭군요. 하치노미야가 걱정이 큰 나머지 딸들을 버리고는 출가를 하지 못한다고 하는데, 내 목숨이 다소나마 오래 붙어 있거든 내게 딸을 맡기는 것이 어떨지요."

레이제이 상황은 기리쓰보 선황의 열 번째 황자로 여덟 번째 황자인 하치노미야의 동생입니다. 스자쿠 선황이 셋째 황녀 온나산노미야를 육조원의 겐지에게 맡긴 전례가 있으니, 문득 하치노미야의 딸들을 맡아 따분할 때 놀이 상대로 삼으면 어떨까 하고 생각한 것입니다.

가오루는 불도에 전념하는 하치노미야의 모습을 직접 만나보고 싶은 마음이 간절해졌습니다.

그래서 아사리가 산으로 돌아가려 하는 때, 자신의 뜻을 아사리에게 전하고 부탁하였습니다.

"반드시 찾아 뵙고 지도를 받고 싶으니, 아사리가 우선 그분의 의향을 살펴주십시오."

레이제이 상황도 형님인 하치노미야에게 전갈을 보내었습니다.

"사람을 통해 소식을 전해 듣고 감개무량하였습니다."

속세를 꺼려하는 내 마음은
우지에 있는 그대를 동경하나
첩첩 구름이 앞을 가로막아

찾아갈 수 없으니
그대가 나를 꺼려하는 것은 아닐는지

아사리는 이 편지를 지닌 사자를 앞세우고 하치노미야를 찾았습니다. 예사 신분의 사람조차 문안을 하자고 사자를 보내는 일이 없는 적막한 산골에서 편지를 받으니, 하치노미야는 기뻐하며 장소에 어울리는 술과 안주를 준비하여 두 사람을 접대하였습니다.

레이제이 상황에게 답장을 쓰나, 불도 수행에 관해서는 쓰지 않는 겸손을 보였습니다.

속세와 아주 인연을 끊고
초연하게 지내는 것은 아니니
이 세상이 시름에 겨워
한적한 우지의 산골에
임시 거처를 마련하였을 뿐입니다

답장을 본 레이제이 상황은 역시 아직도 세간에 원한이 남아 있는 것이라 짐작하고, 딱하게 되었다며 애달프게 생각합니다.

아사리는 하치노미야에게 가오루의 신심이 매우 깊어 보였다는 것을 전하고, 덧붙여 이렇게 말하였습니다.

"가오루 중장은 '어렸을 때부터 경문의 진수를 공부하고 싶은 마음이 컸으나, 출가도 하지 못하고 속세에서 지내다 보니 여러 가지 일로 분주하여 세월만 보내고 있습니다. 때로는 칩거하여 혼자서 경문을 읽으며 공부하였습니다. 어차피 이렇다 할 일 없는 몸이니 세상을 등지고 산다 한들 애석해할 이도 없는데, 일심으로 불도 수행에 정진하지 못하고 속사에 쫓기며 지내고 있는 때, 뜻하지 않게 하치노미야 님의 흔치 않은 삶의 모습을 전하여 듣고 진심으로 존경하게 되었습니다'라고 간절하게 말하더군요."

"자신의 신상에 불행한 일이 생기면 모든 것을 원망하면서, 그것을 계기로 이 세상이 잠시 머물다 가는 곳이라는 것을 깨달아 도심이 이는 법인데, 가오루 중장은 아직 나이도 젊고 뜻하는 바를 모두 이루어 부족함이 전혀 없는 입장에 있으면서도 후세의 일까지 생각하고 탐구를 하였다 하니, 실로 드물고 감복할 일입니다. 내 경우에는 이 세상에 염증이 나, 부처님께서 출가를 하라고 권한 것이나 진배없으니 절로 차분하게 근행 삼매에 빠지는 생활이 가능하였다고는 하나, 이미 남은 목숨이 오래지 않으니 이렇다 할 깨달음도 얻지 못하고, 과거도 미래도 모르는 채 생을 마감하지 않을까 싶습니다. 그에 비하면 가오루 중장은 내가 부끄러울 만큼 훌륭한 불법의 벗인 듯합니다."

하치노미야가 이렇게 말하니, 그 후로는 서로가 편지를 주고받는 한편, 가오루가 직접 황자를 만나기 위하여 우지로 걸음을 하였습니다.

우지의 산장은 말로 전해 들었던 것보다 한층 적막하고 풀을 엮어 지은 초막 같은 곳이었습니다. 그 탓인가 세간을 비롯하여 생활의 모습까지 모든 것이 실로 단출하였습니다.

같은 산골이라도 나름대로 생활하기에 편리하고 한가로운 곳도 있을 터인데 낮에는 거친 물소리에 마음의 시름을 잊을 수가 없고 밤이면 또 밤대로 마음 편히 꿈도 꿀 수 없을 정도로 바람이 휘몰아칩니다.

'성승 같은 심경에 있는 하치노미야께 오히려 속세의 집착을 끊기에 좋은 환경일지도 모르나, 아씨들은 과연 어떤 심정으로 지내고 있을까. 이런 생활을 하고 있으니 세간의 여자들처럼 나긋나긋한 여자다움과는 인연이 멀지는 않을까.'

가오루는 산장을 둘러보고 이렇게 짐작하였습니다.

아씨들은 불전을 모신 방과 겨우 장지문 하나로 나뉘어 있는 방에 거처하고 있는 듯합니다. 다감한 사내라면 호기심이 일어 다가가 농지거리라도 걸어 아씨들의 환심을 사고 싶어질 만한 곳입니다. 그러하니 가오루 역시 어떤 분일까 하여 마음이 쏠리는 듯 보입니다.

허나 가오루는 그런 번뇌를 벗어던지고자 하여 이런 깊은 산속을 찾은 것인데, 그 마음을 거역하고 색스런 말을 건네고 농을 거는 것은 본래의 뜻에 어긋나는 행실이라고 반성을 합니다. 그리하여 존경스럽고 감동적인 하치노미야의 모습을 우러르며 종종 발길을 하고 있습니다.

그런 가오루가 바라던 대로 하치노미야는 속세에 있으면서 수행하는 자답게, 산에 칩거하여 수행하는 깊은 의미와 경전에 관한 많은 가르침을 가오루에게 나누어 주었습니다. 그러는 가운데에도 자신의 박학함을 자랑하는 경솔함은 전혀 보이지 않았습니다.

세상에는 엄격한 고행을 감내하고 있다고 자처하는 수행승과 학문에 뛰어난 승은 많으나, 고매한 승도나 승정 같은 신분의 승은 딱딱하여 친근해지기 어려운데다 세상의 일로 분주하여 융통성이 없으니, 어떤 질문을 받아 그 도리를 명료하게 가르쳐 줄 때에도 대단히 거만한 느낌이 듭니다. 또한 그저 계율을 받았을 뿐 내세울 것 하나 없는 법사에 인품도 천박하고 사용하는 말도 사투리가 섞여 있고 조잡하며, 무례하고 뻔뻔한 자는 불쾌하기 짝이 없습니다. 낮에는 정무에 쫓겨 틈이 없으니, 조용한 저녁나절에 마음을 차분히 가라앉히고 가까이로 불러들여 얘기상대로 삼기에도 그런 자들은 성가시기만 할 뿐이니 마음이 내키지 않습니다.

헌데 하치노미야는 품위도 있고 딱할 정도로 조심스러운데다 주변에 흔히 있는 예와 비유를 들어 부처님의 가르침을 알기 쉽게 설명합니다. 깨달음의 최고의 경지에 오른 것은 아니나 역시 고귀한 분인지라 만사의 도리를 이해하는 점에서도 보통 사람들과는 다르니, 각별히 뛰어난 듯합니다.

가오루는 친분을 쌓아갈수록, 늘 하치노미야를 뵙고 싶은 마음이 간절하였습니다. 바빠 틈을 낼 수 없어 오래도록 뵙지 못하면 하치노미야가 그리웠습니다.

가오루가 이토록 하치노미야를 존경하니, 레이제이 상황도 수시로 편지를 보냅니다. 오랜 세월 사람들의 소문에조차 오르지 못하고 적막감만 감돌았던 산장에 사람들의 그림자가 종종 비치기 시작하였습니다. 때로는 레이제이 상황이 사자와 함께 생활 용품을 보내기도 합니다. 가오루 역시 이렇다 할 기회만 있으면 만사를 제쳐놓고 마음을 쓰고 보살피니, 풍류 면에서나 일상적인 생활 면에서나 그 세월이 3년이나 지속되었습니다.

가을도 어언 끝나갈 무렵이었습니다. 하치노미야는 매해 계절마다 염불 법회를 갖는데, 이 계절 우지 강가에 있는 산장은 어살에 스치는 물살의 소리가 요란스럽게 울려 조용하지 않으니, 아사리가 지내고 있는 절의 불당으로 자리를 옮겨 이레 동안 염불 근행에 임하였습니다.

아씨들은 불안하고 허전하고 따분함이 한결 더하여 상념에 젖어 지내는 시간이 많았습니다.

가오루는 우지 산장을 꽤 오래도록 찾지 못하였다 싶으니 그길로 우지를 향하였습니다. 밤 깊은 하늘에 새벽달이 떠오를 즈음 도읍을 출발하였습니다. 은밀히 행하는 걸음이라 수행원도 많지 않고 옷차림도 눈에 띄지 않도록 허술하게 차려입었습니다. 산장은 우지 강의 이쪽 기슭에 있어 배로 건너야 하는 번거로움이 없으니 말을 타고 갔습니다. 산길에 접어들자 안개가 자욱하여 앞도 잘 보이지 않아 길을 알 수 없는데, 무성한 잡풀을 헤치고 나아가자 세찬 바람이 몰아치면서 우수수 흩어지는 나뭇잎에서 이슬이 떨어집니다. 그 이슬이 몹시 차가워, 자청하여 나선 길이기는 하나 흠씬 젖고 말았습니다. 평소 이렇듯 은밀한 걸음은 좀처럼 하지 않는 터라 불안한 한편, 흥취가 느껴지기도 하였습니다.

산에 휘몰아치는 바람을
견디지 못하고 떨어지는
나뭇잎의 이슬보다
연유도 없이 떨어지는
내 눈물의 구슬픔이여

가오루는 이렇게 읊조립니다.

산가의 사람들을 깨우고 싶지 않으니 수행원들에게 앞을 물리라는 소리도 내지 말라 이릅니다. 울타리 사이를 헤치고 들어가면서, 어디를 흐르는지도 모르게 졸졸 흐르는 개울물을 밟는 말발굽 소리에도 조심을 하는데 몸에서 풍기는 향기는 숨길 수가 없으니, 바람을 타고 퍼지는 향기에 대체 어느 누가 지나가는가 싶어 놀라 잠에서 깨어나는 사람들도 있었습니다.

산장이 가까워지자 무슨 악기인지는 분명치 않으나 마음을 울리는 합주 소리가 고즈넉하게 울려 왔습니다. 하치노미야가 평소 이렇게 아씨들과 합주를 한다는 얘기는 들었으나 아직은 그럴 만한 기회가 없어 하치노미야의 그 명성이 자자한 금 소리를 들어보지 못하였으니, 마침 적당한 때에 왔다고 생각하면서 가오루는 산장으로 들어섰습니다. 그것은 비파 소리였습니다. 황종조 선율의 흔한 것들을 끌어 모은 곡인데 장소가 장소인 탓인가 신선하게 들리고, 술대로 내려치는 소리도 청명하고 정취가 깊었습니다. 또한 가슴을 저미는 듯한 쟁의 우아한 음색도 드문드문 섞여 들립니다.

가오루는 잠시 합주를 듣고 싶어 몸을 숨기고 있었으나 그 몸에서 풍기는 향기는 숨길 수가 없으니, 숙직자인지 볼품없는 사내가 나와 퉁명하게 말하였습니다.

"하치노미야 님께서는 지금 이러저러한 사정으로 산사에서 근행에 임하고 계십니다. 사자를 보내어 방문을 알리도록 하겠습니다."

"아니, 됐다. 날을 잡아 수행하고 계시다는데 방해하는 것은 좋지 않은 일이지. 그보다 이렇게 밤이슬에 젖어가며 찾아왔는데 만나보지도 못하고 돌아가는 아쉬움을 아씨들께 전하여, 안되었다는 한 마디라도 들을 수 있다면 좋겠구나."

"그렇게 전해올리지요."

사내는 흉물스러운 얼굴에 환한 미소를 띠고 대답한 후 돌아서려 합니다.

"잠깐 기다리거라. 지금까지 소문만 여러 차례 들었을 뿐, 언젠가는 꼭 듣고 싶었던 아씨들의 합주 소리가 들리는구나. 마침 잘 되었다. 잠시 몸을 가리고 들을 만한 곳은 없겠느냐. 불손하게 가까이 다가갔다가 연주를 멈추게 되면 그야말로 아쉬운 일이니."

가오루가 이렇게 말하니, 그 훌륭한 풍채와 용모가 이렇듯 하잘것없는 사내의 마음마저 감동시켰는지, 사내는 황송하여 몸 둘 바를 모릅니다.

"아무도 듣는 이가 없을 때에는 밤낮으로 이렇게 합주를 하나, 도읍에서 찾아온 이가 머물러 있을 때에는 비록 그가 하인일지라도 악기 소리를 내지 않습니다. 황자께서는 아씨들이 있다는 것마저 세상에 알리고 싶어하지 않는 듯하시고, 평소에도 늘 그리 말씀하십니다."

가오루는 웃으면서 이렇게 말하였습니다.

"공연한 애를 쓰시는구나. 그렇듯 감추지 않아도 세상에서는 벌써 존귀한 분이 있다 하여 소문이 널리 퍼져 있는 것을. 알겠으니, 앞서거라. 나는 흑심 따위는 손톱만큼도 없는 사람이니. 아씨들이 이런 벽촌에서 지내는 모습이 신기하여 예사로운 분들 같지 않구나."

"아아, 황공하오나, 경솔한 자라 하여 꾸중을 들을지도 모르겠습니다."

사내는 이렇게 말하면서도 대나무 울타리가 둘러쳐져 있어 그곳만 특별하게 구분되어 있는 아씨들의 방 앞뜰을 가리키면서 안내하였습니다. 그리고 사내는 가오루의 수행원들을 서쪽 복도로 불러들여 공손하게 접대합니다.

아씨들의 방으로 통하는 울타리의 문을 살며시 밀어 열어보니, 방 앞에 걸려 있는 발이 짧게 걷어 올려져 있고, 안개 낀 달빛 아래 아름다운 하늘을 올려다보고 있는 시녀들의 모습이 보입니다.

툇마루에는 가녀린 몸집에 풀기가 없는 낡은 옷을 입어 추워 보이는 여동 한 명과 차림새가 같은 시녀들이 있습니다. 방 안 깊숙이에는 아씨 한 명이 기둥에 몸을 가리고 앉은 모습으로 비파를 앞에 놓고 술대를 만지작거리고 있습니다.

그때 구름을 헤치고 나온 달이 화사하고 밝은 빛을 비추었습니다.

"부채가 아니라 이 술대로도 달님을 부를 수 있네요."

이렇게 말하며 하늘을 우러러 달을 바라보는 아씨의 얼굴이 달빛에 드러났는데, 뭐라 형용할 수 없이 귀엽고 반짝이듯 아름답습니다. 그 옆에서 물건에 기대어 있던 다른 아씨가 금 위로 몸을 기울이더니 이렇게 말하면서 은은한 미소를 짓습니다.

"술대가 지는 해를 되돌린다는 얘기는 무악에도 있어 알고 있는데, 그대는 참 묘한 발상을 하였군요."

그 미소에서 한결 차분하고 품위를 갖춘 고상함이 느껴집니다.

"술대로는 달님을 부를 수 없을지 모르나, 술대를 보관하는 곳을 은월이라 하니 달과 인연이 아예 없다고는 할 수 없지요."

이렇게 느긋하게 두서없는 농담을 주고받으며 즐거워하는 두 분의 모습이 보지 않고 상상만 하였던 것과는 전혀 다르니, 정말 사랑스러운 매력이 있습니다.

시녀들이 읽어주는 옛이야기를 들어보면 반드시 이와 비슷한 내용이 있습니다. 설마 그런 일이 있을 수 있을까, 지어낸 이야기일 것이라고 반감을 품고 있었는데 정말 이렇듯 정취에 넘치는 일이 알려지지 않는 경우도 있기는 한 모양이라며 가오루는 아씨들에게 마음이 끌렸습니다.

안개가 너무 짙어 아씨들의 모습이 확실하게는 보이지 않습니다. 또 아까처럼 달이 구름 사이를 헤치고 나왔으면 좋겠다고 생각하는데, 안에서 손님의 내방을 알린 시녀가 있었는지, 갑자기 발이 내려지면서 모두들 안쪽으로 들어가버리고 말았습니다. 서두르는 기척은 느껴지지 않으니 옷자락이 스치는 소리 하나 없이 부드럽고 나긋하게 살짝 숨는 두 분의 모습이 실로 애처로울 정도로 가련하고 더없이 고귀하고 우아하게 느껴지니 가오루는 가슴이 벅차오르는 듯하였습니다.

마침내 그 자리를 살며시 떠나, 돌아갈 수레를 끌고 오라고 도읍으로 사자를 보내고는 숙직하는 사내에게 이렇게 말합니다.

"공교롭게도 하치노미야 님께서 자리를 비우셨을 때 찾아왔으나, 오히려 기쁜 일이 있어 우울하였던 마음에 다소 위로가 된 듯하구나. 내가 찾아왔노라고 아씨들에게 전하거라. 밤이슬에 흠뻑 젖고 말았다는 투정이라도 부리고 싶으니."

숙직하는 사내는 아씨들에게 가오루의 말을 전하였습니다.

아씨들은 가오루가 자신들의 모습을 엿보고 있는 줄은 꿈에도 모르고 느긋하게 합주를 하고 있었으니, 행여 그 소리를 듣지는 않았을까 염려스럽고 부끄러웠습니다. 그러고 보니 이상하게 좋은 향기가 나는 바람이 불어왔는데 설마, 하고 전혀 눈치를 채지 못한 것이 어리석었다면서 어쩔 줄을 모르는 채 부끄러워만 합니다.

문안 인사를 전달하는 시녀 역시 이런 일에 익숙하지가 않아 유연하게 대처하지 못하는 듯합니다. 가오루는 삼가 조심을 하는 것도 때와 장소에 따르는 것이라 생각하고, 안개 때문에 자신의 모습이 잘 보이지 않는 것을 좋은 빌미로 삼아 발 앞으로 다가가 앉았습니다. 세련되지 못한 젊은 시녀들은 무슨 말로 상대를 하면 좋을지를 모르니 방석을 내미는 손길도 어색하기 짝이 없습니다.

"발을 사이에 놓고 대면하자니 몹시 거북하군요. 일시적인 충동으로서야 찾아 뵙기가 쉽지 않은 험악한 산길을 이렇듯 헤치고 왔는데, 뜻밖의 대접을 하니 너무합니다. 번번히 이슬에 젖어 찾아가다 보면 내 마음을 알아줄 것이라 여기고 기대하고 있었는데."

가오루는 이렇게 진지하게 말합니다.

젊은 시녀들은 뭐라고 술술 응대하지 못하고 그저 꺼져들어 갈 듯 부끄러워만 하고 있으니, 보다 못하여 늙은 시녀를 깨워 오라 명하였는데 시간이 몹시 걸립니다. 공연히 거드름을 피우는 것처럼 여겨지면 곤란하겠다 싶어 큰아씨가 교양 있는 우아한 목소리로 조심스럽게 말을 꺼냅니다.

"저희들은 만사를 잘 헤아리지 못하니, 뭐라 대답을 하면 좋을지 몰라."

"실은 잘 알고 있으면서 타인의 시름을 모르는 척하는 것 또한 세상에 흔히 있는 관례이나 아씨들까지 그렇듯 섭섭하게 말하는 것이 참으로 유감스럽습니다. 모든 것을 깨달아 알고 계시는 아버님과 함께 생활하는 아씨들 역시 모든 것을 헤아려 꿰뚫고 있을 터인데, 가슴에 깊이깊이 품고 있는 정을 미처 감추지 못하는 내 마음의 깊고 옅음 정도는 족히 헤아려야 깨달음의 보람도 있는 것이지요. 나를 세상의 뭇 사내들 같은 호색한이라 여기지 말았으면 합니다. 그 방면으로는 굳이 권하는 자가 있어도 그 말을 곧이곧대로 따르지 않는 강직한 사람입니다. 나의 성품에 대해서는 절로 들리는 바가 있을 터이지요. 아직은 대화를 나눌 상대도 없이 따분하게 지내는 나와 세상 돌아가는 얘기나마 나눌 수 있는 분이라 믿고 있습니다. 또 이렇듯 세간에서 멀리 떨어진 곳에서 생활하는 아씨들 역시 갖가지 시름이 많을 터이니, 시름이라도 풀 겸 편지를 주고받는 정도의 친분을 쌓을 수 있다면 얼마나 기쁜 일이겠습니까."

이렇게 가오루가 온갖 얘기를 하는데도 큰아씨는 수줍어 대답을 하지 못하고, 깨어난 늙은 시녀가 다가오자 그쪽에 응대를 맡겼습니다.

"이런 황송한 일이 있나. 대체 이게 무슨 실례란 말입니까. 발 안으로 들여야 마땅하지요. 젊은 사람들은 예의범절이란 것을 모르니 참으로 딱합니다."

늙은 시녀가 이렇게 주제넘게 마구 말을 뱉어내는데, 그 목소리에 늙은 기색이 역력하니 아씨들은 민망해합니다.

"정말 어찌 된 일일까요. 하치노미야 님께서는 사람들 축에 끼이지도 못할 행색을 하고 있어, 당연히 찾아와야 할 사람들조차 예의를 갖추는 일이 없어 날로 고립되어가고 있는데, 이렇듯 고마운 마음을 베풀어주시니 아무것도 모르는 저 같은 것도 얼마나 고마운지 모르겠습니다. 하물며 아씨들이 그 후의를 헤아리지 못할 리 없으나, 입을 열어 말씀을 드리기가 부끄러운 게지요."

이렇게 거리낌 없는 말투로 얘기하는 것이 왠지 얄밉게 느껴지기도 하나 그 몸짓에는 중후함이 있고 목소리도 제법 우아합니다.

"지푸라기라도 잡고 싶은 애타는 심정이었는데 그렇게 말하여주니 고맙군요. 그대가 만사를 헤아려주니 믿음직스럽습니다."

이렇게 말하고 물건에 몸을 기대고 앉아 있는 그 모습을 시녀들이 휘장 사이로 엿보니, 어스름한 새벽이라 사물을 제대로 분간할 수 없는데도, 그야말로 은밀한 걸음을 한 듯 허름한 평상복 차림이 안개에 푹 젖어 있습니다. 또한 이야말로 이 세상이 아닌 극락정토의 향기가 아닐까 싶을 정도로 사방에 방향이 가득하였습니다.

늙은 시녀가 훌쩍훌쩍 울음을 터뜨렸습니다.

"분수를 모르는 자라 꾸짖지는 않을까 하여 참고 있었으나, 오랜 세월 이 서러운 옛이야기를 할 수 있는 기회를 어떻게 잡아 말씀을 여쭐까, 그 단편이나마 알아주셨으면 하는 마음에 염불을 하는 동안에도 바라고 빈 보람이 있었던 것일까요. 부처님의 영험이 있어 이렇듯 만나 뵈니, 아직 아무 얘기도 하지 않았는데 벌써부터 흐르는 눈물을 가눌 수 없어 뭐라 말씀을 드리지 못하겠습니다."

몸을 떨며 우는 모습이 진심으로 슬퍼 견디기 어려운 듯 보입니다.

대체로 나이 든 사람들이란 눈물이 많다고 들어 알고 있으나, 이렇듯 심하게 슬퍼하는 것은 이상한 일이라고 가오루는 의심합니다.

"이곳을 몇 번이나 찾곤 하였는데, 그대처럼 정리를 아는 사람이 없었던지라 늘 이슬에 젖은 길을 홀로 오갔습니다. 좋은 기회이니 모든 것을 남김없이 털어놓으세요."

"이렇게 좋은 기회는 좀처럼 없겠지요. 또 있다 하여도 내일 목숨이 어찌 될지 알 수 없는 늙은이이니, 그저 이런 늙은이가 이 세상에 살다 갔다는 것만이라도 알아주셨으면 합니다. 삼조궁에서 시중을 들었던 시녀 소시종은 이미 죽었다는 소식을 얼핏 들었습니다. 그 시절 친근하게 지냈던 같은 연배의 사람들도 대부분 세상을 떠났지요. 저는 이렇게 늙은 몸으로 먼 시골에서 연고를 더듬어 도읍으로 올라온 뒤 지난 5, 6년 동안 이곳에서 시중을 들었습니다. 도 대납언이라 하는 분의 형님이며 위문독이었던 분이 젊은 나이에 돌아가셨는데, 그 일은 모르고 계실 터이지요. 혹은 언뜻 소문을 들으셨는지요. 위문독님이 돌아가신 것이 바로 엊그제만 같고 소맷자락을 적셨던 눈물 또한 아직 마르지 않았는데, 가오루 님은 이렇듯 어엿하게 성장하셨으니 그 나이로 보아도 마치 꿈만 같습니다. 그 가시와기 위문독님의 유모였던 자가 소인 변의 어머니였습니다. 그런 터라 저 역시 밤낮으로 곁에서 시중을 들었지요. 사람 축에도 끼이지 못하는 보잘것없는 몸이나, 위문독 님은 누구에게 알릴 수도 없어도 혼자 가슴에 묻어두기에는 벅찬 얘기를 때로 저에게 흘리곤 하셨습니다. 병세가 중하여 끝내 임종이 가까워지자 저를 머리맡에 불러들여, 몇 마디 유언을 하셨습니다. 그 가운데 무슨 일이 있어도 가오루 님이 아셔야 할 일이 한 가지 있습니다. 그 뒷이야기가 듣고 싶으시다면 언젠가 날을 달리하여 천천히 말씀 올리지요. 젊은 시녀들이 제가 말이 많다 하여 흉물스럽다, 분수를 모른다며 눈짓을 보내고 비난하니, 그 또한 합당한 일이지요."

늙은 시녀는 거기까지만 말하고는 입을 다물어버렸습니다.

가오루는 뭐라 말할 수 없이 기분이 이상하였습니다. 마치 꿈 속에서 계시를 들은 것 같기도 하고, 귀신이 씌인 무당이 묻지도 않은 얘기를 하는 것 같아 괴이한 일이라 생각하는 한편, 시녀가 늘 애절하게 마음에 걸려 미심쩍었던 일에 관계된 일인 듯 얘기하니 더 듣고 싶기는 하였지만, 사람들의 눈이 많은데다 느닷없이 옛일에 연루되어 밤을 새우는 것도 무례한 일인 듯 여겨졌습니다.

"이렇다 하게 짐작이 가는 바는 없으나, 옛이야기라 하니 왠지 그립고 마음이 애틋합니다. 언젠가 그다음 이야기를 꼭 들려주세요. 안개가 걷히면 이 거북하고 볼썽사나운 모습이 아씨들에게 실례라 하여 비난을 들을 듯하니 아쉽기는 하나 이만 자리를 뜨겠습니다."

가오루가 이렇게 말하고 자리에서 일어나는데, 하치노미야가 은거하고 있는 절에서 울리는 종소리가 희미하게 울려왔습니다. 사방에는 아직도 안개가 자욱하게 끼어 있습니다.

산사와 산장 사이가 '겹겹이 낀 구름으로 떨어져 있는 듯하여 서글프니', 하물며 아씨들의 마음은 얼마나 애달플까 하여 가오루는 몹시 안쓰럽게 생각합니다.

'온갖 상념에 잠겨 있을 터이지. 이렇듯 몸을 은닉하고 온갖 생각에 빠져 사는 것도 무리는 아닌 듯싶구나.'

새벽녘의 마키노오 산

돌아가는 멀고 먼 길조차
보이지 않을 만큼
자욱하게 낀 안개

"참으로 애처롭구나."

돌아가려다 다시 걸음을 돌리고 떠나기가 아쉬운 듯 우뚝 서 있는 모습이, 이렇게 세련된 귀인을 익히 보아온 도읍 사람들에게도 각별히 훌륭하게 보이는데 하물며 이런 산골에 박혀 사는 시녀들의 눈에는 흔치 않은 아름다움으로 비쳤겠지요. 시녀들은 주눅이 들어 답가도 제대로 전하지 못하니, 역시 큰아씨가 조심스럽게 노래를 읊었습니다.

언제나 구름이 껴 있는
깎아지른 봉우리의 벼랑길에
요즘은 가을 안개까지 끼어
아버님과 더욱 멀어지니
서러워라

살며시 한숨을 내쉬는 기척이 느껴지니 가오루는 가슴이 메는 듯하였습니다.

아무런 정취도 없는 산골에서 아씨들의 안쓰러운 모습을 보다 보니 날이 밝아왔습니다. 너무 밝아져 얼굴이 드러나는 것도 부끄러운 일입니다.

"말씀을 듣고 보니 도리어 여쭙고 싶은 것이 많이 생겼으나, 그다음 이야기는 조금 더 친근해진 연후에 듣기로 하지요. 허나 예기치 않게 이렇듯 세상의 뭇 남자를 다루듯 대하니, 정리를 모르는 분은 아닐까 하여 원망스럽습니다."

가오루는 이렇게 말하고 숙직자가 마련해놓은 서향 방으로 들어가 생각에 잠겼습니다.

"어살 언저리에 사람들이 모여 웅성대는 듯한데. 빙어가 모여들지 않나, 어째 조황이 좋지 않은 듯싶으이."

수행원 중에 고기잡이에 대하여 자세히 알고 있는 자가 이렇게 말하니, 가오루는 또 이런저런 생각에 잠겼습니다. 모두가 이렇다 할 일 없는 삶인지라 보잘것없는 배 몇 척에 잡목을 싣고 물 위에 떠서 허망하게 오가는 것이 참으로 무상한 모습입니다. 자신만은 위태로운 물 위에 떠다니지 않고, 반석 같은 궁궐에 사는 안전한 몸이라고 안심해도 좋은 것일까 하고 이런저런 생각에 잠깁니다.

가오루는 벼루를 가져오라 하여 노래를 써내려갔습니다.

하시 히메가 지킨다는 우지 강
그 여울물에 삿대질하며 지나가는 배
아, 쓸쓸한 우지 다리의
하시 히메의 마음을 생각하면

삿대에서 떨어지는 물방울처럼
내 소맷자락도 눈물에 젖으니

“그 얼마나 시름이 많겠는지요.”

이렇게 써서 숙직자 편에 보내었습니다. 사내는 몹시 추운지 소름 돋은 얼굴로 편지를 가져갔습니다. 큰아씨는 답가를 쓸 종이에 먹인 향도 흔하디흔한 것이라 부끄럽기 짝이 없으나 이런 경우에는 얼른 답장을 보내는 것이 상책이라 생각하였습니다.

삿대질하며 아침저녁
우지 강을 오가는
사공의 소맷자락이
삿대의 물방울에 썩어들어가듯
슬픈 이내 몸의 소맷자락은
눈물로 썩어들어가니

“이 몸은 눈물의 강에 떠다니고 있습니다.”

몇 번을 보아도 아름다운 필치입니다. 가오루는 나무랄 데 없는 아름다운 필치를 보면서 큰아씨에게 마음을 빼앗겼습니다.

때마침 수행원들이 수레를 끌고 왔다며 성가시게 재촉을 하는지라, 이 댁의 숙직자를 불러들여 이렇게 일렀습니다.

“하치노미야 님께서 산에서 돌아올 즈음에는 내 반드시 찾아 뵈올 것이니."

가오루는 안개에 젖은 옷을 모두 벗어 이 사내에게 내리고 도읍에서 가지고 온 평상복으로 갈아입었습니다.

도읍으로 돌아간 뒤에도 가오루는 늙은 시녀 변이 한 이야기를 잊을 수가 없었습니다. 또 상상했던 것보다 한결 수려하고 운치 있는 아씨들의 모습이 눈앞에 어른거리니, 역시 이 세상은 쉬이 버릴 수 없는 것이라며 자신의 심약함을 깨달았습니다.

가오루는 아씨에게 편지를 써 보냈습니다. 연문처럼 쓰지 않고, 두툼하고 담백한 하얀 종이에 정성껏 붓을 고르고 먹물도 알맞게 찍어 멋들어지게 써내려갑니다.

"실례가 되지는 않을까 하여 조심한 나머지 하고 싶은 말도 족히 하지 못하고 돌아와 아쉬움이 큽니다. 그때도 부탁하였으나, 앞으로는 발 안으로 편히 들게 하여주십시오. 하치노미야님께서 산에서 돌아오시는 날을 헤아려, 그즈음에 다시 찾아뵙고 안개 때문에 본의 아니게 돌아온 이 마음의 울적함을 풀까 합니다."

좌근위 장감을 불러들여 이렇게 진지하게 쓴 편지를 들려 보냈습니다. 몹시 추운 모습으로 이리저리 움직이던 숙직자가 가여운 마음에, 음식을 담은 큰 찬합도 여러 개 함께 보냈습니다.

그 다음날, 하치노미야가 있는 절에도 문안 사절을 보냈습니다. 산 속에 사는 스님들 역시 늦가을의 세찬 바람에 마음까지 서늘할 터이다 싶고, 하치노미야가 머무는 동안 스님들에게도 무슨 보시가 필요할 것이라 헤아려 비단과 무명을 넉넉하게 보냈습니다. 마침 하치노미야가 근행을 마치고 산에서 내려갈 채비를 하던 아침이었던지라, 함께 수행한 스님들에게도 비단과 무명, 가사, 옷가지 등을 한 벌씩 고루 선물하였습니다.

그 숙직자는 가오루가 벗어서 준 화사하고 아름다운 간편복과 하늘하늘 부드러운 하얀 옷 등, 뭐라 말할 수 없이 좋은 향기가 밴 옷을 그대로 입고 있습니다. 옷은 바뀌어도 당사자의 몸은 바뀔 수 없는 것이니, 만나는 사람마다 그에게 어울리지 않는 소맷자락의 향기를 수상쩍게 여기는가 하면 칭찬을 하기도 하여 몸 둘 바를 모를 지경이었습니다. 그런 옷을 입은 탓에 숙직자는 마음대로 편하게 움직일 수도 없습니다. 불쾌할 정도로 사람들이 향기에 놀라고 의심스러워하여 그럴 수만 있다면 없애버리고 싶은 심정이나, 사방에 흘러넘치는 가오루의 향인지라 씻어낼 수도 없으니 참으로 안된 일입니다.

가오루는 아름답고 세련된 아씨의 답장을 흡족한 마음으로 들여다보고 있습니다. 시녀들이 가오루에게서 황자에게도 편지가 왔노라 알리고 보여드렸습니다.

"이 편지를 연애편지라 곡해하면 오히려 좋지 않겠구나. 예사 젊은이들과는 성품이 다른 듯하여, 언젠가 내가 죽은 뒤를 잘 부탁한다는 한마디를 하였는데 그 때문에 마음을 쓰고 있는 것이겠지."

하치노미야는 이렇게 말하고, 가오루가 보내준 갖가지 선물이 산사에 다 수납할 수 없을 정도였노라고 감사의 편지를 보내니, 가오루는 우지를 다시 찾아볼까 하는 생각이 들었습니다.

"그렇게 인적이 드문 산 속 깊은 곳에 숨어 사는데, 정작 만나보니 뜻밖에 훌륭한 여자였다면 사뭇 흥미롭겠지요."

언젠가 니오노미야가 그저 공상이지만 그런 얘기를 하였던 기억이 떠올라, 우지 얘기를 해주고는 부러운 마음에 애나 태우게 해주자 싶어 한가로운 저녁나절에 니오노미야를 찾아갔습니다.

평소에 하던 대로 이런저런 잡담을 나누고는 우지에 있는 하치노미야 얘기를 넌지시 꺼냈습니다. 그리고 지난번 새벽녘에 본 아씨의 모습을 세세하게 들려주니, 아니나 다를까 니오노미야는 몸이 달아하며 큰 관심을 보였습니다.

'내 생각이 딱 맞았구나.'

가오루는 니오노미야의 표정을 살피며 이렇게 생각하고는, 얘기를 계속하여 니오노미야의 마음이 더욱 설레도록 부채질하였습니다.

"그런데 그 아씨에게서 왔다는 편지는 왜 보여주지 않는 것인가? 나 같으면 보여줄 터인데."

니오노미야는 이렇게 원망을 합니다.

"글쎄. 그대야말로 그리 많은 여자들에게서 온 편지를 어디 한 통이라도 보여주었나. 그 아씨들은 나처럼 보잘것없는 사내가 독차지할 수 있는 분들이 아니니 언젠가는 볼 날이 있겠네

만, 무슨 수로 우지까지 가겠는가. 신분이 낮은 사람이야말로 사랑을 하고 싶으면 얼마든지 그럴 수 있는 세상이야. 사람 눈에 띄지 않게 그런 일들이 많은 모양일세. 외딴 산골엔 왠지 애틋하고 매력이 있을 법한 여자가 사람 눈을 피해 숨어 사는 일도 흔히 있는 모양이네. 지금 얘기한 아씨들은 출가한 사람들처럼 세상을 등지고 있는 터라, 세련미도 없을 것이라 업신여기고 오래도록 소문에도 귀를 기울이지 않았는데, 으스름달빛 아래 보아 그렇기는 하나, 달빛 탓이 아니라면 결점 하나 없는 미인이라 할 수 있을 것이네. 그 용모며 몸짓이며, 그렇게 완벽한 여자야말로 이상적이라 할 수 있겠지."

이렇게 니오노미야를 자극하여 선망하도록 하였습니다.

얘기를 끝낼 즈음, 니오노미야는 질투심이 불타올랐습니다. 어지간하지 않고야 여자에게 마음을 빼앗기는 일이 없는 가오루인데, 이렇듯 푹 빠져 있는 것을 보면 보통 미인은 아닐 것이라 여겨지니 궁금하여 만나보고 싶은 마음이 간절해졌습니다.

"그렇다면 앞으로도 그쪽 상황을 잘 살펴보게나."

말은 이렇게 하였으나, 만사에 제약이 많은 신분이 실로 거추장스럽고 아씨들이 마음에 걸려 짜증스럽고 답답하였습니다. 그렇듯 전전긍긍하는 니오노미야의 모습이 우스꽝스러워 가오루는 이렇게 말하였습니다.

"그래 봐야 무슨 의미가 있겠는가. 나는 이 세상에 아무런 미련도 남기지 않고 출가를 하고 싶어하는 몸이라 장난삼아서라도 연애질은 삼가고자 하는데, 내 마음에 억누를 수 없는 번뇌가 생기면 큰 낭패가 아니겠는가."

"거 허풍스러운 말투하고는. 수행자 같은 말투는 변함이 없네 그려. 어떻게 될지는 결과를 지켜보기로 하지."

니오노미야는 이렇게 말하고 웃었습니다. 이때 가오루의 마음속에는 늙은 시녀 변이 넌지시 비춘 얘기가 강하게 각인되어 있었으니 서글프고 답답한 탓에, 아름답고 흠 잡을 데가 없는 아가씨들에게도 그리 마음이 쏠리지 않았습니다.

시월 오육일경, 가오루는 우지로 길을 떠났습니다.

"빙어 잡이의 계절입니다. 구경이라도 나가시지요."

"빙어는 아니나, 아침에 태어나 저녁에 죽는 목숨인 하루살이보다 허망한 몸이 새삼 빙어 잡이는 구경하여 무얼 하겠느냐."

이렇게 사양하고 은밀하게 길을 나서려 합니다. 문양이 없는 평상복에 대님 차림으로 요란스럽지 않은 삿자리 수레를 타니, 은밀한 걸음에 어울리는 모습입니다.

하치노미야는 가오루의 방문을 환영하며 산골에서 나는 재료이지만 갖은 취향을 살려 음식을 준비하였습니다. 해가 저문 후에는 등불을 가까이 당기고 산에서 내려온 아사리를 불러들여, 전부터 읽고 있는 경전의 깊은 의미를 강의토록 하였습니다.

밤이 깊었는데도 눈을 붙이지 않고 있는데, 강바람이 휘몰아쳐 나뭇잎이 어지러이 떨어지는 소리와 강물이 흘러가는 소리가 풍취를 넘어 두렵고 불안할 정도였습니다.

동이 틀 무렵, 가오루는 지난번 새벽녘이 일이 생각나 현의 소리가 참으로 그윽하였다는 말을 꺼냈습니다.

"지난번, 자욱한 안개를 헤치고 찾아 뵌 새벽녘이었습니다. 그윽한 음악 소리가 잠시 귓전을 스쳤는데, 그다음 선율을 듣고 싶어 늘 그 생각만 하고 있었습니다."

"모든 집착을 버렸더니, 그 옛날에 듣고 보아 알았던 이 세상의 색이며 향을 모두 잊고 말았습니다."

하치노미야는 이렇게 말하면서도 시녀를 불러 칠현금을 가져오라 하였습니다.

"지금의 내게는 전혀 어울리지 않는 일이나, 합주할 상대라도 있으면 조금은 기억이 나겠지요."

하치노미야는 또 비파를 가져오라 이르고, 손님인 가오루에게 비파를 권하였습니다. 가오루는 비파를 들고 잠시 퉁겨보고는 이렇게 말하였습니다.

"제가 퉁기니 지난번에 잠시 들었던 소리와 전혀 달라 같은 비파라 여겨지지 않습니다. 그때의 그윽한 음색이 악기 덕분인가 여겼는데."

가오루가 선뜻 연주하려 하지 않으니 하치노미야는 다시 이렇게 말하였습니다.

"짖궂은 말씀이로군요. 이런 외딴 산골에 그대의 귓전에 머물 만한 솜씨가 어떻게 전해지겠습니까. 지나친 말씀입니다."

하치노미야가 칠현금을 연주하기 시작하자, 그 음색이 마음에 절절하게 배어들었습니다. 산봉우리에서 불어오는 솔바람 소리에 칠현금의 소리가 더욱 훌륭하게 들리는 것이겠지요. 하치노미야는 기억이 잘 나지 않는 척 더듬거리며 풍아한 곡을 한 곡 켜고는 연주를 끝냈습니다.

"내 집에서 어찌 된 일인지 그런대로 주법을 터득한 듯한 쟁 소리가 간간이 울리곤 하는데, 딸들이 연주하는 소리는 제대로 들어주지 못한 지가 아주 오래되었습니다. 각기 나름대로 켜고는 있는 듯하나, 잔물결 소리가 가락을 맞춰주는 정도겠지요. 박자도 맞지 않아 듣기에는 어림도 없을 것입니다."

하치노미야는 이렇게 말하고 딸들에게 연주해보라고 하였습니다. 딸들은 타인에게 들려줄 마음은 전혀 없는 상태에서 연주하였을 뿐인데 가오루가 얼핏 들었다 하니, 그것만으로도 부끄러워하면서 듣기가 괴로웠을 것이라고 하고는 그만 안쪽으로 들어가버렸습니다. 하치노미야가 몇 번을 권하여도 이런저런 빌미를 들이대며 연주하려 하지 않으니 가오루는 몹시 아쉬웠습니다.

이런 일이 있을 때마다 하치노미야는 본의 아니게 의심을 살 정도로 세상을 등지고 사는 딸들의 모습이 매우 부끄럽게 느껴졌습니다.

"딸들을 세상에 알리지 않으려고 내밀하게 키워왔는데, 내가 오늘내일을 알 수 없고 살 날이 오래지 않은 몸이 되고 보니, 앞날이 창창한 딸들의 장래가 어찌 될 것인지, 영락하여 헤매는 신세는 되지 않을지 걱정스럽습니다. 그것이 출가를 하지 못하는 족쇄입니다."

가오루는 이렇게 말하는 하치노미야가 매우 안쓰러웠습니다.

"사위처럼 공식적인 후견인은 될 수 없더라도 있는 힘껏 뒤를 보살필 터이니 저를 남이라 여기지 마십시오. 이렇게 약속한 일은 잠시나마 제 목숨이 남아 있는 동안은 절대 잊지 않을 것입니다."

가오루가 이렇게 말하자 하치노미야가 대답하였습니다.

"참으로 고마운 말씀입니다."

다음날 새벽, 하치노미야가 근행을 하고 있을 때였습니다. 가오루는 예의 늙은 시녀를 불러 만났습니다. 하치노미야가 아씨의 시중을 맡긴 변이라는 시녀입니다. 나이는 예순이 가까울 정도인데 고상한 취미를 엿보이며 뭐라뭐라 말씀을 올립니다. 죽은 가시와기 위문독이 시름에 잠겨 세월을 보내다가 끝내는 병을 얻어 죽은 경위를 얘기하며 끝없이 눈물을 흘립니다.

'남의 일이라 여기고 들어도 가슴이 저미는 옛이야기인데, 하물며 오랜 세월 그 진상을 알고 싶다 마음에 새기고, 대체 사태의 발단이 무엇이었을까 하여 부처님께 이 일의 진상을 알려 달라 기원한 효험이 있었나 보구나. 이렇듯 꿈처럼 슬픈 옛이야기를 뜻하지 않은 기회에 듣게 될 줄이야.'

가오루 역시 이렇게 생각하니 눈물이 그칠 줄을 모르고 넘쳐 흘렀습니다.

"당시의 사정을 알고 있는 그대 같은 사람이 용케 아직 살아남아 있었구려. 달리 이 불가사의하고 부끄러운 비밀을 알고 있어, 세상에 흘릴 만한 사람이 있을는지요. 나는 오래도록 얼핏 들은 일조차 없으니."

"소시종과 저 외에는 아는 이가 없을 것입니다. 그리고 저는 한마디도 남에게 발설한 적이 없습니다. 이렇듯 보잘것없는 몸이나 밤낮없이 그분의 곁에서 시중을 들었는지라 사건의 진상을 자세하게 알게 된 것입니다. 그 괴로운 마음을 견디지 못하여 힘들어할 때에는, 간혹 저와 소시종이 편지의 왕래를 돕기도 하였습니다. 황송하여 더 이상은 말씀드릴 수가 없군요. 임종 당시 몇 마디 유언을 남기셨으나, 저 같은 신분으로 어찌하면 좋을지 몰라 내내 마음에만 묻어두고 막막하게 지내왔습니다. 어떻게 하면 가오루 님에게 전할 수 있을지 염송을 올릴 때에도 막연하게나마 부처님께 기원하였습니다. 이렇게 직접 만나 뵈니, 정말 부처님이 계시다는 것을 깨닫게 되었습니다.

그리고 보여드리고 싶은 것이 있습니다. 일이 이렇게 되었으니 어쩔 수가 없어 태워버릴까 하고도 생각하였고, 또 언제 죽을지 알 수 없는 몸이 이것을 남기고 죽었다가 혹여 사람들 눈에 띄지는 않을까 하여 정말 걱정스러웠습니다. 그러던 차에 가오루 님이 이 집에 간혹 모습을 보이게 되었으니, 다소는 희망을 갖고 때를 기다리게 되었습니다. 언젠가는 이런 기회가 있을 것이라 염원하였던 보람이 있어, 이렇듯 만나게 되었으니 역시 전생의 인연이 아니겠는지요."

변은 울면서 가오루가 태어나기 전후의 자세한 기억을 풀어 놓았습니다.

"위문독님이 돌아가신 소동에 이어 저의 어머니까지 병을 얻었는데 오래 버티지 못하고 돌아가셨습니다. 저는 이중 삼중으로 상복을 입어야 하는 슬픔과 비탄에 빠져 있었는데, 오래도록 저에게 정을 품었던 사내에게 속아 서해 끝까지 따라 내려갔던 터라, 가오루 님의 소식은 물론 도읍의 일은 전혀 알 수 없게 되었지요. 그 사내도 결국은 그곳에서 숨을 거두었습니다.

그로부터 10년 세월이 흐른 후에 도읍으로 올라왔습니다. 전혀 다른 세상 같았지요. 이곳 하치노미야 님 댁에는, 저의 아버지가 하치노미야 님의 부인의 숙부인지라 그 인연으로 어렸을 때부터 자주 드나들었던 덕분에 이렇듯 신세를 지게 되었습니다. 냉천원의 고키덴 여어님은 위문독님의 여동생이시니 옛날부터 말씀을 많이 들어 알고 있는 터라 그쪽에 신세를 질 수도 있었으나, 세상에 얼굴을 내밀 수 없는 몸이라 주눅이 들어 찾아가 뵙지도 못하였습니다. 그래서 이렇듯 '깊은 산골에 숨어 사는 썩은 등걸 같은 처지'로 지내고 있습니다. 소시종은 언제 세상을 떴을까요. 그 당시 한창 젊었던 사람들은 이제 얼마 남지 않았습니다. 이렇게 늙어, 많은 사람을 앞세운 목숨을 한심하게 여기면서도 어쩔 수 없이 살아가고 있습니다."

이렇게 얘기를 나누다 보니 오늘도 밤을 새우고 말았습니다.

"이만 됐습니다. 이 이야기는 언제까지 들어도 끝이 없을 것 같습니다. 언젠가 날을 달리하여 아무도 듣지 못할 안전한 곳에서 다시 듣기로 하지요. 소시종이란 자는, 내 어렴풋한 기억으로는 대여섯 살 때쯤이었나, 갑자기 병을 얻어 죽었다 들었습니다. 그대를 만나지 못하였다면, 제 아비도 모르는 죄 많은 몸으로 세상을 뜰 뻔하였습니다."

변은 실로 꿰맨 주머니에서 곰팡내가 풀풀 나는 편지를 꺼내어 가오루에게 건넸습니다. 편지는 조그맣고 단단한 뭉치처럼 돌돌 말려 있었습니다.

"이것은 가오루 님께서 처분하세요. 위문독님이 더 이상은 살기가 힘들 것 같다면서 이렇게 편지를 모아 저에게 주셨습니다. 소시종을 다시 만나게 되면 온나산노미야 님께 틀림없이 전해 달라고 부탁할 생각이었는데 끝내 다시 만나지 못하고 헤어졌으니, 사사로운 일이기는 하나 지금도 안타깝고 슬퍼 견딜 수가 없습니다."

가오루는 편지를 받아 슬며시 감추었습니다. 이런 노인은 묻지도 않는데 유별난 이야깃거리의 예로 자칫 떠벌릴 수도 있을 듯하여 걱정스러우나, 변이 거듭 발설하지 않겠노라 맹세하는 터라 설마 그런 일은 없을 것이라며 이런저런 생각에 잠겨 있습니다.

가오루는 죽과 찐 밥을 먹었습니다.

"어제는 정사를 쉬는 날이었으나, 폐하의 자숙 기간도 오늘 끝나겠지요. 레이제이 상황의 첫째 황녀가 병석에 누워 있는 터라 반드시 병문안을 가야 합니다. 이래저래 한가로울 틈이 없으니, 좀 지나 단풍이 떨어지기 전에 때를 보아 찾아오겠습니다."

가오루가 하치노미야에게 말하였습니다.

"이렇게 번번이 걸음을 하여주니, 이 산골짝의 누추한 집이 조금은 밝아지는 듯한 기분입니다."

하치노미야는 이렇게 답하였습니다.

가오루가 도읍으로 돌아와 주머니를 자세히 살펴보니, 중국산 돋을무늬 능직물을 바느질하여 만든 것인데 '上'이란 한자가 씌어 있었습니다. 또 가늘게 꼰 끈으로 주머니를 묶었는데 그 매듭이 위문독의 이름으로 봉인되어 있었습니다.

가오루는 그것을 열어 보기가 두려웠습니다. 안에는 간혹 온나산노미야가 보낸 색색가지 종이의 답장이 대여섯 통 들어 있었습니다. 그밖에는 위문독의 필적이라 여겨지는 편지도 있었습니다.

"병이 깊어져 마지막이 되지 않을까 싶습니다. 짧으나마 두 번 다시 이런 편지조차 보내기가 어려워졌으나 보고 싶은 마음은 더욱 간절할 뿐입니다. 이미 출가하여 예전과 그 모습이 다르다 하니, 모든 일이 슬프기만 합니다."

투박하고 우글우글한 종이에 새발자국처럼 오락가락하는 필치로 띄엄띄엄 쓴 노래도 보였습니다.

눈앞에서 이 세상을 버리고
출가한 그대보다
만나지 못한 채
죽음으로 헤어지는
내 혼이 더욱 서글프니

그 끄트머리에 이런 글귀도 있었습니다.

"귀하게 태어난 사내 아이에 대해서도 걱정할 것은 무엇 하나 없으나."

살아 있기만 하다면
바위틈에 남긴
솔가지가 나무로 자라는 것을
지켜보고 싶거늘

거기까지 쓰고는 도중에 그만둔 것처럼 끝나버렸습니다. 겉에는 어지러운 필적으로 '소시종에게'라고 씌어 있었습니다. 편지는 좀이 슬어 여기저기 구멍이 뚫려 있고 곰팡내도 풍기나 고스란히 남아 있는 필적은 마치 지금 막 써내려간 듯하였습니다.

자세하고 확실하게 씌어 있는 것을 보니, 만의 하나 이 편지가 세상에 흩어져 사람들 눈에 뜨이면 어땠으랴 하고 두렵기도 하고, 두 사람 사이가 안타깝게 느껴지기도 하였습니다.

이 세상에 이런 일이 또다시 있을 수 있을까 하고 마음속으로만 괴로워하니, 가오루는 그날 입궁을 하려 하였는데도 나설 마음이 일지 않았습니다.

가오루는 어머니 온나산노미야를 찾아 뵈었습니다. 어머니는 근심걱정 하나 없는 풋풋한 모습으로 독경을 하다가 말고 쑥스러워하며 경을 감추었습니다.

가오루는 그 옛날의 비밀을 알게 되었다는 사실을 어찌 알릴 수 있으랴 하고 생각하니, 모든 것을 가슴에 묻고 복잡한 심경으로 생각에 잠겼습니다.

메밀잣밤나무

내가 출가를 하게 되면
스승이 되어 달라 청할 작정이었는데
그분은 이미 저세상으로 떠나고
메밀잣밤나무가 있는 산장에
빈 방만 휑뎅그렁하니

◆가오루

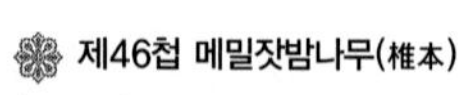

제46첩 메밀잣밤나무(椎本)

가오루가 죽은 하치노미야를 그리워하며 우지에서 읊은 노래에서 이 제목이 붙었다.

이월 이십일경에 병부경 니오노미야는 하쓰세에 있는 하세 절에 참배하였습니다. 오래전부터 바랐던 일이건만 실제로 참배는 하지 못하고 몇 년이나 시간만 흘렀습니다. 돌아오는 길에 우지 근처에서 묵을 일을 기대하고 있으니, 그것이 참배길에 오른 주된 이유이겠지요. 우지는 시름이란 뜻과도 통하는 말이라 어떤 사람들은 '시름 많은 곳'이라고도 하였는데, 그런 이름을 친근하게 느끼는 이유를 생각하면 참으로 어이없는 일이지요.

상달부들이 대거 따라 나섰습니다. 전상인도 물론 수행을 하니 도읍에 남은 사람이 거의 없을 정도였습니다.

우지 강 건너 기슭에 있는 유기리 우대신의 별장 부지는 실로 드넓고 풍취가 있습니다. 이 땅은 겐지에게서 물려받은 것인데, 유기리 우대신은 니오노미야가 그곳 별장에 머물 수 있도록 채비를 명하였습니다.

우대신 역시 하쓰세에서 돌아오는 니오노미야를 맞으러 나갈 생각이었으나, 갑작스럽게 자중하여야 할 일이 생겨 몸조심을 하라는 엄중한 진언이 있는 터라 나가서 맞지 못하는 것을 사과하였습니다.

니오노미야는 다소 기분이 언짢았으나, 재상인 중장 가오루가 맞으러 나온 터라 도리어 그 편이 부담스럽지 않고 하치노미야의 아씨들 얘기도 듣고 중재도 부탁할 수 있을 것이라며 만족해하였습니다. 니오노미야는 유기리 우대신을 마음 편히 대할 수 없는 답답한 사람이라고 생각하고 있습니다. 자식인 우대변, 시종 재상, 권중장, 두소장, 장인 병위좌 등은 모두 니오노미야를 수행하고 있습니다.

니오노미야는 천황은 물론 황후에게도 총애를 받고 있으며 세상 사람들 사이에서도 더없이 성망이 높으니, 육조원에 관계된 사람들과 그 자식들은 모두 자신의 주군으로 우러르며 정성으로 모시고 있습니다.

산장답게 방도 풍취 있게 꾸며져 있어 각기 바둑판, 쌍륙, 탄기판 등 갖가지 놀이 도구를 꺼내어 마음껏 즐기고 있습니다.

니오노미야는 우지에서 느긋하게 쉬려는 속셈도 있는데다, 익숙하지 않은 여행에 피로하여 잠시 휴식을 취하고는 저녁나절이 되어 악기를 가져오라 하여 관현놀이를 하였습니다.

늘 그렇지만 이렇듯 인적 드문 조용한 곳은 강물 소리마저 흥취를 북돋우듯 높아지니 악기의 음색이 한층 맑고 영롱하게 울려 퍼지는 듯합니다. 강 건너 하치노미야의 산장은 삿대질을 하여 건널 수 있을 만큼 가까운 거리에 있습니다. 하치노미야는 바람을 타고 들려오는 악기 소리에 그 옛날 궁중에서 화려하게 펼쳐졌던 관현놀이를 떠올리며 혼자 이렇게 중얼거립니다.

"젓대 소리를 듣자 하니 솜씨가 제법인 듯하구나. 과연 누가 불고 있는 것일꼬. 옛날에 겐지 님의 젓대 소리를 들은 적이 있는데, 실로 가슴을 울리는 아름다운 음색이었지. 오늘 밤의 저 젓대 소리는 하늘까지 울려 퍼질 만큼 맑고 품격이 느껴지니, 전 태정대신의 일가 가운데 한 사람이 불었던 젓대 소리와 비슷하구나.

아아, 참으로 멀고 먼 옛날 일이 되고 말았구나. 관현놀이 한 번 하지 않고, 살아 있으면서 죽은 듯이 지나온 세월이 어느 틈에 이토록 길어졌는지, 참으로 허망한 일이로다."

하치노미야는 아씨들의 아름다움을 이렇듯 서글픈 외딴 산골에 묻히고 싶지 않으니, 이런저런 궁리를 합니다.

'가오루는 이왕이면 사위로 삼고 싶은 인품인데, 그런 기대를 걸어서는 아니 되겠지. 그렇다고 요즘 시절의 경박한 사내들에게는 도무지 주고 싶지 않으니.'

하치노미야는 이래저래 괴로워하며 하릴없이 생각에 잠겨 있습니다. 그런 하치노미야의 산장에서는 밤이 짧은 봄인데도 새벽이 기다려지는데, 흥에 취해 즐기고 있는 강 건너 산장에서는 술기운 때문에 날이 오히려 빨리 밝은 듯하니 니오노미야는 이대로 싱겁게 도읍으로 돌아가야 하는 것이 몹시 아쉬웠습니다.

저 먼 곳까지 안개가 자욱하게 끼어 있는 하늘에 떨어지는 벚꽃도 있거니와 지금 막 봉우리가 벌어지는 벚꽃도 있어 그 풍경이 아름답게 내다보이는데, '강물에는 강 건너 기슭에서 바람에 한들거리는 버들가지의 그림자가 어려 있어' 그 정취가 실로 그윽합니다. 평소 이런 풍경을 보지 못한 사람들은 신기하다 하여 자리를 쉬이 떠나지 못합니다.

가오루는 이런 좋은 기회를 놓칠 수는 없으니 하치노미야의 산장을 찾아가려 하나, 많은 사람들의 눈을 피해 혼자 배를 저어가자니 신분에 걸맞지 않는 경솔한 처신은 아닐까 하여 주저하고 있는데, 때마침 하치노미야가 보낸 편지가 도착했습니다.

안개를 몰아내는
젓대 소리
강바람을 타고 들려오는데
저편 하얀 물결이
두 사람 사이를 가로막고 있는 듯하여

초서 가나로 풍취 있고 우아하게 쓴 글이었습니다.

니오노미야는 안 그래도 마음에 걸리는 강 건너에서 온 편지일 것이라 헤아려지니 한결 궁금증이 더하여 답장은 내가 쓰겠노라고 말하였습니다.

이쪽저쪽 강기슭에
이는 잔물결이 우리 사이를
갈라놓았다 한들
역시 우지 강을 건너
이쪽으로 불어왔으면 싶은 강바람이여

가오루는 하치노미야의 댁을 찾아 뵈었습니다. 관현놀이에 여념이 없었던 공경들까지 같이 가자 권하여 배를 타고 건너는 동안 감취락을 연주하였습니다. 강 쪽으로 튀어나와 있는 길쭉한 복도가 있고 그곳에서 다시 물가로 내려갈 수 있도록 만들어 놓은 계단의 고상함 등, 산장 나름으로 사뭇 풍취가 있습니다. 하치노미야의 댁에 그러한 그윽함이 있으니 사람들은 조심스럽게 배에서 내립니다.

강 건너 산장과 달리 방의 꾸밈새는 산골다운 삿자리 병풍 등으로 꾸며 간결하고 단아한 멋이 있습니다. 오늘은 손님을 맞이하는 날이니 더욱 꼼꼼하게 청소를 하고 빈틈없이 준비를 하였습니다.

또 예로부터 전해 내려오는 갖가지 악기를 음색이 각별히 아름다운 것을 골라 고루 갖춰 놓았습니다. 손님들은 각기 악기를 들고 일월조의 사이바라 「사쿠라 사람」을 연주합니다. 사람들은 이 기회에 하치노미야의 칠현금 소리를 듣고 싶어하나, 하치노미야는 간혹 손님들의 선율에 맞춰 쟁을 퉁길 뿐입니다. 그 소리가 좀처럼 듣기 어려운 음색이니, 젊은 사람들은 더없이 깊이가 있고 정취가 있다 하여 감동에 젖어 있습니다.

산골에 어울리는 풍류로 가득한 대접을 받고 있는데, 밖에서 상상하였던 것과 달리 황족의 핏줄이라 여겨지는 고귀한 분들도 많습니다. 나이가 지긋한 4위 손왕들은 평소 하치노미야를 동정하였는지 이렇게 손님이 있을 때는 모두들 걸음을 하여 모여 듭니다.

잔을 권하는 사람들도 단아한 모습입니다. 유서 깊은 황족의 집안답게 모든 것이 고풍스럽고 고상한데, 손님들 가운데에는 아씨들의 일상을 상상하고는 마음을 설레는 이도 있었겠지요.

하물며 강 건너에 남아 있는 니오노미야는 평소 가벼운 마음으로 처신할 수 없는 신분을 답답하게 여겼던 터라 설레는 마음을 억누르지 못하고, 이런 때나마 어떻게 해보자는 심산으로 소담스럽게 핀 벚꽃의 가지를 꺾어 수행원 중에 귀엽게 생긴 전상동을 골라 심부름을 보냈습니다.

활짝 핀 산벚꽃처럼
아름다운 아씨가 있는
이 우지를 찾아온
같은 핏줄인 나
산벚꽃 가지 꺾어 머리 장식으로 올리니

'들판에 정이 들어 하룻밤을 묵었네'라는 옛 노래에 빗대어 '들판이 정다워'라고 쓰기라도 한 것일까요. 아씨들은 도저히 답장을 보낼 수 없노라며 난감해합니다.

"이런 경우에 답장으로 거창하고 세련된 노래를 보내자 하여 뜸을 들이는 것은 오히려 눈치를 모르는 짓이라 경멸하였습니다."

늙은 시녀가 이렇게 충고하니, 하치노미야는 작은아씨에게 답장을 쓰도록 하였습니다.

머리에 꽂을 꽃을 꺾기 위해
산골짝 우리 집의
볼품없는 울타리를 잠시 스쳤을 뿐인
봄의 나그네인 그대여

"우리 집을 정답다 여겨 애써 걸음한 것은 아닐 터이지요."

이렇게 곱고 훌륭하게 써내려갔습니다.

우지 강의 바람이 사방으로 고루 불면서 음악 소리를 나르니, 흥취에 젖어 관현놀이를 하고 있나 봅니다.

도 대납언이 폐하의 명령으로 니오노미야를 마중하러 왔습니다. 그 행렬에 많은 사람들이 동행하여 북적거리는 가운데 사람들은 앞을 다투어 돌아갑니다. 젊은 사람들은 아쉬움이 남아 몇 번이나 뒤를 돌아봅니다.

니오노미야는 내심 때를 보아 다시 오겠노라 생각하고 있습니다. 마침 꽃이 흐드러지게 피는 계절에 사방에 봄 안개가 끼어 경치가 아름다우니, 각양각색의 한시와 노래를 많이 지었으나 성가시고 귀찮아 일일이 듣지는 아니하였습니다.

니오노미야는 이래저래 소란스러워 아씨에게 의중을 알리는 편지를 전하지 못한 것이 못내 아쉬우니, 그 후에는 가오루의 중개 없이도 종종 편지를 보내었습니다.

이에 하치노미야는 이렇게 말하며 딸들에게 답장을 쓰라 권하였습니다.

"역시 답장을 보내는 것이 좋겠어요. 연문이라 취급하지 않는 편이 오히려 좋겠습니다. 혹여 그렇게 하였다가, 우리 쪽에 마음이 있는 것처럼 여겨지면 곤란할 터이니. 색을 좋아하는 분이시니, 이런 아씨들이 있다는 얘기를 듣고는 가만히 있을 수 없어 편지를 보내는 가벼운 처신에 지나지 않을 터이지요."

답장은 작은아씨가 썼습니다. 큰아씨는 신중하여, 장난이라도 이런 편지에는 손을 대고 싶어하지 않는 조심스러운 성품이었습니다.

하치노미야는 늘 불안하고 허전하게 매일을 보내고 있는데, 특히 낮이 긴 봄날에는 무료함이 더하여 몸까지 괴로우니, 생각에 잠겨 지내는 일이 많았습니다.

아씨들이 하루가 다르게 성장하여 어른스러워지고 용모가 더할 나위 없이 출중하고 아름다운 것이 하치노미야에게는 오히려 고통의 씨앗이라 괴롭기 짝이 없습니다. 차라리 아씨들의 용모가 이보다 못하다면 아깝다거나 애석한 마음이 그리 크지 않았을 것이라며 밤낮으로 마음 아파합니다. 올해 큰아씨는 스물다섯, 작은아씨는 스물셋이 되었습니다.

또 하치노미야에게는 올해가 몸을 조심히 다루어야 하는 액년입니다. 그 일 또한 왠지 불안하니 평소보다 열심히 근행에 정진합니다. 지금은 이 세상에 아무런 미련이 없으니 하루빨리 출가를 하고 싶은 생각뿐이라 극락왕생할 것은 의심의 여지가 없습니다. 불심은 견고하나 다만 아씨들의 앞날이 걱정스러우니, 곁에서 시중을 드는 시녀들은 임종시에도 그 속세의 인연 때문에 마음이 어지러울 것이라고 생각하고 있습니다.

하치노미야도 과거에 생각했던 것처럼 이상적인 상대가 아니더라도, 남 보기에 그리 부끄럽지 않고 이만하면 세상도 인정하겠다 싶은 신분에, 성심성의껏 아씨를 보살피겠노라며 마음을 주는 남자 같으면 보고도 못 본 척 사위로 맞을 터이고, 두 딸 가운데 하나라도 결혼하면 나머지 한 명은 그 사위에게 뒤를 돌봐달라고 부탁하고 안심할 수도 있으리라 생각하는 듯한데, 그리 진중한 마음으로 말을 건네는 이는 없었습니다.

아주 가끔 하잘것없는 연고를 통하며 연심을 표시하는 자는 있으나, 그런 젊은이들은 참배를 가는 길에 슬쩍 들르거나 여행

길에 위로나 삼으려는 어리고 일시적인 기분으로 편지를 보내는 것이었습니다. 그런 주제에 하치노미야의 신세가 영락하여 궁핍하게 지낼 것이라 상상하고는 깔보는 듯한 태도를 취합니다. 이렇듯 무례한 이들에게는 답장을 보내는 것조차 허락하지 않습니다.

허나 니오노미야만은 어떻게든 아씨들을 취하려는 마음이 깊으니, 이는 전생에 인연이 있어 그러한 것일까요.

그 가을에 가오루는 재상 중장에서 중납언으로 승진하였습니다. 날로 훌륭해지고 공무에도 다망하였으나 마음속의 고뇌는 깊어질 따름이었습니다. 어떤 사연이 있었을까 하여 우울한 기분으로 애만 태우던 지금까지의 긴 세월보다, 사실을 안 지금 오히려 가엾게 세상을 떠난 친부의 고뇌가 헤아려지니 그 죄업을 어떻게든 다소나마 줄이려고 근행을 하여야겠다고 생각합니다.

또한 그 늙은 변을 어여삐 여겨 무슨 일이 있을 때마다 사람들의 눈을 피해가며 친절하게 뒤를 보살폈습니다.

가오루는 우지를 찾은 지가 한참이 되었다 싶으니 오랜만에 우지로 길을 떠났습니다. 칠월의 일이었습니다.

도읍에서는 아직 가을의 기운을 느낄 수 없는데 오토와 산이 가까워지자 바람 소리가 서늘해지더니, 마키노오 산 부근은 벌써 단풍이 들기 시작하고 있었습니다. 산 속 더욱 깊은 곳으로 들어가 우지에 당도하니, 가을 경치가 그윽하여 신비롭기만 합니다. 하치노미야는 가오루가 찾아오기를 기다리고 또 기다렸던 터라 여느 때보다 반가이 맞이하였습니다. 하치노미야는 이번에는 여러 가지로 불안한 자신의 속내를 이것저것 털어놓았습니다.

"내가 죽으면 부디 내 딸들을 버리지 말고, 이쪽으로 오늘 길에라도 좋으니 간간이 들러 보살펴주세요."

하치노미야는 가오루의 마음을 잡아두기 위하여 넌지시 이렇게 내비칩니다.

"전에도 그런 말씀을 드렸으나, 소홀히 하는 일은 절대 없을 것입니다. 이 세상에 미련이 남지 않도록 만사와 인연을 멀리하고 있어 앞날에도 기대할 것이 많지 않으니 그리 큰 도움은 되지 않겠으나, 이 세상에 살아 있는 한은 변함없이 나름의 성의를 보일 것입니다."

가오루가 이렇게 말하자 하치노미야는 더없이 기뻐합니다.

날이 밝으려면 아직 멀었는데, 휘영청 밝은 달이 산기슭으로 기울려 하니, 하치노미야는 애틋한 마음으로 염송을 하고는 옛이야기를 꺼냅니다.

"요즘 세상이 어찌 돌아가고 있습니까. 옛날 궁중에서는 이렇게 아름다운 가을의 달밤이면 폐하를 모시고 관현놀이를 하곤 하였습니다. 허나 자타가 연주의 명인이라 인정하는 사람들만 모여 내로라하는 솜씨로 각자의 악기를 합주하고 박자를 맞추는 거창한 연주보다는, 음악의 취미가 고상하다고 평판이 자자한 여어나 갱의들이 겉으로야 사이가 좋은 듯 보여도 실은 서로가 폐하의 총애를 얻기 위해 암투를 벌이면서, 사람들이 잠들어 고즈넉한 늦은 밤에 괴로움을 견디다 못하여 사람의 애간장을 녹이듯 애틋하게 퉁겨대는 칠현금 소리가 은은하게 흘러나오면, 뜻밖에도 그 소리가 들을 만한 적이 많았지요.

여자란 무슨 일로든 사람에게 위로밖에 주지 못하는 하잘것없는 것이나 한편 사람의 마음을 괴롭히는 씨앗이 되기도 합니다. 그 때문에 여자는 죄업이 깊은 것일까요.

자식을 생각하는 부모의 마음이 모두 그렇다 하나, 남자는 부모에게 그리 큰 걱정을 끼치지 않지요. 그이 비하면 여자는 운이 정해져 있으니, 어쩔 수 없는 일이라 체념은 하면서도 역시 마음에 몹시 걸리는군요."

세상 돌아가는 이야기를 하는 듯하다가 이런 말을 꺼내니 걱정을 하는 것도 지당한 일이라 가오루는 하치노미야의 심중을 헤아리고 안타까워합니다.

"아까도 말씀드렸으나, 이 세상일에는 일절 집착하지 않는 터라 재주든 기예든 무엇 하나 깊이 이해하고 있는 것이 없습니다. 허나 내놓을 만한 것은 못 되어도 음악을 애호하는 마음만큼은 버리지 못하고 있습니다. 득도한 저 총명한 가섭존자 역시 음악에 대한 관심은 끊지 못하여, 칠현금 소리에 감동한 나머지 춤을 춘 것이겠지요."

가오루는 이렇게 말하며 언젠가 얼핏 들어 아쉬움이 컸던 아씨의 금 소리를 다시 한 번 들어보고 싶노라 간청합니다.

하치노미야는 아씨들과 가오루가 친밀해질 수 있는 기회라 여겼던 게지요. 몸소 아씨들의 방에 걸음하여 연주를 권합니다.

허나 아씨들은 쟁을 살짝 퉁겨만 보고는 이내 그만두었습니다.

사람의 기척조차 없어 조용한데다 하늘의 색도 그렇고 사방의 경치도 쓸쓸한데 희미하게 들려오는 현의 소리가 마음에 스미니, 가오루는 참으로 그윽한 소리라 느낍니다. 허나 아씨들이 어찌 마음놓고 합주를 하겠는지요.

"이렇게까지 중재를 하였으니, 그다음 일은 젊은이들의 자연스러운 처신에 맡기기로 하지요."

하치노미야는 이렇게 말하고 불단을 모신 방으로 들어갔습니다.

내가 죽어
이 초막마저 황폐해진다 하여도
이 쟁에 맹세한 약속은
저버리지 않으리라 믿습니다

"이렇게 얼굴을 마주하는 것도 이것이 마지막이라 여겨지니 허전한 마음을 억누르지 못하고 공연한 불평을 늘어놓았습니다.”

하치노미야는 이렇게 말하며 눈물을 흘립니다.

세상이 어찌 변하든
길이길이 돌보겠노라
한번 맹세한 약속을
어찌 저버리겠습니까
아씨들의 이 초막을

“씨름대회 등 궁중의 공무에 분주한 시기가 지나면 반드시 또 찾아 뵙겠습니다.”

손님인 가오루는 이렇게 말하였습니다.

가오루는 또 예의 늙은 시녀 변을 불러들여, 못다 들은 많고 많은 옛이야기를 하도록 하였습니다.

마침 기우는 달빛이 구석구석 비치니 발 사이로 들여다보이는 가오루의 모습이 뭐라 말할 수 없이 차분하고 아름다워 부끄러운 아씨들은 안쪽 깊은 곳으로 물러났습니다.

가오루는 세상의 여느 남자들처럼 노골적으로 연심을 보이지 않고 신중하고 차분하게 말하니 아씨들도 때로 적절한 답변을 합니다. 가오루는 니오노미야가 이 아씨들에게 집착을 보이며 매우 만나고 싶어한다는 것을 슬쩍 떠올리고는 이렇게 생각하였습니다.

'나는 어찌하여 다른 남자들과 이리도 다른 것인지 나 자신도 모르겠구나. 하치노미야가 저리도 간곡하게 말씀을 하는데, 기분이 들뜨기는커녕 느긋하기만 하구나. 그렇다고 하여 아씨들과의 결혼이 전혀 뜻한 바가 아닌 것도 아닌데. 아씨들은 이렇게 서로 얘기를 나누고 계절마다 꽃과 단풍을 노래하며 그 정취와 감상을 전하는 편지를 주고받기에 더할 나위 없이 좋은 분들이니, 만의 하나 나와는 인연이 없어 다른 남자와 결혼을 하게 된다면 아쉬워 견딜 수 없을 터이지.'

가오루는 이렇게 아씨들이 벌써 자기 여인이라도 된 것처럼 생각하고 있었습니다.

가오루는 날이 채 밝기 전에 우지를 떠났습니다. 하치노미야가 남은 목숨이 그리 오래지 않을 것이라고 불안해하던 모습을 생각하면서 분주한 궁중의 행사가 끝나면 반드시 다시 찾아보리라 다짐합니다.

니오노미야 역시 이 가을 우지에 단풍을 보러 가려 하니, 무슨 좋은 구실은 없을까 하여 이런저런 궁리를 하고 있습니다.

우지에는 수시로 편지를 보내고 있습니다. 아씨들은 니오노미야가 진정으로 자신들을 마음에 품고 있는 것이라 여기지는 않으니, 성가시다 외면하기보다 가볍게 편지나 주고받는다는 자세로 간혹 답장을 보내고 있습니다.

가을이 깊어지면서 하치노미야는 점점 더 마음이 허전해지니 예의 아사리가 거처하는 한적한 산사에서 염불과 근행에 정진하리라 생각하고 딸들에게도 앞으로의 마음가짐에 대해서 가르쳤습니다.

"사람이 세상에 태어나 죽음으로 헤어지는 것은 누구도 피할 수 없는 숙명이나, 그러한 때 위로하여줄 상대가 있으면 그나마 슬픔을 달랠 수 있지요. 지금은 달리 뒷일을 부탁할 사람이 없으니, 불안한 처지에 있는 그대들을 버리고 가기가 너무도 괴롭군요. 허나 그런 정도의 일로 무명장야의 깊은 어둠으로 떨어져 윤회를 거듭하며 성불할 수 없다면 참으로 안타까운 일이지요. 이렇게 함께 살고는 있지만 속세는 버린 것이나 마찬가지이니 내가 죽은 후의 일을 새삼 뭐라고 언급할 입장도 아니나, 이 아비를 위해서가 아니라 돌아가신 어머니의 체면을 생각해서라도 절대 경솔하게 처신해서는 안 됩니다. 믿음직스럽고 의지할 수 있는 상대도 아닌데 감언에 휘둘려 이 산장을 쉬이 떠나서도 아니 되고요. 세상 사람들과는 다른 별에서 태어난 운명이라 각오를 다지고, 이 산장에서 생을 마감할 결심을 하세요. 이 길뿐이라고 결심을 굳히고 나면, 세월은 그저 흘러가는 법입니다. 여자란 이렇듯 몸을 감추고 세상과 인연을 끊어 공연한 험담에 오르내리지 않는 것이 가장 좋아요."

아씨들은 아직 앞날의 처지까지에는 생각이 미치지 않아, 아버지가 돌아가시면 이 세상을 잠시나마 살아갈 수 있을까 싶은데 정작 아버지는 이렇듯 불안한 앞날을 말씀하시니 두 딸은 슬픔을 가누지 못합니다.

하치노미야는 속으로야 아씨들에 대한 집착까지 끊었으나, 밤낮으로 아씨들을 곁에 두고 살았으니 지금 와서 갑자기 버리고 간다는 것이 자비롭지 못한 마음에서 비롯된 것은 아니라 하더라도, 아씨들의 처지에서는 원망스러워할 수밖에 없습니다.

내일이면 산사로 들어가는 날입니다. 하치노미야는 집 안 이곳저곳을 돌아다니며 애틋하게 바라봅니다. 잠시 머무는 거처라 여겼는데 그만 오랜 세월 머물고 만 소박한 집에서, 자신이 죽은 후에 아직 젊은 딸들이 세상과 인연을 끊고 어찌 살아갈 수 있으랴 싶어 눈물을 머금고 염송을 하니, 그 모습이 참으로 고결해 보입니다.

하치노미야는 나이 든 시녀들을 불러들여 이렇게 말합니다.

"내가 없어도, 아씨들이 걱정하지 않도록 잘 모시거라. 애당초 신분이 미천하여 세상으로부터 무시당하는 자의 자손이 영락하는 것은 흔히 있는 일이라 사람들 눈에도 띄지 않을 것이다. 허나 우리처럼 존귀한 핏줄을 타고 태어난 황족이 이처럼 비참한 꼴로 영락하면 조상에게도 면목이 없고, 세상 사람들이 굳이 뭐라 하지 않아도 남보기가 견디기 어려울 만큼 수치스러운 일이 많은 법이다. 가난하고 불안하고 쓸쓸하게 사는 것은 그리 드문 일이 아니니, 태어난 집안의 지위와 격식에 따라 처신하는 것이 세상의 평판도 좋고 또 과오가 없었노라 자부할 수 있어 마음도 편할 것이다. 남들처럼 부귀를 누리고 화려한 생활을 하고 싶다 하여도 그것이 이루어질 수 없는 세상이니, 아씨들의 신분에 누가 되는 시답잖은 혼담을 중개하는 경솔한 짓은 절대 하지 말아야 할 것이다."

아직 날이 밝지 않아 어두운데, 하치노미야는 길을 떠나기 전 아씨들의 방에 들렀습니다.

"내가 없는 동안 마음을 굳게 먹고 눈물을 보이지 않도록 하세요. 늘 밝은 기분으로 악기라도 연주하세요. 무슨 일이든 내 뜻대로 되는 세상이 아니니 그리 전전긍긍할 것 없습니다."

하치노미야는 이렇게 말하고 떨어지지 않는 발걸음을 떼고 길을 나섰습니다.

하치노미야가 떠나고 나자 두 아씨는 허탈한 마음에 시름도 끊이지 않으니, 앉으나 서나 다정하게 얘기를 나누며 울고 웃습니다.

"우리 가운데 한쪽이 없으면 어찌 살아갈 수 있을까요. 지금은 물론 앞날을 알 수 없는 무상한 세상이니 행여 뿔뿔이 흩어지게 되면 어찌할까요."

아씨들은 이렇게 말하며 놀 때나 집안일을 할 때나 마음을 합하여 서로를 위로하면서 지내고 있습니다.

하치노미야의 염불 근행 일정이 오늘이면 끝나는 터라 두 아씨는 아버지의 귀가를 애타게 기다리고 있는데, 해질 무렵에 하치노미야의 심부름꾼이 편지를 전하러 왔습니다.

"오늘 아침부터 몸이 편치 않아 돌아가지 못합니다. 감기인가 싶어 여러 가지 처방을 하고 있는 중인데, 전에 없이 그대들이 보고 싶군요."

편지에 이렇게 씌어 있으니, 아씨들은 가슴이 무너질 듯 놀라 용태가 어떠한지 걱정하고 어쩔 줄을 모릅니다. 솜을 넣은 두툼한 옷가지를 서둘러 지어 산사에 보냈습니다.

그로부터 이삼 일이 지났는데도 하치노미야는 산에서 내려오지 않았습니다. 대체 상황이 어찌 돌아가는 것일까 하여 심부름꾼을 보냈는데, 오늘은 이런 말을 전합니다.

"증세가 그리 심한 것은 아니나 어디랄 것도 없니 몸이 괴롭군요. 다소나마 몸이 가벼워지면 어떻게든 돌아가도록 하지요."

아사리는 하치노미야의 곁을 한시도 떠나지 않고 간병을 하고 있습니다.

"증세가 가벼운 듯 보이기도 하나 어쩌면 이것이 마지막인지도 모르겠습니다. 아씨들의 신상에 대해서는 걱정하고 한탄할 일이 없습니다. 사람이란 저마다 다른 숙명을 갖고 태어나니, 뜻한 대로 다 되는 것도 아니니까요."

아사리는 하치노미야로 하여금 이 세상에 대한 미련을 버리라고 깨우치고 이렇게 충고하였습니다.

"새삼스레 산을 내려갈 일도 없겠지요."

팔월 이십일경의 일입니다. 안 그래도 사방의 경치가 쓸쓸한 가을인데 아씨들의 마음에 아침저녁 안개처럼 낀 수심은 걷히지 않으니, 깊은 시름에 잠겨 있습니다.

새벽달이 환하게 떠올라 우지 강의 수면을 투명하게 비추고 있습니다. 아씨들이 산사 쪽으로 나 있는 격자창문을 올려놓으라 하고 그쪽을 바라보고 있는데, 산사의 종소리가 희미하게 울렸습니다. 종소리를 들으면서 날이 밝았나 보다고 여기고 있는데, 사람들이 달려와 울면서 고하였습니다.

"하치노미야 님께서 밤새 운명을 달리하셨습니다."

병환이 어찌 되었을까 하여 한시도 잊지 않고 걱정하였건만, 부보를 직접 두 귀로 들으니 너무도 큰 슬픔에 그저 망연해지고 말았습니다. 이렇듯 모진 슬픔에는 눈물도 나오지 않는 법인지 두 아씨는 마음을 가누지 못하고 엎드려만 있을 뿐입니다.

사별의 슬픔이란 임종을 지켜야 분명하게 인지되는 것이 예사인데, 아씨들은 아버지의 임종을 지키지 못한 서러움과 후회까지 겹치니 체면 따위 돌아볼 여유도 없이 슬퍼하는 것은 당연한 일입니다. 아버님이 돌아가신 후 잠시나마 더 살아남아 있으리라고는 예상도 하지 못하였던 두 아씨인지라, 아버님의 뒤를 좇겠노라며 눈물에 잠겨 있습니다. 허나 사람의 목숨이란 정해져 있는 것, 한탄하여본들 소용없는 일이었습니다.

아사리는 하치노미야와 약속했던 대로 장례와 이레마다 치르는 법회 등 모든 것을 진두지휘하고 있습니다.

"아버님의 시신이나마, 다시 한 번 그 얼굴과 모습을 보고 싶습니다."

아씨들이 이렇게 간청하나, 아사리는 그 말을 들어주지 않고 이렇게만 대답하였습니다.

"이제 와서 어찌 그런 일을 하려 합니까. 평소에도 아씨들을 두 번 다시 만나서는 안 된다고 충언하였는데 하물며 돌아가신 지금. 마음을 단단히 먹고 서로에 애착하는 번뇌를 버려야만 합니다."

산에서 칩거할 당시의 그 혹독했던 생활상을 물어도 한결같이 강직한 불도를 고집하는 태도를 보이니, 아씨들은 아사리의 태도를 원망하면서 너무하다고 생각합니다.

하치노미야는 옛날부터 출가하고 싶은 의지가 굳었으나, 뒤를 보아줄 사람이 없는 아씨들은 버리고 떠나기가 어려워 살아 있는 동안만이라도 한시도 곁을 떠나지 않고 두 딸을 보살폈습니다. 그것을 적적한 삶의 위안으로 삼고 출가를 감행하지 못하고 지냈던 것입니다. 죽음이란 피할 수 없는 인간의 길, 앞서 가는 사람의 마음이나 뒤에 남은 사람의 그리워하는 마음이나 모두 뜻대로는 되지 않는가 봅니다.

가오루는 하치노미야의 부보를 접하고 크게 낙담하고 유감스러워하면서, 다시 한 번 만나 두런두런 나누고 싶은 얘기가 많았는데, 하고 생각합니다. 세상사의 무상함이 새삼 절실해지니 눈물을 그저 흘릴 따름입니다. 하치노미야가 살아 있을 때, 다시 뵙기가 어려울지도 모르겠다고는 하였지만 하치노미야 자신이 아침에는 살아 있어도 저녁에는 죽은 목숨일지도 모르는 세상의 무상함을 익히 알고 있는 분으로 그런 말을 늘 하여왔던 터라, 설마 하치노미야의 목숨이 오늘내일일지도 모른다는 생각은 꿈에도 하지 않았으니, 방심하였던 자신이 후회스럽고 안타까웠습니다.

가오루는 아사리와 아씨들에게 정중한 조문 편지를 보냈습니다. 가오루가 아니면 조문 편지를 보내줄 만한 상대도 없는 처지라, 아씨들은 슬픔에 망연자실한 가운데에서도 지금까지 가오루가 보여준 배려와 세심한 친절이 몸에 저미도록 새롭게 느껴졌습니다.

가오루는 또한 여느 부모 자식도 사별을 하면 슬픔과 비탄에 젖어 앞뒤를 가리지 못하는데, 하물며 의지하고 기댈 후견인이 없는 불안한 신세인 아씨들이 어떤 심정으로 지내고 있을까 하고 헤아리니, 추모 법회 등 각종 절차에 필요한 비용을 감안하여 아사리에게 보냈습니다. 하치노미야의 산장에도 예의 늙은 시녀에게 보낸다는 구실로, 독경의 보시 등을 세심하게 준비하여 보냈습니다.

깊은 슬픔에 잠겨 무명의 어둠 속을 끝없이 헤매는 심정이나, 세월은 흘러 벌써 구월이 되었습니다.

들과 산의 경치를 보아도 눈물로 소맷자락을 적실 뿐입니다.

앞을 다투어 떨어지는 나뭇잎 소리와 우지 강의 강물 소리가 마치 폭포처럼 떨어지는 눈물과 한 가지로 여겨질 만큼 아씨들의 슬픔이 크니, 곁을 모시는 시녀들은 이러다가 정해진 목숨마저 다하지 못하는 것은 아닐까 하여 불안에 떨며 아씨들을 위로하면서도 어쩔 바를 모릅니다.

이 산장에도 염불을 외는 스님들이 모여 있으니, 하치노미야가 살아 있을 때 사용하던 방에 모신 불상을 하치노미야의 유품이라 여기며 불공을 드리고 있습니다. 그밖에 아침저녁으로 드나들며 시중을 들던 사람들 역시 하치노미야의 상중이라 산장에 모여 근행의 날을 보내고 있습니다.

니오노미야에게서도 간혹 조문 편지가 오기는 하나, 아씨들은 조문 편지에 답장을 보낼 기력조차 없습니다. 아무런 답장이 없는지라 니오노미야는 가오루에게는 이렇듯 냉담하게 대하지 않을 터인데, 나는 안중에도 없는 모양이라며 서러워합니다. 올 가을에는 단풍이 한창일 때 우지에 가서 사람들을 모아놓고 시를 지으며 즐길 작정이었는데, 하치노미야의 상을 당하여 그 부근으로 놀러가기가 난처해졌으니, 우지행을 중지한 것을 아쉽게 여겼습니다.

어느덧 세월이 흘러 아씨들은 탈상을 하였습니다. 슬픔에는 한도가 있으니 아씨들의 눈물도 조금은 마르지 않았을까 하여 니오노미야는 구구절절 긴 편지를 쓰고 있습니다. 빗방울이 떨어지는 듯 음산한 가을 저녁입니다.

수사슴이 짝을 부르며

구슬피 우는 가을 산골이

얼마나 적적하리오

싸리에 내린 이슬처럼

소맷자락으로 눈물 흐르는 저녁나절

"이 구슬픈 가을 경치를 모르는 척 외면하는 것은 너무한 일이 아닐는지요. 옛 노래에도 있듯이 '풀이 메말라가는 들판'도 슬픈 마음으로 바라보지 않을 수 없는 계절이거늘."

큰아씨는 작은아씨에게 답장을 보내라 권합니다.

"아무 정취도 모르는 척 실례를 거듭하였으니, 이번에는 답장을 보내도록 하세요."

"아버지가 돌아가신 후, 오늘까지 살아남아 이렇듯 벼루에 손을 대리라고는 생각지도 못하였습니다. 아아 정말 한심하게, 세월만 이렇게 가버렸군요."

작은아씨는 이렇게 말하며 감개에 젖으니, 또 눈물이 앞을 가려 아무것도 보이지 않을 듯하여 벼루를 밀어내고 맙니다.

"나는 도저히 쓸 수가 없습니다. 이렇게 일어나 앉아 있을 수는 있으나, 역시 슬픔에는 한도가 있어 세월이 지나면 눈물도 마르는가 하고 생각하면 그런 자신이 어이없고 한심하여."

이렇게 말하며 울음을 견디지 못하는데, 참으로 애처로운 광경입니다.

저녁나절에 도읍을 출발한 니오노미야의 사자가 어두운 밤 우지에 도착하였습니다.

큰아씨는 시녀를 시켜 사자에게 이렇게 전하였습니다.

"이 늦은 밤에 어찌 도읍으로 돌아가겠는지요. 오늘 밤은 이곳에서 머무세요."

허나 사자는 바로 돌아가야 한다며 길을 재촉합니다.

큰아씨는 사자가 안되었다는 생각에, 슬픔을 잊고 안정을 되찾은 것은 아니나 답장이 늦는 것을 보다 못하여 붓을 들었습니다.

그저 넘쳐흐르는 눈물에
온 사위의 경치조차
눈물의 안개에 가린 산골
울타리를 찾아온 사슴까지
내 울음소리에 합하여 우니

어둠이 깊어 먹이 제대로 묻었는지도 분명치 않은데, 붓 가는 대로 짙은 감색 종이에 써서 봉투에 담아 건네었습니다.

오늘 밤, 고하타 산 부근에도 비가 내려 밤길이 무서울 듯한데 궂은 날씨 따위는 겁내지 않는 사자를 골라서 보냈는지, '조릿대가 무성한 음침한 산길을 쉬지 않고 말을 달려' 얼마 후 도읍에 도착하였습니다. 젖은 모습으로 니오노미야를 뵈니, 니오노미야는 사자에게 심부름값을 톡톡히 내렸습니다.

니오노미야는 지금까지 받아 본 편지와는 다른 필적에 다소 어른스럽고 풍아한 글씨를 보면서, 과연 누구의 필적일까 하여 한없이 보느라 잠자리에도 들지 못합니다.

"답장을 기다리느라 잠자리에도 들지 못하고 답장을 받으면 또 한없이 바라보고 있으니, 대체 어떤 아씨들이기에 저렇듯 집착하는 것일까."

니오노미야를 모시는 시녀들은 이렇게 수군덕거리면서 밉살스럽다 여깁니다. 잠들지 않는 니오노미야를 상대하느라 자신들도 늦은 밤까지 잠을 잘 수 없으니 그러는 것이겠지요.

아직 아침 안개가 걷히지 않은 새벽녘, 니오노미야는 일찌감치 일어나 편지를 쓰고 있습니다.

자욱한 아침 안개에
짝을 잃은 사슴
구슬피 우는 소리를
그저 가엾다고만
여기며 듣겠는지요

"같이 울 수만 있다면, 나 또한 사슴보다 못하지는 않겠지요."

'사람의 도리를 아는 듯이 처신하자니 뒷일이 성가시구나. 지금까지는 아버지의 비호에 기대어 무슨 일이든 태평스럽게 지내왔는데, 앞으로 뜻하지 않게 오래 살아남아 만의 하나 당치도 않은 남자와 잘못되는 일이 조금이라도 있다면 우리들 때문에 그리도 심려가 크셨던 아버지의 영혼에 상처를 입히는 일이 되겠지.'

그 편지를 보고 큰아씨는 이렇게 생각하니, 만사에 주눅이 들고 두려워 답장조차 보내지 못합니다.

큰아씨는 니오노미야를 세상의 뭇 사내들처럼 경박하다고는 생각지 않습니다. 자연스럽게 흘려 쓴 필적과 말투가 우아하고 풍정에 넘치니, 사내들이 보내는 연문에 대해서는 잘 알지 못해도 이런 분위기의 편지야말로 훌륭한 편지가 아닐까 하고 생각합니다. 이렇게 기품과 정감을 갖춘 니오노미야의 편지에 일일이 답장을 쓰기에는 어울리지 않는 신분이라, 그저 수행을 하는 행자처럼 이런 산골에서 조용히 지내자고 생각합니다.

다만 가오루와는, 그쪽에서 성실한 태도로 편지를 보내니 이쪽에서도 매몰차게 대할 수가 없어 편지를 주고받고 있습니다.

탈상을 한 후에도 가오루는 몸소 우지를 찾아 아씨들을 문안하였습니다.

아씨들이 동쪽 차양의 방 가운데 가장 낮은 곳에 허망한 상복 차림으로 앉아 있는데, 가오루는 바로 곁까지 다가가 예의 늙은 시녀 변을 불렀습니다.

슬픔에 겨운 나머지 어둠에 갇혀 있는 심정으로 지내고 있는데, 눈이 부시도록 아름답고 향기로운 냄새를 풍기는 가오루가 들어오니 아씨들은 거북하여 어쩔 줄을 몰라 대답조차 하지 못합니다.

"그렇듯 서먹하게 대하지 마세요. 돌아가신 아버님께서 그리 원하셨듯이 친밀하게 대하여주어야 이렇게 찾아온 보람도 있지 않겠습니까. 미색을 탐하는 태도에는 익숙하지 않은 사람이거늘, 사람을 통하여 얘기하자니 말이 나오지 않습니다."

가오루가 이렇게 말합니다.

"미련스럽게도 지금까지 살아남아 있으나, 아직은 슬픔을 가누지 못하여 깨지 않을 꿈속을 헤매는 듯한 심정입니다. 하늘의 해와 달빛을 올려다보는 것도 상중의 마음가짐을 거역하는 일이라 꺼려지니, 더는 가까이 다가갈 수가 없습니다."

큰아씨가 이렇게 답하였습니다.

"지나치게 조심스럽군요. 스스로 나와 거리낌없이 해와 달을 올려다보는 것이라면 비난의 소지가 되겠으나, 나와 얘기를 나누는 정도이니 별일 없을 터인데 말입니다. 마냥 이런 식으로 대한다면 내 마음이 후련치 않을 것입니다. 그 슬픔을 다소나마 위로하여주고 싶거늘."

가오루가 이렇게 말하자 시녀들이 나서서 말을 곁들였습니다.

"더없이 가여운 아씨들의 슬픔을 위로하고 싶다 하시니, 그 얼마나 고마우신 친절입니까."

큰아씨는 말은 그렇게 하였으나 점차 마음이 차분해지면서 사리가 헤아려지는 듯합니다. 아버지가 살아 계셨을 때부터 친분이 있었다고는 하나 도읍에서 이렇게 먼 곳까지 힘든 걸음을 하여준 깊은 호의를 족히 짐작할 수 있으니, 조금 더 가까이 다가갔습니다.

가오루는 슬퍼하는 아씨들의 마음을 배려하고, 또 아씨들의 뒤를 보살피겠노라 하치노미야와 약속한 일을 다감한 목소리로 차근차근 이야기하였습니다. 거칠고 무서운 구석은 보이지 않은 인품인지라 아씨들도 불쾌해하거나 거북스러워하지 않았습니다. 최근에 그리 절친하지도 않은 남자에게 목소리를 들려주거나 알게 모르게 의지하였던 이런저런 일을 생각하니 괜스레 괴롭고 꺼려지는데, 그래도 한마디 정도는 살며시 대답을 하기도 합니다. 그런 큰아씨의 모습이 슬픔에 겨운 나머지 기력마저 쇠한 듯 힘없이 느껴지니, 가오루는 참으로 가여운 일이라고 동정을 합니다.

상중임을 알리는 짙은 감색 휘장 사이로 비쳐 보이는 아씨들의 모습에 너무도 마음이 아픈데 하물며 평소에는 어찌 지내랴 싶으니, 언젠가 새벽어둠 속에서 어렴풋이 보았던 아씨들의 모습이 다시 떠올랐습니다.

가을도 깊어 마당에 드문드문한 띠가
제 색을 잃고 메말라가는데
짙은 감색 상복을 입은
그대의 소맷자락

눈물에 젖어 있으리라 헤아려지니

가오루가 혼자 중얼거리듯 이런 노래를 읊었습니다.

흐르는 눈물은
짙은 감색으로 변한 상복의 소맷자락을
제 집으로 여기고 있건만
이내 몸은 어디에도
머물 곳이 없으니

"해어져 풀린 상복의 실은."

큰아씨도 이렇게 중얼거리듯 답가를 읊었으나, 상복의 해어져 풀린 실은 내 눈물을 꿴 끈이라는 구슬픈 옛 노래의 뒷말은 입 속으로 사라지고 말았습니다. 큰아씨는 더 이상 자리를 지키기가 힘겨운지 그만 안으로 들어가고 말았습니다.

그런 사람을 더 있어달라 붙잡아둘 수 있는 상황도 아닌지라 가오루는 마음이 참을 수 없이 슬펐습니다.

당치도 않게 늙은 시녀 변이 대역으로 나타나니, 옛이야기와 요즘 이야기 가운데 슬픈 것들을 이리저리 모아 두런두런 이야기합니다. 변은 살아오면서 놀랍고 어처구니없는 일을 겪어온 사람이라 볼품없이 나이만 먹은 여자라 하여 외면할 수도 없으니, 가오루는 친근감을 갖고 얘기를 나눕니다.

"내가 아주 어렸을 적에 아버님이 돌아가셔서 정말 슬픈 것은 이 세상이란 것을 알게 된 터라, 나이가 들어 성인이 되면서 관위나 세상의 영달에는 무관심해졌습니다. 그러한데 하치노미야 님께서 이렇듯 한적한 생활에 만족하고 있다가 그렇듯 덧없이 돌아가시는 것을 또다시 보게 되었습니다. 그 때문에 슬픔이 더하여 어찌하면 이 무상한 세상을 벗어날 수 있을까 하는 생각도 하였습니다. 뒤에 남은 애처로운 아씨들의 일이 마음에 걸려 출가도 못하고 있다 하면 다른 마음이 있다고 여겨질지도 모르겠으나, 아무튼 하치노미야 님의 유언을 오래 받들 수 있도록 이 세상에 살아남아 의논 상대가 되었으면 하는 한편, 그대에게 뜻하지 않은 옛이야기를 들은 뒤 이 세상에 흔적을 남기고 싶었던 생각마저 없어지고 말았습니다."

가오루가 눈물을 흘리면서 이렇게 토로하자, 시녀 변 역시 울음이 북받쳐 대답조차 제대로 하지 못합니다. 가오루의 모습과 몸짓이 본인이 아닐까 싶을 정도로 가시와기 위문독을 닮아, 오랜 세월 잊고 지냈던 옛일까지 떠올라 슬픔을 자아내니, 뭐라 대꾸를 하면 좋을지 모르는 채 눈물만 흘리는 것입니다.

변은 가시와기 위문독의 유모의 딸로, 아버지는 아씨들의 외숙부이며 좌중변 벼슬로 세상을 떠난 사람이었습니다. 변은 오랜 세월 도읍과 멀리 떨어진 곳을 떠돌아다니다가 이종 자매인 하치노미야의 정부인이 돌아가신 후 도읍으로 올라왔음에도 전 태정대신 댁과는 소원하게 지냈습니다. 그러던 차에 하치노미야가 댁으로 불러 함께 살도록 한 것입니다. 인품도 그리 고상하지 않고 고용살이에 때가 절기도 하였지만, 하치노미야는 사리를 모르는 여자는 아니라 여겨 아씨들을 보살피도록 한 것입니다.

아침저녁으로 아씨들의 시중을 들면서 숨기는 것 하나 없이 모든 것을 털어놓을 만큼 친근하게 지내왔으나, 그러한 아씨들에게도 그 옛날의 비밀은 한마디도 발설하지 않고 자기 가슴에만 간직하여왔습니다.

헌데 가오루는 노인네가 묻지도 않는 얘기를 술술 늘어놓는 것은 흔히 있는 일인지라, 상대를 가리지 않고 떠벌리지는 않았을지언정 이쪽이 부끄러우리만큼 품위 있고 반듯한 그 아씨들에게는 귀띔을 하였을 것이라고 짐작하였습니다. 그것이 꺼림칙하기도 하고 난감하기도 하니, 역시 비밀을 알고 있는 아씨들을 어떻게든 수중에 넣는 도리밖에 없다 여기니, 이 또한 연정을 불태우는 이유였습니다.

하치노미야가 돌아가시고 없는 지금 이 산장에 묵는 것은 꺼려지는 일이라 가오루는 돌아가면서 이런 생각을 하였습니다.

'하치노미야 님께서 이것이 마지막일지도 모르겠다고 말씀하셨거늘, 설마 그럴 리가 있을까 하여 마음을 놓았는데, 두 번 다시 뵐 수 없게 되었으니 내가 어리석었구나. 하치노미야 님을 마지막으로 만난 것도 올가을이요, 하치노미야 님이 돌아가신 것도 올가을이니 세월이 그리 많이 흐르지도 않았는데, 이제 그

행방조차 알 수 없는 저세상으로 떠나고 마셨으니, 이 얼마나 허망한 일인가.'

산장은 여느 세상 사람들의 집처럼 실내를 이렇다 하게 꾸며 놓지는 않아 지극히 검소하게 느껴지지만 늘 깔끔하고 아담하게 정리가 되어 있고 그윽한 풍취도 있었습니다. 그런데 지금은 스님들이 쉴새없이 드나들고, 여기저기 칸막이가 세워져 있습니다.

하치노미야가 독경을 하고 염불을 외울 때 사용했던 불구와 그밖에 물품들은 모두 생전 그대로인데, 불상은 모두 아사리가 있는 절로 옮기겠노라고 아씨에게 전하는 스님의 말을 듣자, 스님들마저 다 가버리고 나면 이곳에 남은 아씨들의 마음이 얼마나 허전할까 싶으니 가오루는 마음이 미어지듯 아프고 애틋하기 짝이 없었습니다.

"날이 저물었습니다."

수행원이 이렇게 채근을 하자, 생각에 잠겨 있던 가오루가 번뜩 정신을 차리고 자리에서 일어납니다. 하늘에는 기러기가 울면서 날아가고 있었습니다.

가을 안개 자욱한
어둡고 쓸쓸한 하늘에
기러기떼 울면서 날아가네
이 세상은 잠시 머물다 가는 곳이라는 듯이

도읍으로 돌아와 니오노미야를 만난 가오루는 우선 우지에 있는 아씨들 소식을 전하였습니다. 하치노미야가 돌아가시고 없는 지금, 니오노미야는 꺼릴 것이 없다 여겨 정성을 담은 편지를 열심히 보내고 있습니다. 허나 아씨들은 허물없이 지낼 수 있는 사람이 아니니 별 대수롭지 않는 내용의 편지조차 써 보내고 싶지 않습니다.

'니오노미야는 색을 좋아하기로 소문이 자자한 분이시니, 그저 우리를 연애놀이의 상대로 천박하게 여길지도 모르는데, 이렇게 외딴 산골 누추한 집에서 혹 답장을 보냈다 하여도, 그 필적이 치졸하고 세련되지 못하다 여기실 것이야.'

아씨들은 이렇게 생각하며 도저히 답장은 쓸 수 없다고 상심에 젖어 있습니다.

"그건 그렇다 하여도, 세월이란 어이가 없을 정도로 빨리 지나가는구나. 세상이란 참으로 무상한 것이라고 늘 보고 들으며 지내왔는데, 그리도 허망하였던 아버님의 죽음이 오늘내일 찾아올 것이란 생각은 하지 못하였으니. 아버지나 우리나 '때를 달리하여 죽지는 않을 것이라' 안심하였던 어리석음이 한심스럽구나. 지금까지 살아온 것을 보아도, 희망을 품을 수 있는 형편은 아니었으나, 세월이 흐르는 것도 모르고 태평하게 이런저런 생각을 하며 무엇을 두려워하거나 조심하는 일 없이 편하게 지내왔는데, 지금은 바람 소리마저 무섭고, 평소에는 보이지 않던 사람들이 갑자기 나타나 안내를 청하는 소리를 들으면 가슴이 무너져 내릴 듯 두렵고 겁이 나니. 그렇게 끔찍하고 한심한 일들만 많아진 것도 견딜 수 없는 일이로구나."

자매가 이렇게 두런두런 얘기를 나누면서 눈물이 마를 날 없이 비탄에 젖어 있는 사이에 한 해도 다 가버리고 말았습니다.

눈발이 흩날리고 싸락눈이 푸슬푸슬 내리는 이 계절에는 어디서나 바람 소리가 스산하게 들리는 법이지만, 아씨들은 지금 처음 산골짜기 생활을 결심하고 산으로 들어온 듯한 기분이 듭니다.

"아아, 드디어 올해가 다 갔군요. 올해는 마음 아픈 일만 많았으니까, '어서 빨리 모든 것이 다시 시작되는 새해가 왔으면 좋겠어요'."

시녀들 가운데에는 희망을 버리지 않고 이렇게 말하는 이도 있습니다. 아씨들은 그런 말을 들으면서, 도저히 이루어지기 어려운 일이라고 생각합니다.

계절마다 하치노미야가 아사리가 있는 산사에 염불을 드리러 간 연고로 스님들이 간혹 문안차 찾아오기는 합니다. 아사리 역시 아씨들이 어찌 지내는가 하여 가끔 문안 편지를 보내기는 하나 하치노미야가 돌아가시고 없는 지금 무슨 볼일이 있어 찾아오겠는지요. 아씨들은 이렇듯 찾아오는 이의 발걸음이 뚝 끊긴 것을 당연한 일이라 여기면서도 서글픈 마음을 어쩌지 못합니다.

지금까지는 거들떠보지도 않았던 부근에 사는 산사람들이 하치노미야가 돌아가신 후에도 때로 문안을 드리러 오면 기특한 일이라고 기뻐합니다. 겨울인지라 땔감이나 나무 열매를 지참하고 오는 나무꾼도 있습니다.

아사리가 있는 승방에서는 숯을 보내왔습니다.

"지금까지 오래도록 생활용품을 대온 습관이 있는데, 올해라고 하지 않는다면 섭섭한 일이지요."

하치노미야는 해마다 겨울이 되면 겨울을 날 채비로 솜을 넣은 승복을 산사에 기증하였으니, 아씨들은 그 일을 떠올리고 아버지가 살아 계실 때와 다름없이 보시를 하였습니다. 아씨들은 마루 끝에 나와 깊게 쌓인 눈 속을 걸어 산으로 올라가는 법사와 동자들의 모습이 때로는 가려졌다가 나타나곤 하는 것을 눈물을 흘리며 바라보고 있습니다.

"설령 아버님이 삭발을 하였다 해도 살아만 계셨다면, 출입하는 사람들도 절로 많아질 터인데. 아버님과 사는 곳이 달라 마음이야 불안하고 쓸쓸하겠지만, 두 번 다시 만날 수 없는 일은 없을 터인데."

아씨들은 이렇게 얘기를 나눕니다.

아버님 돌아가시니
산사와의 험한 길에도
왕래가 끊기고

아버님을 기다리며 바라보았던 소나무
그 위에 내리는 눈을
그대는 어찌 보는지요

큰아씨가 이렇게 노래를 읊으니 작은아씨가 화답합니다.

돌아가신 아버님을
깊은 산 솔잎에 쌓이는
눈이라 여길 수만 있다면
마음을 위로할 길도 있으련만
사라져도 또 쌓이는 눈처럼

"아버님은 이 세상에서 사라져 안 계시는데, 내리고 쌓이는 눈이 부럽습니다."

가오루는 해가 바뀌면 이래저래 분주하여 그리 쉬이 찾아갈 수 없으리라 생각되니 한 해가 다 가기 전에 우지를 찾았습니다. 세찬 눈발이 길을 뒤덮고 있어 신분이 평범한 자들도 모습을 보이지 않는데, 하물며 예사롭지 않은 신분의 가오루가 위풍당당한 모습으로 가벼이 걸음하여주니, 그 마음씀씀이의 깊음이 헤아려지는 터라 큰아씨는 여느 때보다 한결 정성을 들여 성의껏 자리를 마련합니다.

시녀들도 상중이라 쓰지 않고 벽장 깊은 곳에 보관해두었던 화로를 꺼내 먼지를 털어내면서 돌아가신 하치노미야가 가오루의 방문을 기다리며 늘 기뻐하였던 모습을 떠올리고는 서로들 수군덕거립니다.

아씨들은 직접 얘기를 나누는 것을 그저 부끄러워만 하였는데, 늘 그런 식으로 대하면 가오루가 사람의 호의를 너무도 몰라준다고 여길 듯하니 어쩔 수 없이 큰아씨가 상대를 하였습니다. 그리 친근하게 굴지는 않아도 전보다는 몇 마디 말이 많아지고 얘기를 계속하는 태도가 다감하고 그윽합니다. 가오루는 언제까지나 이렇게 얘기만 하는 것으로는 도저히 성에 차지 않을 것이라는 기분이 드는데, 그런 자신의 마음을 갑작스럽고 이기적인 것이라 여기는 한편, 역시 이렇게 하여 친절이 연심으로 바뀌는 것은 남녀 사이의 자연스러운 결과라고 생각합니다.

"어찌 된 일인지, 니오노미야가 나를 몹시 원망하고 있습니다. 무슨 얘기를 하다가 가슴을 저미는 아버님의 유언을 받들었던 때의 상황을 흘리고 만 것은 아닌지요. 아니면 눈치가 빠른 사람이니 그리 추측하는 것일까요. 내가 어떻게든 일이 잘 풀리도록 아씨들과의 사이를 중재해줄 것이라 의지하였는데, 아씨들로부터 기대하는 편지를 받을 수 없는 것은 내가 말을 제대로 전해주지 않기 때문이라고 불평이 여간이 아닙니다. 공연한 트집을 잡는 것이라 생각하나, 우지로 안내하는 역할을 무턱대고 거절할 수는 없는 처지인데 어찌하여 그리 니오노미야를 차갑게 대하는 것인지요. 세상에는 색을 좋아하는 분이라고 평판이 나 있는 듯하나, 그 마음속은 실로 정이 깊은 사람입니다. 그저 농이나 걸 심산으로 말을 걸었는데 경박하게 응해오면서 교태를 부리는 여자들은 흔해빠졌다 하여 경멸한다는 얘기도 있습니다. 무슨 일이든 고집을 부리지 않고 그 일의 흐름을 따라 순응하는 사람이야말로, 어떤 일이 있어도 세상의 처사를 따르고 가벼이 견뎌내고, 다소 마음에 들지 않는 일이 있어도 이 또한 인연이니 어쩔 수 없다고 생각하며 도리어 오래도록 함께하는 예도 있습니다. 하나 일단 남녀 사이의 경계가 무너지기 시작하면, '다쓰타 강의 탁한 강물에 비유하려는 것은 아니나', 여자의 명예는 땅에 떨어지고 모든 것이 허사가 되어 인연도 뚝 끊기고 마는 예가 세상에는 흔히 있습니다.

그에 비하면 니오노미야는 무슨 일에든 깊은 애착을 보이는 성품인지라, 마음에 들고 또 자신을 굳이 거역하려 들지 않는 사람에게는 결코 처음과 끝이 다른 경솔한 태도는 보이지 않습니다. 나는 니오노미야에 대해서라면 사람들이 모르는 것까지 훤히 알고 있으니, 만의 하나 어울리는 인연이라 생각되고 혼인을 해도 좋겠다는 마음이 있다면, 나는 가운데에서 일이 성사될 수 있도록 혼신의 힘을 다할 것입니다. 그리되면 우지와 도읍을 오가느라 다리가 몹시 아프겠지만요."

가오루는 진지한 표정으로 이렇게 말하는데, 큰아씨는 자신을 이르는 말이라는 생각은 꿈에도 하지 못하니 작은아씨의 어미 된 입장에서 대답을 해야겠다고 이리저리 궁리를 하나, 역시 뭐라 대답하면 좋을지 알 수가 없어 이렇게 말하며 미소로 얼버무리려 합니다.

"과연 뭐라 말씀을 드리면 좋겠는지요. 우리 자매와 무슨 연관이 있는 것처럼 말씀을 하시니 오히려 뭐라 대답하면 좋을지 모르겠습니다."

살며시 미소짓는 음전함 속에 호감이 느껴지니 가오루는 또 이렇게 묻습니다.

"니오노미야의 얘기를 그대 자신의 일이라 받아들이지 않아도 좋을 듯합니다. 그대는 이렇듯 눈길을 헤치면서까지 찾아온 내 마음을 헤아려 언니의 입장에서 들어주세요. 니오노미야가 애착을 보이는 상대는 아무래도 작은아씨인 듯하니. 니오노미야가 작은아씨에게 넌지시 그런 뜻을 비춘 일이 있는 듯하나, 과연 제삼자로서는 어느 아씨에게 마음을 두고 있는지 분명하게 알 수가 없군요. 니오노미야에게는 어느 아씨가 답장을 보내고 있는지요?"

'장난삼아서라도 내가 답장을 보내지 않기를 정말 잘하였구나. 만약 썼다고 해도 이렇다 할 내용은 없었을 터이나, 가오루의 이런 질문에 너무도 부끄러워 가슴이 무너져 내렸을 것이니.'

큰아씨는 이런 생각이 들자, 도저히 뭐라 대답할 수가 없습니다.

눈 쌓인 산길에 놓인 다리를
그대 아닌 그 누가 애써 건너
이 먼 곳까지 찾아오리오
내가 그대가 아닌 사람에게는
절대 편지를 보내지 않는 것처럼

이렇게 써서 발 밖으로 살며시 내미니, 가오루가 보고는 이렇게 중얼거립니다.

"이렇게 구실을 둘러대니, 오히려 마음에 걸리는 것입니다."

니오노미야를 안내하는 길
얼어붙은 산길과 냇물 위를
말발굽이 얼음을 깨며 지나니
그대와 맺어질 수 있다면
내가 먼저 건너지요

"그렇게 되어야 지금까지 진정한 마음으로 이곳을 찾은 보람도 있는 게지요."

큰아씨는 얘기가 뜻하지 않은 방향으로 흘러가자 마음이 상하여 이렇다 할 대답을 하지 않습니다. 그렇다 하여 갑작스럽게 서먹하게 새침을 떠는 태도는 취하지 않으나 요즘 시절의 젊은 여자들처럼 교태를 부리는 몸짓도 보이지 않으니, 가오루는 큰아씨의 성품이 무난하고 온화할 것이라고 헤아립니다. 그리고 그런 분위기가 오래전부터 마음속에 그려온 이상형이란 기분이 들어 말하는 틈틈이 속내를 넌지시 비추나, 큰아씨는 모르는 척 시침 뗀 표정으로 상대를 해주지 않으니, 가오루는 그만 주눅이 들어 풀이 죽은 표정으로 돌아가신 하치노미야의 추억담 등을 얘기합니다.

"날이 완전히 저물면 눈발이 더욱 거세져 앞도 보이지 않을 터이니, 갈 길이 험합니다."

수행원이 이렇게 재촉하자, 가오루는 돌아갈 채비를 합니다.

"올 때마다 이 집을 보면 가슴이 아파 견딜 수가 없습니다. 도읍에 있는 내 집은 마치 산 속의 오두막처럼 조용하고 사람의 출입도 빈번하지 않으니, 아씨들이 그곳으로 거처를 옮길 마음이 있다면야 얼마나 기쁘겠습니까."

가오루의 이 말을 엿들은 시녀들이 듣던 중 반가운 소리라며 기뻐 싱글거리는 것을 본 작은아씨는, 참으로 한심한 일이라 여기며 그런 일이 어찌 가능할까 하고 생각합니다.

아씨들은 과일을 보기 좋게 바구니에 담아 가오루에게 드리고, 수행원들에게는 안주와 술을 정성스럽게 담아내 왔습니다.

가오루의 향기가 배어 있는 옷 때문에 입방아에 올랐던 예의 숙직자는 볼에서 턱까지 수염이 텁수룩하게 덮여 있는 얼굴에 무뚝뚝한 표정으로 대기하고 있습니다. 가오루는 그자가 아씨들을 지키는 사람이라니 믿음직스럽지가 않아 앞으로 불러들여 이렇게 묻습니다.

"어찌 지내고 있는가. 하치노미야 님께서 돌아가신 후에는 불안한 일도 많을 터이지."

사내는 얼굴을 일그러뜨리고 울상을 짓더니, 훌쩍훌쩍 울기 시작합니다.

"이 세상에 의지할 피붙이 하나 없는 터라 오직 하치노미야 님만을 믿고 30여 년을 살아왔습니다. 허나 지금은 산과 들을 헤매고 다녀봐야, 어느 분을 나무등걸로 의지하고 매달리면 좋을지 갈피를 잡을 수 없습니다."

사내는 이렇게 말하고는 더욱 한심한 꼴로 눈물을 흘립니다.

하치노미야가 사용하던 방의 문을 열게 하여 안으로 들어가 보니, 먼지가 소복이 쌓여 있고 덩그마니 안치돼 있는 불상 앞에 바쳐진 꽃은 예전 그대로입니다. 그밖에 하치노미야가 근행을 할 때 앉았던 자리는 모두 한켠으로 치워져 있었습니다.

"언젠가 이 몸도 출가를 하면."

하치노미야에게 불도의 스승이 되어줄 것을 청하고 수행을 약속하였던 때의 일이 떠올라 가오루는 노래를 한 수 읊었습니다.

내가 출가를 하게 되면
스승이 되어달라 청할 작정이었는데
그분은 이미 저세상으로 떠나고
메밀잣밤나무가 있는 산장에

빈 방만 휑뎅그렁하니

젊은 시녀들이 그 방의 기둥에 기대앉아 있는 가오루의 모습을 훔쳐보면서 입에 침이 마르도록 칭찬을 합니다.

"어쩌면 저리도 훌륭하실까요."

가오루의 수하가 근처 가오루의 장원에서 일하는 아랫것들에게 여물을 가져오라 일러놓은 터라, 해가 저물자 장원의 촌사람들이 시끌벅적하게 여물을 날라 왔습니다.

'이게 어찌 된 영문인가. 일이 난처하게 되었구나.'

그 사실을 모르는 가오루는 이렇게 생각하면서, 저 늙은 시녀 변을 찾아온 것이라고 둘러대었습니다.

가오루는 장원 사람들에게 오늘처럼 늘 이 산장에 필요한 물품을 챙기도록 명하고는 도읍으로 돌아갔습니다.

새해가 되어 날씨가 화창해지면서 물가에 얼음이 녹아가는 풍경을 바라보면서, 아씨들은 지금까지 살아 있는 자신들을 어이없게 여기며 슬픔에 잠겨 있습니다. 아사리의 산사에서 눈이 녹아 뜯은 햇것이라며 미나리와 고사리 등을 보내 왔습니다. 시녀들이 그것을 정성껏 요리하여 불전에도 바치고 아씨들에게도 올렸습니다.

"산골은 산골 나름으로 이런 초목의 모습으로 계절의 변화를 알 수 있으니, 재미있군요."

시녀들은 이렇게 얘기하는데, 큰아씨는 그런 것이 무에 그리 재미있을까 하고 듣고만 있습니다.

이것이
아버님이 지금도 산사에 계셔
손수 뜯어 보낸 산고사리라면
새봄의 선물이라고 기뻐하련만

큰아씨가 이렇게 노래하자, 작은아씨가 화답합니다.

눈 쌓인 물가에
이 봄에도 미나리가 싹을 틔웠건만
올해는 누구를 위해
뜯어보고 즐기리
아비 없는 신세가 된 나

아씨들은 이렇게 두서없는 이야기를 나누면서 하루하루를 보내고 있습니다.

물론 가오루와 니오노미야에게서 계절의 변화에 맞추어 편지가 오곤 하였으나, 딱히 이렇다 할 내용도 없었던 듯하니 성가셔서 일일이 쓰지 않은 것이겠지요.

벚꽃이 흐드러지게 핀 무렵, 니오노미야는 작년 봄에 「같은 꽃을 머리 장식으로 올리니」라고 읊은 노래를 아씨에게 보냈다는 기억이 떠올랐습니다.

"저 풍류스러웠던 하치노미야 댁을 이제는 찾아갈 수 없게 되었으니."

그때 니오노미야를 수행했던 사람들도 이렇게 입을 모아 세상의 무상함을 얘기하니, 니오노미야는 아씨들이 더욱 그리워 찾아가보고 싶은 마음이 간절하였습니다.

지난봄 참배 길에
멀리서 보았던 산장의 벚꽃을
올해는 찾아가 가까이서 바라보고
한 송이 꺾어 내 머리에도 꽂고 싶으니

니오노미야는 자신의 심정을 거리낌없이 노래에 담아 보냈습니다. 아씨들은 당치도 않은 말씀이라며 편지를 바라보고는 마침 따분하기도 하였던 터라 그 번듯한 편지에 담긴 겉마음이나마 무시해서는 안 되겠다 싶어, 작은아씨가 답장을 씁니다.

서러운 상을 당하여
먹색 안개에 싸여 있는
이 집을 어디라 잘못 아시고

벚꽃을 꺾으러 찾아오겠다는
그런 말씀을 하는지요

변함없이 이렇듯 매정하고 쌀쌀맞은 태도만 보이니, 니오노미야는 진정 마음이 상하여 애를 태우고 있습니다. 뜻을 이루지 못하는 고통을 견딜 수 없어지면 그저 가오루에게 이러쿵저러쿵 속내를 털어놓으면서 중재역이 불성실하다고 나무라고 투덜거리니, 가오루는 내심 재미있어하며 아씨들의 후견인다운 자신만만한 태도로 응수하는가 하면 니오노미야의 호색적인 성품이 엿보일 때면, 그래서야 도저히 뜻을 이룰 수 없노라 도리어 나무라니, 니오노미야도 꽤나 신경이 쓰이는 모양입니다.

"내 바람기는, 진정 마음에 드는 사람을 만나면 다 사라질 것일세."

니오노미야는 이렇게 변명을 합니다.

유기리 우대신 댁에서는 오래전부터 여섯째 딸과 니오노미야의 혼인을 염두에 두고 있는데, 당사자인 니오노미야가 전혀 관심을 보이지 않아 우대신은 다소 불만스럽게 여기고 있습니다.

"우대신 댁의 여섯째 딸은 나와 인척지간이니 너무 가까워 그다지 내키지 않는데다, 아버지인 우대신이 매사 잔소리가 심한 분이라 사소한 염문 하나에도 질책을 할 듯하니 어디 견딜 수가 있나요."

니오노미야는 뒤에서 이렇게 투덜거리며 고사하고 있습니다.

그해 가오루의 본댁인 삼조궁이 소실되어 온나산노미야도 육조원으로 거처를 옮기니, 가오루의 신변은 이래저래 분주하기 짝이 없었습니다. 가오루는 황망함에 쫓겨 오래도록 우지의 아씨들을 찾아가보지 못하였습니다. 가오루는 다른 남자들과는 성격이 전혀 달라 고지식하니 큰아씨는 반드시 자신의 아내가 될 사람이라 믿고 느긋하게 대처하면서, 큰아씨의 마음이 자신의 연정을 받아들일 준비가 되어 있지 않는 한 공연히 친근하게 굴어 체면이 깎이는 일은 하지 않으리라고 생각합니다. 다만 세월이 흘러도 돌아가신 하치노미야와의 약속을 잊지 않는 자신의 깊은 마음을 큰아씨가 헤아려주었으면 하고 생각할 뿐입니다.

그해 여름에는 예년에 비해 무더위가 기승을 부렸습니다. 사람들은 더위를 이기지 못하여 어쩔 줄을 모르니, 가오루는 우지 강가는 시원할 것이라는 생각에 갑작스럽게 우지로 떠났습니다.

이른 아침, 아직은 시원한 시각에 도읍을 출발한 터라 우지에 도착할 즈음에는 쨍쨍 내리쬐이는 햇살이 눈부시니, 하치노미야가 거처하였던 서쪽 차양의 방에 예의 숙직자를 불러놓고 쉬고 있습니다.

때마침 서쪽 본채의 불상을 모신 방에 아씨들이 있었는데, 너무 가까이 있기가 조심스러워 자신들의 처소로 자리를 옮겼습니다. 소리가 나지 않도록 살며시 조심조심 움직이는데도 그 기척이 느껴지니 가오루는 참을 수가 없었습니다. 이전부터 불상을 모신 방과 차양의 방 사이에 있는 장지문 손잡이 옆에 조그만 구멍이 뚫려 있는 것을 알고 있었던 터라, 병풍을 살짝 밀쳐내고 그 구멍에 눈을 들이댔습니다. 허나 구멍 너머에 휘장이 쳐져 있어 보이지 않는지라 아쉬워하면서 뒤로 물러서려 하는데, 때마침 불어온 바람에 발이 높이 치켜올라갔습니다.

"아니, 밖에서 고스란히 들여다보일까 두렵습니다. 휘장을 저쪽으로 치세요."

누군가 그렇게 말하였습니다. 가오루는 참으로 얼빠진 소리를 한다고 기뻐하면서 구멍으로 다시 눈을 들이대니, 높고 낮은 휘장이 모두 불상을 모신 방의 발쪽으로 당겨져 있고 아씨들은 장지문 바로 건너편에 있는 장지문을 지나 다른 방으로 들어가려는 참이었습니다.

먼저 한 아씨가 나와 휘장 뒤에서 정원 쪽으로 눈길을 돌리고, 가오루의 수행원들이 정원을 이리저리 오가며 더위를 식히는 모습을 바라보고 있습니다.

짙은 감색 홑옷과 치마바지의 원추리색이 선명한 대조를 이루어 평상시보다 오히려 화사하게 보이니, 옷을 차려입은 사람의 인품 때문이겠지요. 어깨에 걸친 띠는 형식적으로만 묶었는지 아무렇게나 늘어뜨려져 있고, 염주는 소매 안에 지니고 있습니다.

키가 크고 호리호리한 몸매와 자태가 실로 아름다운 아씨입니다. 검은 머리카락은 소례복 옷자락에 약간 못 미치겠다 싶을 정도의 길이에 그 끝까지 한 오라기의 흐트러짐도 없이 매끈하게 흘러 떨어지는데, 숱이 너무 많아 싫을 정도로 풍성한 것이 오히려 가련하게 보입니다. 옆얼굴도 참으로 귀염성이 있습니다. 피부색도 뽀얗고 아름다운데 풍요로우면서도 얌전한 느낌이 언젠가 언뜻 본 아카시 중궁이 낳은 첫 황녀의 모습과 흡사하니, 가오루는 그저 한숨이 넘쳐흐릅니다.

또 한 사람이 무릎걸음으로 나와 이쪽을 보면서 말합니다.

"이 장지문은 저쪽에서 다 보이겠습니다."

방심하지 않는 태도가 삼가 조심스럽고 소양이 있는 분으로 보였습니다. 머리 모양이나 흘러내린 머리카락의 자태는 아까 분보다 다소 고귀하고 우아한 느낌입니다.

"저쪽에 병풍을 세워놨습니다. 설마 그리 급하게 엿보거나 하지는 않으시겠지요."

이렇게 젊은 시녀가 아무 의심 없이 말합니다.

"그런 일이 생기면 큰일이지요."

역시 이쪽이 마음에 걸리는지 다시 안쪽으로 들어가버리고 맙니다. 그분의 기품있고 그윽한 분위기가 참으로 매력적이었습니다.

두 분 다 검은 겹옷을 입고 있는데, 이쪽 분은 온화하고 차분하면서도 애처로운 느낌이 드니 가슴이 조여드는 듯합니다. 마음고생이 심하여 머리카락이 다소 빠졌는지, 끝으로 가면서 숱이 적어지는데 칠흙처럼 까맣다고나 할까, 비취색처럼 반짝반짝 빛나고 아름다우니 마치 실을 꼬아놓은 듯합니다.

보라색 종이에 쓴 경문을 한 손에 들고 있는데, 그 손맵시가 다른 한 분보다 한결 가는 것을 보면 몸매도 가냘프지 않을까 싶습니다.

방금 전까지 서 있었던 분도 장지문께에 앉아, 무엇이 재미있는지 고개를 이쪽으로 향하고 미소짓고 있는데, 그 모습에서 애교가 줄줄 흐르니 뭐라 말할 수 없이 귀엽습니다.

갈래머리

그대가 만드는 갈래머리 안에
두 사람 사랑의 영원한 약속을
엮어 담은 실이
몇 번이나 같은 곳에서 만나도록
늘 그대가 보고 싶은 것을

◆가오루

갈래머리를 한 아이들이여
한 발만큼 떨어져 자고 있더니
이리저리 몸을 굴리고 있네
몸을 찰싹 붙이고 있네

◆사이바라 「갈래머리」

❀ 제47첩 갈래머리(總角)

하치노미야의 일주기 법회를 준비하면서 가오루가 부른 노래에서 이 제목이 붙었다. 이 노래는 사이바라의 「갈래머리」에 의거한 노래이다.

올가을, 오랜 세월 귀에 익은 우지 강의 강바람 소리가 아씨들에게는 견딜 수 없이 무섭고 슬프고 몸을 저미는 듯 들립니다. 아버지의 일주기 법회를 준비하나, 법회에 필요한 대부분의 준비는 가오루와 아사리가 하고 있습니다.

아씨들은 시녀들이 하라는 대로 당일 보시할 고승들의 가사와 경을 올려놓는 책상 밑에 깔 깔개, 경권의 끈 등 자잘한 준비를 하고 있으나, 그 손놀림이 미덥지 못할 정도로 안쓰럽습니다. 이렇듯 가오루와 다른 이들의 도움이 없다면 도저히 일을 진행할 수 없겠지요.

가오루는 직접 우지를 찾아, 상복을 벗고 탈상을 하는 아씨들을 간절한 마음으로 문안합니다. 아사리도 우지를 찾았습니다.

때마침 불전에 바치기 위해 아씨들이 만들고 있는 명향의 끈이 이리저리 널려 있었습니다.

"이렇듯 뭐라 형용할 수 없이 슬픈데, 인간이란 어떻게든 살아가야 하는 것이로군요."

두 아씨가 이런 얘기를 나누고 있을 때였습니다. 우연히 가오루의 눈에 발끝에서 휘장 사이로 실이 감겨 있는 얼레가 보였습니다. 아씨들이 그곳에서 끈을 꼬고 있다는 것을 안 가오루는 옛 노래 한 수를 읊조렸습니다.

내 눈물을 구슬 삼아 꿰고 싶으니.

아씨들은 우다 상황의 중궁 온시가 돌아가신 후에 궁녀 이세가 그 노래를 읊었을 때도 지금의 우리처럼 슬퍼하였을 것이라 생각하며 절절한 마음으로 듣고 있었습니다. 허나 그 노래에 곧바로 답하는 것은 학식을 뽐내는 것처럼 보여 부끄러운 일일 터이니, 그저 마음속으로만 기노 쓰라유키의 노래를 읊었습니다.

꼬기 전의 외올실은 아니나
이 헤어짐이 불안하구나

이 세상을 여행하기 위해 이별하는 것도 그 마음의 허전함을 가느다란 실에 비유하여 슬퍼하지 않았던가, 하물며 아버지와 사별한 우리들의 마음이 허전하고 허망한 것은 당연한 일이라 여기며, 과연 옛 노래는 사람의 마음을 해갈해주는 의지처라고 생각합니다.

가오루는 아씨들을 대신하여 일주기 법회의 발원문을 만들었습니다. 먹을 갈아 경전과 불상을 공양하는 취지 등을 쓰는 참에 노래를 한 수 지어 보입니다.

그대가 만드는 갈래머리 안에
두 사람 사랑의 영원한 약속을
엮어 담은 실이
몇 번이나 같은 곳에서 만나도록
늘 그대가 보고 싶은 것을

아씨는 또 그러시나 하여 난감해하면서도 답가를 써내려갔습니다.

실로는 꿸 수 없는
무른 눈물방울처럼
허망한 내 목숨의 실에
영원한 사랑의 약속 따위
어찌 엮을 수 있으리

가오루는 '만나지 못하고서야 무엇을 목숨처럼 보고 살리'라는 옛 노래의 한 구절을 읊조리며 원망스러운 듯 생각에 잠겼습니다.

큰아씨는 자기 일에 관해서는 이렇듯 말머리를 돌리며 상대의 맥이 빠지는 냉정한 태도를 보이는 터라, 가오루는 주저 없이 속내를 털어놓을 수도 없어 니오노미야에 대해서만 진지하게 얘기합니다.

"니오노미야는 연애에는 금방 빠져드는 성품인데다 지기도 싫어하여, 상대가 그리 마음에 들지 않는 경우라도 한 번 내뱉은 이상은 물러서지 않으니, 오기를 부리고 있는 것이라 생각됩니다. 허나 아씨에 관한 한은 진심이라 여겨도 걱정할 일은 없을 듯한데, 어찌하여 이렇듯 니오노미야를 외면하는지요. 남녀의 정에 대하여 전혀 모른다고는 여겨지지 않거늘 너무도 냉정하고 쌀쌀맞게 대하니, 오직 아씨를 위하여 청하는 이 솔직한 마음이 통하지 않는 것이 원망스럽소이다. 아무튼 어찌 생각하고 있는지, 본심을 분명하게 알고 싶습니다."

"가오루 님의 후의를 거절하지 않으려 하기에 세상이 이상히 여길 정도로 친밀하게 대하고 있는 것입니다. 그 점을 헤아리시지 못한다면, 가오루 님의 마음이 깊지 않으셔서 그런 것이겠지요. 이렇듯 영락한 시골 생활을 계속하다 보면, 분별력이 있는 사람이야 어떻게 처신하면 좋을지 잘 알고 있겠으나, 저는 무슨 일에든 사려가 부족하여 지금 말씀하신 남녀의 정이란 것을 모르니, 아버님도 이런 때는 이리 하라, 저런 때는 저리 하라는 유언을 한 말씀도 하여주지 않으셨습니다. 아버님이 그리 한 것은 앞으로도 지금까지 살아온 대로 남들 같은 결혼 따위는 체념하라는 뜻이라 생각되니, 뭐라 대답해야 좋을지 모르겠습니다. 허나 동생은 나보다 나이도 젊으니 이런 산중에 파묻히는 것이 가엾고, 또 이런 곳에서 썩게 하고 싶지도 않으니 어떻게든 손을 써야겠다고 혼자 마음을 끓이고 있습니다. 과연 어떤 사람과 인연을 맺게 될지.”

한숨을 쉬며 괴로워하는 큰아씨의 모습이 정말 가엾습니다.

이런 경우, 젊은 아씨가 어른스럽고 지혜롭게 일을 척척 결정할 수는 없을 터이니 그럴 만도 하다고 생각하면서 가오루는 예의 늙은 시녀 변을 불러 의논을 하였습니다.

“전에는 하치노미야 님께 내세에 관한 가르침을 받고자 애써 찾아 뵈었으나, 하치노미야 님께서 심약해진 만년에는 아씨들의 신상에 관하여 내 뜻대로 보살펴달라는 부탁이 있었고, 그 점에 대해서는 나도 약속을 하였소. 그런데 하치노미야 님의 유지와는 달리 두 아씨의 마음이 저리도 강경하니 도무지 어찌 된 일인지 모르겠구려. 하치노미야 님께 내가 들은 것과 다른 어떤 속내가 있었는지 의심스럽습니다. 그대도 이미 들어 알고 있겠으나, 나는 성격이 묘한 사람이라 지금까지 여자에게 집착을 보이지 않았는데, 이곳 아씨들과는 시종 친밀하게 지내왔으니 이 또한 전생의 인연이 아니겠습니까. 세상 사람들 사이에서도 우리의 일이 소문으로 나돌고 있는 듯하니, 이왕이면 돌아가신 분의 뜻을 거스르지 않고 아씨와 남들처럼 부부의 연을 맺어 마음 놓고 사랑을 나누고 싶습니다. 신분에 걸맞지 않은 소원일지도 모르겠으나, 그런 예가 전혀 없었던 것은 아니니.”

이렇게 말하고는 또 한탄을 하듯 말을 이어나갔습니다.

"니오노미야와 작은아씨의 혼담에 대해서도, 그토록 간절하게 말씀을 드렸으나 믿지를 못하고 마음을 허락하지 않는 듯하니, 다른 상대를 마음에 두고 있는 것은 아닌지 모르겠습니다. 과연 무엇이 진실일는지요."

이런 경우, 세상에 흔히 있는 심보가 고약한 시녀 같으면 주제넘은 말을 늘어놓으며 맞장구를 칠 터이나, 이 늙은 시녀 변은 전혀 그런 여자가 아닌지라, 마음속으로는 큰아씨나 작은아씨에게는 더할 나위 없는 혼담이라 여기면서도 이렇게 말씀을 올렸습니다.

"보시다시피 아씨들이 애당초 보통 여인들과는 성품이 다른 탓일까요. 세상 사람들처럼 결혼에 대해 이런저런 생각을 하는 눈치가 없습니다. 아씨를 모시는 저희만 해도 하치노미야 님께서 살아 계실 당시에도 의지할 만한 사람이 있다고는 생각지 않았습니다. 그런 탓에 이런 시골에서 생을 마감하고 싶지 않다고 여기는 자는 자청하여 이 집을 떠나갔습니다. 대대로 황가를 모셨던 자 역시 체념을 하고 돌아선 가문인데, 하물며 하치노미야 님께서 돌아가신 후에는 더는 잠시라도 머물고 싶지 않다는 불평을 늘어놓으며 '하치노미야 님께서 살아 계실 때는 황족의 신분이라 하여 걸맞지 않은 혼담이 들어오면 고풍스럽고 실직한 마음에 아씨가 가엾다 여기고 주저하셨으나, 지금은 이렇게 의지할 사람 하나 없는 처지가 되었으니, 설령 거취를 어떻게

정하여 어떤 사람과 결혼을 한다 한들, 그것을 비난하는 사람은 세상의 정리를 잘 모르는 하잘것없는 자들이니, 그런 자들의 말은 한 귀로 듣고 한 귀로 흘려버리면 그만입니다. 그 누가 이렇듯 한심한 꼴로 평생을 지낼 수 있겠습니까. 솔잎을 먹고 수행하는 스님들조차 살아 있는 자신의 몸을 버릴 수 없기에 부처님의 가르침을 따르면서도 각 종파를 세워 수행하고 있는 것 아니겠습니까.' 이런 몹쓸 말까지 한 터라, 어린 마음에 여러 가지로 혼란스러워하는 듯 보였으나, 결국은 뜻을 굽히지 않고 작은아씨만이라도 어떻게든 남들처럼 행복하게 살았으면 좋겠다고 생각하는 듯합니다. 이렇듯 깊은 산골을 찾아주시는 가오루 님의 친절에 대해서는 아씨들도 오랜 세월 보아온 터라, 남처럼 여기지는 않으니 지금은 무슨 일이든 내밀한 일까지 의논을 하는 듯 보입니다. 큰아씨는 가오루 님이 작은아씨를 결혼상대로 여겨주셨으면 하는 눈치입니다. 니오노미야 님이 작은아씨에게 종종 편지를 보내는 듯하나, 큰아씨는 그분의 마음이 절대 진정은 아닐 것이라고 말씀하였습니다."

"나는 돌아가신 하치노미야 님의 간곡한 유언을 받들었으니, 허망한 이 세상이나마 살아 있는 동안에는 절친하게 지내고 싶은 마음입니다. 어느 아씨와 결혼을 한들 마찬가지일지도 모르고, 큰아씨가 그렇게 생각하는 것은 고마운 일이나, 세상에 대한 집착은 버렸다 하여도 마음이 끌리는 한 분에 대해서는 역시 단호하게 마음을 접을 수 없는데, 지금 와서 다른 사람에게 마음을 주는 것은 가능하지 않은 일이지요. 큰아씨에 대한 나의 사랑은 세상에 흔히 있는 정사를 뜻하는 것이 아닙니다. 다만 지금처럼 가리개가 가로막고 있는 상태에서 하고 싶은 말도 다 하지 못하는 것이 아니라, 얼굴을 마주하고 앉아 이 무상한 세상 이야기나마 속 시원히 털어놓고, 아씨 역시 혼자 가슴에 묻고 있는 속내를 이야기하여주었으면 하는 것입니다. 내게는 형제가 있다 하나 그리 사이가 좋지는 않으니, 몹시 외롭고 쓸쓸합니다. 세상사 가운데, 마음에 절실하게 남는 것이나 재미있는 일, 한탄스러운 일 등 그때그때 느끼고 생각하는 것을 늘 혼자 가슴에 간직할 뿐 사람들과 더불어 얘기를 나누는 일은 없으니 마음이 허전하여, 아무쪼록 큰아씨와는 허물없는 사이로 지내고 싶은 것입니다.

아카시 중궁이 누님이기는 하나 입장이 그러한지라 그리 친밀하게 지낼 수도 없어 서먹한 사이이니 번거로운 말씀은 드릴 수도 없습니다. 어머니는 어머니라 여겨지지 않을 만큼 젊기는 하나 역시 출가를 한 몸인데다 자식의 입장에서 부담없이 이야기를 나눌 수도 없고, 다른 여자는 모두 멀고 먼 존재만 같고 꺼려지고 어려운 터라 기댈 곳 없는 고독하고 불안한 마음입니다. 나는 일시적인 불장난이라 하더라도, 연애에 관해서는 부끄러움이 많고 무뚝뚝하여 능숙하지 못한 사람입니다. 하물며 마음속으로 흠모하는 여인에게는 말도 제대로 꺼내지 못하니, 한스럽고 괴롭고 처절하다 생각하면서도 그런 눈치조차 보이지 못하는지라, 내가 생각하여도 참으로 융통성이 없는 한심한 남자가 아닐까 싶습니다.

니오노미야의 일에 관해서도 설마 나쁘게야 하랴, 하고 내게 맡겨줄 수는 없는지요."

가오루는 이렇게 말하며 물러나지 않습니다. 변은 아씨들의 처지가 불안하기 짝이 없는데, 가오루는 이상적인 인품을 갖추고 있으니 큰아씨와 결혼하기에 모자람이 없다 여기면서도 두 사람 모두 주눅이 들 만큼 훌륭한 분이라 자신의 생각을 드러내놓고 말씀드리지는 못합니다.

오늘 밤 가오루는 이곳에 머물면서 아씨와 편안한 마음으로 얘기도 나누고 느긋한 시간을 보내자 싶어 저녁때까지 시간을 지체하였습니다. 허나 그렇다 분명하게 말은 하지 않고 뭔가 원망스러운 표정을 짓고 있는데, 어쩔 수 없이 점차 감정이 격앙되어가니 큰아씨는 어찌 대처하면 좋을지 난감하고 거북하여 도저히 속내를 털어놓을 수는 없는 상황이 되었습니다. 하지만 세상에 드물 정도로 정이 깊은 가오루의 마음을 알고 있는 터라 무턱대고 매정하게 대할 수는 없으니 큰아씨는 스스로 대응에 나섰습니다.

큰아씨는 불전을 모신 방과 방 사이의 장지문을 열고 불을 밝힌 후 발 앞에 병풍을 세운 그 안쪽에 있습니다. 발 바깥에 있는 가오루 쪽에도 불을 밝혔습니다.

"몸 상태가 좋지 않아 무례한 몰골을 하고 있는데, 불이 너무 밝군요."

가오루는 불을 물리고 옆으로 비스듬히 누웠습니다.

과일 등 있는 것을 차려 대접하였습니다. 수행원들에게도 술과 안주를 마련하여 대접하였습니다. 수행원들은 건널복도 같은 곳에 모여 있으니, 가오루 앞을 부하가 지키고 있는 형국은 아니어서 가오루는 큰아씨와 은근하게 얘기를 나눕니다. 큰아씨는 좀처럼 마음을 열려 하지 않으나, 다가가기 쉽고 애교 있는 말투를 쓰는 모습이 더없이 흡족하여 가오루는 애처로울 정도로 마음이 어지러워지니 그 또한 어쩔 수 없는 일이었습니다.

둘 사이를 가로막고 있는 발과 병풍은 이렇다 할 것도 아니거늘, 답답하다 여기면서도 뜻을 이루지 못하고 언제까지고 우물쭈물하고 있는 가오루는 자신의 우유부단함을 참으로 재치없는 어리석음이라 여기며 초조해합니다. 허나 겉으로는 내색하지 않고 세상 돌아가는 얘기도 하면서 재미있고 능숙하게 관심을 끌 수 있도록 얘기합니다.

발 안에서는 큰아씨가 시녀들에게 일러 곁을 지키라 하였으나, 시녀들은 그리 서먹한 태도를 취하지 않아도 될 것이라 여기는지 그리 힘써 망을 보지도 않으니, 모두들 물러나 방구석에 누워버렸습니다.

불전에 불을 밝게 밝히는 이도 없습니다. 큰아씨는 아무래도 마음이 불편하여 살며시 시녀를 불렀으나 아무도 일어나지 않습니다.

끝내 큰아씨는 이렇게 말하며 안쪽으로 들어가려 하였습니다.

"몸이 힘들고 괴로우니 잠시 쉬고 나서, 날이 밝으면 다시 얘기를 나누시지요."

"멀고 험한 산길을 헤치고 찾아온 나는 더욱 힘들고 괴로우나, 이렇듯 도란도란 얘기를 나누니 그것이 큰 위로입니다. 그러한데 나 홀로 남겨두고 들어가버리면, 얼마나 허전하겠습니까."

가오루는 이렇게 말하고 병풍을 슬쩍 밀치고 그대로 발 안쪽으로 들어갔습니다.

큰아씨는 화들짝 놀라 황급히 안으로 들어가는데, 옷자락이 가오루의 손에 잡히니, 그저 한탄스럽고 자신의 꼴이 한심하여 가오루의 처사를 나무랍니다.

"그대가 늘 격의 없이 지내자고 말씀한 것은 이런 뜻이었습니까? 예상치 못한 참으로 무례한 처사이시로군요."

허나 가오루의 눈에는 이렇게 나무라는 모습이 한결 아름답게 보이니 이렇게 말합니다.

"그대와 나 사이에 격의를 두고 싶지 않은 내 마음을 조금도 몰라주니, 가르쳐주고 싶어 애가 타 이런 소행을 하기에 이르렀습니다. 예상치 못하였다는 말은 무슨 생각으로 하는 말인지요. 부처님 앞에서 맹세라도 하지요. 참으로 약속합니다. 아무쪼록 두려워하지 마세요. 애당초 그대의 마음을 해치는 일은 하지 않으리라 결심한 터이니, 이 이상의 무례는 범하지 않을 것입니다. 사람들은 우리 사이에 아무 일도 없었다는 것을 믿지 아니할 터이나, 나는 세상의 여느 남자들과는 다른 어리석은 자이니 한 번 정한 일은 끝까지 결행하는 사람입니다."

가오루는 그윽한 불빛 아래에서, 큰아씨의 볼에 흘러내린 머리칼을 살며시 밀어내며 그 얼굴을 바라보았습니다. 큰아씨의 용모는 흠잡을 곳이 없을 만큼 아름다웠습니다.

이렇듯 처소가 허름하고 조촐하니, 색을 좋아하는 남자가 은밀히 숨어들기에 아무런 걸림돌이 없을 듯합니다.

'만의 하나 내가 아닌 다른 남자가 이곳을 찾았다면 아씨를 이대로 그냥 내버려두었을 것인가. 일이 그렇게 된다면 얼마나 분하고 원통할 것인가.'

가오루는 지금까지 느긋하게 시간을 끌었던 일까지 불안하게 여겨지나, 너무도 괴로워 눈물을 흘리는 큰아씨의 모습 또한 더없이 애처로우니, 이렇게 억지를 부리지 않아도 큰아씨의 마음이 자연히 너그러워지는 때도 있으리라고 생각합니다. 큰아씨가 견딜 수 없이 거북해하는 것도 마음이 편치 않아, 가오루는 정중하게 그 자리를 수습하고 위로하였습니다.

"이런 속내가 있는 줄은 꿈에도 모르고 남이 이상하게 여기리만큼 친밀하게 대하여왔는데, 상복을 입은 불길한 모습에 초췌한 얼굴까지 보고 만 그 무정한 처사가 한스럽고, 방심한 자신의 미련함을 깨우치니 모든 것이 그저 한심할 따름입니다."

큰아씨는 이렇게 원망하며 먹물을 먹인 상복에 초췌한 모습이 등불에 드러난 것을 정말 한심하고 속절없는 일이라 괴로워합니다.

"이렇듯 나를 꺼려하니 무슨 사연이 있는 것은 아닐까 싶고, 수치스러워 뭐라 말을 할 수 없군요. 상복을 구실로 삼는 것은 어쩔 수 없는 일이라 여기나, 지금까지 오랜 세월을 지켜본 나의 심정을 헤아린다면, 상복을 입었다 하며 만남을 회피해야 할 만큼 얕은 사이라 할 수는 없지요. 지금 막 친분이 시작된 것처럼 말씀하지 마세요. 그런 식으로 대하면 오히려 서먹해질 뿐입니다."

가오루는 이렇게 말하고, 애당초 금의 소리를 들었던 그 달밤부터 세월을 두고두고 깊어만 갔던 연심을 더 이상 억누르기 힘들게 된 과정을 구구절절 늘어놓았습니다. 큰아씨는 그런 일이 있었나 하고 새삼스레 부끄럽고 불쾌한데다, 이런 흑심을 숨기고 지금까지 태연함을 가장하여왔나 하고 여겨지니, 모든 것이 뜻밖이라는 심정으로 듣고 있습니다.

가오루는 옆에 있는 낮은 휘장을 불단을 모신 방과 이쪽 방 사이에 치고 잠시 큰아씨 곁에 몸을 뉘었습니다. 불전에서 피어오르는 명향의 냄새가 그윽하게 떠다니고, 불단에 바친 붓순나무에서도 각별히 좋은 향기가 풍깁니다. 여느 사람들보다 부처에게 귀의하는 불심이 깊은 가오루는 향기에 마음이 꺼림칙한 터라, 애써 자신의 마음을 진정시키려 합니다.

'하필이면 이런 상중에 마치 인내심이 전혀 없는 사람처럼 초조하게 굴어 가벼이 처신하는 것은 당초에 나의 다짐에 반하는 것일 터. 지금은 어쩔 수 없다 하나 탈상을 하는 날이면, 큰아씨의 마음도 조금은 누그러들겠지.'

이렇듯 산골 깊은 호젓한 거처가 아니라도 가을밤의 풍정은 절로 마음을 저미는 것. 하물며 산봉우리를 건너 불어오는 모진 바람과 나무 울타리에서 울어대는 풀벌레 소리가 쓸쓸하게 들리지 않을 수 없습니다. 가오루가 세상의 무상함을 얘기하는데, 간혹 대꾸하는 큰아씨의 모습이 참으로 매력이 있으니, 어느 모로 보나 흠 하나 없는 분이라 여겨집니다.

곤히 잠들어 있던 시녀들은 두 분의 모습으로 미루어, 역시 두 분 사이가 그렇게 되었다 짐작하고 모두들 안쪽으로 물러났습니다. 큰아씨는 아버지가 살아 계셨을 때 하신 말씀을 떠올리며, 목숨을 부지하고 있으니 이렇듯 자신의 뜻에 반하는 예기치 않은 일도 당하는 것인가 하여 처참한 심정이니, 우지 강의 흐르는 강물 소리에 흐르는 눈물 소리가 화답하는 듯한 기분입니다.

어느덧 날이 밝았습니다. 수행원들이 잠에서 깨어나 헛기침을 하며 출발을 채근합니다. 말 울음소리도 들리니, 누군가에게 들었던 여행길의 숙소의 아침 풍경이 떠올라 흥미롭게 느껴졌습니다.

아침 햇살이 비치는 장지문을 밀어열고 가슴에 스미는 여명의 하늘 경치를 함께 바라봅니다. 큰아씨도 조금 앞으로 나와 앉았는데, 낮은 처마 아래로 넉줄고사리에 내린 아침이슬이 아침 해에 반짝거리는 것이 보입니다. 두 분 다 뭐라 형용하기 어려울 정도로 화사하고 아름다운 모습이니, 가오루는 자상한 표정으로 큰아씨에게 말을 건넵니다.

"이렇다 할 일 없이 그저 달이든 꽃이든 둘이 같은 마음으로 즐겁게 바라보고, 무상한 세상이나마 서로 얘기를 나누며 지낼 수 있다면 좋겠군요."

큰아씨는 두려움이 조금은 가시어 이렇게 대답하였습니다.

"이렇듯 거북하고 어색한 상황이 아니라, 가리개 넘어서라도 얘기를 할 수 있었다면 진정 친근하게 여길 수 있었을 터인데요."

사방이 밝아오면서 '떼 지어 날아가는 새들의 날개 소리'가 들리고, 산사 쪽에서는 새벽 종소리가 은은하게 들려옵니다.

"지금이라도 떠나세요. 이런 꼴을 보일 수가 없으니."

큰아씨는 이렇게 말하며 지금 자신이 놓인 처지를 부끄러워합니다.

"마치 간밤에 무슨 일이라도 있었던 것처럼 아침 이슬을 밟으며 돌아갈 수야 없지요. 그래서야 사람들이 뭐라 짐작할지 알 수 없는 노릇이니 말입니다. 겉으로는 보통 부부처럼 태연하게 처신하세요. 다만 세간의 부부와는 달리 앞으로도 깨끗한 관계를 유지할 것이나 그래도 지금처럼 만나는 주어야 합니다. 절대 심려를 끼칠 만한 흑심은 품고 있지 않으니 안심하세요. 이토록 한결같이 그대를 사모하는 마음을 어여삐 여겨주지 않으니, 그 점이 참으로 안타깝군요."

가오루는 이렇게 말하면서도 돌아갈 기미를 보이지 않습니다. 큰아씨는 어처구니가 없고 얼굴 보기도 민망하여 난감한 표정으로 이렇게 말합니다.

"앞으로는 그리하시요. 허나 오늘 아침에는 제 부탁을 들어주세요."

"아, 참으로 매정하구려. 이른 새벽의 이별은 아직 경험이 없으니 가다가 길을 헤맬 것입니다."

가오루는 끝내 탄식하듯 말합니다. 어디에 닭이 있는지 울음소리가 들리니, 도읍의 일이 생각납니다.

산골의 정취가
몸을 저미니
산소리, 새소리, 종소리
온갖 소리에
온갖 생각이 밀려오는
이 새벽이여

가오루가 노래를 읊었습니다.

새소리조차 들리지 않는

깊은 산골이라 여겼거늘
무상한 세상의 슬픔은
이곳까지 좇아왔으니

큰아씨는 이렇게 답가를 읊었습니다.

안쪽 방에서 큰아씨와 헤어진 가오루는 어젯밤 들어갔던 문으로 돌아 나와 잠자리에서 눈을 붙였으나, 좀처럼 잠은 오지 않았습니다. 큰아씨와 헤어진 후의 여운이 그리우니, 이토록 애틋하게 그리울 줄 알았다면 지금까지의 긴 세월을 태연하게 기다리고 있을 수 있었을까, 하는 생각이 들고 도읍으로 돌아갈 일이 암담하게 느껴졌습니다.

큰아씨는 시녀들이 어젯밤의 일을 어찌 생각할까 부끄러운 마음을 견딜 수가 없어, 금방 잠자리에 들지도 못합니다. 의지할 사람 하나 없는 가운데 이 세상에 살아 있는 자신의 처지도 고통스러운데, 시녀들까지 하잘것없는 이런저런 혼담을 잇달아 중개하는 터라, 궁지에 몰려 마음에도 없는 결혼을 하게 되지는 않을까 걱정합니다.

'가오루의 인품과 풍채에 흠잡을 만한 구석은 없는 듯하고, 돌아가신 아버님도 만약 가오루에게 마음이 있다면 하고 생각하며 때로 그런 말씀을 꺼내기도 하였으나, 나는 지금 이대로 독신을 고수하자. 나보다는 기량과 용모가 출중하고 여자 나이 지금이 한창이라 더없이 아름다운 둘째를 이대로 놔두기는 아까우니, 남들처럼 행복한 결혼을 할 수 있다면 얼마나 기쁠까. 아버님이 생각했던 대로 둘째가 가오루와 결혼하게 된다면 있는 정성을 다해 보살피도록 하자. 그건 그렇고 내 뒤는 대체 누가 있어 돌보아준다는 말인가. 가오루가 뭇 남자들처럼 평범한 신분이라면 오랜 세월 친분을 쌓아온 보람으로 결혼할 마음이 생겼을지도 모르겠으나, 신분도 훌륭한데다 인품도 근접하기가 어려우니 오히려 주눅이 들어 결혼 상대라 마음을 정하기가 어렵구나. 그러니 나는 지금처럼 평생을 독신으로 지내야겠구나.'

큰아씨는 이렇게 생각하고 소리 죽여 눈물을 흘리면서 아침을 맞았습니다.

어젯밤의 여운이 남아 기분이 여전히 좋지 않으니, 작은아씨가 잠들어 있는 안쪽 방에 들어가 이부자리에 같이 누웠습니다.

작은아씨는 전에 없이 시녀들이 모여 수군덕거리는 것을 이상히 여기면서 누워 있는데, 언니가 이렇게 와준 것이 반가워 이불을 덮어주었습니다. 그런데 사방에 퍼지는 강한 향기가 마치 얼굴을 덮어버릴 듯한 느낌이었습니다. 이는 가오루의 몸에서 풍기던 향기가 분명하니 일전에 숙직자가 향기를 어찌하지 못하여 난감해하던 일을 생각하고는 시녀들이 두 사람의 일을 수군덕거렸는데, 역시 사실이었나 보다고 여기며 언니가 가여운 마음에 아무 말도 하지 않고 그저 잠이 든 척하고 있습니다.

손님인 가오루는 변을 불러들여 앞으로의 일을 세세하게 의

논하고는, 사람들의 눈을 꺼려 큰아씨에게 직접 작별 인사를 하지 않고 전한 말만 이르고는 그대로 돌아갔습니다.

큰아씨는 어젯밤 사이바라의 「갈래머리」를 농담처럼 건네며 그 자리를 모면하였는데, 그 노래의 한 구절인 '한 발만큼'처럼 격의를 두었다고는 하나, 둘째는 자신이 자청하여 가오루를 만났다 여길 것이라 생각하니 참을 수 없이 부끄러워 몸이 좋지 않다며 그날 하루를 이부자리에서 나오지 않았습니다. 시녀들은 또 이렇게 말하였습니다.

"법회가 며칠 남지 않았습니다. 자잘한 일이나마 거들어줄 사람이 없는데, 하필이면 이럴 때 몸져눕다니."

작은아씨는 장식용으로 쓸 명향의 실 등은 다 준비를 마쳤으나 장식 술은 어떻게 만드는지 모른다면서 큰아씨를 졸라댑니다. 큰아씨는 해가 져 어스름할 때에 자리에서 일어나 함께 실을 묶어 장식 술을 만들었습니다.

가오루에게서 편지가 왔습니다.

"오늘은 아침부터 몸 상태가 좋지 않으니."

큰아씨는 이렇게 말하고는 시녀에게 대신 편지를 쓰게 하였습니다.

"첫날밤을 지내고 보낸 편지에 답장을 쓰지 않다니 참으로 어처구니없는 일일세. 이 무슨 어린애 같은 처사람."

시녀들은 이렇게 험담을 합니다.

하치노미야의 일주기를 치르고 두 아씨는 상복을 벗었습니다. 아버지가 돌아가신 후에는 한시도 살아 있지 못할 것이라 여겼는데 허망하게 지나간 지난 1년을 생각하면 인간사 참으로 뜻한 대로 되지 않는 것이란 절실한 생각에 눈물을 흘리며 시름에 잠겨 있는 두 아씨의 모습이 너무도 가엾습니다.

몇 달 동안이나 먹색 상복을 입고 지내다가 오늘부터는 엷은 쥐색 옷으로 갈아입으니 그 모습이 한결 청초하고 아름다워 보이는데, 특히 작은아씨는 지금이 한창때라 더욱이 풋풋한 아리따움이 언니를 능가합니다. 머리를 감고 빗질을 하고 보니, 이 세상의 온갖 시름과 고뇌를 잊어버릴 만큼 아름답습니다. 큰아씨는 남몰래, 이 정도면 가오루가 직접 만나보아도 기대에 어긋나지 않을 것이라 흡족하게 생각하며, 달리 의지할 사람이 없으니 마치 어미 된 심정으로 둘째를 보살폈습니다.

가오루는 상복 차림이라 이래저래 꺼려지는 것이 많았는데 지금은 상복을 벗었을 것이라 생각하며, 구월은 기월이라 결혼에는 적합하지 않으니 마음이 초조하여 또 우지로 발길을 하였습니다.

"이전처럼 다시 만나 뵐까 합니다."

가오루는 이런 편지를 내밀었습니다.

"몸이 불편하여 만나 뵙기가 어렵습니다."

큰아씨는 이렇게 둘러대며 만나주려 하지 않습니다.

"참으로 매정한 처사로군요. 시녀들이 뭐라 생각하겠습니까."

가오루는 다시 편지를 건넸습니다.

"오늘을 끝으로 상복을 벗으니, 마음이 슬프고 무겁고 혼란스러워 도저히 얘기를 나눌 상태가 아닙니다."

가오루는 몹시 마음이 상하여 또다시 예의 변을 불러들여 이런저런 불평을 늘어놓았습니다.

시녀들은 세상에 그 예가 드물 만큼 형편없는 이곳 생활에서 그나마 위로를 받고 의지할 사람은 가오루 외에 달리 없으니, 큰아씨가 자신들의 소망하는 것처럼 가오루와 결혼하여 도읍으로 거처를 옮기고 남들처럼 보란 듯이 살게 되면 얼마나 기쁜 일일까 하고 얘기하면서, 가오루를 일단은 큰아씨의 방에 안내하기로 의견을 모았습니다.

큰아씨는 시녀들의 그런 의도를 깊이는 알지 못하나 넌지시 눈치를 채고 있었습니다.

'가오루가 변을 각별히 취급하며 저렇듯 포섭하고 있는 것을 보면, 혹시나 가오루 편에 서서 내게 불편한 일을 획책할지도 모르겠구나. 옛이야기 책을 보아도, 여자가 스스로 꼬리를 쳐서 일이 성사되는 일은 없었으니, 늘 시녀들이 나서서 중개를 하지 않았던가. 그러니 어찌 시녀들을 믿을 수 있으리. 마음을 놓아서는 절대 안 될 일.

가오루가 끝까지 단념하지 못하고 나를 깊이 원망한다면, 둘째를 권하도록 하자. 마음에 차지 않는 상대라도 일단 인연을 맺으면 박정한 태도를 보일 사람은 아닌 듯하니. 하물며 저리도 아름다운 둘째를 얼핏이나마 본다면 필경 마음에 들어할 것이야. 허나 그런 뜻을 노골적으로 비친다고 하여 기뻐하며 배를 갈아타는 사람은 없을 터이니. 둘째는 내가 원하는 사람이 아니라고 시큰둥해한다면, 그것은 둘째에게 마음이 옮겨 가면 다른 사람들에게 경박하다 여겨지지는 않을까 하고 우려하여 사양하는 것이리니.'

큰아씨는 이렇게 생각하며 가오루와 작은아씨의 결혼을 계획하고 있는데, 작은아씨에게 그런 뜻조차 비치지 않자니 죄를 짓는 것 같고, 자신의 경험에 비추어보아도 둘째가 가여우니 결국은 얘기를 하였습니다.

"돌아가신 아버님은 평생을 홀로 외롭게 사는 한이 있어도 사람의 웃음거리가 될 만한 천박한 처신을 해서는 안 된다고 유언을 하셨습니다. 살아 계실 때도 우리 자매가 마음에 걸려 한결같은 마음으로 근행에 정진하지 못하신 것이 너무도 죄스러운데 죽음을 앞두고도 그렇듯 간곡하게 말씀하신 그 한마디만은 거역해서는 안 되겠지요. 그러하기에 결혼도 하지 않고 이렇게 지내는 것을 딱히 불안하게 여기지는 않는데, 시녀들이 그런 나를 강정하고 이상한 여자라 여기고 꺼려하는 듯하니 참으로 난감한 일이에요. 허나 동생까지 나처럼 독신을 고수하는 것은 시간이 흐를수록 아깝게 느껴지고, 동생의 신세가 가여워 슬픈 마음을 어쩔 수가 없습니다. 그러니 동생만이라도 남들처럼 결혼을 하세요. 그렇게 하여주면 내 체면도 서고, 후련한 마음으로 동생의 뒷바라지를 할 수 있을 것 같습니다."

작은아씨는 이런 언니의 말에, 대체 언니는 무슨 생각을 하고 있는 것인가 하여 섭섭하게 여기며 이렇게 말하였습니다.

"아버님께서 언니에게만 평생을 독신으로 살라고 하셨나요. 아버님께서는 언니보다 미덥지 못한 저를 보다 많이 걱정하셨을 거예요. 이 산골의 쓸쓸한 생활에서 위로 삼을 수 있는 것은 이렇게 아침저녁으로 함께 지내는 것 외에 무엇이 있겠어요."

이렇게 작은아씨는 언니를 원망하는 투입니다. 큰아씨는 동생의 말 또한 일리는 있다 여기며 애처로운 마음에 이렇게 말을 꺼냈다가는 더 이상 말을 잇지 못합니다.

"시녀들이 나를 심보가 고약한 이상한 사람이라 여기고 뭐라 뭐라 수군덕거리는 듯하여, 그만 이런저런 생각을 하고 말았습니다."

해는 저물어가는데 손님인 가오루는 돌아갈 생각을 하지 않습니다. 큰아씨는 어쩔 바를 모르고 난감해하고 있습니다. 변이 찾아와 가오루의 말을 전하면서, 이렇게 처신하면 가오루가 원망하는 것도 당연한 일이라고 간곡하게 설득을 하나, 큰아씨는 대답은 한마디도 하지 않고 한숨만 내쉴 뿐입니다.

'대체 나는 어쩌면 좋다는 말인가. 부모님 가운데 한 분이라도 계셨더라면 그분의 말씀에 따라 결혼을 할 터인데. 그렇다면 결혼이란 전생의 인연으로 맺어지는 것이고, 자신의 뜻대로 되지 않는 것이 남녀 사이라고 하니, 그 결혼이 순조롭지 못하여도 세상에 흔히 있는 예라 하여 사람의 웃음거리가 되거나 비난을 받는 일은 없을 터인데. 시녀들은 모두 나이가 들어 분별력이 있는 듯 착각을 하고는 가오루와 내가 더없는 인연이라고 결혼을 권하지만, 과연 믿어도 좋은 것일까. 미천한 시녀들이 짧은 생각에 그저 일방적으로 고집을 부리는 것일 터인데.'

큰아씨는 이렇게 생각하며 시녀들이 몰려들어 끌어낼 듯이 권하는데도, 그저 자신의 처지가 한심하고 원망스러워 마음을 움직이려 하지 않습니다. 무슨 일이든 속을 털어놓고 의논하는 작은아씨도 이런 일에는 경험이 없고 아는 것도 없어 그저 얌전하게 앉아 있을 뿐 큰아씨의 말을 각별한 일이라 깊이 새겨듣지도 않으니, 아무런 도움도 되지 못합니다. 큰아씨는 어쩌면 자신의 처지가 이토록 비참할까 하여 혼란스러울 따름이라 그저 안쪽을 향하고 앉아 있습니다.

"옷을 갈아입으시지요. 예전처럼 화사한 색으로."

시녀들은 이렇게 끈질기게 권하니, 모두들 가오루와 맺어진 것으로 알고 있는 듯하여 큰아씨는 다만 이 상황이 한심할 따름입니다. 그분이 진정 그럴 마음이 있다면 어떻게 막을 도리가 없는 일이겠지요. 이렇듯 좁은 거처에서는, 어디 몸 숨길 곳 하나 없다는 옛 노래의 '산배꽃'처럼 몸을 피할 길도 없으니 말입니다.

가오루는 애당초 아무에게도 일을 발설하지 않고 은밀하게 추진하여 언제부터 두 사람 사이가 그렇게 되었는지 모르게 하겠노라 다짐하고 있던 터였습니다.

"아씨가 아직 내키지 않는다면, 언제까지라도 이렇게 기다릴 것이니."

늙은 시녀 변에게도 그렇게 언질을 주었으나, 변은 다른 시녀들과 의논하여 사람들의 눈을 꺼리지 않고 떠들고 있습니다. 근본이 천박한데다 나이가 먹어 고집스러움까지 늘었는지, 이래서야 아씨들이 정말 가엾군요.

큰아씨는 생각다 못하여, 문안을 드리러 온 변에게 이렇게 말하였습니다.

"아버님에게서 가오루 님은 오랜 세월, 더없는 친절을 베풀어 준 고마운 사람이라 들었고, 아버님이 돌아가신 후에도 만사를 의지하며 사람들이 수상쩍게 여기리만큼 친근하게 지내온 것을, 어찌 잘못 생각하였는지 나로서는 뜻밖이라는 심정인데, 그분의 마음에 답하지 못하는 것을 원망하는 듯하니 참으로 난감하군요. 나 역시 남들처럼 결혼을 하고 싶다 생각한다면, 이런 일에 어찌 무관심할 수 있겠어요. 허나 나는 애당초 결혼은 포기하고 있는 몸, 이런 일은 불편하고 난감할 뿐이에요. 다만 둘째가 한참 아름다운 때를 그저 보내고 마는가 하여 걱정이로군요. 이런 시골에서 살자니 둘째를 충분히 보살펴줄 수 없어 안타까운데, 만약 가오루 님이 돌아가신 아버님의 뜻을 옛날처럼 따른다면, 둘째를 나처럼 여겨주었으면 합니다. 그리하여준다면, 둘로 나뉘어 있는 몸이나 둘째와 하나가 되어 나 역시 그분과 함께 있는 듯한 기분이 들겠지요. 부디 가오루 님에게 그리 전해주세요."

큰아씨가 부끄러워하면서 이렇게 진정으로 바라는 바를 토로하니, 변은 참으로 안타까운 일이라 생각합니다.

"이전부터 아씨가 그리 생각하고 있는 것이라 헤아리고 있었기에 저 역시 가오루 님에게 그렇게 말씀은 드렸으나, '도저히 그렇게 마음을 바꿀 수는 없다, 만약 일이 그렇게 되면 니오노미야 님이 얼마나 나를 원망하겠느냐. 작은아씨는 니오노미야 님에게 다리를 놓아 충분히 뒤를 보살필 터이니,' 이렇게 말씀하셨습니다. 일이 그렇게 되면 더할 나위 없이 좋은 결과라 더 바랄 것이 없습니다. 부모님께서 살아 계실 때 온 정성을 다하여 키워온 아씨들이기는 하나, 이렇듯 좋은 혼담이 어찌 두 번씩이나 계속 있겠는지요.

외람된 말씀이나, 이렇듯 조촐하게 생활하는 모습을 보면 앞날이 어찌 될지 걱정스러워 슬픈 마음을 가눌 수 없습니다. 그분들의 깊은 속내는 알 수 없으나, 두 분은 좋은 운을 타고나 이렇듯 나무랄 데 없는 혼담이 있는 것이니, 경하할 일이 아니온지요. 돌아가신 아버님의 유언을 받들고자 하는 마음은 지당하나, 그것은 마땅한 상대가 없어 신분에 걸맞지 않은 결혼을 하게 되는 것은 아닐까 하는 노파심에 주의를 주신 것이라 생각됩니다. 돌아가신 아버님께서도 만약 가오루 님에게 그럴 마음이 있다면 아씨 가운데 한 분이나마 안심하고 남겨놓을 수 있을 것이니 얼마나 기쁜 일이겠느냐고 종종 말씀하셨습니다. 신분이 어떠하든 부모를 앞세운 사람은, 뜻하지 않은 엉뚱한 사람과 결혼하여 영락하는 예가 적지 않습니다. 그 역시 이 시름 많은 세상에 흔히 있는 일이니, 그것을 뭐라뭐라 비난하는 사람은 없습니다. 하물며 이번 혼담처럼 일부러 손을 써서라도 결혼을 청하고 싶은 분들이 마음을 쏟아 열심히 청하는데, 무턱대고 매정하게 거절하여 생각한 바대로 출가를 이루었다 한들, 설마 구름과 안개만 먹고 사는 선인처럼 살 수는 없지 않겠습니까."

변은 이렇게 있는 말을 다 동원하여 큰아씨를 설득합니다.

큰아씨는 변의 말이 몹시 얄밉고 불쾌하여, 그만 엎드리고 말았습니다.

작은아씨는 보기가 안쓰러울 정도로 가여운 언니의 모습에 평소에 하던 대로 함께 자리에 들었습니다. 큰아씨는 변과 시녀들이 무슨 짓을 할지 몰라 어쩔 줄을 모르나, 몸을 숨기고 은신할 수 있는 가재도구 하나 변변치 못한 좁은 집이라, 부드럽고 아름다운 옷을 벗어 작은아씨에게 살며시 걸쳐주고는, 아직 더위가 남아 있는 시절인지라 자신은 몸을 뒤척여 그곳에서 조금 떨어진 곳에서 잠을 청하였습니다.

변은 큰아씨의 말을 가오루에게 전하였습니다.

'대체 무슨 사연으로 그리도 출가를 원한다는 말인가. 선승처럼 사셨던 아버지 밑에서 자라난 탓에 이 세상의 무상함을 절

로 깨달았다는 말인가.'

가오루는 이런 생각이 드니 점차 자신의 심정과 통하는 것이 있다는 느낌에, 영특한 척하는 불쾌한 여자라는 생각은 들지 않았습니다.

"그렇다면 이제 가리개를 사이에 놓고 만나는 것조차 당치 않다는 말씀이로군요. 허나 오늘 밤만이라도 침소 근처에 내가 몰래 숨어들어갈 수 있도록 은밀하게 조처를 취해주세요."

가오루가 이렇게 말하니, 변은 신경을 써서 다른 시녀들은 일찍 잠자리에 들게 하고 사정을 아는 사람들끼리만 준비를 갖추었습니다.

밤이 조금씩 깊어갈 무렵, 휭휭 세찬 바람이 불어오니 허술한 샛자리 문이 삐걱삐걱 소리를 냅니다. 그 소리를 업고 살며시 들어가면 큰아씨가 그 기척을 눈치채지 못할 것이라 계산한 변은 가오루를 은밀하게 침소로 안내하였습니다. 두 아씨가 함께 잠자리에 든 것이 다소 마음에 걸리기는 하였으나, 그것은 늘 똑같은 일이니 오늘 밤이라 하여 침소를 따로 하라고 할 수는 없는 일이지요. 게다가 가오루는 큰아씨의 모습을 확실하게 보았을 터이니, 설마 자매를 잘못 알아볼 리는 없을 것이라 변은 생각합니다.

허나 큰아씨는 만의 하나의 일을 이미 짐작하고 있었던 터라 사람의 기척을 금방 알아채고는 소리가 나지 않게 살며시 일어나 재빨리 숨어버렸습니다. 아무것도 모르고 자고 있는 동생이 가엾어 견딜 수 없으니, 과연 가오루가 동생을 어떻게 할 것인가 하여 가슴이 무너지는 듯합니다. 동생과 함께 숨고 싶으나, 지금 다시 돌아갈 수는 없는 일. 몸을 부르르 떨며 보고 있으니, 희미한 불빛 아래 편한 옷차림을 한 남자가 익숙한 몸짓으로 휘장을 들어올리며 안으로 들어왔습니다. 벽 앞에 세워놓은 소박한 병풍 뒤에 몸을 쭈그리고서 동생의 심정이 어떠할지 그저 가여운 일이라 생각하고 있습니다.

'동생은 가오루와의 혼담을 슬쩍 내비치기만 해도 그렇게 싫어하였는데, 뜻하지 않게 일이 이렇게 되었으니 얼마나 나를 원망하랴.'

큰아씨는 동생이 가여운 마음을 어찌지 못하는데, 모든 것이 부모님이 모두 돌아가서 확실한 뒷배가 없는 가운데 살아남아 있는 자매의 서글픈 처지 때문이라고 생각하니, 돌아가신 아버지가 속세와 작별하고 산으로 들어간 날의 모습이 눈앞에 떠오르는 듯한 심경에, 그립고 슬픈 마음을 가누지 못합니다.

가오루는 아씨 한 분이 누워 있는 것을 보고는, 큰아씨가 마음을 굳히고 자리를 마련하였나 하고 기뻐 마음까지 설레었으나, 시간이 지나면서 큰아씨가 아니라는 것을 알게 되었습니다. 작은아씨는 큰아씨보다 조금 더 귀엽고 애처로운 아름다움이 더한 듯합니다. 작은아씨는 이 어처구니없는 일에 기가 막혀 어쩔 줄을 모르고 있는데, 이는 앞뒤 사정을 전혀 모르는 탓이라 헤아린 가오루는 작은아씨를 오히려 가엾게 여겼습니다. 한편으로는 어딘가에 숨어 있을 큰아씨의 냉담함이 진정 야속하여 화가 나기도 하였습니다. 작은아씨는 남의 손에 넘기고 싶지 않을 만큼 마음이 끌리기는 하나, 역시 큰아씨와 뜻을 이루지 못한 것이 못내 아쉬운데다, 그리 쉬이 정이 옮겨 가는 천박한 사람이라 여겨지고 싶지는 않았습니다. 이 자리는 아무 일도 없게 지내고, 전생의 인연이 그러하여 작은아씨와의 결혼을 피할 수 없다면 전혀 남남인 타인을 상대로 맞는 것도 아니니 이분과 맺어져도 나쁠 것은 없으리라고 마음을 다독이고 여느 때처럼 친절하고 품위 있는 태도로 이런저런 얘기를 나누며 아무 일 없이 날을 새웠습니다.

늙은 시녀들은 뜻한 바대로 일이 성사되었다 여기니, 작은아씨는 과연 어디에 있을까 하고 이상히 여깁니다.

"작은아씨는 어디로 간 것일까. 모습이 보이지 않으니 참으로 이상한 일이로고."

"분명 무슨 이유가 있겠지요."

"그건 그렇고 가오루 님은 언제 보아도, 우리 같은 늙은이는 주름살마저 다 펴질 듯 언제까지고 넋을 잃고 바라보고 싶은 용모와 자태를 갖추고 계시는데 큰아씨는 어찌하여 그렇듯 쌀쌀맞게 구는 것일까요. 혹시 세상에서 흔히 말하는 끔찍한 귀신이라도 씌인 것은 아닐까요."

이가 빠져 덜렁거리는 입으로 그렇게 불길한 소리를 하는 여자도 있습니다.

"참으로 불길한 소리를 합니다그려. 어떤 귀신이 씌일 수 있답니까. 다만 세상 사람들과 거의 아무런 교류 없이 자란 몸에, 남녀 관계에 대해서도 적절한 가르침을 주는 사람이 없어 부끄러워할 뿐이지요. 시간이 흘러 가오루 님과 정이 깊어지면 자연히 애정도 생겨날 것입니다."

"하루빨리 금실이 좋아져, 남부러울 것 없이 사셨으면 좋겠습니다."

이렇게 이야기를 나누다, 볼품없이 잠들어 코를 고는 자까지 있으니 참으로 한심하고 형편없는 꼴입니다.

가오루는 '그리운 사람을 만나 도란도란 얘기를 나누는 가을날의 긴긴 밤 같은 심정'은 아니었으나, 어느 틈에 날이 밝았나 싶으니 큰아씨와 비교하여 어느 쪽이 어떻다고 구별하기 어려운 작은아씨의 차분하고 가련한 아름다움을 스스로 거부한 것이 새삼 아쉽고 미진한 마음이 들어 밀회의 약속을 하였습니다.

"내가 그대를 생각하는 것처럼 그대도 나를 마음에 품어주세요. 저렇듯 몰인정한 언니의 태도를 본받아서는 절대 아니 됩니다."

가오루는 어젯밤의 일이 무슨 이상한 꿈이라도 꾼 것처럼 스스로도 납득이 가지 않으나, 역시 저 매정한 큰아씨의 마음을 다시 한 번 분명하게 확인하자고 마음을 다독이고, 아침이 되자 아씨의 방에서 나와 혼자 잠을 청하였습니다.

가오루가 나간 후 변이 아씨의 방에 들어와 이렇게 말하였습니다.

"정말 이상한 일이군요. 작은아씨는 어디로 간 것인지."

변의 말에 작은아씨는 그저 수치스러워 어쩔 줄을 모르고, 어젯밤의 그 불미스러운 일에 망연자실하여 대체 무슨 일이었는지 생각하며 누워 있습니다. 어제 큰아씨가 가오루에 대해서 넌지시 일러준 말이 떠오르니, 참으로 혹독한 처사라고 원망하고 있습니다.

큰아씨는 병풍 뒤에서 마치 벽 속에 사는 귀뚜라미처럼 환하게 밝은 아침 햇살 속으로 기어 나왔습니다. 동생이 어찌 생각할까 하여 미안하고 가여운 마음이나, 서로가 말을 못하고 있습니다. 큰아씨는 신중하지 못하여 작은아씨까지 자매가 나란히 그분에게 모습을 보이고 말았으니 이 얼마나 한심한 노릇인가, 세상이란 참으로 마음을 놓을 수 없는 것, 앞으로는 절대 방심하지 않을 것이라고 마음을 끓이고 있습니다.

가오루의 방에 간 변은 큰아씨의 기절초풍할 강경한 태도에 대하여 얘기를 듣고는, 생각이 너무 깊어 오히려 사랑스럽지 못한 큰아씨의 태도를 안타까워하는 한편, 가오루가 안되었다는 심정에 아연하게 앉아 있을 뿐입니다.

"지금까지 큰아씨의 냉담함에 대해서 기대할 바가 전혀 없는 것은 아니라고 스스로 마음을 달래왔는데, 어젯밤의 일은 너무도 수치스러워 강물에 몸이라도 던지고 싶은 심정이오. 그러나 돌아가신 하치노미야 님이 아씨들을 이 세상에 남기고 떠나시면서 끝내 떨쳐버리지 못한 그 고통을 헤아리면 차마 이 몸을 던질 수도 없으니. 이제는 두 아씨 모두에게 남녀 사이의 정을 바라지 않소이다. 그러나 이 한심하고 괴로운 심정은 도저히 잊혀지지 않을 것이오. 니오노미야는 체면을 불구하고 줄곧 편지를 보내는 모양인데, 아씨들은 이왕이면 신분이 높은 사람을 바라 나 같은 사람은 무시하고 있는 것임을 이제야 겨우 깨달았소이다. 그 또한 지당한 생각이라 여겨져 주눅이 드니, 앞으로 더 이상은 이곳을 찾아 그대를 보는 것도 한심하고 분할 것이란 생각이 드나, 어쩔 수 없는 일이라 해야 할 터이지요. 이 어리석은 자에 대해서는 절대 남에게 얘기하지 마시오."

가오루는 이렇게 원망을 늘어놓고 평소보다 빨리 길을 서둘러 떠났습니다.

"일이 이렇게 되었으니, 어느 분에게나 안되었군요."

시녀들은 조심스럽게 쑥덕거립니다.

큰아씨는 일이 대체 어떻게 된 것일까, 만약 가오루가 작은아씨에게 별 마음이 없다면 어찌할 것인가 하고 가슴이 무너지는 듯하고 걱정이 눈앞을 가리니, 온갖 일이 뒤죽박죽인 시녀들의 쓸데없는 간섭 때문이었다고 분하게 생각하였습니다. 이런저런 생각에 마음을 끓이고 있는데 가오루에게서 편지가 왔습니다. 평소와는 달리 다행이라 여기니, 생각해보면 참으로 이상한 일이지요.

편지는 계절을 모르는 듯 파릇파릇한데 한쪽만 짙게 물든 단풍나무 가지를 곁들인 것이었습니다.

한 나뭇가지를
초록과 빨강으로 물들인
산의 여신에게
어느 쪽이 깊은 색인지
묻고 싶구려

그토록 한스럽게 원망하는 투이더니 정작 원망의 소리는 한마디도 없으나, 연문답지 않게 아무렇게나 종이에 싸서 보낸 편지였습니다. 그것을 본 큰아씨는 어젯밤의 일을 아무 일도 아닌 것처럼 슬쩍 넘겨버리려는 속셈이라 헤아려지니, 가슴이 두근거렸습니다.

주위에 있는 시녀들이 어서 답장을 쓰라고 재촉하는데 큰아씨는 작은아씨에게 답장을 쓰라고 내맡기는 것도 이상하게 여겨질 듯하여 꺼려지나, 그렇다고 직접 쓰기도 괴로우니 판단을 하지 못하고 있습니다.

산의 여신이
나뭇잎을 두 가지 색으로 물들인
사연은 알 수 없으나

물이 든 단풍 쪽의 마음이 더욱 깊다
알리는 것이겠지요

이렇게 넌지시 씌어 있는 필체가 나무랄 데가 없으니, 가오루는 역시 큰아씨를 원망할 수는 없는 노릇이라고 생각합니다.

'그러고 보니, 몸은 나뉘어 있으나 마음은 하나라고 하면서, 작은아씨와의 혼인을 권하려는 의사를 몇 번이나 엿보였는데, 내 쪽에서 승낙을 하지 않으니 어쩔 수 없이 어젯밤 같은 일을 꾸몄던 게로구나. 그 속내를 무시하고 작은아씨에게 박정한 태도를 보이면 그 또한 큰아씨에게는 안된 일, 정리를 모르는 남자라 여겨지면 큰아씨에 대한 사랑을 더더욱 이룰 수 없을 게 아닌가. 또한 연락을 취하고 있는 변에게도 가벼운 남자라 여겨질 수도 있는 노릇, 애당초 큰아씨에게 마음을 둔 것이 잘못된 일이었어. 이렇듯 일장춘몽 같은 세상을 버리고 출가하리라 그렇듯 마음을 굳혔는데, 내가 처신을 똑바로 하지 않았으니 세상의 소문이 나쁜 것도 어쩔 수 없구나. 하물며 세상에 흔히 있는 바람기 많은 남자들처럼 같은 여자의 주위를 맴돌며 언제까지고 떠나지 않았으니, 그 옛 노래처럼 같은 사람을 계속 그리워하여 '운하를 저어가는 널도 없는 작은 배'처럼, 사람들 사이에 웃음거리가 되는 것이 고작이리니.'

이렇게 밤이 새도록 고뇌하다가 잠들지 못한 채로 날이 밝았습니다. 아직은 날이 환하게 밝지 않은 새벽, 새벽달의 정취가 그윽한 시각에 니오노미야의 집을 찾아갔습니다.

삼조 저택이 소실된 후 가오루는 육조원을 거처로 삼고 있어 거리가 가까워진 터라, 수시로 니오노미야를 찾아갑니다. 니오노미야 또한 그 점을 만족스럽게 여기고 있습니다.

이렇다 하게 바쁜 일이 없는 니오노미야의 저택은 더할 나위 없이 우아하고, 앞뜰의 꾸밈새도 여느 곳과는 달라 같은 꽃과 초목이라도 그 모습과 풍정이 각별하고 개울물에 비친 투명한 달그림자마저 그림으로 그려놓은 것처럼 아름다운데, 아니나 다를까 니오노미야는 그런 정원을 감상하기 위해 아침 일찍 일어나 있었습니다.

불어오는 바람을 타고 풍기는 냄새에 가오루가 온 것을 금방 알아챈 니오노미야는 평상복으로 입고 차림새를 반듯이 한 연후에 밖으로 나갔습니다. 가오루는 방 앞에 있는 계단을 다 오르지 않고 중간쯤에 무릎을 꿇고 있습니다.

니오노미야는 어서 들어오라고 하지 않고 자신도 복도의 난간에 기대어 이런저런 세상 얘기를 하였습니다.

무슨 얘기를 하다가 우지의 아씨가 생각나면, 자신의 중개인인 가오루를 원망합니다.

'참으로 난감한 일이로구나, 나 자신의 바람조차 이루지 못하고 있는데.'

가오루는 이렇게 생각하면서, 한편으로는 니오노미야가 작은 아씨와 맺어진다면 자신에게 큰아씨가 돌아오지 않을까 하는 속셈을 갖고 있습니다. 그래서 가오루는 평소보다 열심히 니오노미야가 취해야 할 수단 등을 이러니저러니 가르쳐주었습니다.

아직 완전히 밝지 않은 어슴푸레한 하늘에 오늘따라 안개가 끼기 시작하니 공기가 서늘해졌습니다. 달이 안개에 가리자 나무 그늘이 어두워지면서 차분한 정취를 풍깁니다. 그 분위기가 몸을 저미는 듯한 니오노미야는 우지의 산골 풍정을 떠올립니다.

"혼자만 그렇게 가지 말고, 조만간 나도 데려가주게나."

니오노미야가 이렇게 부탁하는데, 가오루는 여전히 불편한 기색을 보입니다.

마타리꽃 한없이 피어 있는
가을 들판을
아무도 밟게 하지 않으리라
속 좁은 마음으로 울타리를 두르고
지키고 있는 그대여

니오노미야가 이렇게 농담을 건네니, 가오루는 또 이런 노래로 응수하였습니다.

안개 자욱한 아침 들판에

남몰래 피어 있는
아름다운 마타리 꽃은
깊은 정을 보이는 자만이
볼 수 있는 것

"그리 쉬이 만나게 할 수는 없지."

가오루가 이렇게 약을 올리자 니오노미야는 참으로 시끄럽다며 끝내 화를 내었습니다.

근자에 니오노미야가 우지의 아씨에게 집착을 보이는 듯 말하였으나, 가오루는 니오노미야가 탐내는 작은아씨가 어떤 분인지 몰랐던 터라 걱정을 하였습니다. 그런데 전날 밤에 본 모습으로 보아, 니오노미야가 실망하지 않을 만큼 용모도 아름다운데다, 인품도 가까이 지내다 보면 어찌 여겨질까 하고 우려하였는데 실제로는 모든 점에서 나무랄 데가 없었습니다.

'니오노미야와 작은아씨 사이에 다리를 놓으면, 지난날 넌지시 엿보인 큰아씨의 뜻에 어긋나는 꼴이 될 터이니 마음은 괴로우나, 그렇다 하여 큰아씨의 뜻대로 내 마음을 작은아씨에게로 돌리는 것도 용이치 않으니, 니오노미야에게 작은아씨를 양보하고 어느 쪽에서도 원망을 듣지 않도록 하자.'

가오루는 이렇게 궁리를 하고 있습니다. 니오노미야는 그런 가오루의 가슴속을 전혀 알지 못하니, 가오루를 속이 좁은 남자라 여기고 있는지도 모르겠습니다.

"여느 때처럼 일시적인 바람기로 다가가 아씨의 마음을 울리면 가여운 일 아니겠나."

가오루는 마치 아비라도 된 것처럼 니오노미야에게 이렇게 이릅니다.

"아, 두고 보시지요. 이렇게 마음이 쏠린 일은 지금까지 한 번도 경험한 적이 없으니."

니오노미야는 이렇게 진지하게 대답합니다.

"허나 우지의 아씨는 내켜하지 않는 듯하니, 그리 쉬이 마음을 주지는 않을 듯하이. 이거야말로 참으로 뼈 빠지는 봉사가 아닌가."

가오루는 이렇게 말하면서도 우지에 가면 지켜야 할 주의사항 등을 세세하게 가르쳐줍니다.

팔월 이십육일은 피안 법회가 끝나는 날로 길일인 터라, 가오루는 은밀히 채비를 하여 니오노미야를 우지로 안내하였습니다. 만의 하나 이 일이 아카시 중궁에게 알려지는 날에는, 은밀한 외출을 단단히 금지하고 있는 터라 정말 성가신 일이 생길 수도 있으나, 니오노미야 역시 끈질기게 집착을 버리지 않으니 되도록 눈에 띄지 않게 일을 추진하는 것도 보통 힘든 노릇이 아닙니다.

이쪽에서 배를 타고 강을 건너 찾아가는 것도 거창한 일이라 숙소를 따로 빌리지 않고, 하치노미야의 산장 근처에 있는 가오루의 장원 관리인 집에 먼저 들러, 수레에서 니오노미야를 내려놓은 후에 가오루 혼자 집을 나섰습니다. 딱히 일행을 눈치챈 사람은 없으나, 간혹 숙직자가 경호를 위해 바깥을 돌아보는 탓에, 니오노미야가 왔다는 기척을 알아차리지 못하게 하려는 속셈이겠지요.

가오루가 찾아왔다 하니, 우지 산장의 사람들은 평소처럼 정중하게 접대하기 위하여 분주합니다.

아씨들은 사람들이 분주하게 오가는 소리를 성가시다 여기면서 듣고 있습니다. 큰아씨는 이전에도 작은아씨를 택하라고 넌지시 뜻을 내비쳤으니, 하고 마음을 다스렸습니다.

작은아씨는 가오루가 흠모하는 사람은 자신이 아니니 왔다 해도 이번에는 설마 하고 생각하는 한편, 예의 불상사가 있었던 후에는 이전처럼 언니를 믿을 수도 없으니 주의를 게을리하지 않습니다. 시녀를 통해 이런저런 인사가 오가는데 큰아씨는 가오루를 만날 기미를 보이지 않아, 시녀들은 대체 어떻게 된 일인가 하여 애를 태웁니다.

그런 후 가오루는 짙어진 어둠을 틈타 니오노미야를 말에 태워 데리고 온 후에 변을 불렀습니다.

"큰아씨에게 한마디 드리고 싶은 말이 있소이다. 지난밤 내게 염증을 내는 듯 보였으니 실로 부끄러운 일이나 이대로 물러나 있을 수만은 없는 일입니다. 밤이 조금 더 깊은 후에 지난밤처럼 작은아씨에게 안내하여줄 수는 없겠소이까."

이렇게 별다른 속셈은 없는 듯 말하니, 변은 자매 어느 쪽과 맺어져도 마찬가지라는 생각에 큰아씨에게 그 뜻을 전하였습니다.

변이 실은 이러저러하다고 말을 전하자, 큰아씨는 기뻐하였습니다.

"아, 역시 내 뜻대로 동생을 택하였구나."

큰아씨는 안도하며 작은아씨 방으로 통하는 입구가 아닌 차양의 방 사이에 있는 장지문의 자물쇠를 굳게 잠그고, 장지문 너머로 가오루와 대면하였습니다.

"한마디 드릴 말씀이 있으나, 다른 사람들에게 들리도록 큰 소리로 얘기하는 것도 불미스러우니 문을 조금만 열어주세요. 참으로 거북하고 답답합니다."

"이대로도 잘 들립니다."

큰아씨는 그렇게 대답하고는 문을 열지 않았습니다.

'앞으로 동생에게 마음을 품으려 하니 미안한 생각에 인사를 하려는 것일까. 그렇다면 지금 처음 만나는 것도 아닌데 퉁명스럽지 않을 정도로 대응을 하여 기분을 해치지 말고, 밤이 더 깊기 전에 동생의 방에 들도록 해야겠구나.'

큰아씨는 마음속으로 이렇게 생각하며 차양의 방 장지문 바로 앞까지 나아가 앉았습니다. 가오루는 장지문의 틈새로 큰아씨의 옷자락을 잡아당겨 부여안고는, 푸념을 늘어놓습니다.

'이 무슨 염치를 모르는 짓이람. 어쩌자고 내가 가오루 님이 하자는 대로 대면을 하였는지 모르겠구나.'

큰아씨는 이렇게 화도 나고 후회도 하지만, 어떻게든 가오루의 마음을 달래 이 자리를 떠나도록 하자는 생각에 동생을 자신처럼 어여삐 여겨달라고 넌지시 부탁을 하니, 그 마음씀씀이가 감동스러울 정도입니다

니오노미야는 가오루가 가르쳐준 대로 지난밤 가오루가 은밀히 숨어들었던 문 앞으로 다가가 부채를 탁탁 치자, 변이 금방 나타나 안내하였습니다.

니오노미야는 지금까지도 몇 번이나 이런 경험이 있는지 능숙하게 안내하는 변의 태도를 이상히 여기면서 작은아씨의 방으로 들어갔습니다.

큰아씨는 일이 그렇게 돌아가고 있는 줄은 꿈에도 모르니, 가오루를 어떻게든 잘 달래 작은아씨의 방에 들게 하려고 합니다. 가오루는 그런 큰아씨가 우습기도 하고 안되었기도 한데, 이대로 있다가 나중에 일이 발각되어 그런 속셈이 있는 줄은 전혀 몰랐다고 원망을 들으면 변명의 여지가 없으니 이렇게 둘러대었습니다.

"실은 니오노미야가 내 뒤를 쫓아왔는데, 거절할 수 없어 이곳에 데리고 왔습니다. 인사도 하지 않고 은밀히 작은아씨의 방에 숨어든 듯합니다. 이곳의 교활한 변이 일을 거들었겠지요. 아무래도 두 분 모두 내게는 정이 떨어졌을 터이니, 세상의 웃음거리가 되고 말 입장입니다."

큰아씨는 너무도 뜻밖의 일에 하늘이 무너지는 듯하고, 눈

앞이 어지러울 정도로 화가 나고 분하여 이렇게 말하였습니다.

"이렇듯 온갖 일에 나쁜 계획을 품고 있는 사람인 줄은 꿈에도 모르고, 말도 안 되는 어리석음을 보인 나를 경멸하고 있는 것이로군요."

"지금 와서 무슨 말을 할 수 있겠습니까. 이 죄는 두고두고 빌 것이나, 그래도 모자란다면 나를 꼬집든 때리든 마음대로 하세요. 그대는 고귀한 분에게 마음을 두고 있는 듯하나, 남녀의 인연이란 뜻한 바대로 되는 것이 아닌 듯하니, 니오노미야가 마음을 둔 사람이 전혀 다른 사람이었다는 것이 안쓰럽습니다. 그보다 자신의 사랑을 이루지 못하는 나는 도무지 마음을 붙일 곳이 없어, 그저 암담할 뿐입니다. 일이 기왕에 이렇게 되었으니, 이제는 돌이킬 수 없는 일이라 여기고 내게 마음을 열어주세요. 그 문이 아무리 단단히 잠겨 있다 한들 우리 사이에 아무 일도 없었다 여기는 시녀는 아무도 없을 것입니다. 나를 안내역으로 삼은 니오노미야 역시, 설마 내가 이렇듯 처절한 심정으로 밤을 밝히고 있을 줄은 상상도 하지 못할 것입니다."

가오루가 이렇게 말하며 마치 장지문이라도 찢어버릴 듯 격한 태도를 보이자, 큰아씨는 뭐라 말할 수 없이 불쾌하면서도 아무튼 마음을 가라앉히고 가오루를 달래려고 합니다.

"말씀하시는 인연이라는 것이 눈에는 보이지 않으니, 저는 아무것도 짐작할 수가 없습니다. '다만 앞날이 어찌 될지 알 수 없어 눈물만 넘쳐흐르니', 눈에 안개가 낀 듯한 심정입니다. 대체 어찌할 작정인가 하여, 모든 것이 꿈처럼 허망하고 믿을 수가 없습니다. 훗날 우리의 이야기를 화젯거리로 삼는 사람이 있다면, 옛이야기 책에서 어리석은 인간으로 그려지는 인물의 표본처럼 취급하겠지요. 이렇듯 고약한 일을 꾸민 그대의 심기를 니오노미야는 또 뭐라 여기겠는지요. 아무쪼록 더 이상은 우리 자매에게 몹쓸 짓을 하여 괴롭히지 마세요. 끔찍하여 어쩔 줄을 모르겠습니다. 본의 아니게 앞으로도 살아 있다면, 마음이 다소나마 진정된 후에 다시 얘기를 나누기로 하지요. 지금은 눈앞이 캄캄하고 가슴이 떨리니 잠시 쉬어야겠습니다. 그 손을 놓아주세요."

큰아씨는 이렇게 괴로워하며 애원합니다. 과연 사리 정연한 큰아씨의 말에 수치스러운 한편으로 큰아씨가 더욱 사랑스럽게 느껴지니 가오루는 이렇게 말합니다.

"아아, 그리운 사람이여. 누구에게도 지지 않을 만큼 그대의 뜻을 따르는 나이기에 이렇듯 어리석은 자가 되고 말았습니다. 그런 나를 말로는 다할 수 없을 정도로 증오하고 경원하니 나는 뭐라 할 말도 없습니다. 이제 이 세상을 살아갈 기력도 다 잃었습니다. 이렇듯 쌀쌀맞게 일방적으로 날 버리지는 마세요. 이 손을 놓을 터이니, 장지문 너머에서나마 얘기를 나누도록 합시다."

가오루가 큰아씨의 옷자락을 놓자, 아씨는 도망치듯 안으로 물러나나 완전히 돌아서버리지는 않으니, 가오루는 참으로 사랑스러운 분이라고 생각합니다.

"그곳에 있다는 희미한 기척만이라도 느끼면서 이 밤을 밝히지요. 결코 다른 뜻은 없으니."

가오루는 이렇게 말하고는 한결 세차게 들리는 강물 소리에 잠은커녕 오히려 눈이 맑아져, 암수가 따로 잠든다는 산새처럼 쓸쓸한 기분으로 한밤의 비바람 소리에 귀를 기울이면서 긴긴 밤을 지새웠습니다.

간신히 사방이 밝아오는 기운이 퍼지고, 산사에서도 새벽 종소리가 들려옵니다.

니오노미야는 곤히 잠들었는지 일어나 나올 기미가 보이지 않는다 하여 가오루는 질투심에 일부러 헛기침을 하여대니, 정말 묘한 일이지요.

그분을 안내한 나는
도리어 뜻을 이루지 못하고
채워지지 않은 마음으로
새벽녘 어슴푸레한 길을
헤매게 되었으니

"세상이 이렇듯 어리석은 자의 예가 또 어디에 있을지요."

가오루가 이렇게 말하자 큰아씨는 조그만 소리로 이렇게 중얼거립니다.

우리 자매의 일로
이런저런 시름이 끊이지 않는
내 심정이 되어보세요
자업자득이라
기꺼이 길을 헤맬 요량이라면

가오루는 역시 체념하기가 어려우니, 큰아씨의 처사가 원망스럽다 말하지 않을 수 없습니다.

"무슨 말씀을 그리 합니까. 이렇듯 나를 꺼려 멀리하니, 참으로 너무합니다."

밖이 희끗희끗 밝아올 무렵, 니오노미야가 어젯밤 들어갔던 문으로 나온 모양입니다.

그 유려한 몸짓을 따라 사방에 향내가 떠다니니, 이런 밤의 정사를 위한 준비로 공들여 향을 배이게 한 것이겠지요.

늙은 시녀들은 일이 어찌 된 것인지 의아해하며 납득을 하지 못하고 있는데, 그럼에도 가오루가 아씨들을 나쁘게 하지는 않았을 것이라고 넋두리를 합니다.

두 사람은 날이 완전히 밝기 전에 서둘러 돌아갔습니다. 니오노미야는 발길이 떨어지지 않아 돌아가는 길이 멀게만 느껴졌습니다. 우지가 그리 종종 오갈 수 없을 만큼 거리가 먼 것이 벌써부터 괴로워 '베갯머리를 함께한 귀여운 그 사람과 어찌 하룻밤이라도 떨어져 지낼 수 있으리'라는 옛 노래 같은 심정으로 작은아씨를 생각하며 고민하는 기색입니다.

아직 사람들이 일어나지 않아 조용한 아침나절에 댁에 도착하였습니다.

복도에 수레를 대고 내립니다. 평소 사용하는 것과는 달리 여인네들의 수레처럼 가장한 수레에서 몸을 숨겨 안으로 들어간 두 사람은 웃음을 터뜨립니다.

"우지에 대한 정성이 보통이 아니로군."

가오루는 이렇게 니오노미야를 놀려대었습니다. 안내역을 맡은 자신의 어리석음이 생각하면 할수록 분하고 짜증스러워 불평을 늘어놓을 마음도 없었습니다.

니오노미야는 돌아오자마자 작은아씨에게 첫날밤을 보내고 난 후의 문안 편지를 보냈습니다.

우지의 산장에서는 자매가 모두 어젯밤의 일을 꿈인 것만 같다고 믿지 못하며 괴로워하고 있습니다.

작은아씨는 이런저런 일을 도모하면서도 시치미 뚝 떼고 내색도 하지 않은 언니가 야속하고 원망스러워 눈길조차 피하고 있습니다.

큰아씨는 모든 것이 자신도 모르는 일이었다고 분명하게 말하지도 못하고, 작은아씨가 화를 내는 것도 무리는 아니라며 고통스러워하고 있습니다.

"대체 뭐가 어떻게 된 일일까요."

시녀들도 이렇게 말하며 안색을 살피나, 믿음직스러워야 할 큰아씨가 마치 정신을 잃은 사람처럼 넋을 놓고 있어, 참으로 이상한 일이라고 서로의 얼굴을 마주봅니다.

니오노미야에게서 온 편지를 큰아씨가 펼쳐보였으나, 작은아씨는 자리에서 일어나 앉으려고도 하지 않으니, 편지를 들고 온 심부름꾼이 답장이 늦다고 난감해하고 있습니다.

내 애처로운 연심을
흔하디흔한 것이라
여기는 것인가요
이슬에 추적추적 젖은 길을
조릿대 숲을 헤치고 찾아갔건만

사뭇 연문에는 익숙한 화려한 필적이라, 이런 일이 있기 전이라면 별다른 생각 없이 훌륭한 솜씨라고 감탄하였을 터인데, 오늘 아침에는 도리어 그것이 마음에 걸리니 앞으로 작은아씨가 버림을 받는 일이 생기지나 않을까 큰아씨는 걱정이 앞섭니다. 자신이 대필로 답장을 쓰자니 뻔뻔스러운 일이라 꺼려지는 터라, 이런 때 답장은 어떻게 써야 하는지를 정성껏 가르치며 작은아씨에게 쓰도록 하였습니다.

심부름꾼에게는 개미취빛 옷 한 벌과 세겹 바지를 갖춰 내렸습니다. 심부름꾼이 받기가 거북한 듯 주춤거리고 있어, 동행한 시중에게 건넸습니다. 심부름꾼은 격식을 갖춘 위엄이 있는 사람이 아니라, 평소에도 늘 보내는 전상동이었습니다.

니오노미야는 산장 사람들이 눈치를 채지 못하도록 애써 신경을 썼는데 정식 혼례의 예를 갖춰 보내니, 어젯밤 공연한 말이 많았던 늙은 시녀의 짓이라고 불쾌하게 생각하였습니다.

이틀이 지난밤에도 가오루를 앞세우려 하였으나, 가오루는 동행을 거절하였습니다.

"냉천원에 반드시 가보아야 할 일이 있습니다."

니오노미야는 또 예의 사랑 따위에는 무관심한 듯 점잖은 태도를 취한다면서 가오루를 얄밉게 생각하였습니다.

우지에서는 일이 생각지도 않은 방향으로 흘러 이를 어쩌면 좋을까 하여 부심하나, 이렇게 된 이상 니오노미야를 소홀히 대할 수는 없으니 마음이 약해진 큰아씨는 방을 새로이 꾸미라고 명을 내립니다. 허나 모든 것이 부족하고 불편한 거처인 터라, 나름대로 정취가 느껴지도록 꾸미고 니오노미야를 기다렸습니다.

큰아씨는 우지까지 오는 멀고 먼 길을 서둘러 찾아와준 니오노미야를 반갑게 맞으니, 한편으로 생각하면 사람의 마음이란 참으로 묘하게도 변하는 법인가 봅니다.

당사자인 작은아씨는 혼이라도 빠져나간 듯한 표정으로, 화장을 시키고 옷차림새를 꾸미는 큰아씨에게 몸을 맡기고 있습니다. 짙은 붉은색 옷소매가 눈물로 젖어드니, 당찬 큰아씨도 끝내는 눈물을 하염없이 흘리며 작은아씨의 머리를 쓰다듬고는 이렇게 말하였습니다.

"나는 이 세상에 그리 오래 살지 못하리라 여겨지니, 앉으나 서나 동생의 일이 걱정스러워 견딜 수가 없어요. 시녀들도 더할 나위 없는 혼담이라고 귀에 못이 박이도록 시끄럽게 권해대는군요. 원래 연륜이 깊은 노인네들이 하는 말은 사려 깊지 못하다 할지라도 세상의 도리를 바탕으로 하는 것이지요. 그런데다 큰 도움도 주지 못하는 나 혼자 고집을 부려 동생을 언제까지고 독신으로 지내게 하는 것이 과연 옳은 일인지 미심쩍은 일도 있었어요. 하지만 요즘은 뜻하지 않게 부끄러운 일이 잇달아 일어나니 이렇게 마음이 혼란스러울 줄은 꿈에도 몰랐습니다.

이것이야말로 사람들이 흔히 말하는 피할 수 없는 전생의 약속이란 것이겠지요. 나도 몹시 괴롭습니다. 동생의 마음이 다소나마 진정되면 이 일에 대해서 나는 아무것도 모르고 있었다는 것을 자세히 알려주지요. 그러니 나를 너무 원망 마세요. 죄없는 자를 원망하면 그 또한 죄업을 쌓는 일입니다."

작은아씨는 아무 대꾸도 하지 않으나, 마음속으로는 이렇게 생각하고 있습니다.

'그래도 언니가 이렇게 마음을 써서 갖가지 변명을 하는 것은 나를 걱정하기 때문이고, 불행해지기를 원하지 않는 마음에서일 것이야. 하지만 앞날은 알 수 없는 것, 니오노미야에게 버림을 받아 사람들의 웃음거리가 되는 불상사가 생겨 다시금 언니

에게 폐를 끼치게 된다면, 그 얼마나 괴로울까.'

니오노미야는 어젯밤, 이런 일이 있을 줄은 꿈에도 몰랐던 터라 그저 넋을 잃은 사람처럼 망연해하던 작은아씨의 모습도 보통 이상으로 귀엽고 아름다웠는데, 하물며 오늘 밤은 세상의 여인네들처럼 여자답게 부드러운 모습을 하고 있으니 사랑스러움이 한결 깊어졌습니다. 그러하나 그리 쉬이 오갈 수 없는 산길에다 그 거리를 생각하면 가슴이 찢어질 듯 애달파, 성의 있는 태도에 애정을 담아 상냥하게 장래를 약속합니다. 허나 작은아씨는 기쁜 것인지 슬픈 것인지 도무지 니오노미야의 애정을 이해하지 못합니다.

집안의 깊은 곳에서 뭐라 말할 수 없이 소중하게 자란 아씨라도 조금은 세상 사람들처럼 사람들이 들고나는 것을 보고 아버지와 형제 등 남자의 행동을 볼 기회가 없지는 않았으니, 남자에 대한 부끄러움이나 두려움도 대충은 알고 있을 것입니다.

그런데 이 작은아씨는 집안에서 애지중지 키워진 것은 아니지만, 이런 깊은 산골에 틀어박혀 사는 터에 절로 사람들과의 접촉이 없어, 뜻하지 않은 어젯밤의 일이 그저 부끄러워 주눅이 들어 있습니다. 자신은 어차피 세상 사람들과는 다르니 하는 일마다 유독 촌스러울 것이라 짐작하고, 사소한 대답도 수줍어하며 피하고 있습니다.

허나 실제로는 이 작은아씨야말로 세심하고 영리하고 취미가 고상한 점에서는 언니보다 나았습니다.

"신혼 사흘째 날 밤에는, 초사흘 밤의 떡을 드셔야 합니다."

시녀들이 이렇게 가르쳐주니, 큰아씨는 그 일은 특별하게 치러야 하는 축의 같은 것이라 생각하고 직접 보는 앞에서 만들도록 하였는데, 모르는 일이 한두 가지가 아니었습니다. 또 한편으로는 자신이 마치 어미가 된 양 이런저런 지시를 내리고 있는데, 시녀들이 어떻게 생각할까 하여 마음에 걸리는 나머지 얼굴을 붉히고 있으니, 그 모습이 사뭇 귀엽고 아름답습니다. 역시 장녀 기질이라 해야 할까요, 차분하고 기품 있는 자태에 타인을 배려할 줄 알고 정도 깊은 분이었습니다.

그때 가오루에게서 편지가 왔습니다.

"어젯밤 찾아 뵐까 하였으나 아무리 정성을 들여도 인정해주지 않는 사랑이 한심하고 원망스러워. 오늘 밤은 자잘한 잡일도 많으리라 여겨지나, 함께 지낸 지난밤의 몰인정한 처우에 상심하여 몸이 몹시 불편한 터라 주저하고 있습니다."

멋없고 두툼한 종이에 꼼꼼하게 또박또박 쓴 필체였습니다. 그리고 사흘밤의 축하에 필요한 물품을 정성껏 선물하였습니다. 아직 바느질을 하지 않은 갖가지 색상의 천을 필로 차곡차곡 옷함에 담아 시녀들의 축하용 의복으로 사용하라 이르며 변에게 내렸습니다. 모두 어머니 온나산노미야의 수중에 있는 것뿐이라 그리 많이 모으지는 못한 듯하나, 아직 물을 들이지 않은 능직물과 비단 등은 아래쪽에 숨겨 넣고, 그 위에 아씨들의 예복인지 정성스럽고 아름답게 바느질한 옷이 두 벌 들어 있었습니다.

그 홑옷의 소맷자락에 취향이 고풍스러운 시 한 수가 적혀 있었습니다.

서로 잠옷을 입고
베갯머리를 함께하고 사랑을 나눈
깊은 사이는 아니라 하더라도
트집 정도야
잡을지도 모르지요

자매가 모두 가오루에게 모습을 보이고 만 것을 몹시 부끄러워하고 있는 터라, 답장을 뭐라 써야 하나 하고 고민하고 있는 사이에 심부름꾼 몇 명이 도망치듯 모습을 감춰버리고 말아, 신분이 낮은 시종을 붙들어 답장을 건넵니다.

허물없이 친밀한
마음의 교제는 나누었으나
거듭 몸을 허락한 사이라 하면
그런 폐가 달리 없겠지요

마음이 조급한 나머지 아무런 풍정도 없는 노래가 되었으나, 애타게 기다리고 있는 참에 읽은 가오루는 그 마음을 순순히 헤아리며 가슴을 저미는 노래라 여깁니다.

니오노미야는 그날 밤 입궁을 하였는데, 금방 퇴궁할 수 있는 분위기가 아니라서 남몰래 애간장을 태우니, 벌써 마음은 다른 곳에 가 있는 듯 초조해합니다.

"아직 그렇듯 혼자 몸으로 있으면서, 세간에는 바람기가 많은 사람이란 평판만 자자하니 참으로 난감한 일입니다. 무슨 일이든 자신의 취향을 고집하려 하는 버릇은 이제 그만 버리세요. 폐하께서도 걱정하시는 듯합니다."

아카시 중궁이 궁중 출입을 피하고 어떻게든 이조의 저택에서 지내려 하는 니오노미야에게 이렇게 싫은 소리를 하자, 니오노미야는 황망하여 어쩔 줄을 모릅니다.

니오노미야는 자신의 거처로 물러가 우지에 편지를 써서 심부름꾼에게 쥐어 보냈으나, 그 후에도 깊은 상념에 잠겨 있습니다.

그 참에 가오루가 찾아왔습니다.

니오노미야는 가오루를 우지 사람들 편이라 여기고 있는지라 평소보다 한결 반가워하며 걱정을 늘어놓습니다.

"어찌하면 좋겠나. 이렇게 밤이 깊어버렸으니, 내 마음이 내 마음 같지 않으이."

가오루는 이번 기회에 니오노미야의 속내를 확실히 알고 싶다는 생각에, 이렇게 말해보았습니다.

"오랜만에 입궁을 하였는데, 오늘 밤 묵지도 않고 서둘러 퇴궁을 하면 중궁께서 더더욱 수상히 여겨 화를 내시지 않겠는가. 대반소에서 잠시 엿들었는데, 그대를 은밀히 우지로 안내하였다고 나까지 당치 않은 꾸지람을 듣는 것은 아닌가 하여 안색마저 하얗게 질렸다네."

"듣고 있기가 거북할 정도로 심하게 꾸지람을 들었네. 누군가가 일을 고해바친 모양이야. 세상의 비난을 받을 만큼 내가 무얼 그리 도리에 어긋난 짓을 하였다고. 이 답답한 신분 따위는 차라리 벗어버렸으면 좋겠군."

나오노미야는 이렇게 자신의 고귀한 신분을 거추장스럽게 여기는 듯합니다. 그런 니오노미야를 동정하며 안쓰러워하는 가오루는 이렇게 권하였습니다.

"퇴궁을 하든 안 하든 어차피 중궁의 기분이 좋아지실 리는 없겠지. 오늘 밤, 중궁의 꾸지람은 이 몸이 눈 질끈 감고 듣기로 하겠네. 고하타 산은 말을 타고 넘는 것이 좋을 거야. 그러는 편이 세상 사람들의 눈을 피하기 쉬울 터이니."

점차 해가 기울어 밤이 깊어지니, 니오노미야는 기다리다 못하여 말을 타고 길을 나섰습니다.

"오늘 밤은 동행을 삼가는 것이 좋겠군. 그보다는 뒤치다꺼리를 맡겠네."

가오루는 이렇게 말하고 궁중에 남았습니다.

가오루는 중궁을 알현하였습니다.

"니오노미야는 또 출타를 한 게로군요. 참으로 어처구니없고 난감한 사람입니다. 세상이 그런 행실을 뭐라고 할지요. 폐하께서 니오노미야에 대한 소문을 들으시고는, 내가 따끔하게 꾸짖지 않는 탓이라고 호통을 치시니 그것도 괴로운 일입니다."

중궁은 이렇게 한탄하였습니다. 아카시의 중궁은 이렇듯 훌륭하게 성장한 황자가 여럿 있는데도 전보다 한결 젊고 매력적입니다.

'첫째 황녀도 중궁을 닮아 이처럼 아리따울 것이야. 무슨 기회가 있어 살짝이라도 좋으니, 가까이에서 그 목소리라도 한번 들어보았으면 좋겠군. 호색적인 남자가 불미한 연심을 품는 것은 이렇게 혈연관계가 있어 친근한 대접을 받으면서도 더는 가까워질 수 없어 자신의 마음을 충분히 전하지 못하는 경우겠지. 나처럼 편벽한 성품을 지닌 자가 세상에 또 있을까. 그런 나 역시 한번 마음에 품은 사람은 도무지 단념할 수가 없으니.'

가오루는 이렇게 애틋한 심정으로 생각하였습니다.

아카시 중궁을 모시는 궁녀들은 모두 용모와 마음가짐이 반듯하여 각자가 빼어납니다. 그 가운데에는 기품이 있고 뛰어나게 아름다운 궁녀도 눈에 띄는데, 가오루는 여자 때문에 꿈에서라도 마음을 어지럽혀서는 안 된다고 굳게 다짐하고 있는 터라 고지식하게 처신하고 있습니다.

개중에는 일부러 자극적으로 행동하는 궁녀도 있습니다. 이곳은 숨이 막힐 정도로 조심스럽고 고상하게 살아야 하는 곳이니 궁녀들도 겉으로는 조신하게 행동하고 있으나, 사람의 마음이란 각기 다양하니 색을 좋아하는 속내를 얼핏얼핏 드러내는 게지요.

가오루는 그런 모습이 재미있기도 하나 한편으로는 가여운 생각도 드니, 평소의 이런 거동 하나에도 세상의 무상함을 느끼며 이런저런 생각을 하게 됩니다.

우지에서는 가오루가 사흘밤의 축하라 하여 거창하게 말하였는데, 밤이 깊어도 니오노미야 본인은 나타나지 않고 편지만 당도하니, 큰아씨는 역시 일이 이렇게 되었구나 하고 가슴이 무너져내릴 듯 상심에 잠겨 있습니다.

그런 차에 한밤중이 되어서 몰아치는 거친 바람을 무릅쓰고 뭐라 형용할 길 없는 향내를 풍기면서 니오노미야가 우아하고 요염한 모습으로 도착하였습니다.

큰아씨가 그런 니오노미야의 성의를 어찌 소홀히 대할 수 있겠는지요. 작은아씨 자신도 조금은 마음을 열어놓는 듯 보이니, 니오노미야의 극진한 정열에 마음이 다소는 움직인 것이겠지요. 지금이 한창 아름다운 때인데 오늘 밤은 각별히 몸단장을 하고 있으니, 그 아리따운 모습이 세상에 둘도 없으리라 여겨집니다.

평소 아름다운 아씨들의 모습을 많이 보아 익숙한 니오노미야의 눈에도 무엇 하나 부족함이 없으니, 용모는 물론이요 가까이에서 보면 볼수록 모든 것이 아름다운 분이라 생각합니다. 늙은 시녀들의 입가에서도 웃음이 떠나지를 않으니, 입을 모아 이렇게 말합니다.

"작은아씨의 아름다움이 저처럼 빼어난데, 이렇다 할 지위도 없는 남자와 결혼하였다면 얼마나 후회가 컸을까요. 참으로 바라던 혼사입니다."

한편 큰아씨의 마음은 강경하여 지금도 가오루에 대하여 고집을 부리고 있으니, 그 점을 꼬집어 험담을 늘어놓습니다.

늙은 시녀들은 이미 노쇠하고 시든 몸에 어울리지도 않는 화사한 색상의 옷을 지어 입고는 얌전을 떨고 있습니다. 그 가운데 누구 하나 보아줄 만한 자가 없으니, 큰아씨는 이런 생각에 잠겼습니다.

'나 역시, 여자 나이 한창때를 지난 몸이라 거울을 들여다보면 점차 여위어가고 있다는 것을 알 수 있는데, 저 늙은 시녀들은 자신이 얼마나 볼품없는지 자각하고 있을까. 빠진 뒷머리에는 신경도 쓰지 않고, 앞머리와 얼굴만 꾸미고 거드름을 피우고 있구나. 나를 돌아보고 아직은 저 사람들만큼 볼품없지는 않다 여기고, 얼굴 요모조모도 아직은 보아줄 만하다고 생각하는 것은 내 멋에 겨운 착각이런가.'

큰아씨는 뜰을 바라보며 누워 이렇게 수심에 싸여 있습니다.

'가오루처럼 훌륭한 분과 인연을 맺자니 내가 주눅이 들어 꺼려지는구나. 더구나 앞으로 1, 2년만 지나면 내 용모와 미색

도 점차 시들어갈 터. 몸이 허약하여 오래 살 수 있을 것 같지도 않으니.'

큰아씨는 보기만 해도 마음이 아플 정도로 가녀린 손을 소맷자락에서 살짝 빼내어 빤히 들여다보며, 가오루에 대하여 이런 저런 생각을 합니다.

니오노미야는 오늘 밤 궁중에서 빠져나오기가 얼마나 어려웠는지를 생각하자, 역시 우지를 오가기가 그리 쉬울 것 같지 않아 가슴이 메이는 듯한 심정입니다. 중궁에게 꾸지람을 들었다는 이야기를 하면서 이렇게 작은아씨를 설득합니다.

"그런 사연으로 마음은 있어도 올 수 없는 날이 있을 터이니 어찌 된 일일까 하여 걱정하지 마세요. 행여라도 그대를 소홀히 여긴다면 어찌 이런 고생을 해가며 다닐 수 있겠습니까. 내 마음을 의심하여 괴로워하고 있을지도 모른다는 가여운 심정에, 목숨을 걸고 이렇게 달려오는 것입니다. 그렇다 하여 이렇게 늘 은밀히 찾아올 수는 없을 것이니, 사정을 보아 도읍에 있는 내 집 가까이로 불러들이겠습니다."

작은아씨는, 벌써부터 올 수 없는 때의 일을 이야기한다는 것은 소문에 들었던 것처럼 바람기 많은 행실의 소치가 아닌가 하여 의심스러우니, 의지할 곳 없는 자신의 처지가 새삼 서러워 슬픔 마음만 더할 뿐입니다.

이윽고 날이 밝아 하늘이 뿌옇게 밝아오자, 니오노미야는 옆문을 밀어 열고 작은아씨와 함께 마루 끝에 나와 앉습니다. 깊은 산골답게 아침 안개 자욱한 경치에 마음을 저미는 풍경이 한결 그윽합니다. 늘 그렇듯 땔나무를 가득 싣고 우지 강을 오가는 배들의 모습이 안개 속으로 희미하게 보이고, 배가 일으키는 하얀 물결이 허망하게 두 눈에 비칩니다. 나오노미야는 무슨 일에든 감성이 풍부하여, 낯선 산골 풍경을 흥미롭게 생각합니다.

산자락 너머로 붉은 아침 해가 솟아오르자 작은아씨의 모습이 한결 어여쁘고 귀엽게 보입니다.

'더없이 소중한 대접을 받고 있는 첫째 황녀도 이렇듯 아름답지는 않을 것이야. 내 누이라 하여 편을 드는 마음 탓에 훌륭하게 보일 뿐이겠지. 작은아씨는 보면 볼수록 살결이 곱고 매끄러우니, 좀더 느긋하게 충분히 확인하고 싶구나.'

니오노미야는 이렇게 애틋한 마음이 더하였습니다. 안개가 걷히면서, 우지 강의 강물 소리가 요란스럽게 울리고 그 위에 걸려 있는 '고풍스러운 우지 다리'의 모습이 내다보입니다. 황량한 강가의 풍경을 바라보면서 니오노미야는 눈물까지 머금고 이렇게 말합니다.

"이렇듯 쓸쓸한 곳에서 그리 오랜 세월을 어찌 살아왔는지요."

작은아씨는 너무도 부끄러운 심경으로 니오노미야의 말을 듣고 있습니다.

니오노미야는 더없이 우아하고 아름다운 모습으로 이 세상에서는 물론 저 세상에 가서도 변치 않으리라 사랑을 다짐합니다. 작은아씨는 일이 이렇게 될 줄은 꿈에도 생각지 못하였으나 지금은 오히려 답답한 가오루보다는 낫다고 생각합니다.

'그분은 언니를 마음에 품고 있는데다 몹시 고지식한 태도를 취하는 탓에 가까이하기가 어렵고 어색하였는데, 니오노미야 님은 소문만 듣고 상상할 때에는, 내게는 전혀 걸맞지 않은 높은 분이라 여기고 딱 한 줄 써보낸 편지에도 답장을 쓰기가 어려웠거늘, 앞으로는 하루라도 와주지 않으면 내 마음이 정말 허전할 것 같구나.'

작은아씨는 이렇게 변한 자신의 마음을 참으로 한심하다 생각합니다.

수행원이 간혹 헛기침을 하며 돌아갈 길을 채근합니다. 니오노미야는 너무 늦어 거북하지 않을 정도로 도읍에 돌아가야 하는 탓에 마음이 조급하나, 만의 하나 뜻대로 올 수 없는 밤이 있어도 절대 마음이 변한 것은 아니라며 몇 번이나 위로를 합니다.

우리 둘 사이가
절대 끊일 리는 없으나
그대 홀로 자는 밤
하시 히메처럼 눈물을 흘리며
소맷자락 적시는 슬픈 밤도 있으리니

니오노미야는 발길이 떨어지지 않아 몇 번이나 뒤를 돌아보면서 주저하고 있습니다.

우리 둘의 인연은
영원하리라 소망하지만
우지 다리처럼 긴
그대의 무소식을
언제까지 기다리고 있어야 할지

작은아씨는 말은 하지 않아도 그렇게 가슴속으로 중얼거리며 몹시 아쉬워하니, 니오노미야는 그 모습이 더욱 사랑스러워 어쩔 줄을 모릅니다.

돌아가는 니오노미야의 더없이 아름다운 모습이 젊은 여인의 가슴에 새겨져 잊혀지지 않을 듯 하고 뒤에 남은 향내마저 남몰래 그리워하니, 작은아씨도 이제 사랑의 애틋함을 터득한 모양입니다.

날이 이미 환하게 밝아 사물을 구별할 수 있을 정도라, 시녀들은 돌아가는 니오노미야의 모습을 몰래 엿보고 있습니다.

"가오루 님은 친절한데다 이쪽이 부끄러울 정도로 훌륭한 면이 있지요. 그에 비하여 니오노미야 님은 신분이 높은 탓인가 그 모습이 한결 훌륭하군요."

니오노미야는 도읍으로 돌아가는 길, 작은아씨의 사랑스러운 모습이 떠올라 왔던 길을 되돌아가고 싶을 정도로 그리운 마음을 억누르지 못하나 세상의 소문을 꺼려하여 참고서 돌아갔습니다. 그 후로는 빠져나오기가 쉽지 않으니 하루에도 몇 통씩 편지를 보냅니다.

상황이 그러하여 작은아씨를 아끼는 니오노미야의 마음을 짐작할 수는 있으나, 와주지 않아 근심스러운 나날이 계속되자 큰아씨는 작은아씨에게 이런 마음고생을 시키고 싶지는 않았는데, 니오노미야의 처지가 그러하여 어쩔 도리가 없으니 자신의 일보다 더 괴로워하며 한탄합니다. 작은아씨가 얼마나 슬퍼하랴 걱정스러우면서도 아무 일 없는 척 꾸미면서 이렇게 마음을 다집니다.

'나만이라도 사랑이니 결혼이니 하는 일로 마음고생을 하고 싶지 않구나.'

가오루는 우지의 두 아씨가 니오노미야가 와주기를 얼마나 기다리고 있을까 하고 족히 그 심정을 헤아릴 수 있으니, 자신의 잘못으로 벌어진 일이라 하여 책임감을 느끼며 니오노미야의 속내를 끊임없이 탐색하고 언질을 주며 안색을 살피는데, 니오노미야가 진심으로 작은아씨에게 마음을 주고 있는 듯하니, 그렇다면 작은아씨를 버리는 일은 없겠다 싶어 안심합니다.

구월 십일경의 일입니다. 우지 들판은 단풍으로 물들었겠다 싶은데, 가을비가 추적추적 내려 사방이 어둡고 하늘에는 시커먼 비구름이 잔뜩 끼어 있는 저녁입니다. 니오노미야는 마음이 뒤숭숭하고 수심에 잠겨, 우지에 가고는 싶으나 어쩌면 좋을지 결심을 하지 못하고 주저하고 있습니다. 마침 그때 니오노미야의 심정을 헤아린 가오루가 찾아왔습니다.

"'늦가을 비 내리는 후루의 산골은 어찌할까'라는 옛 노래도 있는데, 지금쯤 우지에서는 어떻게 지내고 있을지."

가오루는 이렇게 넌지시 속내를 떠봅니다. 니오노미야는 반가워하면서 동행을 청하였습니다. 늘 그렇게 하듯 가오루와 니오노미야는 한 수레를 타고 길을 떠났습니다.

우지의 들판으로 접어들자, 니오노미야는 이렇듯 황량한 산골에서 그 얼마나 깊은 수심에 잠겨 있을까, 그 정도가 나보다 심할 것이라고 작은아씨의 심중을 헤아립니다. 가는 도중에도 니오노미야는 작은아씨가 사랑스러워 견딜 수 없다는 이야기만 합니다.

해가 질 때라 더욱 쓸쓸한 기운이 감도는데 차가운 비까지 내려 어언 끝나가는 가을의 경치가 온몸을 서늘하게 휘감습니다. 비에 젖은 두 사람의 향내가 이 세상의 것이라 여겨지지 않을 만큼 그윽하고 요염합니다. 두 사람이 나란히 찾아왔으니, 우지 산장 사람들이 얼마나 허둥대었을지는 쉬이 짐작이 가는 일이지요.

시녀들은 요즘 들어 발길이 뚝 끊어진 터라 투덜거리는 일이 많았는데, 지금은 언제 그랬냐는 듯이 웃음을 흘리며 서둘러 잠자리를 준비하고 있습니다. 그리고 근자에는 도읍으로 흩어져

갔던 딸이나 조카들을 두세 명 불러들여, 이곳에서 시중을 들게 하고 있습니다. 오래도록 소박한 생활에서 헤어나지 못하는 아씨들을 깔보았던 미천한 딸들은 두 번 다시 볼 수 없을 훌륭한 손님에 놀라 눈이 휘둥그레졌습니다.

큰아씨는 이렇게 비가 내리는 때에 갑자기 찾아온 니오노미야가 반갑기는 한데, 그 골치 아픈 가오루가 동행을 하고 있으니 부끄럽기도 하고 왠지 성가시기도 합니다. 허나 가오루는 성품이 얌전하고 사려가 깊으니, 과연 니오노미야는 저렇지 못할 것이라 비교하면서 가오루는 참으로 드문 분이라고 수긍합니다.

산골 살림이기는 하나 니오노미야를 정성껏 대접하고, 가오루에게도 역시 융숭한 대접을 하였으나, 그 자신은 여전히 임시로 마련한 손님방에서 머물게 하면서 멀리하니, 가오루는 이 얼마나 냉담한 대우인가 하고 불만스러워 큰아씨를 원망합니다. 큰아씨는 그런 가오루가 안되었다는 마음에 가리개 너머로 응대를 합니다.

"한때의 불장난이었다 여길 수 없을 만큼 그대가 그리워 견딜 수가 없군요. 대체 언제까지 이대로 있으라는 것인지요?"

큰아씨도 남녀 사이의 정리를 점차 알게 되었으나, 작은아씨와 니오노미야의 사이를 걱정하는 나머지, 결혼이니 연애는 꺼려하여 체념한 상태입니다.

'역시 나는 동생처럼 남자에게 몸과 마음을 맡기고 싶지는 않구나. 지금은 가오루에게 마음이 끌리지만 부부의 연을 맺고 나면 원망스럽고 괴로운 일도 있을 터이니. 서로에게 환멸을 느끼거나, 서로를 배신하는 일 없이 깨끗하게 끝내고 싶구나.'

큰아씨는 이렇게 더욱 마음을 굳힙니다.

우지를 드나드는 니오노미야의 상황을 묻자, 역시 그리 종종 찾아오지 않는다는 것을 알 수 있도록 큰아씨가 암시를 하는지라 가오루는 안쓰러운 마음에, 니오노미야가 작은아씨를 얼마나 극진히 사랑하는지 그 마음과 태도를 늘 정찰하도록 신경을 쓰겠노라며 큰아씨를 위로합니다.

큰아씨는 평소보다 다정한 태도로 이야기합니다.

"역시 지금은 이렇듯 마음고생이 크니, 다소나마 마음이 차분해진 연후에 다시 이야기를 나누도록 하지요."

큰아씨의 말투가 얄밉고 태도 또한 기대할 여지도 없이 쌀쌀맞다고 생각하면서도, 단단히 잠겨 있는 장지문을 억지로 밀고 들어가면 큰아씨가 몹시 슬퍼하며 원망할 듯하니, 성품이 얌전한 가오루는 자신의 마음을 억지로 가다듬고 이렇게 생각합니다.

'무슨 곡절이 있는 것이겠지. 설마 다른 남자에게 가벼이 마음을 주는 일은 절대 없을 것이야.'

"가리개 너머로 이야기를 나누자니 어쩐지 답답하고 서운합니다. 지난번처럼 얼굴을 마주 보고 이야기하지요."

가오루가 이렇게 채근을 하자, 큰아씨는 희미하게 미소를 지으며 이렇게 말합니다.

"요즘은 '거울을 보아도 내 얼굴이 부끄러울 만큼 이전보다 야위었으니', 추하다 여길까 두렵습니다. 그런 것에 마음이 쓰이는 것은 무슨 심정일까요."

가오루는 그렇게 말하는 큰아씨의 기척에 그리움만 더해갑니다.

'저런 말에 안도하고 방심하다가, 끝내 내 신세는 과연 어찌 되는 것일까.'

가오루는 한숨을 쉬고는, 예의 따로 자는 산새처럼 따로 잠자리를 잡고 밤을 지새웠습니다.

니오노미야는 설마 가오루가 아직도 큰아씨와 합방을 하지 않은 줄은 모르고 있으니 이렇게 말합니다.

"가오루가 마치 이 집의 주인인 양 느긋하게 구는 모습이 부럽구려."

작은아씨는 니오노미야의 말을 이상히 여기며 듣고 있습니다.

니오노미야는 온갖 수단을 취하여 우지에 와서도 금방 돌아가야 하는 것이 안타깝고 흡족하지 못하여 심히 괴로워하고 있습니다. 그런 니오노미야의 속마음을 알지 못하는 아씨들은 전전긍긍하고 있습니다.

"앞날이 어찌 될지 정말 불안하구나. 버림을 받아 웃음거리가 되는 것은 아닌지."

이렇듯 마음고생이 끊이지 않으니 정말 안된 일입니다.

도읍에 작은아씨를 감추어둘 만한 처소를 마련하고 싶으나, 찾기가 그리 쉬운 일은 아니지요.

육조원의 한쪽에는 유기리 우대신이 거처하고 있는데, 우대신이 그리도 바라는 여섯째 딸과의 혼인에 니오노미야가 관심을 보이지 않은 터라 다소 원망하는 눈치입니다. 니오노미야의 행실이 바르지 못하다고 심히 비난을 하면서, 폐하와 중궁에게도 고해바치는 듯합니다. 상황이 그러한데, 작은아씨처럼 뒷배가 전혀 없는 사람을 우지에서 데리고 와 정실로 맞는 것은 어느 모로 보나 지장이 많은 일입니다. 일시적인 정사의 상대라면 궁중에서 시중을 들게 하는 방법도 있으니 오히려 마음이 편하겠지요. 허나 작은아씨를 생각하는 니오노미야의 마음이 예사롭지 않으니, 만약 치세가 바뀌어 폐하와 중궁이 생각하는 대로 자신이 동궁의 자리에 오르는 날에는 작은아씨를 누구보다 높은 지위에 앉히자고 생각하고 있습니다. 다만 당장은 작은아씨를 아끼는 만큼 극진하게 대해주고 싶어도 어떻게 해줄 수 있는 방법이 없으니 어찌할 바를 모릅니다.

가오루는 작년에 소실된 삼조 저택의 재건이 끝나면 큰아씨를 적합한 절차를 거쳐 맞아들이려 합니다. 가오루는 신하의 신분이라 역시 마음은 편합니다. 니오노미야는 신분이 그러하기에 그토록 그리워 애를 태우면서도 사람들의 눈을 피해 다녀야 하는 탓에 마음놓고 만날 수가 없어 서로가 고뇌하고 있으니, 참으로 안쓰러운 일입니다.

'차라리, 니오노미야가 사람들의 눈을 피해 우지를 드나들고 있다는 것을 내 입으로 중궁에게 말하는 것이 어떨까. 당장은 한바탕 소동이 벌어질 터이니, 니오노미야에게는 안된 일이지만 작은아씨에게는 별다른 해가 없지 않을까. 지금은 마음놓고 밤을 밝힐 수도 없으니, 얼마나 괴로울까. 어떻게든 수를 써서 편한 마음으로 함께 있게 해주고 싶구나.'

가오루는 이렇게 이런저런 생각을 하며 굳이 숨기지도 않습니다.

"급하게 쓸 곳이 생겼습니다."

겨울을 날 옷가지 등도 자신 말고는 누가 있어 준비를 해줄까 싶으니, 침소의 휘장 등 삼조의 저택이 완성되었을 때 큰아씨를 맞기 위하여 준비해놓은 것을 이렇게 은밀하게 어머니에게 부탁하여 우지로 보냈습니다. 유모에게 명하여 시녀들의 갖가지 옷도 만들게 하였습니다.

시월 초순입니다.

"우지에서 한참 어살을 놓을 무렵이네."

가오루는 니오노미야에게 이렇게 권하고, 단풍놀이를 준비하였습니다. 황가에서 시중을 드는 심복과 친근하게 지내는 전상인만 수행하여 가능한 한 은밀하게 일을 추진하려 하였으나, 그 위세가 대단하니 절로 일이 커져 유기리 우대신의 자식인 재상중장도 함께 가게 되었습니다. 상달부 중에서는 가오루만 동행하였습니다. 공경 이외의 전상인은 다수 동행하였습니다.

가오루는 우지의 산장에 편지를 띄워 주의 사항을 알렸습니다.

"니오노미야가 그쪽에 잠시 들를 터이니, 그렇게 알고 계세요. 작년 봄에도 꽃구경을 하러 갔던 사람들이니, 가을비에 잠시 머문다 하면서 아씨들의 모습을 엿볼 수도 있으니."

산장에서는 발을 바꿔 달고 구석구석 청소를 하고 바위틈에 쌓여 썩은 낙엽을 긁어내고, 개울물의 물풀을 걷어내는 등 분주하게 움직입니다. 가오루는 안주로 쓸 운치 있는 열매와 술과 함께 일을 거들 사람까지 보내었습니다. 이렇게 하나에서 열까지 신세를 지다 보니 고마운 한편, 가오루의 행동이 주제넘는 듯한 생각도 드나 이런 때에는 어쩔 수가 없습니다. 큰아씨는 전생의 인연이 이러한가 보다고 단념하고, 맞이할 채비를 갖추고서 니오노미야를 기다립니다.

니오노미야 일행이 배를 타고 우지 강을 오르내리며 음악놀이를 하는 소리가 들려옵니다. 그 모습이 저 멀리 안개 너머로 희미하게 보이니, 젊은 시녀들은 강이 보이는 곳으로 나가 바라보고 있습니다. 니오노미야 본인의 모습이라 확실히 알아볼 수는 없으나, '마치 비단처럼 곱게 물든 잎을 뿌려놓은 배의 지붕 아래에서' 제각기 불어대는 피리 소리가 바람을 타고 들려오니, 시끌벅적할 정도입니다.

이렇게 은밀한 행차인데도, 니오노미야 곁에서 시중을 드는 사람들의 모습에 위엄이 있고 주위를 압도할 만큼 위세가 대단하니, 여인네들은 정말 일 년에 단 한 번뿐이라는 견우와 직녀의 만남이라도 좋으니, 이렇듯 훌륭한 견우성의 빛을 맞이해보고 싶다는 생각을 합니다.

일행 중에는 한시를 짓게 할 생각으로 동행한 박사들도 있습니다. 해질 무렵 배를 강기슭에 대놓고, 음악을 연주하게 하는 한편 시를 짓게 하였습니다. 사람들은 짙게 물든 나뭇가지와 옅게 물든 나뭇가지를 머리에 꽂고 「해선락」을 연주하며 흡족하게 향연을 즐기고 있습니다. 허나 니오노미야만은 작은아씨를 만나지 못하는 아쉬운 마음으로, '강 건너에서 작은아씨가 얼마나 나를 원망하고 있을까' 하고 걱정하니, 마음은 그곳에 가 있는 듯합니다.

계절에 어울리는 시제를 내놓고 모두들 작은 소리로 읊조립니다.

가오루는 사람들이 한참 흥이 올라 있는데, 이 소동이 다소 잠잠해지면 우지의 산정으로 떠나자는 생각에, 니오노미야와 그 계획을 의논하고 있습니다. 마침 그때에 아카시 중궁의 명을 받은 재상 중장의 형 위문독이 수행원을 다수 거느리고 도읍에서 내려와 예를 갖춰 니오노미야를 알현하였습니다.

이렇듯 은밀한 놀이는 아무리 비밀에 부쳐도 어느 틈에 거창하게 소문이 퍼져 훗날 예로 남는 법인데, 니오노미야가 이렇다 할 신분의 수행원도 거느리지 않고 서둘러 우지로 떠났다는 소식을 들은 중궁이 놀라서 위문독으로 하여금 수행원을 거느리고 내려가게 한 것이겠지요. 일이 이렇게 되었으니, 강을 건너 작은아씨를 만나러 가기가 쉽지 않아졌습니다. 니오노미야와 가오루는 당황하여 흥이 깨지고 말았습니다. 그런 두 사람의 속내를 모르는 사람들은 술에 취해 놀면서 그 밤을 밝혔습니다.

날이 밝자 니오노미야는 오늘도 이곳에서 지내자고 생각하고 있는데, 아카시 중궁이 보낸 중궁의 대부 등 수많은 전상인들이 니오노미야를 모시러 내려왔습니다.

니오노미야는 안타깝고 애가 타서 돌아갈 마음이 나지 않습니다. 작은아씨에게는 편지를 보냈습니다. 연문다운 세련된 표현은 쓰지 않고, 실로 성실하게 자신의 심정만을 자세하게 적어 보냈습니다.

작은아씨는 사람들의 눈도 많고, 출발 직전이니 폐가 될 것이라 여겨 답장을 보내지 않습니다.

작은아씨는 영락하여 사람 취급도 받지 못하는 자신이 고귀한 분과 교제하는 것은 결국 소용없는 것임을 몸이 저미도록 실감하였습니다. 멀리 떨어져 있는 탓에 만날 수 없는 동안에는 보고 싶은 것이 당연한 일이지만, 설마 이것이 끝은 아닐 것이라고 스스로를 위로할 수 있었지만, 이렇게 강 건너 가까운 곳에서 흥청망청 향연을 즐기면서 시치미를 떼고 돌아가버리다니, 분하고 억울하여 마음이 천 갈래 만 갈래로 찢어지는 듯합니다.

니오노미야는 괴롭고 안타까운 마음이 한층 더합니다. '니오노미야를 기려 어살에 빙어가 잔뜩 모여드니', 알록달록 물든 단풍잎에 올려놓고 맛을 음미하는데, 아랫사람들은 그 모습에 참으로 풍정이 있다고 기뻐합니다. 사람들 모두가 흡족한 표정인데, 니오노미야 혼자만은 슬픔에 가슴이 꽉 막힌 듯하니 하늘만 올려다보며 한숨짓고 있습니다.

강 건너 허름한 산장의 나뭇가지는 한결 정취가 있고, 멀리서도 푸르른 상록수에 휘감긴 알록달록하게 물든 넝쿨잎이 어딘가 모르게 깊이가 있고 쓸쓸하게 보입니다.

가오루 역시 그 나뭇가지 끝을 바라보며, 사전에 방문을 알렸기에 오히려 낙담이 컸을 것이라 짐작되니 후회막급이었습니다.

작년 봄, 니오노미야와 동행하여 하치노미야의 산장을 찾았던 공달은 당시 산장의 아름다웠던 꽃이 떠오르니, 하치노미야가 돌아가신 후로 그 쓸쓸한 산장에서 아씨들이 시름에 잠겨 있을 것이라 생각하며 서로 이야기를 나눕니다.

니오노미야가 우지의 산장에 은밀히 드나든다는 것을 들어 알고 있는 자도 있겠지요. 개중에는 전혀 그런 사정을 모르는 자도 있을 터이나, 무릇 소문이란 이런 산골에서 쓸쓸하게 살고 있어도 절로 들려오는 법입니다.

"그 산장의 아씨들이 무척 아리땁다고 하더군요."

"게다가 쟁 솜씨도 대단하다고 들었어요. 하치노미야 님이 밤낮으로 가르쳤을 터이니."

재상 중장이 가오루가 그 산장의 후견인이라 여기고 노래를 읊었습니다.

어느 봄인가 꽃이 한참일 무렵
얼핏 본 산장의 벚꽃
가을이 되었으니
아씨들이 그 얼마나
쓸쓸할까요

가오루는 이렇게 화답하였습니다.

아름답게 피었다가는
금방 떨어지는
목숨이 짧은 벚꽃이야말로
벚꽃이나 단풍이나 허망한 목숨인
이 세상의 무상함을 가르쳐주니

위문독도 노래를 읊었습니다.

가을은 어디로 사라졌는가
이 산골의 단풍진 나무 아래를
이렇듯 떠나기 어려워

괴로워하는데

중궁 대부는 이렇게 노래하였습니다.

그 옛날에 뵈었던 그분
돌아가시고 없는 쓸쓸한 산장에
지금도 바위 울타리를 타고 오른
칡넝쿨은 여전한데

중궁 대부는 일행 가운데 가장 나이가 많은 터라 넋을 잃고 눈물을 흘리고 있습니다. 하치노미야의 젊었던 시절이 떠오른 것이겠지요.

니오노미야도 눈물을 머금고 이렇게 노래합니다.

저 봉우리의 솔바람이여
가을도 어언 끝나
한결 외로움이 더하는
산장의 헐벗은 나무 위로
거칠게 몰아치지는 말아다오

사정을 어렴풋이 알고 있는 사람들은 니오노미야를 이렇게 동정합니다.

"니오노미야 님이 그 산장의 아씨를 깊이 연모하는 것이로군요. 오늘 모처럼의 기회를 놓쳤으니, 참으로 안되었습니다."

허나 이렇듯 요란스럽게 수행원을 거느리고 있으니, 도저히 산장에 들를 수는 없지요.

일동이 지은 무수한 한시 가운데 재미있는 시구를 군데군데 읊기도 하고 노래도 많이 지었으나, 술기운에 겨워 지은 노래가 평소보다 나을 리 없겠지요. 몇 수 옮겨 적어보았으나, 읽어주기가 민망할 정도입니다.

우지의 산장에서는 니오노미야 일행이 산장에 들르지 않고 끝내 그냥 돌아가는지 앞을 물리는 사람들의 목소리가 점차 멀어져가는 것을 들으면서 못내 아쉬워합니다. 마음의 준비를 하고 기다리고 있었던 시녀들도 너무도 유감스러운 일이라고 실망하고 있습니다. 하물며 큰아씨는 낙담이 더욱 컸습니다.

'역시 소문에 들었던 대로, '달개비처럼 마음이 수시로 변하는 분'이었어. 시녀들이 수군덕거리는 소리를 잠시 듣자 하니, 세상의 남자들이란 아무렇지도 않게 거짓말을 한다던데. 좋아하지도 않는 여자를 사뭇 좋아하는 것처럼 달콤한 말로 속인다고도 하고. 이곳에서 시중을 드는 시녀들조차 옛이야기로 그렇게 조잘거리니. 그런 하잘것없는 신분인 자들 가운데는 수상쩍은 흑심을 품은 남자도 있을지 모르나, 고귀한 신분으로 태어난 몸이라 소문과 세상의 눈길을 꺼려 무슨 일이든 그리 가벼이 처신하지는 못할 것이라 여겼거늘. 아버님도 니오노미야는 바람기가 많은 사람이란 소문을 듣고, 우리 자매와의 결혼은 생각지도 않으셨는데. 니오노미야가 이상할 정도로 정성이 담긴 편지를 열심히 보내왔고, 그런 나머지 결국은 동생의 처소에 드나들게 되고 말았는데, 그것이 또 고뇌의 씨를 늘리는 결과를 낳고 말았으니 이 무슨 한심한 일이란 말인가. 허울만 그럴싸한 니오노미야의 박정한 마음을, 나서서 동생을 중재한 가오루는 어찌 생각하고 있을까. 이 집에는 특별히 조심해야 할 시녀가 있는 것은 아니나, 그래도 속으로는 다들 뭐라 여기고 있을까. 웃음거리가 되고 말았으니, 참으로 꼴이 말이 아니구나.'

큰아씨는 이렇게 속을 끓이다 보니 몸이 불편해지면서 끝내 자리에 몸져누웠습니다.

작은아씨는 니오노미야가 가끔 찾아오기는 하나, 그럴 때마다 한없이 깊은 애정을 보이며 자신을 믿으라고 장래를 약속하는 터라, 아무리 그래도 그리 쉬이 마음이 변하는 일은 없을 것이라 생각하며, 발길이 뜸한 것은 어쩔 수 없는 장애가 있어서 이리라고 내심 자신을 달래는 여유가 다소는 있습니다. 그렇다고는 하나 니오노미야의 발길이 오래도록 끊기면 마음을 끓이지 않는 것은 아닌데, 바로 근처까지 왔다가 그대로 돌아간 것이 너무도 분하고 괴로워 견딜 수 없이 슬퍼하였습니다.

큰아씨는 괴로움을 못 이기는 작은아씨의 모습을 보고는, 만약 작은아씨를 남들처럼 애지중지 보살피고, 버젓한 생활을 하게 하였더라면 니오노미야가 이렇듯 소홀하게 대하지는 않았을 것이라 생각되니 작은아씨가 한층 가여웠습니다.

'나 역시 앞으로 오래 살아남아 있다 보면, 이런 꼴을 당할 것이 틀림없으니. 가오루가 이런저런 말을 하며 다가오나, 그것은 어떻게든 내 마음을 현혹해보려는 것일 뿐. 나 혼자 상대를 하지 않겠노라 아무리 다짐을 해도, 피하는 데도 한계가 있는 법. 이 집의 시녀들은 우리의 혼인에 대해서 지조도 없이 이도 저도 좋다 여기는 듯하니, 본의 아니게 일이 그렇게 진행될 수도 있을 것이야. 그러고 보니, 아버님이 거듭 그런 점에 주의하며 살아가라 유언을 하신 것도, 결국 이런 일이 있을까 하여 걱정하신 탓이겠지. 불행한 처지로 태어난 우리 자매이기에, 의지하던 사람에게서도 버림을 받는 꼴이 되겠지. 그렇다 하여 자매가 나란히 웃음거리가 되어 돌아가신 부모님의 얼굴까지 욕되게 하면 그 얼마나 슬플 것인가. 나만이라도 남녀의 인연으로 인한 고뇌에 시달리지 말고, 애욕의 죄업을 쌓기 전에 어떻게든 빨리 죽고만 싶구나.'

이렇듯 괴로운 상념에 잠겨 있으니, 몸이 더더욱 불편하여 미음조차 들지 못합니다. 밤낮으로 자신의 죽은 후의 일을 이리저리 생각하니, 모든 일이 불안하고 작은아씨를 보기만 해도 안쓰럽고 가여웠습니다.

'나까지 앞서 죽으면, 허전한 마음 위로할 길도 없을 터. 지금까지는 아까울 정도로 아리따운 미모를 바라보는 낙으로 그럭저럭 살면서, 남들처럼 번듯하게 보살피는 것을 삶의 보람으로 여겨왔건만. 니오노미야가 더없이 고귀한 분이라고는 하나, 이렇듯 몹쓸 짓을 당하여 웃음거리가 되고 말았으니, 앞으로 세상에 나가 평범하게 산다는 것도 힘든 일, 본인은 얼마나 창피하고 슬플 것인가.'

이렇듯 마음을 앓고 있으니, 사람에게 하소연을 하여본들 소용없는 일, 우리 자매는 이제 이 세상에서는 아무런 희망도 없이 끝나고 말 몸이라고 허망해합니다.

니오노미야는 도읍으로 돌아가자마자, 다시금 은밀히 우지로 걸음을 하려 하였으나, 위문독이 슬쩍 폐하께 귀띔을 하고 말았습니다.

"은밀히 드나드는 곳이 있어, 우지 같은 시골로 불쑥 놀러가겠다 한 것이옵니다. 신분에 걸맞지 않는 경솔한 처신이라고 세상 사람들도 남몰래 험담을 하고 있사옵니다."

중궁에게도 그 말이 흘러들어가니, 한숨을 몰아쉽니다.

폐하께서는 격노하여 가차없이 이렇게 명하였습니다.

"마음이 편하다 하여 사가에서 지내게 하는 것이 잘못이외다."

중궁은 이렇듯 혹독한 꾸지람을 들으니, 그 후로는 니오노미야를 늘 궁중에 잡아두었습니다.

또한 니오노미야는 내켜하지 않는데, 유기리 우대신의 여섯째 딸과 억지로라도 혼인을 시켜야겠다고 마음을 굳히고 말았습니다.

그 소식을 들은 가오루는 도저히 돌이킬 수 없는 일이나, 참으로 일이 난감하게 되었다며 속을 끓이고 있습니다.

'내가 정말 이상한 사람일까. 또는 전생의 인연이 이렇게 될 운명이란 말인가. 하치노미야 님이 살아 계실 때, 아씨들을 걱정하여 마음을 놓지 못하는 모습이 안쓰럽고 잊혀지지 않는데다, 아씨들의 용모와 인품이 뛰어난데 행복한 생활을 한번도 해보지 못한 채 영락하는 것이 너무도 유감스러운 나머지, 어떻게든 남과 같은 생활을 할 수 있도록 나 나름대로 열심히 보살핀 참에, 공교롭게 니오노미야가 중재를 하여달라고 진심으로 끈질기게 채근을 하는 터라, 나는 큰아씨를 연모하는데 작은아씨를 권하는 것이 뜻밖이어서 작은아씨가 니오노미야와 인연을 맺도록 하였는데. 생각해보면 참으로 분한 일이었구나. 두 아씨 모두 내 사람으로 삼았다 한들 험담을 할 사람도 없었는데. 이미 돌이킬 수 없는 일이나, 참으로 어리석을 짓을 하였어.'

가오루는 이렇게 혼자 마음속으로 후회하고 아쉬워합니다.

니오노미야는 가오루 이상으로 작은아씨가 마음에서 떠나지 않으니, 그리워서 견딜 수가 없습니다.

헌데 아카시의 중궁은 아침저녁으로 니오노미야를 이렇게 훈계하였습니다.

"마음에 드는 여인이 있으면 궁중으로 들여, 그저 평범하게 부담없이 보살피세요. 폐하께서 그대를 장차 동궁으로 삼고자 생각하고 계시는데, 사람들 사이에 그대의 행실이 바르지 못하다 소문이 퍼져 있으니, 참으로 한스러운 일입니다."

늦가을비가 추적추적 내리는 고즈넉한 어느 날입니다.

니오노미야는 누이인 첫째 황녀의 방을 찾아갔습니다.

때마침 곁을 지키는 시녀도 많지 않고, 황녀는 차분하게 이야기 그림책을 읽고 있었습니다. 휘장을 사이에 놓고 두 사람은 이야기를 나누었습니다. 지금까지 더없이 품위 있고 고상한 느낌이 들면서도 화사하고 귀여운 누이의 모습을 가장 이상적인 여인의 모습으로 여겨온 니오노미야였습니다.

'누이의 용모에 견줄 수 있는 여인이 또 있을까. 레이제이 상황의 첫째 황녀는 아버님의 총애가 깊은데다 그 생활하는 모습도 그윽하다 평판이 자자하여, 감히 말을 붙일 수 없는 상대라 오래도록 생각하여왔는데, 허나 우지 산골의 작은아씨도 귀엽고 고상한 점에서는 레이제이 상황의 황녀 못지않을 것이야.'

지금은 이렇듯 작은아씨가 가장 먼저 떠오르니, 그리움이 한결 북받쳤습니다. 그 마음을 애써 감추려 나오노미야는 황녀 앞에 흩어져 있는 그림을 손에 들고 봅니다. 사랑하는 남자의 거처와 풍취 있는 산장에서의 생활 등, 각각에 사랑하는 남녀의 모습이 그려져 있습니다. 니오노미야는 그런 그림을 보니 마치 자기 자신을 보는 듯하여, 누이를 졸라 그림을 얻어서 우지의 작은아씨에게 드려야겠다고 생각합니다.

자이고 중장 아리와라노 나리히라의 이야기를 그린 이야기 중에 나리히라가 여동생에게 칠현금을 가르치는 그림이 있었습니다. '아리따워 곁에 같이 누워 자고 싶은 어린 풀 같은 그대 다른 남자와 맺어지는 것이 안타까워'라고 여동생을 사모하는 듯한 노래가 그림에 곁들여 있는 것을 보고 니오노미야는 무슨 생각을 했는지 휘장 앞으로 약간 다가갔습니다.

"이 그림 속에 있는 옛사람도 누이와 동생끼리는 격의 없이 지내는 것이 보통이었습니다. 그런데 나의 누이는 이리도 서먹하게 구니, 어찌 된 일인지요."

니오노미야가 작은 소리로 이렇게 말하자, 황녀가 어떤 그림인가 보고 싶어하니 둘둘 말아 휘장 밑으로 밀어 넣었습니다. 그러자 고개를 숙이고 그것을 보는 황녀의 넘실거리는 머리칼이 옆으로 휘날리면서 그 사이로 옆얼굴이 힐끗 보이는데, 그 모습이 아무리 보아도 싫증이 나지 않을 만큼 아름다워 핏줄이 먼 사이라면 그냥 놔두지 못할 것이라 생각되니, 참을 수 없는 심정으로 노래를 읊었습니다.

어린 풀처럼 아리따운 그대는
피를 나눈 형제이기에
맺어지길 꿈꾸지는 않아도
역시 괴로운 마음

풀 길이 없으니

황녀 앞을 지키던 궁녀들은 니오노미야의 눈에 뜨일까봐 부끄러워 가구 뒤에 숨어 있습니다. 황녀는 하필이면 그런 이상한 소리를 한다며 대답도 하지 않습니다. 하기야 그럴 만도 한 일, 옛이야기 속에서 '격의 없이 생각하고 있었네'라고 화답한 아씨는 닳고 닳아 귀여운 맛이 없다고 니오노미야는 생각하였습니다.

무라사키 부인이 이 두 사람을 사이좋게 키운 탓에, 많은 형제들 가운데 유독 허물없이 친하게 지내고 있습니다. 중궁도 이 첫째 황녀를 더없이 귀하게 여기니 시중을 드는 궁녀도 용모가 예사롭지 않고, 조금이라도 결점이 있는 자는 그 자리를 지키기가 어려울 정도입니다. 궁녀 중에는 신분이 높은 집안의 아씨도 많이 있습니다.

니오노미야는 천생이 바람기가 많은 분이라 장난삼아 새로 들어온 궁녀들에게 손을 대기도 하나, 우지의 작은아씨를 한시도 잊지 않았습니다. 그런데도 찾아가지 못한 채, 세월만 무심하게 흘러갔습니다.

니오노미야를 하염없이 기다리는 우지에서는 상당히 오래도록 발길이 끊기니, 역시 이런 꼴이 되고 말았구나, 하고 한탄하며 수심에 잠겨 있는데 마침 가오루가 찾아왔습니다. 큰아씨의 병세가 무겁다는 소식을 듣고 문안차 찾아온 것입니다. 허나 참을 수 없을 정도로 병세가 심한 것도 아니면서 큰아씨는 병을 빌미로 가오루를 만나려 하지 않았습니다.

"병세가 중하다 하여 놀란 마음에 먼 길을 찾아왔으니, 아무쪼록 큰아씨의 병석 곁으로 갈 수 있게 하여주세요."

이렇게 걱정을 하여, 큰아씨가 누워 쉬고 있는 거실의 발 앞으로 가오루를 안내하였습니다.

큰아씨는 이렇듯 볼품없는 곳까지 안내를 하였다고 불편해하며 가오루를 꺼리나, 그리 매정하게 대하지는 않고 고개를 들고 대답도 하였습니다.

가오루는 지난날, 니오노미야가 단풍놀이를 하면서 본의 아니게 들르지 못한 사정을 설명합니다.

"앞을 길게 보고 차분하게 생각하세요. 조급하게 굴거나 원망을 하는 것은 좋지 않습니다."

가오루가 이렇게 설득하자 큰아씨는 눈물을 흘리며 말합니다.

"동생은 딱히 아무런 말도 하지 않으나, 돌아가신 아버님의 훈계가 이러한 것이었나 하고 짐작되니, 가엾어서 견딜 수가 없습니다."

가오루는 너무도 안쓰러워 자신마저 얼굴을 들 수 없는 기분에, 이렇게 말합니다.

"남녀 사이란 어차피 뭐라 한마디로 이야기하기는 어려운 것이나, 그런 일에는 전혀 경험이 없는 그대는 그저 원망스럽기만 하겠지요. 그렇다고는 하나 그래도 애써 자신을 달래고 참으세요. 걱정할 일은 절대 없을 것이라 생각하니."

가오루는 이렇게 타인의 처지까지 배려하는 자신이 한편으로는 이상하다는 기분이 듭니다.

밤이 되자 큰아씨는 몹시 힘겨워하는데, 타인인 가오루가 병자 가까이에 있어 작은아씨가 애를 태우니 시녀들은 이렇게 권하였습니다.

"역시 손님 방으로 가시는 것이 좋겠습니다."

"큰아씨의 병세가 마음에 걸려 평소보다 서둘러 이렇듯 찾아왔거늘, 늘 타인을 대하듯 쫓아내니 너무하지 않소. 내가 아니면 누가 있어 병자를 간호한단 말이오."

가오루는 이렇게 말하고 변과 의논하여 병의 쾌유를 비는 기도를 올리도록 명합니다. 큰아씨는 고통스러워 견딜 수 없는 마음으로 그럴 수만 있다면 차라리 죽어버리고 싶은 심정인데, 그 이야기를 듣고는 가오루의 배려를 오히려 성가신 간섭이라 여기고 있습니다. 허나 생각을 그대로 말로 할 수는 없으니, 큰아씨가 오래 살기를 바라는 가오루의 심정은 마음이 저미도록 고맙게 생각합니다.

다음날 아침입니다.

"조금은 기분이 좋아졌는지요. 어제처럼 곁에서 이야기를 나누고 싶은데."

가오루가 이렇게 말하자, 발 안에서 시녀가 대답하였습니다.

"오래도록 병을 앓으신 탓인가, 오늘은 몹시 고통스러워하십니다. 하지만 아무튼 이쪽으로."

가오루는 슬픈 마음을 가눌 길 없는데 과연 용태가 어찌 될 것인지, 오늘은 어째 다소 친절하게 대하는 듯한 것이 오히려 불길하여 가슴이 무너지는 듯하나, 허락하는 대로 가까이 다가가 많은 이야기를 도란도란 나눕니다.

"힘이 들어 대답할 수가 없군요. 다소 기분이 가라앉은 후에."

이렇게 말하는 목소리조차 힘이 없어 약하니, 가오루는 그저 안쓰러워 견딜 수 없는 마음에 한숨을 쉬며 기다리고 있습니다. 허나 어찌할 도리가 없으니, 마냥 오래 있을 수도 없어 떨어지지 않는 발길을 억지로 떼고 뒤를 돌아보며 돌아갔습니다.

"이런 산골에서 사니 불편한 일이 많을 것입니다. 길한 방향으로 거처를 바꿔 몸조리를 한다는 구실로, 큰아씨의 거처를 편리한 도읍으로 옮겨야겠소이다."

이렇게 변과 의논을 하고, 산사의 아사리에게는 기도에 정진하라고 간곡하게 전하라 이르고는 길을 떠났습니다.

가오루를 수행하면서, 이곳의 젊은 시녀에게 말을 건네다 보니 어느 사이에 깊은 사이가 되고 만 부하가 있었습니다. 그 두 사람이 은밀히 이런 이야기를 나누었습니다.

"니오노미야 님은 우지 출입을 금지당하고 궁중에 갇혀 계시네. 유기리 우대신의 딸과 결혼을 시킬 듯한데. 우대신 쪽에서는 오래도록 바라던 바라, 일이 척척 진행되어 올해 안에 혼인을 올린다고 하네. 니오노미야 님은 내키지 않아 시큰둥해하시는데, 궁중에 있으면서도 정분을 나누기에 여념이 없고, 폐하와 중궁의 꾸지람도 개의치 않고 난행을 거듭하고 있는 모양일세. 그에 비하면 우리 주인님은 이상하리만큼 세상 남자들과는 확연히 다르니, 너무 성실하고 고지식하셔서 주위 사람들도 감당하기 어려워하는 눈치야. 이곳을 이렇게 드나드는 것이 정말 뜻밖이라며 이곳의 큰아씨가 어지간히 마음에 드는 모양이라고 소문이 무성하네."

그런 말을 상대인 시녀가 같은 시녀들에게 떠들어댔습니다. 큰아씨는 그런 이야기를 듣고, 놀랍고도 가슴이 아파 이렇게 생각하였습니다.

'이제 다 끝났구나. 고귀한 분과 혼담이 정해질 때까지, 잠시 장난삼아 동생의 처소를 드나든 것이었어. 가오루에게 폐가 될까봐 입으로만 애정이 깊은 듯 떠들었던 것이야.'

니오노미야의 무정한 처사에 대하여 그 속사정을 알아보리라는 여유도 없으니, 그저 어쩔 바를 모르는 심정에 엎드려 흐느껴 울 뿐입니다.

큰아씨는 몸과 함께 약해진 마음에 그런 소리를 들었으니, 이제 더 이상 이 세상을 살아갈 기력도 없었습니다. 이 집의 시녀들과는 그리 어려워하는 사이가 아니나, 그럼에도 이런 결말을 어찌 여길까 하고 생각하면 거북하고 괴로워 아무것도 듣지 못한 척하고 누워 있습니다.

작은아씨도 '얕은 잠은 생각에 잠겼을 때의 습관'이란 옛 노래처럼 얕은 잠에 빠져 있습니다. 팔을 베개 삼아 누워 있는 모습이 너무도 사랑스럽고, 길고 검은 머리카락이 풍성하게 흘러내린 모습 역시 이 세상에 둘도 없이 귀여우니, 큰아씨는 돌아가신 아버지의 유훈을 거듭 떠올리면서 슬픔을 가누지 못합니다.

'아버님께서 혹 죄 많은 사람들이 간다는 지옥으로 떨어지지는 않으셨겠지. 죽은 자들이 맴도는 육도의 어디라도 상관없으니, 아무쪼록 아버님이 계시는 곳으로 나를 데려가주세요. 이렇듯 괴로운 마음으로 고통스러워하는 우리 자매를 버리고 떠나신 채, 꿈에서도 모습을 보여주시지 않으니 너무합니다.'

해질 녘의 하늘빛이 몸에 저미도록 쓸쓸한데 추적추적 비는 내리고, 떨어진 나뭇잎 위로 몰아치는 바람 소리도 형용할 길 없이 허망하기만 합니다. 지나간 날들의 슬픈 추억과 앞으로 살아가야 할 불안한 나날들을 이리저리 생각하면서 병든 몸으로 휘장 뒤에 누워 있는 큰아씨의 모습이 한없는 기품으로 넘쳐흐릅니다. 하얀 옷을 입고, 오랜 병에 머리도 한참이나 손질하지 못하였으나 한 오라기의 흐트러짐도 없이 베갯머리 위로 흐르듯 퍼져 있습니다. 요즘 들어 다소 창백하고 야윈 얼굴이 평소보다 한결 청초하고 싱그럽고, 슬픈 표정으로 바깥을 바라보는 수심에 찬 눈빛과 아름다운 이마 등, 정리를 아는 사람에게 보이고 싶을 정도입니다.

얕은 잠에 빠져 있는 작은아씨는 거친 바람 소리에 눈을 뜨고 일어났습니다. 황매색과 엷은 보랏빛 화사한 옷에, 막 일어난 얼굴은 일부러 붉은 분을 칠한 것처럼 화사하니, 그저 넋을 잃을 정도로 아름답습니다. 작은아씨는 시름에 잠긴 듯 어두운 표정을 짓지 않고 이렇게 말합니다.

"돌아가신 아버님 꿈을 꾸었어요. 걱정스러우신 표정으로, 이 부근에 그 모습이 부옇게 보였어요."

큰아씨는 그 말을 듣고는 더욱더 슬퍼 이렇게 말합니다.

"돌아가신 후, 꿈속에서나마 뵙고 싶었는데 나는 아직 한번도 뵙지 못하였구나."

두 아씨는 흐느껴 울면서 내세의 일까지 걱정합니다.

"요즘은 밤이나 낮이나 아버님 생각이 나서 그리워하니, 잠시나마 모습을 보여주신 게지요. 어떻게든 아버님이 계시는 저 세상을 찾아가고 싶군요. 죄업이 많은 여자의 몸이라 하여 그것도 허락되지 않는 것일까요."

큰아씨는, 옛날 중국 땅에 있었던, 죽은 사람의 혼을 불러오게 한다는 반혼향을 입수하였으면 좋겠다는 생각을 합니다.

밤이 깊어 캄캄한데, 니오노미야가 보낸 심부름꾼이 당도하였습니다. 슬픔에 잠겨 있는 때인지라, 조금은 마음의 위로가 되었겠지요.

작은아씨는 금방은 편지를 펼쳐보려고 하지 않습니다.

"역시 솔직한 마음으로 다감하게 답장을 쓰세요. 이대로 내가 죽기라도 한다면, 이분보다 더욱 심한 꼴을 보이게 할 사람이 나서지는 않을까 두렵습니다. 니오노미야 님이 가끔이나마 생각이 나서 찾아와주시면, 그런 흑심을 품는 자도 없을 터이니, 니오노미야 님의 무심한 처사를 원망하면서도 역시 의지할 수밖에 없는 것입니다."

큰아씨가 이렇게 말하자, 작은아씨는 얼굴을 옷깃에 묻어버리고 이렇게 말합니다.

"나 혼자 두고 떠나버리려 하다니, 정말 너무합니다."

"사람에게는 수명이란 것이 있으니, 한시라도 빨리 이 세상을 떠나고 싶어하면서도 이렇듯 살아 있는 것은 정해진 수명이 다하지 않았기 때문이겠지요. 그래도 내일 일을 알 수 없는 무상한 세상인데, 죽음이 슬픈 것은 대체 누구때문인지 알기는 하는지요."

큰아씨는 이렇게 말하고 등불을 당겨 편지를 읽었습니다. 평소대로 꼼꼼하게 쓴 내용에 이런 노래가 곁들여 있었습니다.

시름에 잠겨 올려다보는 하늘은
그대에게나 내게나 늘 같은 하늘인데
오늘 내리는 비는 어찌하여
이리도 보고픈 마음을 부추키는지

"이렇듯 눈물로 소맷자락을 적셨던 일은 없었거늘."

이렇게 씌어 있었던 것일까요. 어차피 남자들이 늘 하는 똑같은 소리가 아닐까 싶으니, 니오노미야에 대한 원망만 더욱 불거졌습니다. 그토록 용모가 뛰어난 분이 많은 여인들의 마음을 끌기 위해 더욱 멋을 부리고 화려하게 처신을 하니, 젊은 작은아씨가 마음이 끌린 것도 당연한 일이겠지요.

작은아씨는 니오노미야가 찾아주지 않는 날들이 계속되니 그리운 마음을 견딜 수 없고, 그토록 굳은 약속을 하였거늘 지금은 어떠하든 이대로 끊기로 말 사이는 아니겠지, 하고 늘 마음을 다잡고 있습니다. 심부름꾼이 답장을 오늘 중에 써달라고 하는데다 시녀들도 하나같이 어서 빨리 쓰라고 권하는 터라, 작은아씨는 그저 노래 한 수만 써내려갔습니다.

싸락눈 내리는 깊은 산골은
찾아주는 이 없어 외롭고
아침저녁으로 시름에 잠겨
바라보는 하늘 역시 내 마음처럼
어둡게 구름 껴 있으니

시월의 마지막 날이었습니다. 한 달이나 우지를 찾지 않은 니오노미야는 제정신이 아니니, 오늘 밤이야말로 찾아가리라 굳게 다짐하나 자꾸만 이런저런 일이 생겨 마음대로 움직일 수가 없었습니다. 올해는 고세치 행사가 십일월 초순에 있는지라, 궁중에서도 여러 가지로 번잡한 준비가 많아 그만 그 일에 얽매이다 보니, 그럴 마음이 아닌데도 우지에 소식조차 전하지 못한 채 시간이 흐르고 말았습니다. 니오노미야는 충동적인 정사로 마음을 달래기는 하였으나, 사실 마음속에서는 작은아씨가 한시도 떠나지 않았으니, 그리워서 견딜 수가 없습니다.

"역시 우선은 그렇게 안심할 수 있는 정부인을 맞아들이고, 마음이 있어 불러들이고 싶은 여인이 있으면 불러들이세요. 이제 바깥을 어슬렁거리는 일은 그만두고 차분해져야지요."

어머니 아카시 중궁은 유기리 우대신의 여섯째 딸과의 혼담을 두고 이렇게 말씀합니다.

"잠시만 더 기다려주십시오. 생각을 정리할 것이 있습니다."

니오노미야는 일단은 거절하고, 사랑하는 작은아씨를 곤경에 빠뜨릴 수는 없다고 생각합니다. 그런 니오노미야의 본심을 작은아씨가 알 리 없으니, 세월의 흐름과 함께 시름은 점점 깊어만 갔습니다.

가오루 역시, 니오노미야는 생각하였던 것보다 경박하고 불성실한 사람이었다고 생각합니다. 아무리 상황이 어려워도 이대로 그냥 놔두지는 않으리라 여겼는데, 하면서 작은아씨에 대한 책임감을 느끼는 탓에 니오노미야를 찾아가보지도 않습니다.

한편 큰아씨의 병세가 염려되어 우지에는 수시로 심부름꾼을 보내어 문안을 올립니다. 십일월에 들어서서, 다소 용태가 좋아졌다는 소식을 들었으나, 공사다망한 때여서 5, 6일 심부름꾼조차 보내지 못한 터라 갑자기 병세가 어찌 되었을까 걱정스러운 마음에 할 일이 많은데도 내버려둔 채 우지로 걸음을 하였습니다.

큰아씨의 병이 완쾌될 때까지 기도를 계속하라고 명하였는데, 큰아씨는 완전히 회복되었다면서 아사리를 산으로 돌려보내고 말았습니다. 그런 탓에 병상을 지키는 사람도 이렇다 하게 없었습니다. 늙은 시녀 변이 나와 가오루에게 큰아씨의 병세를 전하였습니다.

"어디가 어떻다 하게 아픈 것은 아니고 심하게 괴로워하는 것도 아닌데, 아무것도 입에 대지를 않습니다. 애당초 평범한 사람들과는 달리 아주 병약한 분이었는데, 니오노미야 님과 작은아씨의 혼사 이야기가 나온 후로는 매우 심통해하며 과일조차 돌아보지를 않습니다. 그런 일 때문에 병세가 악화되었는지, 손을 쓸 수 없을 정도로 쇠약해져, 지금은 회복될 수 있을까 막막할 정도입니다. 이 몸이 오래 사는 탓에 이렇듯 슬픈 일을 당한다 싶으니, 나를 먼저 죽여달라 기도하고 있습니다."

변이 말을 미처 끝내지 못한 채 체면 불구하고 울어대니, 그럴 만도 한 일이지요.

"아, 참으로 무정하구나. 병세가 이렇듯 중하다는 것을 왜 알리지 않았소이까. 요즘은 냉천원에서나 궁중에서나 일이 많을 때인지라 며칠이나 문안을 드리지 못하여 걱정이 컸거늘."

가오루는 이렇게 말하며 지난날 큰아씨를 뵈었던 방으로 들어갔습니다. 큰아씨의 머리맡 가까이에서 말을 건네나, 큰아씨는 목소리조차 나오지 않을 정도로 기력이 쇠하여 대답을 하지 못합니다.

"이렇듯 병세가 심해질 때까지 아무도 알려주지 않다니, 이 무슨 무정한 처사란 말입니까. 그토록 걱정한 것이 아무 보람도 없지 않습니까."

가오루는 이렇게 원망하면서 산사의 아사리를 비롯하여 세상이 평판이 좋고 영험하다는 스님들을 하나도 빠짐없이 불러들였습니다. 다음날부터 수법과 독경 등을 시작할 요량으로 도읍에서도 부하들을 다수 불러들이니, 많은 사람들이 상하를 불문하고 분주하게 움직이고 있어 지금까지의 불안함이 거짓인 양 듬직하게 느껴집니다.

그날도 날이 저물자 시녀들이 가오루에게 손님 방으로 갈 것을 권하였습니다.

"곁에서 간병을 하겠습니다."

가오루는 이렇게 말하였습니다. 남쪽 차양의 방은 스님들이 사용하고 있는 터라, 병상에 조금 더 가까운 안채의 동쪽 방에 병풍을 세우고 그곳으로 들어갔습니다.

작은아씨는 일이 난감하게 되었다 생각하는데, 시녀들은 큰아씨와 가오루가 예사롭지 않은 사이라 믿고 있으니, 서먹하게 대하며 사이를 갈라놓을 수는 없었습니다.

느지막한 저녁때부터 기도가 시작되어 법화경을 읊는 스님의 목소리가 끊이지 않았습니다. 목소리가 좋은 스님 열두 명이 독경을 하니, 실로 근엄하고 거룩하게 들립니다.

등불을 남쪽 방에만 밝힌 탓에 큰아씨가 누워 있는 안쪽 방안이 어두워, 가오루는 휘장을 걷어 올리고 안쪽으로 좀더 들어가보았습니다. 늙은 시녀가 둘 대기하고 있지만, 작은아씨는 기척을 느끼고는 금방 몸을 숨긴 터라 사방이 고요하였습니다. 큰아씨는 금방이라도 꺼질 듯한 모습으로 누워 있습니다.

"목소리라도 들려줄 수는 없는지요."

가오루가 손을 잡고 말을 건네자, 큰아씨는 기어 들어가는 목소리로 대답하였습니다.

"마음은 그러하나, 말하기가 너무도 힘겨워. 오래도록 찾아와주시지 않아 마음에 걸렸는데, 이대로 죽는 것은 아닌가 하여 아쉬웠습니다."

"그토록 애타게 기다릴 정도로 내가 찾아보지 않았다니요."

가오루는 그렇게 말하고는 훌쩍훌쩍 눈물을 흘렸습니다.

큰아씨의 머리칼을 만져보니, 열 때문에 다소 뜨거웠습니다.

"그대가 무슨 죄를 지어 이렇듯 심하게 앓고 있는지요. 사람을 울리면 이런 벌을 받는다 합니다."

가오루가 큰아씨의 귀에 대고 마음속에 쌓인 말을 하자, 큰아씨는 성가시고 부끄러운 심정에 소맷자락으로 얼굴을 가리고 말았습니다. 한층 쇠약해진 가녀린 몸으로 누워 있는 모습이 너무도 허망하게 보이니, 만약 이 사람의 목숨이 이대로 꺼져버린다면 내 심정이 어떠할까 하고, 가오루는 가슴이 무너질 듯 생각합니다.

"요즘 내내 간병을 하셨으니, 무척 피곤하시겠지요. 오늘 밤은 제가 언니 곁을 지키고 있을 터이니, 잠시 쉬도록 하세요."

작은아씨에게 이렇게 말하자, 작은아씨는 언니가 마음에 걸리기는 하나 무슨 이유가 있어 그런 말을 하는 것이라 여겨지니, 안쪽으로 들어갔습니다.

큰아씨는 얼굴을 똑바로 마주하고 있는 것은 아니나, 가오루가 살며시 옆으로 다가와 얼굴을 들여다보니, 부끄럽고 괴로워 어쩔 줄을 모릅니다. 그럼에도 큰아씨는 전생에 깊은 인연이 있어 이토록 가까운 사이가 되었을 것이라 생각합니다. 더없이 온화하고 아무 걱정이 필요없는 가오루의 인품을 니오노미야와 비교하여 보니, 그 성실함이 사무치도록 정답게 느껴졌습니다. 죽은 후에 고집스럽고 사람의 친절을 몰라주는 여자였다 여겨지고 싶지는 않으니, 매정하게 물리쳐 가오루의 심사를 거북하게 만들 수는 없었습니다.

가오루는 밤을 새워가며 시녀들에게 약탕을 지어올리라 지시하나, 큰아씨는 한 방울도 마시려 하지 않습니다. 가오루는 이것 참 큰일이로구나, 어떻게 하면 목숨을 연명할 수 있을까 하며 슬픈 마음을 달래지 못합니다.

새벽녘이 되어 교대한 스님이 쉬지 않고 부단경을 읊는데, 그 목소리가 한결 엄숙하게 들리니 초저녁에 산에서 내려왔던 아사리도 얕은 잠에서 퍼뜩 깨어나 다라니경을 읊습니다. 노인답게 쉬어 갈라진 그 목소리가 오히려 영험이 있을 듯 듬직하게 들립니다.

"지난밤은 기분이 좀 어떠하였는지요."

문안을 올리는 길에 돌아가신 하치노미야의 추억담을 꺼내니, 눈물을 흘리며 열심히 코를 풀어댑니다.

"하치노미야께서는 저 세상 어드메에 계실지요. 아마도 극락정토에 계시리라 짐작하고 있었는데, 이 몸의 꿈에 나타나셨습니다. 속세에 계실 때 모습 그대로였습니다.

'나는 진심으로 세상에 염증을 내었으니 속세에 아무 미련도 없으나, 다소 마음에 걸리는 것이 있어 왕생의 일념이 무너진 탓에, 아직도 염원하는 정토에 가지 못하고 있는 것이라 생각하니 참으로 후회가 됩니다. 아무쪼록 내가 왕생할 수 있도록 공양을 부탁드립니다.'

이렇게 확실하게 말씀하였습니다. 당장 어떤 식으로 공양을 하면 좋을지 몰라 아무튼 이 몸이 할 수 있는 일을 하자 싶어 지금 수행중에 있는 법사 대여섯 명에게 칭명염불을 하라 일렀습니다. 그밖에도 생각하는 바가 있어 상불경보살품을 읊고 예배행을 돌게 하고 있습니다."

아사리가 이렇게 말하자 가오루는 눈물을 펑펑 쏟아냅니다.

큰아씨는 저세상에서도 아버님의 왕생에 걸림돌이 되고 있는

가 하여 자신의 죄업이 깊다 여기니, 당장이라도 숨이 끊어질 듯 점점 더 괴로워합니다. 큰아씨는 아사리의 말을 들으면서, 어떻게든 아버님이 극락에 가지 못하고 중유에서 헤매는 동안에 곁으로 가서 같은 곳에서 다시 태어나고 싶다는 생각으로 누워 있습니다.

아사리는 길게 얘기하지 않고 자리를 떴습니다. 상불경 근행을 하고 있는 스님들이 우지 근처에 있는 마을에서 도읍의 근처까지 걸어다녔는데, 새벽녘에 몰아치는 바람에 쫓겨 아사리가 근행을 하고 있는 산장을 찾아 중문에 도착하니, 그곳에서 참으로 고맙다는 듯 오체투지의 불공을 드리고 있습니다. 경문의 마지막인 '당득작불'이란 구절이 절실하게 가슴에 와 닿습니다.

가오루 역시 불도에 뜻이 큰 사람이라 깊은 감동을 받았습니다.

작은아씨는 큰아씨의 용태가 걱정스러워 안쪽의 휘장 뒤로 살며시 다가왔습니다. 그 기척을 재빨리 알아차린 가오루는 얼른 차림새를 반듯하게 하고는 이렇게 말합니다.

"상불경을 읊는 소리가 어떻게 들렸는지요. 이는 엄숙한 법회에서는 행하지 않는데, 참으로 고마운 경이지요."

찬 서리 내린 물가의 물떼새도
추위에 떨면서
쓸쓸하게 치 치 울어대는데

그 소리마저 슬프게 들리는 새벽녘이여

마치 말을 걸듯 이렇게 읊조리자, 작은아씨는 그 태도가 어딘가 모르게 박정한 니오노미야를 닮은 듯하여 그만 비교를 하고는 애틋한 마음이 드는데, 뭐라 직접 대답할 수는 없어 변을 통하여 대답하게 하였습니다.

새벽녘에 내린 차가운 서리를
털어내면서
슬프게 우는 물떼새는
수심에 잠겨 있는
슬픈 나의 마음을 알고 있을까

젊은 작은아씨와는 비슷하지도 않은 변이 대신 읊으니, 과연 정취 있고 능숙한 솜씨입니다.

이렇듯 넌지시 노래를 주고받는 등, 큰아씨는 조심스러우나 자상하게 가오루가 실망하지 않도록 대응하여주는데, 이것을 끝으로 영원히 이별하게 된다면 얼마나 슬플까 하고 가오루는 괴로워합니다.

아사리의 꿈에 나타났다는 하치노미야의 모습을 생각하니, 중유의 하늘을 떠돌면서 이렇게 안쓰러운 딸들의 처지를 어찌 보고 있을까 싶으니, 하치노미야가 은거하였던 산사에서도 하치노미야를 추모하는 독경을 읊게 합니다. 그밖에도 곳곳의 절에 사자를 보내어 큰아씨의 쾌유를 비는 기도를 올리게 하였습니다. 궁중과 자신의 집에도 휴가를 자청하여, 제를 올리고 굿을 하는 등 만사 소홀함이 없이 최선을 다하였으나, 귀신이 씌어 생긴 병도 아닌 탓에 아무런 효험이 없었습니다.

큰아씨 자신도 병세가 회복될 수 있도록 부처님에게 기도를 올리고 있다면 모르겠으나, 목숨이야 있든 없든, 어떻게든 평소에 생각했던 대로 출가의 꿈을 이루고 싶다고 결심하고 있습니다.

'어떻게든 이 기회에 죽고만 싶구나. 가오루가 이렇듯 곁을 지키면서 내 모든 모습을 보고 말았으니, 더 이상은 이 사람에게서 벗어날 길이 없구나. 그렇다 하여 지금은 이렇듯 깊은 애정을 보여주나, 막상 결혼을 하고 나면 나나 저 사람이나 서로에 대한 애정이 시들어 환멸을 느낄 수도 있을 터인데, 그리되면 내 처지가 얼마나 불안하고 한심할까. 만약 끝내 살아남는다면, 병을 빌미 삼아 출가를 하도록 하자. 그 길이야말로 변함없는 애정을 서로에게 길이길이 보여줄 수 있는 길이니.'

허나 그런 속셈을 가오루에게 얘기할 수는 없으니, 작은아씨에게만 이렇게 일렀습니다.

"나는 이미 나을 가망이 없을 듯하니, 이런 때에 수계를 하여 출가를 하면 그 훌륭한 공덕으로 목숨을 연명할 수 있다 들었어요. 아사리에게 출가를 하고 싶다 전하여주세요."

큰아씨의 이 말에 모두들 야단법썩을 떨고 있습니다.

"당치도 않은 말씀입니다. 그렇듯 마음 아파하시는 가오루님이 얼마나 실망하시겠습니까."

출가 따위는 있을 수 없는 일이라 하며 그 뜻을 가오루에게도 전하여주지 않으니 큰아씨는 참으로 유감이었습니다.

가오루가 이렇듯 우지에서 꼼짝을 하지 않으니, 그 소식을 전하여들은 사람들이 하나 둘 문안차 우지로 찾아왔습니다. 가오루가 큰아씨를 끔찍하게 여기는 것을 안 도읍의 부하들, 측근인 가사 등은 각기 큰아씨의 병세가 호전되기를 비는 온갖 기도를 올리게 하고 걱정하였습니다.

가오루는 궁중의 풍명절회가 오늘이었는데, 하고 도읍의 일을 생각합니다. 우지의 산골에서는 바람에 거세게 몰아치고, 끝없이 내리는 눈이 바람에 춤을 추듯 흩날리고 있습니다. 도읍의 날씨는 이렇게까지 험악하지는 않으리라 여겨지니, 자청하여 이렇듯 외진 곳에 와 있다고는 하나 불안한 마음은 어찌할 수 없고, 끝내 큰아씨와 맺어지지 못하고 끝나는 것인가 하고 전생의 인연이 한없이 원망스러우나 그렇다 하여 누구를 원망할 수도 없는 일입니다. 잠시라도 좋으니, 전날 밤처럼 상냥하고 아리따웠던 큰아씨의 모습으로 돌아가 마음속에 있는 말을 모두 털어놓고 싶은 심정으로 그저 멍하니 바깥을 바라보고 있습니다.

그날은 종일 눈발이 휘날리는 가운데, 햇살 한번 비치지 않고 날이 저물었습니다.

하늘도 눈발에 가려
햇살 한 줄기 비치지 않는
이 쓸쓸한 산골짜기에
마음마저 슬픔에 갇혀
어두운 요즘이여

가오루는 이렇게 홀로 노래를 읊조렸습니다.

산장의 사람들은 아무튼 이렇게 가오루가 있어주는 것만을 의지하고 있습니다.

여느 때처럼 가오루가 큰아씨의 병상을 지키고 있는데, 바람이 휙 불어 휘장 안이 속속 다 보일 정도가 되자 작은아씨는 안쪽으로 들어가버렸습니다. 볼품없는 늙은 시녀들도 부끄러워하며 숨어버리니, 가오루는 큰아씨 쪽으로 다가가 눈물을 흘리며 간절하게 말하였습니다.

"기분은 좀 어떤지요. 있는 정성을 다하여 신불에게 쾌유를 비는 기도를 올리고 있는데, 그 보람도 없이 지금은 목소리조차 들을 수 없는 것이 한스러워 견딜 수가 없습니다. 나를 남겨두고 먼저 떠난다면 얼마나 슬프겠습니까."

큰아씨는 이미 의식도 몽롱한 듯한데, 얼굴은 빈틈없이 소맷자락으로 가리고 있습니다. 그리고 슬픔을 가누지 못하고 이렇게 말합니다.

"다소나마 기분이 나아지면 하고 싶은 얘기가 있는데, 이렇듯 몸이 꺼져갈 듯 위태로우니, 안타까워 참을 수가 없습니다."

가오루는 흐르는 눈물을 참을 수가 없는데 체면 불구하고 괴로워하는 불길한 모습을 보이지 않으려고 억누르려 하나, 끝내는 눈물은 물론이요 울음소리까지 참을 수가 없게 되었습니다.

"대체 전생의 인연이 어떠하였기에 이렇듯 애틋하게 사모하면서도 뜻을 이루지 못하고 괴로운 일만 당하고는, 영원한 이별을 해야 한다는 말입니까. 조금이라도 얼굴이나 모습에 염증을 느낄 만한 구석을 보여주었더라면, 연심이 식을 기회도 있었으련만."

이렇게 큰아씨를 가만히 들여다보니 보면 볼수록 아리땁고 사랑스러운 아름다움만이 눈에 띄니, 이별하기가 너무도 안타까웠습니다. 가는 팔이 더욱 야위고 몸은 그림자처럼 쇠약해졌으나 매끄러운 피부는 변함이 없으니, 하얗고 가련하고 요염하게 보입니다.

하얗고 부드러운 옷을 입은 몸이 이불의 무게도 견디기 힘겨운지 옆으로 밀어내자, 옷만 있고 몸은 없는 히나 인형이 누워 있는 듯한 느낌입니다. 베갯머리에서 이부자리 밖으로 흘러나온 머리칼이 볼품없을 정도로 푸석거리기는커녕 여전히 윤기가 흐르는 것이 뭐라 형용할 길 없이 아름답습니다. 가오루는 이렇듯 훌륭한 분이 어찌하여 목숨이 얼마 남지 않게 되었는가 싶으니, 아쉬워서 견딜 수가 없습니다. 병석에 오래도록 누워 있어 몸단장을 하지 않았는데도 마음의 긴장은 늦추지 않는 탓에, 고귀한 기품이 넘쳐흐릅니다. 옷을 곱게 차려입은 사람보다 더없이 아름답게 야윈 몸이 보면 볼수록 혼이 빠져나갈 듯한 기분입니다.

"끝내 나를 버리고 저세상으로 가버린다면, 나 역시 한시도 이 세상을 살아갈 수가 없습니다. 만약 정해진 목숨이 다하지 않아 죽을 수가 없다면, 그때는 출가를 하여 깊은 산으로 들어가겠습니다. 다만 한 가지 마음에 걸리는 것은 혼자 남을 작은 아씨의 처지입니다."

뭐라도 말소리를 듣고 싶어 작은아씨 얘기를 꺼내자, 큰아씨는 소맷자락을 얼굴에서 살며시 비키고 이렇게 말하였습니다.

"이렇듯 제 목숨은 허망하나, 저를 사람의 애정도 모르는 여자라 여겨도 어쩔 수 없는 일, 뒤에 남은 동생을 저라 생각하고 소중하게 여겨달라고 부탁드리고 싶어요. 만약 제 뜻대로 해준다면 나는 안심하고 눈을 감을 수 있을 것입니다. 그 일만이 한스러우니, 이 세상에 집착이 남을 듯합니다."

"나는 이렇듯 슬프고 괴로운 운명을 타고난 것이겠지요. 도저히 다른 분을 사모할 수는 없어 그대의 뜻을 따르지 못하였습니다. 허나 지금은 그것이 후회스럽고 마음이 아파 견딜 수가 없습니다. 허나 작은아씨의 일은 아무쪼록 걱정하지 마세요."

이렇게 위로하는데 큰아씨가 몹시 힘들어하니, 기도하는 아사리와 스님을 병상 가까이로 불러들이고, 영험하다는 스님만을 고르고 골라 큰아씨의 쾌유를 비는 기도를 올리게 합니다.

가오루 자신도 온 마음을 다하여 부처님에게 기도를 올립니다.

속세를 떠나라고 새삼 권하는 부처가 가오루에게 이 세상의 괴로움을 알게 하려 일부러 이런 슬픈 일을 당하게 하는 것일까요. 큰아씨의 목숨이 마치 초목이 시들어가듯 시시각각 꺼져가는 모습을 보아야 하다니, 이 무슨 혹독한 일일까요. 가오루는 큰아씨의 목숨을 붙잡아둘 길이 없으니, 슬픈 나머지 발이라도 동동 구르고 싶은 분한 심정입니다. 사람들이 어리석은 자라 조롱하든 말든 상관하지 않습니다.

끝내 임종을 맞자, 작은아씨가 자신도 함께 따라가겠노라 울며 몸부림을 치니, 그럴 만도 하다 여겨집니다. 너무도 비탄에 젖은 나머지 작은아씨는 정신을 잃을 것 같은데, 예의 잔소리 많은 시녀들은 이렇게 말하며 작은아씨를 큰아씨의 주검에서 떼어내려 합니다.

"이미 숨을 거두었으니, 시신의 곁에 있는 것은 부정을 타게 되는 불길한 일입니다."

가오루는 설마 큰아씨가 숨을 거둘 리가 없다고, 꿈은 아닐까 하여 등불을 가까이 당겨 큰아씨의 모습을 내려다보니, 소맷자락으로 가리고 있는 얼굴이 마치 잠이 든 것만 같고 살아 있을 때와 아무런 다름이 없으니, 그저 사랑스러운 모습으로 누워 있었습니다. 이미 혼은 빠져나가 매미 허물 같은 사람이라 하더라도, 이대로 마냥 얼굴을 볼 수 있다면 하고 슬픔을 가누지 못합니다.

이제는 어쩔 수 없이 임종의 절차를 밟아야 하니, 머리칼을 자르기 위해 끌어올리자 향내가 마치 살아 있었던 날처럼 사방에 떠돌아, 뭐라 말할 수 없이 향기로운 것이 이 세상에 둘도 없이 진귀하게 여겨집니다.

"이렇게 이 세상에 둘도 없는 분인데, 무슨 결점을 찾아 체념할 수 있겠습니까. 이 세상에 집착을 버리라는 방편으로 큰아씨의 죽음을 보여주셨다면, 이 시신이 끔찍하고 무서운 얼굴이 되도록 하여 작별의 슬픔에서 당장 깨어나도록 해주십시오."

가오루는 이렇게 부처님에게 기도하였습니다. 허나 마음은 조금도 진정되지 않고 슬픔은 가늘 길 없으니, 차라리 당장이라도 화장을 하여 연기로 만들어버리고 싶다고 생각하는데 이런 저런 장례의 절차를 밟아야 하니 더더욱 견딜 수가 없었습니다. 마치 허공을 밟고 있는 것처럼 허망한 심정으로 장례를 지켜보고 있는데, 피어오르는 연기도 많지 않을 정도로 그 몸이 초췌하였는가 싶으니 너무도 어이가 없어 가오루는 망연자실한 채 들판에서 큰아씨를 보내고 돌아갔습니다.

산장에서는 큰아씨의 상중이라 사람들이 모두 모여 있으니 허전함도 다소는 삭일 수 있는데, 작은아씨는 니오노미야의 일로 사람들의 눈길이 부끄럽고 자신의 처지가 괴롭고 한스러워 마치 죽은 사람처럼 보입니다.

니오노미야는 조문 사절을 몇 번이나 내려보냈습니다. 허나 작은아씨는 언니가 니오노미야를 믿을 수 없는 몹쓸 사람이라고 원망한 채 고통스러워하며 죽어갔다고 생각하니, 니오노미야와의 인연이 슬프고 한스럽기만 하였습니다.

가오루는 이 세상이 이토록 괴롭게 여겨지는 이때에 전부터 생각하여왔던 출가의 소원을 이루고 싶어하나, 그렇게 되면 삼조의 어머니가 얼마나 슬퍼할까 염려스러워 그 뜻을 이루지 못합니다.

작은아씨의 안쓰러운 처지 역시 마음이 아프니 이런 생각도 합니다.

'큰아씨가 말했던 것처럼 작은아씨를 큰아씨 대신이라 여기고 한 몸이 되었어야 옳았는지도 모르겠구나. 허나 큰아씨 대신이라 하여 작은아씨에게로 마음을 돌리고 싶지는 않았던 것이 내 진실이니. 허나 지금 이렇듯 작은아씨에게 마음고생을 시키느니, 큰아씨를 잃어 슬픈 마음을 위로하기 위해서라도 서로를 사랑하며 부부가 되었다면 좋았을 터인데.'

가오루는 이렇게 생각하며 잠시도 산장을 떠나지 않고, 도읍에도 돌아가지 않고 사람과의 교제도 뚝 끊은 채 우지에 틀어박혀 있습니다.

그런 모습을 본 세상 사람들이 가오루가 큰아씨를 연모하는 마음이 예사롭지 않았던 모양이라고 전하자, 폐하를 비롯하여 많은 사람들의 조문 사절이 끊이지 않았습니다.

이렇게 하여 허망한 날들이 흘렀습니다. 가오루는 이레마다 치르는 법회 등도 소홀함이 없이 장엄하게 치르게 하고 정성을 다하여 공양을 드리기도 하나, 그런 절차에도 예법이 있어 부부가 아닌 탓에 상복은 입을 수 없었습니다. 큰아씨를 가까이에서 모시던 절친한 시녀들이 짙은 쥐색 상복으로 갈아입은 것을 보고는 이렇게 중얼거립니다.

슬픔에 겨운 피눈물을 흘려도
그 사람을 그리워하는 내 소맷자락
피눈물로는 상복의 색으로
물들일 수 없으니
아아 아무런 보람도 없구나

녹지 않는 얼음이 빛나듯 분홍색 옷의 반짝반짝 빛나는 소맷자락을 눈물로 적시면서 시름에 잠겨 있는 모습이 정말 우아하고 아름답습니다. 그 모습을 시녀들이 훔쳐보면서 이렇게들 말하며 눈물을 흘립니다.

"큰아씨는 이미 돌아가셨으니 어쩔 수 없다 하나, 이렇게 정이 든 가오루 님마저 이제는 볼 수 없는 남이 되었으니 정말 아깝고 아쉽습니다. 그건 그렇고 가오루 님과 두 아씨는 인연이 아니었나 봅니다. 가오루 님이 이렇듯 깊은 마음으로 연모하였는데, 두 아씨 모두 그 마음에 보답하지 못하였으니 말입니다."

"돌아가신 분의 유품이라 여기고 앞으로도 무슨 일이든 말씀을 할 것이고, 기꺼이 의논에도 응할 것입니다. 그러니 남처럼 서먹하게 대하지 마세요."

가오루는 작은아씨에게 이렇게 말하나, 작은아씨는 모든 면에서 불행한 운명을 타고난 자신이 한스럽다고 주눅이 들어, 직접 응수도 하지 않습니다.

이 작은아씨는 원래가 발랄한 성품이라 언니보다는 다소 천진난만하고 기품이 있지만, 자상하고 얌전한 인품 면에서는 언니만 못하다고 느껴졌습니다.

사방이 어두컴컴하도록 눈이 쏟아지는 어느 날, 가오루는 종일 상념에 잠겨 있었습니다. 발을 걷어 올리고, 사람들은 살풍경하다고 하는 십이월의 달이 구름 한 점 없는 하늘에서 맑게 빛나는 것을 올려다보는데, 마침 저 멀리 산사에서 종소리가 들려왔습니다. 『백씨문집』에 '이아이 절의 종소리는 베개를 높이 세우고 듣고, 향로봉의 눈은 발을 걸고 본다'고 된 것과 비슷한 풍정이니, 가오루는 자신도 베개를 높이 세우고 '오늘 해도 저무는데 들려오는 희미한' 종소리를 절실한 마음으로 듣고 있습니다.

죽은 사람보다 뒤늦지 않으려
서쪽 하늘로 향하는 달을

사모하여 서방정토를 그리워하네
어차피 언제까지 살 수 있는
이 세상은 아니니

바람이 모질게 불어와 격자문을 내리게 합니다. 서쪽 산들을 거울처럼 비쳐내는 강가의 얼음이 달빛을 받아 반짝반짝 빛나니 뭐라 말할 수 없이 아름다운 풍경입니다. 도읍의 저택은 아무리 아름답게 갈고 닦는다 한들 이런 정취는 자아낼 수 없을 것이라 생각합니다.

만약 큰아씨가 한순간이라도 살아 돌아온다면 둘이 함께 이 경치를 바라보면서 도란도란 얘기라도 나눌 수 있을 터인데, 하고 생각하자 가슴이 북받쳐 터져버릴 듯합니다.

죽은 사람 그리워 견딜 수 없으니
차라리 죽음의 약이 있으면 싶구나
온갖 약초가 있다는
저 설산을 헤치고 들어가
모습을 감추어버릴까

석가의 전생담에, 설산동자라 불리며 설산에서 수행하던 당시의 이야기가 있습니다. 어느 날, 귀신에게서 '제행무상, 시생멸법'이란 '제행무상게'의 앞 구절을 배운 설산동자가 기뻐하며 그 뒷구절을 물었는데, 귀신은 배가 고파 목소리도 나오지 않는다면서 사람의 피와 살이 필요하다고 합니다. 설산동자는 뒷구절을 가르쳐주면 자신의 피와 살을 주겠노라 약속하고, '생멸멸이, 적멸위락'이란 두 구를 배우고 기뻐하며 골짜기로 몸을 던졌다고 합니다. 가오루는 그 이야기를 떠올리며, 이렇게 생각합니다.

'내게도 뒷구절을 가르쳐주었다는 귀신이 나타나주었으면 좋겠구나. 그러면 불법을 득하였다는 빌미로 이 몸을 던질 터인데.'

불도를 터득하기 위해서가 아니라 저세상에 있는 그리운 사람을 빨리 만나고 싶은 심정에 몸을 던지려 하다니, 너무도 불순한 도심이 아닐는지요.

가오루는 시녀들을 가까이에 불러 세상 돌아가는 이야기를 하라 합니다. 그 모습이 넋을 잃을 정도로 아름다우니, 의젓하고 애정이 깊은 모습을 보는 시녀들 가운데 특히 젊은 시녀는 혼이라도 빠져나간 듯 황홀해합니다.

'어쩌면 이리도 훌륭한 분이 있을까.'

늙은 시녀 변은 큰아씨의 서거를 한층 유감스럽고 슬프게 생각하고 있습니다.

"큰아씨의 병세가 무거워진 것은, 니오노미야 님의 태도를 보면서 믿기지 않을 정도로 박정한 분이라 생각하고 자신들의 처지가 세상의 웃음거리가 된 것을 몹시 한심하게 여기며 걱정하였기 때문인 줄로 압니다. 작은아씨에게는 이렇듯 괴로워하는 모습을 보이지 않으려 하였으니, 오직 혼자 마음속으로 두 분 사이를 원망하는 눈치였으나, 그러다 가벼운 과일마저 입에 대지 않아 몸이 점점 더 쇠약해졌습니다. 겉으로는 그리 심하게 걱정하는 눈치를 보이지 않았으나, 속으로는 한없이 마음을 쓰면서 돌아가신 아버님께서 결혼하지 말라고 하셨던 유언을 지키지 못하였고, 본의 아니게 그렇게 되고 만 작은아씨의 처지를 마음아파하였으니, 그것이 원인이었습니다."

이렇게 평소에 큰아씨가 했던 말을 기억을 더듬어 얘기하니, 모두들 한없이 눈물을 흘렸습니다.

가오루는 자신이 사려가 깊지 못하여 큰아씨에게 공연한 걱정을 끼쳤다 싶으니, 옛날을 돌이키고 싶은 심정으로 이 세상 모두를 한스러워하며 더욱 정성을 다하여 독경에 정진하였습니다. 그리고 거의 잠도 자지 않은 채 아침을 맞습니다. 아직은 날이 밝지 않았는데 밖에서 눈이 쏟아지는 기척이 서늘하게 느껴지는 가운데, 많은 사람들이 와글와글 시끄러운 소리와 힝힝거리는 말발굽 소리가 들려옵니다. 대체 누가 이런 밤중에 눈길을 헤치고 찾아왔을까 하여 상중에 근행을 하고 있는 스님들도 놀랐습니다.

그때 사냥복 차림을 한 니오노미야가 푹 젖어 초췌한 모습으로 들어왔습니다. 문을 똑똑 두드리는 소리에 니오노미야일 것이라 여기니, 가오루는 안쪽 깊은 방에 숨어 소리없이 바깥 동정을 살피고 있습니다.

탈상을 하려면 아직 날이 많이 남아 있는데, 마음이 놓이지 않는 니오노미야가 밤을 새워 눈길을 헤치고 찾아온 것이었습니다.

작은아씨는 오랜 세월 품었던 원망도 괴로움도 다 잊혀지는 듯하였으나, 만나고 싶은 마음도 없었습니다. 큰아씨가 니오노미야의 불성실함을 원망하여 얼마나 속을 끓였는지를 생각하는 것조차 자신에게는 부끄러운 일인데, 그 마음을 끝내 해소하지 못하고 걱정을 안은 채 저세상으로 떠난 것이 못내 슬프고 아쉬워, 앞으로 니오노미야가 자신의 성격을 바꾼다 한들 무슨 소용이 있을까 하고 원망하는 것입니다. 그런데도 시녀들은 다들 입을 모아 남녀 사이의 온갖 정리를 얘기하며 대면하라 설득하니, 내키지는 않으나 장지문을 사이에 두고 마주하였습니다.

니오노미야가 장지문 너머로 지금까지 소식조차 제대로 전하지 못한 것을 있는 말을 다하여 열심히 사죄하자 작은아씨는 애틋한 심정으로 듣고 있습니다. 작은아씨도 마치 실체가 없는 듯 망연하게 있으니, 큰아씨의 뒤를 따라 죽는 것은 아닐까 싶을 정도로 쇠약한 모습입니다. 니오노미야는 그것이 마음 아프고 걱정스러워 견딜 수 없는 듯 몹시 슬퍼합니다.

그날 니오노미야는 뒷일이야 어떻게 되든 상관없다고 마음을 굳히고 우지에 묵었습니다.

"이 장지문을 열고 얼굴을 마주하고 싶구려."

이렇게 열심히 조르는데도 작은아씨는, 이런 대답만 할 뿐 쌀쌀맞게 대합니다.

"조금 더 제정신이 들 때까지 살아 있다면 만나 뵙지요."

가오루도 그런 태도를 전해 듣고는, 믿음직한 시녀를 불러들여 이렇게 전하라 일렀습니다.

"작은아씨의 마음을 짓밟고 예나 지금이나 박정하게 대우한 니오노미야의 수상쩍은 태도를 작은아씨가 비난하는 것은 지당한 일이나, 귀여움을 잃지 않을 정도로만 책망하세요. 니오노미야는 그런 혹독한 처우를 경험한 일이 없으니, 무척이나 괴로울 것입니다."

이렇게 슬쩍 참견을 하니, 작은아씨는 가오루가 속으로 어떻게 생각하고 있을까 싶어 부끄러운 심정에 아무 대답도 하지 못합니다.

"참으로 무정한 분이구려. 내가 그토록 굳게 약속을 하였건만, 다 잊었다는 말이오."

니오노미야는 이렇게 한탄하며 그날을 보냈습니다.

밤이 되자 바람이 한층 매섭게 몰아치니, 니오노미야는 모든 것이 자신의 행실 탓이라고는 하나 여기까지 와서 얼굴도 마주보지 못하는 것을 한탄하면서 홀로 잠자리에 들었습니다. 작은아씨는 역시 안되었다는 마음에 어젯밤처럼 가리개 너머로 얘기합니다.

니오노미야는 온갖 신들에게 맹세를 하고 이 세상이 다하도록 사랑하겠노라 약속을 합니다. 작은아씨는 어쩌면 이리도 말솜씨가 좋을까 하고 역겹게 생각하면서도, 찾아주지도 않고 박정하게 대하였던 때의 야속함보다는 마음이 부드럽게 누그러져, 여심을 녹이는 니오노미야의 모습을 끝까지 미워할 수는 없을 것이란 심정으로 니오노미야의 말에 귀를 기울이고 있습니다.

지금까지 보여준
박정한 처사를 생각하면
허망한 사이였다는 것을 알 수 있는데
지금 와서 앞날까지
어떻게 믿으라는 말입니까

이렇게 작은 목소리로 중얼거리자, 그 말을 들은 니오노미야는 도리어 안타까운 심정에 제정신이 아닙니다.

앞날을 짧고
허망하다 여긴다면
지금만이라도
내가 하는 말을
믿으시구려

"무슨 일이든 이렇듯 쉬이 변하는 세상이니, 더 이상 나를 슬프게 하는 죄는 짓지 않도록 하세요."

니오노미야는 이렇게 이런저런 방법으로 위로를 하는데 작은아씨는 몸이 안 좋다면서 안으로 들어가버리고 말았습니다.

니오노미야는 시녀들 보기도 민망하다 여기며 마냥 한탄을 하면서 밤을 지새웠습니다. 작은아씨가 자신을 원망하는 것은 무리가 아니나, 아무리 그래도 이렇게 대하는 것은 너무한 태도가 아니냐며 원망스러움에 눈물을 흘립니다. 허나 한편으로는 작은아씨가 지금까지 자신의 행실 때문에 얼마나 괴로워하였을까 헤아려지기도 하니, 이런저런 생각에 몸이 저며오는 듯합니다.

가오루가 주인 행세를 하며 시녀들을 편안하게 부리고, 또 시녀들 역시 여럿이 식사 시중을 드는 것을 보면서, 니오노미야는 큰아씨를 잃은 가오루의 심중을 안되었다 여기는 한편, 이런 곳에서 이렇게 사는 것도 운치가 있겠다고 생각합니다. 가오루는 몹시 야위고 창백한 모습으로 마치 넋이라도 나간 것처럼 멍하게 상념에 잠겨 있으니, 그 모습을 본 니오노미야는 딱하게 여기면서 큰아씨의 죽음을 진심으로 추도합니다.

가오루는 큰아씨가 살아 있었을 당시의 일을, 지금 와서 말해봐야 소용없는 일이나 니오노미야에게만은 들려주고 싶어합니다. 허나 막상 말을 꺼내고 나면 기개 없는 어리석은 남자라 여겨질 듯하여 수치스러운 마음이 앞서니, 그만 말수가 적어집니다.

니오노미야는, 소리내어 울며 지낸 날이 많은 탓에 얼굴이 초췌하기는 하나 추하지는 않고 오히려 전보다 훨씬 아름답고 싱그러운 가오루의 모습을 보면서, 여자라면 누구나 이 사람에게 마음을 빼앗기게 될 것이라고 생각합니다.

자신의 바람기 많은 성벽 때문에 더더욱 그런 가오루에게 신경이 쓰이고 작은아씨가 왠지 걱정스러워 견딜 수가 없으니, 어떻게든 사람들로부터 조롱을 당하거나 원망을 사지 않도록 작은아씨를 도읍으로 데리고 가자고 생각합니다.

작은아씨는 여전히 쌀쌀맞은 태도를 취하고 있으나, 니오노미야는 오늘 밤도 이곳에 묵으면 폐하와 중궁의 귀에 들어가 시끄러운 일이 생길 것이라고 애가 타는지라, 오늘은 어쩔 수 없이 도읍으로 돌아갔습니다.

헤어지기에 앞서 니오노미야는 있는 말을 다하여 자신의 마음속을 호소하였으나, 작은아씨는 박정한 대우를 받으면 얼마나 괴로운지를 알게 하고 싶어서 결국은 마음을 열지 않고 끝까지 만나주지도 않았습니다.

한 해도 끝나갈 즈음이 되면, 이런 산골이 아니더라도 하늘의 모양이 평소와는 달라지는 법인데, 지금의 우지는 하루도 날씨가 모질지 않은 날이 없으니, 쏟아지는 눈을 바라보며 시름에 잠겨 세월을 보내는 가오루는 마치 끝이 없는 꿈을 꾸는 심경입니다.

도읍에 있는 니오노미야에게서도 독경을 하는 스님에게 드릴 보시 등 지나치다 싶을 만큼 많은 공물을 보내 왔습니다.

'이렇게 우지에 틀어박혀 해가 바뀌도록 슬픔에 잠겨만 지낼 수 있을까. 소식도 전하지 않고 틀어박혀 지내는 것을, 여기저기서 불평을 해대니 이제 어쩔 수 없이 도읍으로 돌아가야겠구나.'

이렇게 생각하는 가오루의 마음은 뭐라 말할 수 없이 슬펐습니다.

가오루가 우지에 오래 머물렀던 덕분에 사람들의 발길도 잦았는데, 도읍으로 돌아가버리고 나면 그 흔적조차 완전히 없어질 것이라며 슬퍼하니, 시녀들은 큰아씨의 불행을 당하여 울며불며 소동을 피웠던 때 이상으로 가오루와의 이별에 임해서는 깊은 수심에 잠겨 슬퍼하는 듯 보입니다.

"간혹 큰아씨와 풍아한 편지를 주고받았던 그 시절보다 이곳에서 느긋하게 보낸 시절의 모습이며 행동거지가 자상하여 큰 위로가 되었으니, 풍류로 가득한 놀이나 생활의 실질적인 면에서도 배려할 줄을 아는 세심한 분이었습니다. 그렇듯 훌륭한 분을 오늘을 끝으로 더 이상을 뵐 수 없다니."

시녀들은 앞을 가리는 눈물에 말을 잇지 못합니다.

니오노미야에게서 편지가 왔습니다.

"역시 우지를 찾아가기는 그리 쉽지 않으니, 생각다 못한 끝에 근일 중에 작은아씨를 도읍으로 맞이할 채비를 하려 합니다."

실은 아카시의 중궁이 우지에 있다는 작은아씨 얘기를 듣고는, 작은아씨를 못내 그리워하는 니오노미야를 가엾게 여겨 조처를 취한 것이었습니다.

"가오루 역시 그처럼 한결같은 애정을 보이며 얼이 빠진 듯 되었다는 것을 보면, 아무래도 우지의 아씨들이 남자들에게는 예사롭지 않은 매력을 지니고 있는 게로군요. 이조원의 서쪽 별채로 그 아씨를 모셔와, 가끔이나마 드나들도록 하세요."

'중궁께서는 작은아씨를 들여 첫째 황녀의 시중을 들게 하려는 속셈인 것일까.'

니오노미야는 이렇게 의심하면서도, 그렇게 되는 한이 있어도 언제든 만날 수 있다는 것이 기쁜 나머지 그런 편지를 우지에 보낸 것이었습니다.

'나도 삼조궁이 완성되면 큰아씨를 맞아들이자고 계획하고 있었으니 작은아씨를 큰아씨 대신 맡아 보살폈으면 좋았을 것을.'

일이 그렇게 되었다는 소식을 들은 가오루는 옛일을 되새기며 이런 생각을 하니, 모든 것을 잃어버린 듯 허망한 기분이 들었습니다. 니오노미야가 작은아씨와의 관계를 의심하고 있는 듯하나 그것은 당치도 않은 억측이니, 그런 식의 일은 꿈에도 생각지 않고 그저 후견인으로 자기 말고 달리 누가 있을까 한다는군요.

시간을 인내하는 사람들

세토우치 자쿠초

우지의 아씨들

제8권에는 「다케 강」, 「하시 히메」, 「메밀잣밤나무」, 「갈래머리」가 실려 있다. '우지 10첩'이라 하여 회자되며 특별하게 취급되고 있는 첩은 「하시 히메」 이하 「메밀잣밤나무」, 「갈래머리」, 「햇고사리」, 「겨우살이」, 「정자」, 「떠다니는 배」, 「하루살이」, 「습자」, 「헛된 꿈의 배다리」 등의 10첩이다.

우지에 은거한 겐지의 배다른 형제인 여덟째 황자 하치노미야의 세 딸을 주인공으로 삼은 내용 때문에 이런 제목들이 생긴 것이리라. 큰아씨와 작은아씨 그리고 셋째딸 우키후네, 이렇게 세 자매가 모두 매력적인데, 특히 배다른 셋째딸 우키후네는 박복하면서도 그 가련함과 아름다움으로 남자들의 마음을 울린다.

세 딸을 둘러싸고 가오루와 니오노미야와 그밖의 남자들과의 연애 관계가 그려져 있는데 문체와 사용된 용어, 이야기의 전개 등이 앞의 첩들과는 사뭇 달라 우지 10첩과 그 앞의 3첩은 무라사키 시키부가 쓴 것이 아니라는 설이 종종 대두되었다.

오리구치 시노부는 "우지 10첩은 남성, 그것도 은자의 작품"이란 설을 펼쳤다. 엔치 후미코는 "우지 10첩에 등장하는 인물은 그 결말이 분명치 않다"고 불만을 토하며 역시 무라사키 시키부의 작품이 아닐 가능성을 시사했다.

최근에는 「구름 저 너머로」 이전과 이후의 용어를 컴퓨터로 조사해 동일 작가의 작품인지 아닌지를 연구한 학자도 있었다. 그 결과 동일 작가의 작품이라는 결론이 나왔다는 뉴스 발표를 보았다.

나는 「기리쓰보」에서 「헛된 꿈의 배다리」에 이르는 54첩 모두 무라사키 시키부의 작품이라는 설을 내세웠다. 「향내 나는 분」, 「홍매」, 「다케 강」에는 의심스러운 점이 없지 않지만 그래도 역시 나는 무라사키 시키부가 쓴 글일 것이라고 생각한다.

무라사키 시키부는 「구름 저 너머로」에서 겐지의 죽음을 암시하면서 『겐지 이야기』는 일단 완결되었다고 간주했을 것이다. 그 후, 미치나가가 소기의 목적을 달성하고 『겐지 이야기』로 이치조 천황의 관심을 중궁 쇼시에게 돌려놓는 것에 성공하면서 무라사키 시키부에 대한 대우가 변하지 않았을까 하고 추측한다.

정략적으로 무라사키 시키부와 친분을 유지하면서 『겐지 이야기』의 완성과 성공에 물질적 원조와 정신적인 격려를 아끼지 않았던 미치나가는 현실적이며 공리적인 정치가가 늘 그렇듯

『겐지 이야기』가 끝나는 시점에서 무라사키 시키부에 대한 관심과 애정의 끈을 놓지 않았을까. 남달리 자존심이 강했던 무라사키 시키부가 그런 미치나가의 태도에 얼마나 깊은 상처를 받았을지는 상상하고도 남음이 있다.

아마도 그녀는 「구름 저 너머로」까지의 원고를 미치나가에게 넘긴 후 2, 3년이 지나 출가하지 않았을까 싶다. 그리고 다시 몇 년 세월이 흐른 뒤 무라사키 시키부는 근행에 정진하면서 불교의 교양을 쌓는 가운데, 『겐지 이야기』의 속편을 쓰고 싶은 의욕이 생긴 것이 아닐까. 어쩌면 출가한 후 그녀 자신이 우지에 암자를 세웠을지도 모르겠다.

지나온 자신의 인생을 회고하고 제2의 인생을 곱씹어보면서 우지(宇治)가 우지(憂地)라는 것을 실감했을지도 모르겠다. 과연 출가 후 몇 년이나 지나 역시 그 이야기의 뒷이야기를 써보자고 생각했을까. 일단 붓을 놓은 지 몇 년, 아니 십 년 정도가 지났을지도 모른다. 글을 쓰는 사람들이 늘 그렇듯, 그동안 무라사키 시키부가 아무것도 쓰지 않았으리란 생각은 들지 않는다. 일기나 메모, 수필을 쓰고 노래를 지었을 것이다. 그러나 무라사키 시키부는 소설이 자신을 해방시킬 수 있는 가장 자유로운 형식이란 것을 알고 있었을 것이다.

오랜만에 소설을 다시 쓰기 시작하면서 열렬한 독자였던 궁녀들에게 호평을 받았던 '다마카즈라'의 뒷이야기도 결말을 내고 싶었을 것이고, 기구한 운명을 타고 태어난 가오루의 뒷이야기는 물론 어렸을 때부터 모든 사람들의 사랑을 받았고, 더없이 매력적이었던 겐지의 자손 니오노미야의 어른이 된 모습에도 관심이 있었을 것이다.

무라사키 시키부는 우지 강의 거친 물소리를 반주 삼아 경을 필사하면서, 문득 생각이 나서 그 종이의 뒷면에 이야기의 구상을 써두지 않았을까. 중궁의 궁녀란 공무에서 떠나 한적하게 생활하면서 자신이 쓴 『겐지 이야기』를 느긋하게 다시 읽어보기도 했을 것이다.

겐지가 스마로 내려가 있는 동안, 우대신 일파가 동궁의 자리에 올려놓은 것이 오히려 화가 되어 복귀한 겐지의 세력에 밀려난 여덟째 황자 하치노미야도 소설의 등장인물로 삼기에 더없이 드라마틱한 캐릭터였다. 무라사키 시키부의 머릿속에는 박복한 하치노미야가 남기고 간 아름다운 세 자매의 모습이 아른거렸다. 그러나 처음부터 우키후네를 생각하고 있었던 것은 아니지 않을까. 우키후네는 이야기가 진전되면서 필연적으로 생겨난 인물이었을 것이란 느낌이 든다.

「향내 나는 분」, 「홍매」, 「다케 강」 등, 각 첩을 새롭게 써나가면서 처음에는 시행착오도 있었고 그 옛날의 매끄러운 필치가 꼬이는 일도 있었지만, 「다케 강」이 끝날 즈음부터 옛날의 솜씨가 선연하게 되살아났다고 볼 수도 있지 않을까.

「하시 히메」에 이르러 무라사키 시키부의 필력은 과거의 자신감을 완전히 되찾은 듯 느긋해진다.

다케 강

이 첩은 고 검은 턱수염 태정대신 일가의 뒷이야기다. 서두에 검은 턱수염 태정대신 댁에서 시중을 들었던 말 많은 시녀들 가운데 살아남은 자가 묻지도 않은 이야기를 했다는 작가의 설명이 있다.

다마카즈라는 미망인이 되어서도 상시라 불리며 세 아들과 두 딸을 키우고 있다. 알게 모르게 겐지 일족과는 소원해졌지만 두 딸이 있는 덕분에 젊은이들이 관심을 갖고 찾아오게 된다. 이 시대의 귀족 집안에서는 큰딸을 큰아씨, 둘째 딸을 작은아씨라 불렀기 때문에 첩마다 등장하는 작은아씨는 동일 인물이 아니다.

두 딸 가운데 큰딸은 천황과 레이제이 상황 양쪽에서 원하고 있다. 또 유기리의 아들이며 용모가 출중한 장인 소장이 마음을 품고 이 댁을 뻔질나게 드나든다.

다마카즈라의 집은 온나산노미야가 사는 삼조궁이 매우 가까워, 다마카즈라의 아들들의 친구인 가오루도 놀러온다. 열네댓 살의 가오루는 인상도 좋고 기품이 있다. 다마카즈라는 그리운 겐지를 보듯 반가워하며 가오루를 사위로 삼고 싶어한다. 시녀들도 모두 가오루를 숭배하며 진한 농을 걸기도 한다.

정월 이십일이 지나 젊은 공달들이 다마카즈라의 집에 모여 사이바라의 「다케 강」을 노래한다. 때문에 이 제목이 붙은 것이다.

삼월 마당에 핀 벚꽃을 걸고 바둑을 두고 있는 두 딸의 모습을 엿본 장인 소장의 큰딸에 대한 연심이 점점 불타오른다. 이 장면은 「매미 허물」에서 노키바노오기와 바둑을 두고 있는 우쓰세미의 모습을 겐지가 엿보는 한 장면과 비슷하다. 또 이 첩의 끝 부분에 남답가 행사 장면이 나오는데, 이는 「첫 새 울음소리」의 남답가 장면과 실로 비슷하다. 구성 면에서도 앞에 나온 것과 비슷한 예가 많다.

레이제이 상황은 지금도 다마카즈라에 대한 집착이 남아 있어, 그 탓에 큰딸을 원하고 있다. 다마카즈라도 레이제이 상황의 그런 마음을 알고 있다. 그 옛날 검은 턱수염 때문에 본의 아니게 결혼을 하여 레이제이 상황의 마음을 상하게 했다는 죄책감에 큰딸을 상황에게 주기로 마음먹는다.

그 소식을 들은 장인 소장은 한탄하면서 노이로제에 걸린다. 어머니인 구모이노카리는 실연한 자식을 동정하고, 유기리 역시 다마카즈라의 결정을 탐탁해하지 않는다. 그런데도 사월 구일, 상황에게 시집을 간 큰아씨는 레이제이 상황의 총애를 받아 칠월에 회임한다.

하지만 상황에게는 아키고노무 중궁과 전 태정재신(과거의 두중장)의 딸, 고키덴 여어가 있기에 큰아씨는 마음고생이 크다.

해가 바뀌어 정월, 남답가 행사가 있었다. 가오루와 장인 소장도 그 멤버에 속해 있었다. 소장은 상황의 거처에서 발 안에 있는 큰아씨를 그리워하면서 「다케 강」을 노래하며 춤춘다. 그러자 작년 가오루와 함께 다마카즈라의 집을 찾아 「다케 강」을 노래했던 당시의 일이 떠올라 마음이 애틋해진다.

큰아씨는 사월에 여자 아이를 출산한다. 상황의 총애는 날로 깊어진다. 작은아씨는 어머니 다마카즈라의 상시 역을 물려받아 궁에 들어간다. 다마카즈라는 아직 젊고 아름답다. 상황이 자신에게 아직도 미련을 떨치지 못하고 있다는 것을 간파하고 애써 상황에게 근접하지 않는 탓에 상황은 그 점을 불쾌하게 여긴다.

큰아씨는 몇 년 후 다시 아들을 낳는데, 상황의 곁에 있으면 마음고생만 심해질 뿐이라 사가로 나가 있는 일이 잦다.

세월이 흘러 가오루는 재상 중장에서 중납언으로, 장인 소장은 재상 중장으로 승진했다. 하지만 장인 소장은 아직도 큰아씨를 단념하지 못하고 전전긍긍한다.

이 「다케 강」은 다마카즈라 일가를 중심으로 이야기가 전개되는 한편으로, 가오루의 성장과 승진을 설명한다. 뒷이야기와 이어지는 다리 역할을 하는 것은 가오루 정도로 이야기가 긴 것에 비해 인상이 옅다.

가오루 나이 열넷에서 스물셋까지, 약 10년에 걸친 이야기다.

하시 히메

하치노미야는 겐지가 복귀한 후 정계에서 방출되다시피 하여 불우한 나날을 보내고 있었다. 도읍의 저택이 소실되는 불행까지 겹쳐 그 일을 계기로 우지로 거처를 옮긴다. 부인이 먼저 죽어 두 딸만 남았다. 하치노미야는 그 두 딸을 키우기 위해 이전부터 품고 있었던 출가의 염원을 이루지 못한다. 속세에 머물면서 마음은 불문에 귀의한 승려 같은 생활을 하고 있다. 근처에 있는 우지 산사의 아사리에게 사사하고 있다. 아사리는 기구한 하치노미야의 불도 수행에 상담역이 되어주는 등, 두 사람의 친교는 깊어진다.

아사리는 레이제이 상황도 찾아 뵈면서 불교에 대한 상황의 질문에 대답하곤 하는데, 그참에 하치노미야의 두 딸에 대해 얘기한다. 그 이야기를 마침 자리를 함께한 가오루가 듣는다. 가오루는 하치노미야의 인품과 은자의 생활을 동경하여 우지에 다니면서 하치노미야에게 사사하게 된다.

그로부터 3년째 되는 늦가을, 하치노미야가 산사에 들어가 없는 동안 우지를 찾은 가오루는 새벽 달빛 아래 비파와 쟁을 합주하는 두 아씨의 모습을 엿보고 만다.

가오루는 아씨들에게 마음을 빼앗기고, 응대하는 큰아씨에게 교제를 신청하지만 늙은 시녀 변이 큰아씨를 대신하여 말한다. 변은 가시와기의 유모의 자식이라고 자신을 밝히고, 가시와기의 임종 당시의 상황을 전하면서 가오루에게 반드시 전해야 할 가시와기의 유언이 있다고 한다. 가오루는 오래전부터 마음에 걸렸던 자신의 출생에 대한 비밀을 변이 알고 있는 듯해 가슴이 두근거리지만 그날은 그 이상 묻지 않고 돌아간다.

니오노미야는 가오루에게서 우지의 아씨에 대한 얘기를 듣자 흥미를 느끼면서 만나고 싶어한다.

하치노미야는 빈틈없고 성실한 가오루를 신뢰하며 가오루와 큰아씨가 친해지는 것을 반가워한다. 시월에 우지에 찾아온 가오루에게 자신이 죽은 후 아씨들의 거취를 부탁한다. 가오루는 기꺼이 그 부탁을 받아들인다.

다음날 이른 아침, 가오루는 변을 만나 자신의 출생에 얽힌 비밀을 모두 듣는다. 변이 그 증거로 지금까지 남몰래 지니고 있었던 가시와기의 유서와 어머니 온나산노미야의 편지를 건네자 가오루는 충격을 받는다.

슬며시 어머니를 찾아가보니, 어머니는 젊고 아름다운 모습으로 무심히 독경을 하다가 가오루를 보고는 부끄러운 듯 경본을 감춘다. 가오루는 비밀을 알았다는 사실을 자기 가슴에 간직하기로 한다.

우지 10첩의 발단으로 드라마틱한 요소가 가득한 장면이 잇달아 등장한다. 이 첩에서는 뭐니뭐니 해도 가오루가 변을 통해 출생의 비밀을 듣고, 자신이 가시와기와 온나산노미야 사이에서 태어난 불의의 자식이라는 것을 아는 장면이 절정이라 할 것이다. 변이 비운의 하치노미야에게 의지해 오랜 세월 이날만을 기다렸다는 설정도 자연스럽고 이야기의 흐름에 설득력이 있다.

가오루 나이 스물에서 스물다섯 시월까지. 니오노미야는 스물한 살에서 스물세 살. 큰아씨는 스물두 살에서 스물네 살. 작은아씨는 스무 살에서 스물두 살까지의 이야기이다.

메밀잣밤나무

이월 이십일이 지나, 가오루에게서 우지의 아씨들 얘기를 듣고 관심을 가졌던 니오노미야는 하쓰세 참배에서 돌아오는 길에 우지에 머문다. 그곳은 유기리의 우지 산장으로 강 건너에는 하치노미야의 산장이 있다.

니오노미야는 수행원들과 도읍에서 맞으러 온 사람들과 함께 시끌벅적하게 관현놀이를 벌인다. 그 음악 소리가 강 건너까지 들려와 하치노미야는 화려했던 지난날을 추억한다.

다음날 아침 하치노미야가 가오루에게 보낸 편지에 니오노미야가 답장을 쓴다. 가오루는 그 편지를 들고 하치노미야의 산장을 찾는다. 그 후 니오노미야의 편지가 가오루를 통해 아씨들에게 전해진다. 하치노미야는 작은아씨에게 답장을 쓰라고 한다.

그해가 하치노미야에게는 액년이라서 하치노미야는 죽음을 예감하고 있다. 칠월에 가오루가 우지로 찾아오자, 하치노미야는 자신이 죽은 후의 아씨들이 염려스러워 다시 한 번 가오루에게 뒷일을 부탁한다. 이때 가오루는 중납언이었다.

가을이 깊어갈 즈음 하치노미야는 산사에 기도하러 들어간다. 출발에 앞서 아씨들에게 격에 맞지 않는 결혼은 하지 말라, 우지를 떠나서는 절대 안 된다고 유언을 한다. 기도 기간이 거의 끝나갈 무렵 하치노미야자는 산사에서 병사하고 만다. 팔월 이십일경의 일이다. 니오노미야가 조문 사절을 보낸다.

연말, 가오루는 눈 쌓인 우지를 찾아가 복상을 하고 있는 아씨에게 니오노미야를 변호하고, 큰아씨에게 자신의 의중을 호소한다. 큰아씨는 상대도 하지 않으려 하는데 그런 태도에 가오루는 점점 더 마음이 끌린다.

해가 바뀌어 유기리는 여섯째 딸과 니오노미야의 결혼을 바라는데, 니오노미야는 전혀 내키지 않아한다. 한편 우지의 작은 아씨에게 마음을 빼앗기고 가오루에게 그 중재를 간청한다.

그해 삼조궁이 소실되어 온나산노미야도 육조원으로 거처를 옮긴다. 가오루는 이래저래 다망하여 우지에는 발길이 멀어진다. 여름이 되어 간신히 우지를 찾은 가오루는 상복을 입은 자매의 아름다운 모습을 엿보고, 큰아씨에 대한 연모의 정을 불태운다.

고인이 된 하치노미야를 그리워하며 부른 노래에서 제목이 붙었다.

내가 출가를 하게 되면
스승이 되어달라 청할 작정이었는데
그분은 이미 저세상으로 떠나고
메밀잣밤나무 있는 산장에
빈 방만 휑뎅그렁하니

가오루 나이 스물세 살 이월부터 스물네 살 여름까지.

갈래머리

하치노미야의 일주기가 다가오는데 아씨들은 여전히 허전하고 쓸쓸한 세월을 산다. 가오루가 우지를 찾아가자 아씨들은 불전에 바칠 명향을 포장하고, 물레를 꺼내놓고 명향을 묶을 실을 짜고 있었다. 사방에는 오색 실이 널려 있었다.

그대가 만드는 갈래머리 안에
두 사람 사랑의 영원한 약속을
엮어 담은 실을
몇 번이나 같은 곳에서 만나도록
늘 그대가 보고 싶은 것을

가오루가 이렇게 노래하며 큰아씨와 결혼하고 싶다는 마음을 호소하는데, 독신으로 지내리라 결심한 큰아씨는 상대하지 않는다. 가오루는 또 작은아씨를 연모하는 니오노미야의 마음을 있는 말을 다해 전하지만 큰아씨는 그에 대해서도 이렇다 할 대답을 하지 않는다. 가오루는 변을 불러들여 자신의 괴로운 마음을 털어놓고, 고인이 된 하치노미야가 자신에게 아씨의 뒷일을 부탁했는데 당사자인 아씨는 고집스럽게 마음을 닫고 있으니 어떻게 된 일이냐고 묻는다. 변은 큰아씨는 니오노미야의 구애를 일시적인 충동이라 여기고 있다. 그래서 오히려 가오루와 연을 맺어주고 싶어한다고 말한다.

그 밤, 가오루는 밤이 깊도록 큰아씨와 대화를 나눈다. 시녀들도 신경을 써 일부러 자리를 피한 터라 주위에는 아무도 없었다.

가오루는 발 안으로 들어가 큰아씨의 얼굴을 보고 그 아름다움에 한층 마음이 벅차 오르는데 큰아씨는 가오루의 그런 태도를 원망하면서 완강하게 거부한다. 두 사람은 불전에서 나란히 누워 있는데, 상복을 입은 큰아씨가 너무도 한탄을 하는 탓에 가오루는 탈상을 할 때까지 기다리자고 감정을 억제한다.

그 밤에는 아무 일 없이 지났는데 시녀들은 두 사람이 드디어 맺어진 것이라 착각하고 애써 근접하지 않는다. 가오루는 성관계가 없는 부부라도 좋으니 결혼하고 싶다고 애원한다.

새벽녘, 큰아씨는 가오루를 억지로 몰아내고 자신은 늘 작은아씨와 함께 자는 침소에 들어가 눕는다. 작은아씨는 시녀들이 전에 없이 두 사람 사이에 대해 수군거리는 소리를 듣고 있었다. 큰아씨의 옷에서 예의 가오루의 방향이 풍기자 작은아씨는 역시 일이 그렇게 된 모양이라며 내심 언니를 동정한다.

팔월 말, 가오루는 복상 기간이 지난 아씨들이 상복을 벗을 때를 가늠하여 우지로 내려갔다. '전처럼 만나 이야기를 나누고 싶다'고 말하지만 큰아씨는 몸이 불편하다며 거절한다. 가오루는 변 앞에서 자신의 절절한 심정을 호소하면서 큰아씨와의 관계에 다리를 놓아달라고 부탁한다. 변은 가오루의 순정에 감동하여 큰아씨에게 가오루와 결혼하라고 권하지만 큰아씨는 동하지 않는다.

그 밤, 가오루는 변의 안내로 큰아씨의 침소에 몰래 숨어든다. 큰아씨는 혹시나 싶은 불안감에 한시도 눈을 붙이고 있지 않은 덕분에 일찌감치 기척을 눈치채고 살며시 침상에서 빠져나와 몸을 숨기고 있었다. 곤하게 잠들어 있는 동생 때문에 멀리는 가지 못하고 벽 앞에 세워둔 병풍 뒤에 숨어 상황을 살피고 있다.

가오루는 혼자 잠들어 있는 작은아씨를 큰아씨라 여겨 기다리고 있었나 하며 기뻐하지만 결국은 작은아씨라는 것을 알게 된다. 작은아씨는 어처구니 없는 결과에 망연자실하지만 어쩔 도리가 없다. 그 가려한 모습이 큰아씨보다 사랑스럽다 생각되지만 가오루는 큰아씨의 획책으로 자신의 애정을 뒤집는 것은 유감스러운 일이라 생각한다. 그러고는 작은아씨에게 손끝 하나 대지 않은 채 지난날, 큰아씨와 이야기만 나누며 밤을 밝혔던 것처럼 이야기만 나누며 밤을 지샌다.

아침이 되어 가오루가 자신의 침소로 돌아가자, 큰아씨는 병풍 뒤에서 귀뚜라미처럼 기어 나와 작은아씨 옆에 눕는다.

가오루는 너무도 강경한 큰아씨의 태도에 애가 타서 작은아씨와 니오노미야를 맺어주면 큰아씨가 자신에게 마음을 기울일지도 모른다 생각하고 일을 꾸며, 니오노미야를 우지로 데리고

와 작은아씨의 침소에 안내한다.

작은아씨는 영문을 모르는 채 능숙한 니오노미야와 첫날밤을 치른다. 니오노미야는 뜻을 이루고, 예상을 넘는 작은아씨의 사랑스러움과 아름다움에 흡족해한다.

큰아씨는 가오루에게서 전후 사정을 듣고 경악하지만 이미 때는 늦었다. 큰아씨는 도리어 가오루를 원망하면서 동생을 가여워한다. 여전히 거부하는 큰아씨 때문에 가오루는 그 밤도 허망하게 돌아가고 만다.

작은아씨에게 푹 빠진 니오노미야는 먼 길을 마다않고 사흘 동안 착실하게 우지를 오간다. 작은아씨도 점차 니오노미야를 따르게 된다. 가오루는 우지에는 가지 않아도 사흘밤을 축하하는 선물을 보내는 등 후견인답게 처신한다.

니오노미야는 자신의 신분상 우지에 오가는 일이 얼마나 어려운 것인지를 작은아씨에게 설명하고 다소 발길이 뜸해져도 절대 마음은 변하지 않을 것이니 걱정하지 말라고 말한다.

그 후 예견한 대로 어머니 아카시 중궁에게 꾸중을 들은 니오노미야는 뜻대로 우지를 오갈 수 없어진다. 니오노미야는 작은아씨를 경으로 맞으려는 계획을 세운다. 가오루 역시 소실된 삼조궁을 재건하면 그곳에 큰아씨를 맞으리라 생각한다. 그리고 그동안에도 철철이 옷가지를 보내는 등 세심하게 아씨를 보살핀다.

시월 초, 가오루는 니오노미야와 함께 우지의 단풍을 구경하러 간다.

가오루는 산장의 시녀들에게 니오노미야가 틀림없이 들러 묵을 것이니 빈틈없이 준비를 하라고 전갈을 보낸다. 산장에서는 발을 갈고 집 안을 청소하고 낙엽을 치우고 연못의 물풀을 걷어 낸다. 가오루도 필요한 일손과 입에 맞는 안주 등을 갖추어 보낸다.

그런데 니오노미야 일행은 측근은 물론 점차 동행의 수가 불어난다. 중궁이 일부러 유기리의 장남 위문독을 시켜 수행원을 대거 데리고 뒤쫓아가게 한 것이다. 니오노미야는 떠들썩하게 놀고는 있지만 마음은 작은아씨에게 가 있고, 마음대로 행동할 수 없는 자신의 처지를 답답하게 여긴다. 가오루는 뜻하지 않은 사태에 그저 속수무책이다.

다음날 중궁전 대부와 전상인들이 대거 니오노미야를 맞으러 온다. 니오노미야는 강 건너 산장에 갈 수 없는 안타까움과 허망함을 안고 도읍으로 돌아간다. 기다림이 헛수고가 된 아씨 쪽에서는 들르지 않고 그냥 돌아가는 니오노미야 쪽의 분위기에 평정심을 잃는다.

특히 큰아씨는 분개하여 마음이 편치 않다. 니오노미야는 소문대로 바람기 많은 남자라고 생각하고 작은아씨에게 다리를 놓은 가오루를 원망한다. 이대로 작은아씨가 버림을 받으면 어쩌나 하고 걱정한 나머지 몸져눕고 만다.

작은아씨는 니오노미야의 애정을 믿고는 있지만 그냥 돌아가버린 서운함과 낭패감을 떨쳐버릴 수가 없다.

큰아씨는 한탄하는 동생을 보면서 세상이 웃음거리가 되는 연애사건에 휘말려 돌아가신 부모님의 이름에 누를 끼치느니 차라리 죽는 것이 낫다고 죽음을 바라게 된다.

도읍으로 돌아간 니오노미야는 곧바로 다시 우지에 가려고 하지만 낌새를 눈치챈 폐하와 중궁이 사가에 머무는 것을 허락하지 않아 궁중에 살게 된 탓에 외출조차 마음대로 할 수 없다. 그런데다 유기리의 여섯째 딸과의 혼담이 추진된다.

큰아씨는 아버지의 유언을 거역하고 작은아씨와 니오노미야를 결혼시킨 자신을 자책하여 병석에 눕는 일이 잦아지고 한층 쇠약해진다. 살고자 하는 의욕이 없고 죽기만을 바란다. 가오루는 큰아씨를 문안하기 위해 우지로 내려갔다가 그대로 머물며 간병을 한다.

니오노미야가 들를 수 없었던 사정과 고충을 설명하며 위로하지만 큰아씨는 수긍하지 않는다. 가오루는 갖가지 가지기도를 시작하려고 아랫사람들에게 그 준비를 시키는데, 죽기만을 바라는 큰아씨는 다 소용없는 일이라고 생각하면서도 가오루의 자상한 마음에는 감동한다.

다음날 아침, 큰아씨는 자청하여 가오루를 머리맡에 불러들인다. 이전에 없는 처신에 가오루는 감격하는데, 큰아씨는 몸이 괴로워 대답조차 하지 못하는 상태였다.

가오루가 도읍으로 돌아간 후, 큰아씨는 시녀에게서 니오노미야와 유기리의 여섯째 딸의 혼담이 정해졌다는 소식을 듣고 절망한 나머지 병세가 급변한다. 그런데도 가오루에게는 상황을 전하지 말라고 단단히 입막음을 한다.

십일월, 우지를 찾은 가오루는 너무도 쇠약해진 큰아씨의 모습에 놀라 간병을 위해 그대로 우지에 머문다. 밤낮으로 한시도 곁을 떠나지 않고 간병하는 가오루에게 큰아씨도 마음을 연다. 하지만 끼니는커녕 탕약 한 방울 입에 대려 하지 않는다.

큰아씨는 수계를 바라는데 시녀들은 당치 않은 일이라며 방해한다.

가오루는 계속 우지에 머물면서 큰아씨를 열심히 간병하지만, 큰아씨는 끝내 초목이 메말라가듯 허망하게 숨을 거둔다. 가오루는 장례 절차와 이레마다 치르는 법회 등 모든 것을 정성스럽게 공양하면서 도읍에는 돌아갈 생각을 하지 않는다.

어느 눈 내리는 밤, 니오노미야가 그제야 조문을 위해 우지를 찾았다. 슬픔에 잠겨 있는 작은아씨는 니오노미야의 냉담한 처사를 원망하다가 병에 걸려 죽었다고 생각하는 까닭에 니오노미야를 거부하면서 만나려 하지 않는다.

십이월에 들어서서야 가오루는 탈상을 하고 도읍으로 돌아간다. 우지의 쓸쓸함이 한결 깊어진다.

아카시 중궁은 비탄에 젖은 니오노미야는 물론 가오루까지 우지의 큰아씨의 죽음에 얼이 빠져 있다는 소문을 듣고 우지의 아씨들이 예사 사람들이 아니라는 것을 깨닫는다. 그리고 니오노미야에게 작은아씨를 이조원의 서쪽 별채에 맞아도 좋다는 허락을 내린다.

그 소식을 들은 가오루는 자신이 새로 지은 삼조궁에 큰아씨 대신 작은아씨를 맞았다면 좋았을 것이라고 후회한다.

하치노미야에게는 우지의 이 두 아씨 외에 배다른 여동생이 또 있는데 아직까지는 등장하지 않는다. 여기까지는 아름다운 두 아씨의 이야기다.

나는 소녀 시절에 요사노 아키코가 현대어로 번역한 『겐지 이야기』를 읽고 겐지가 중심인물인 앞의 첩들보다 우지 10첩이 더 재미있다고 생각했다.

그 무렵 앙드레 지드의 『좁은 문』을 읽었던 터라 큰아씨와 가오루의 비련이 마치 알리사와 제롬의 사연처럼 느껴졌기 때문이었다. 알리사도 제롬의 한결같은 사랑을 거부하고 여동생을 제롬과 결혼시킨다. 사실 알리사는 제롬을 죽도록 사랑했지만 신에게 서약한 사랑 때문에 제롬을 받아들이지 않는다.

이 이야기에서 큰아씨는 끝까지 가오루의 사랑에 답하려 하지 않고 매정한 태도를 취한다. 그러나 운신도 할 수 없을 만큼 병세가 심해진 후에는 스스로 가오루를 가까이 불러들일 정도로 마음을 연다.

가오루가 처음 하치노미야를 만나기 위해 우지를 찾은 이래 두 아씨와 교섭을 갖게 되기까지 3년 남짓한 세월이 흘렀다. 「하시 히메」에서 「갈래머리」에 이르는 동안 가오루는 스무 살에서 스물네 살이 되었다. 큰아씨는 가오루보다 두 살이 많고 작은아씨와 가오루는 같은 나이다. 니오노미야는 가오루보다 한 살이 많다.

당시 여자 나이 스물네다섯 살이면 이미 혼기를 놓친 나이다. 게다가 두 아씨의 아버지 하치노미야는 기리쓰보 선황의 황자이고 겐지와는 이복 형제인데, 겐지에 반한다 하여 실각했다.

도읍의 저택마저 소실되어 우지 산골에서 지내고 있다. 그것만 해도 드라마틱한 무대장치와 등장인물이란 이야기의 조건을 갖춘 셈이다. 회의적이고 철학적이며 금욕적이고 종교적인 가오루가 음성이라면, 니오노미야는 한없이 쾌락을 즐기는 호색한에 현실적이면서 정서파이니 양성이라 할 수 있다.

가오루가 늘 주춤거리며 소극적인 데 반해 니오노미야는 결단이 빠르고 적극적이다.

가오루의 그런 암울한 성격은 그가 자신의 출생의 비밀을 알게 모르게 눈치챈 데서 비롯된다. 가오루가 큰아씨나 작은아씨와 같이 잠자리에 누우면서도 자신을 억제하여 절대 육체적인 관계를 맺지 않는 점을 당시의 독자들을 어떻게 생각했을까.

아직까지는 그 대답이 없지만, 이야기가 전개되면서 셋째 딸 우키후네가 등장하면 무라사키 시키부의 대답을 들을 수 있다. 니오노미야의 모후와 폐하께서 도가 지나치다 싶을 정도로 니오노미야의 행동에 제재를 가하는 것은 니오노미야가 셋째 황자이면서도 동궁 후보로 점찍혀 있기 때문이다. 신하인 가오루와는 비교도 할 수 없을 만큼 신분이 높은 것이다.

이런 니오노미야의 입장에 대한 이해 없이는 단풍 구경을 갔다가 우지 산장을 그냥 지나친 행동의 의미와 그 무게를 정확히 파악할 수 없다.

전 첩을 통해 『겐지 이야기』의 가장 큰 장점은 인물에 대한 세심한 심리 묘사라 할 것이다.

주인공이든 단역이든, 신분이 높든 낮든 등장인물 한 명 한 명에 대해서 섬세하고 치밀하게 그 심리와 성격을 묘사하고 있다.

제롬보다 가오루가 훨씬 철학적이고 회의적이다. 동생을 생각하는 알리사의 심정보다 작은아씨를 생각하는 큰아씨의 마음이 훨씬 더 현실적이고 세심하며 가장적인 풍격을 갖추고 있다.

큰아씨는 가오루와의 관계에 대해서 작은아씨나 변은 물론 다른 시녀들에게도 일절 변명하지 않는다. 고귀한 아씨의 자존심이 빛나 보이는 대목이다. 변명 따위는 신분이 낮은 천한 사람들이나 하는 짓거리인 것이다.

작은아씨에게만은 언젠가 때를 보아, 자신과 가오루는 결백한 사이이며 작은아씨의 잠자리로 가오루를 안내한 것처럼 의심을 받고 있는데, 사실과는 다르다고 해명하고 싶어하지만 결국 동생에게도 그런 변명을 하지는 않는다.

가오루는 변명하기보다는 오히려 사람들이 오해를 좋은 빌미로 삼아 이미 맺어진 사이라 믿게 하고 싶어한다.

이렇게 독자에게는 양쪽의 입장 모두를 알게 하는 이중구조가 흥미롭고 또 근대적이다.

우지 10첩을 폄하하는 이들도 있지만, 나는 우지 10첩이야말로 근대소설에 가장 가깝고 그 점 때문에 재미있다고 생각한다.

이마이 겐에이 씨는 큰아씨의 죽음은 각오한 자살이라고 해석하고 있다. 큰아씨는 가오루가 행하는 온갖 가지기도를 오히려 폐라 여기고 음식물도 입에 대지 않는다. 그것은 스스로 목숨을 끊겠다는 의지의 표현이라고 보인다. 한편 지금 식으로 하면 위암이나 장암 말기라서 몸이 음식물을 받아들이지 않았다고도 볼 수 있다. 그러나 이 이야기에서 병사하는 등장인물 모두는, 무라사키 부인이든 큰아씨든 또 횡사한 유가오든 거의 고통을 겪지 않는다. 나뭇잎이 떨어지듯, 이슬이 사라지듯 실로 조용하고 온화하게 죽음을 맞는다.

그리고 무라사키 시키부는 죽은 사람을 정말 아름답게 묘사했다. 장엄하다는 표현이 어울릴 정도로 시신의 얼굴, 머리칼, 피부색을 묘사한다.

이 또한 무라사키 시키부의 미의식 또는 미학이라 할 수 있을 것이다. 그런 관점에서 보면 이 이야기 중에서 가장 아름다워야 할 겐지의 죽음을 단 한 줄도 묘사하지 않은 작가의 태도에도 수긍이 갈 듯하다.

가시와기의 죽음과 큰아씨의 죽음은 그 측은함이 정반대 의미를 지니는 듯하다.

그렇게 생각하면, 모든 것을 안 가오루가 찾아갔을 때 죽지 않고 출가한 온나산노미야가 무구하고 싱그러운 표정으로 경을 읊다가 부끄러운 듯 경본을 감추는 장면의 묘사가 각별한 생동감을 지닌다.

가오루는 그런 어머니의 모습에, 자신이 출생의 비밀을 알았다는 것을 차마 알릴 수 없어 잠자코 물러난다. 이렇게 아무런 티를 내보이지 않고 한 막을 마무리짓는 솜씨만 보아도 무라사키 시키부의 작가로서의 비범함을 알 수 있다.

나는 우지 10첩을 본편 못지않게 재미있다 생각하고 또 좋아한다. 다나베 세이코나 다케니시 히로코처럼 고전의 탁월한 독자들 역시 우지 10첩을 재미있다고 말한다.

이제 무대는 우지로 바뀌고 우키후네의 등장을 기다리면서 이야기는 한층 근대소설에 가까운 재미를 더해간다. 우지 산장은 이야기의 무대에서 사라지지 않고 우지 강의 물소리 역시 이야기가 막을 내릴 때까지 주조음으로 작용한다.

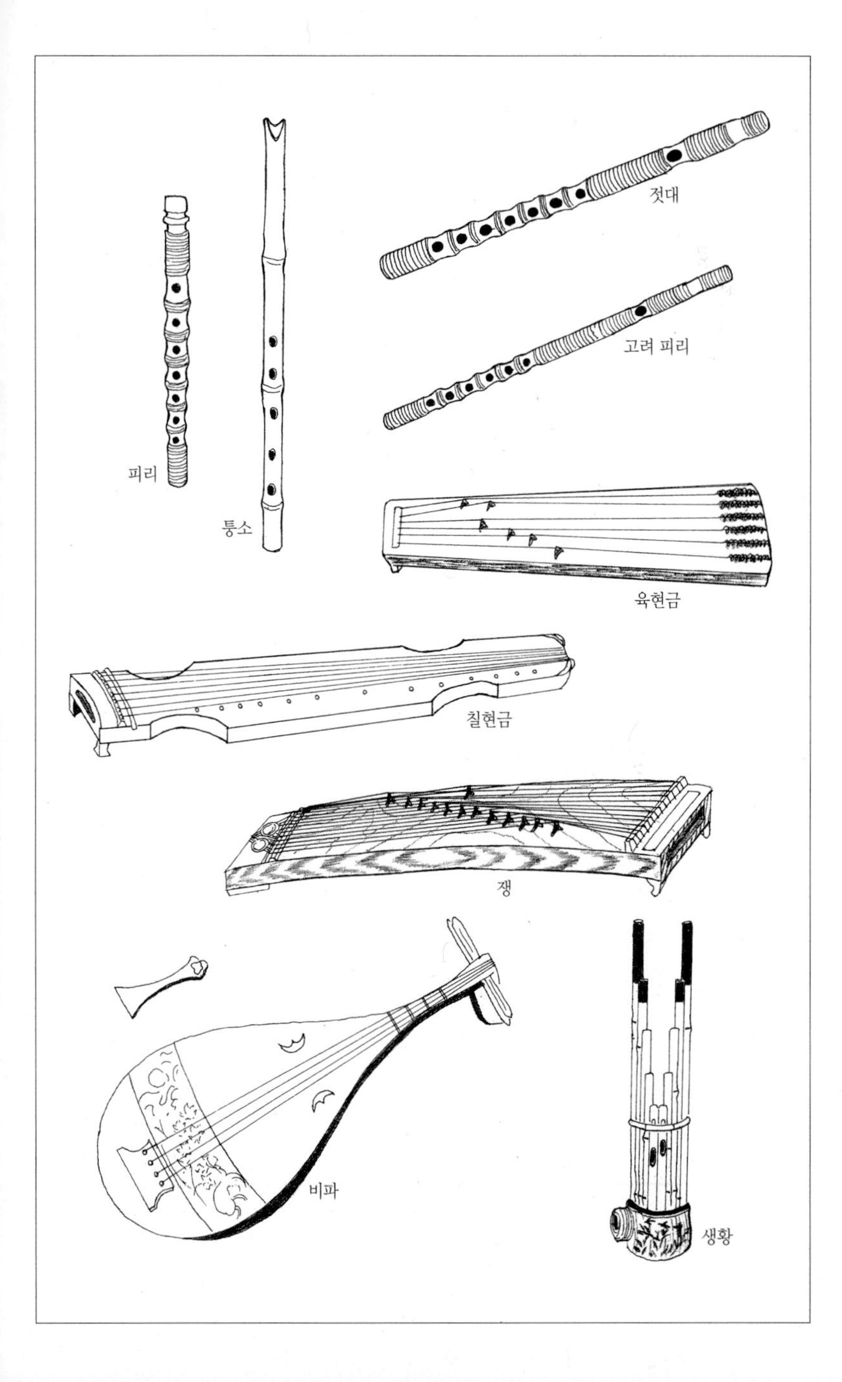
젓대
고려 피리
피리
퉁소
육현금
칠현금
쟁
비파
생황

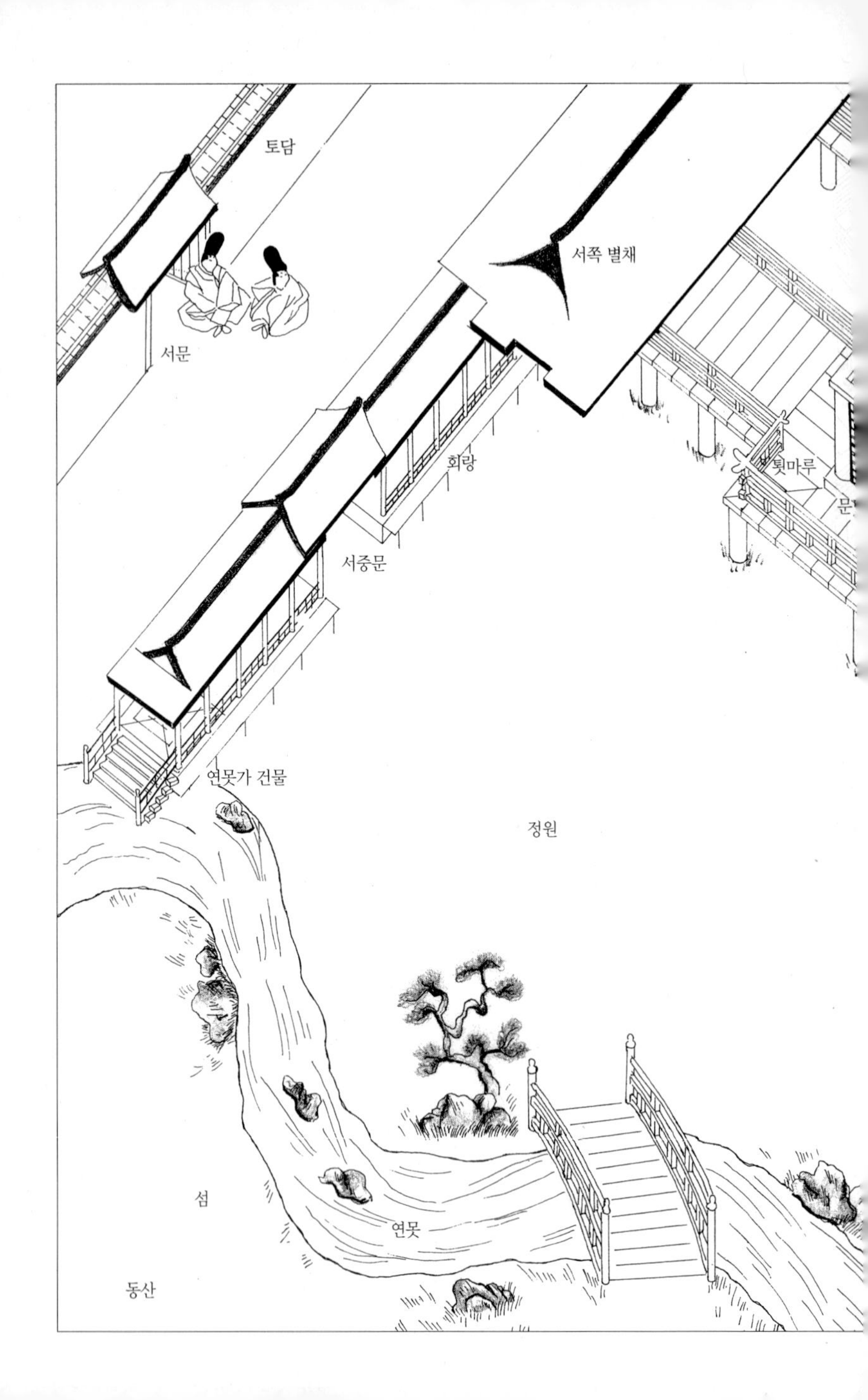

토담
서쪽 별채
서문
회랑
툇마루
문
서중문
연못가 건물
정원
섬
연못
동산

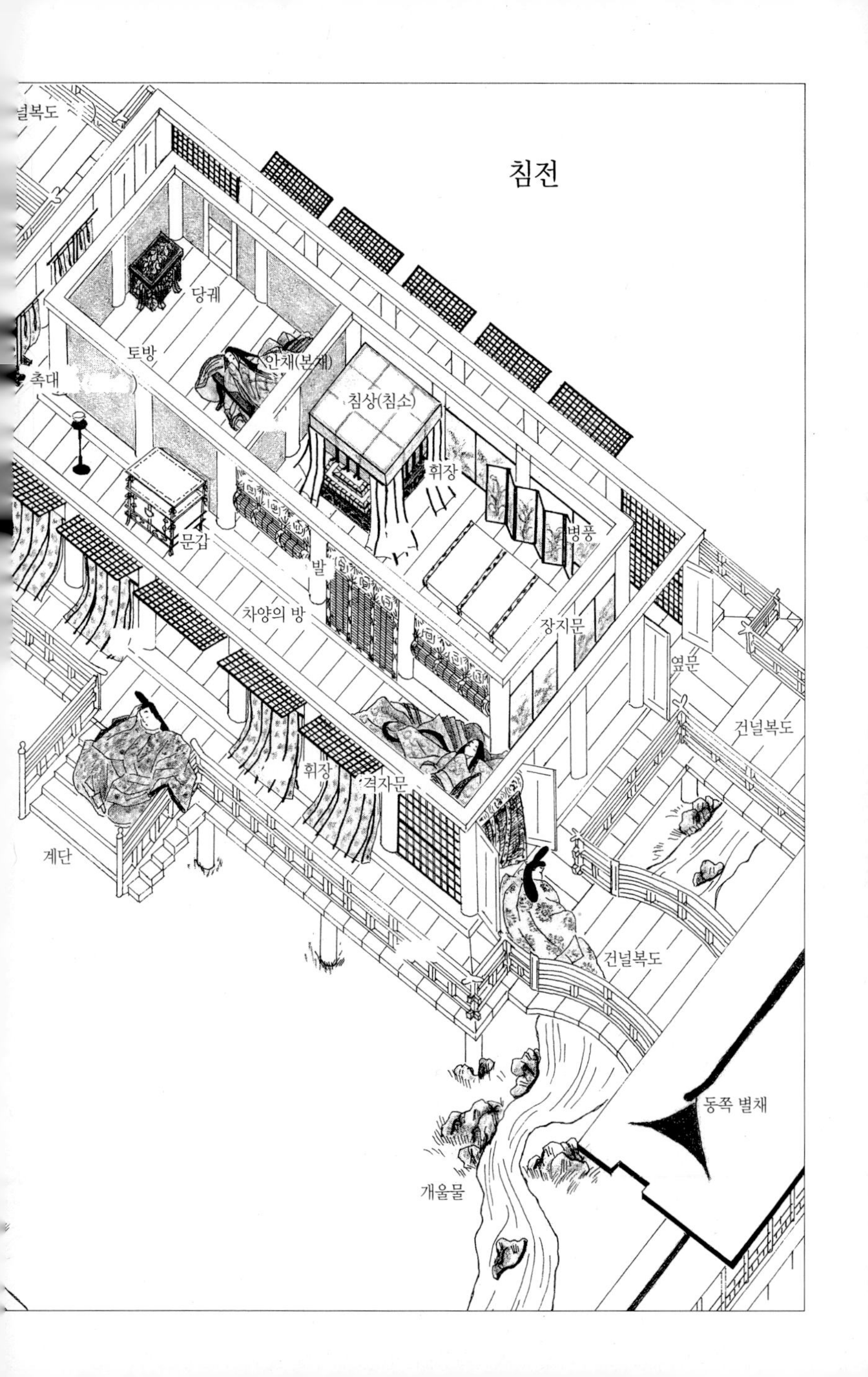

침전
널복도
당궤
토방
안채(본채)
촉대
침상(침소)
휘장
문갑
병풍
발
차양의 방
장지문
옆문
건널복도
휘장
격자문
계단
건널복도
동쪽 별채
개울물

소례복 차림
걸옷
바지(풀 먹인 빳빳한 바지)
성인식 예복
쥘부채
당의
겉겹옷(5겹)
걸치마
겉옷
속바지
평상복 차림
겉옷
쥘부채
건
평상복 차림
쥘부채
가벼운 평상복 차림
홑옷
바지
(대님으로
아랫자락을
묶는 바지)
관
관복 차림
홀
석대
포
속옷자락
겉바지

삿자리 수레
빈랑잎 수레
가마
손수레
우차(소수레)
끌채
받침대
바퀴통

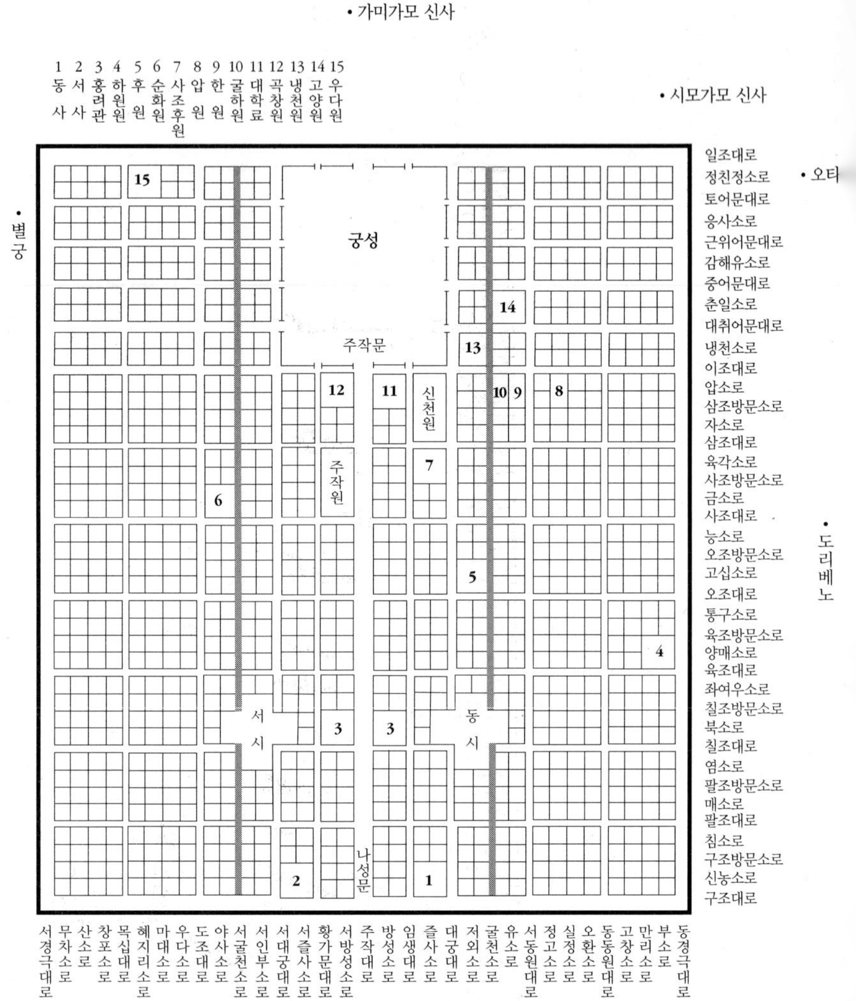

• 가미가모 신사

• 시모가모 신사

• 오타

• 별궁

• 도리베노

1 동사
2 서사
3 홍려관
4 하원원
5 후원
6 순화원
7 사조후원
8 압원
9 한원
10 굴하원
11 대학료
12 곡창원
13 냉천원
14 고양원
15 우다원

궁성

주작문

주작원

신천원

서시

동시

나성문

15 14 13 12 11 10 9 8 7 6 5 4 3 3 2 1

일조대로
정친정소로
토어문대로
응사소로
근위어문대로
감해유소로
중어문대로
춘일소로
대취어문대로
냉천소로
이조대로
압소로
삼조방문소로
자소로
삼조대로
육각소로
사조방문소로
금소로
사조대로
능소로
오조방문소로
고십소로
오조대로
통구소로
육조방문소로
양매소로
육조대로
좌여우소로
칠조방문소로
북소로
칠조대로
염소로
팔조방문소로
매소로
팔조대로
침소로
구조방문소로
신농소로
구조대로

서경극대로 무차소로 산소로 창포소로 목십대로 혜지리소로 마대소로 우다소로 도조대로 야사소로 서굴천소로 서인부소로 서대궁대로 서즐사소로 황가문대로 서방성소로 주작대로 방성소로 임생대로 즐사소로 대궁대로 저외소로 굴천소로 유소로 서동원대로 정고소로 실정소로 오환소로 동동원대로 고창소로 만리소로 부소로 동경극대로

헤이안 경

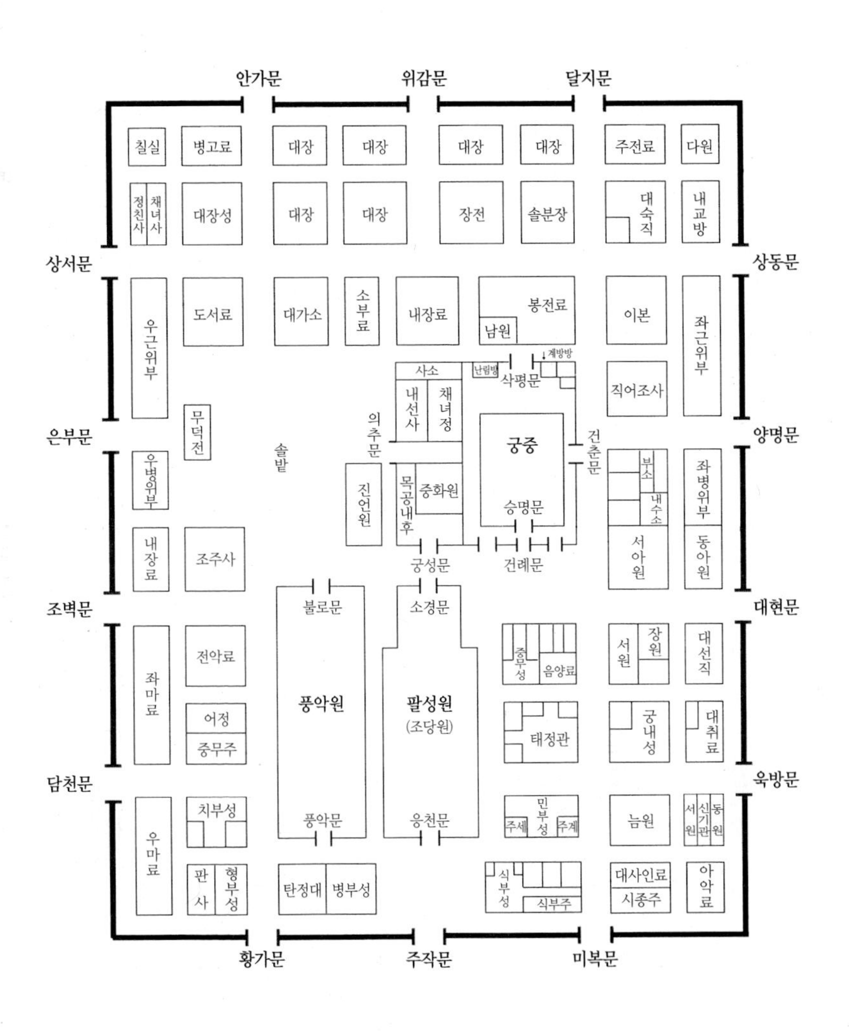

안가문
위감문
달지문
칠실
병고료
대장
대장
대장
대장
주전료
다원
정친사
채녀사
대장성
대장
대장
장전
솔분장
대숙직
내교방
상서문
상동문
우근위부
도서료
대가소
소부료
내장료
봉전료
남원
이본
좌근위부
난림방
계방방
삭평문
사소
내선사
채녀정
직어조사
무덕전
의추문
궁중
건춘문
은부문
양명문
솔밭
우병위부
진언원
목공내후
중화원
부소
내수소
좌병위부
승명문
내장료
조주사
서아원
동아원
궁성문
건례문
조벽문
대현문
불로문
소경문
좌마료
전악료
중무성
음양료
서원
장원
대선직
풍악원
팔성원
(조당원)
어정
중무주
태정관
궁내성
대취료
담천문
육방문
우마료
치부성
풍악문
응천문
주세
민부성
주계
늠원
서원
신기관
동원
판사
형부성
탄정대
병부성
식부성
식부주
대사인료
시종주
아악료
황가문
주작문
미복문

궁성

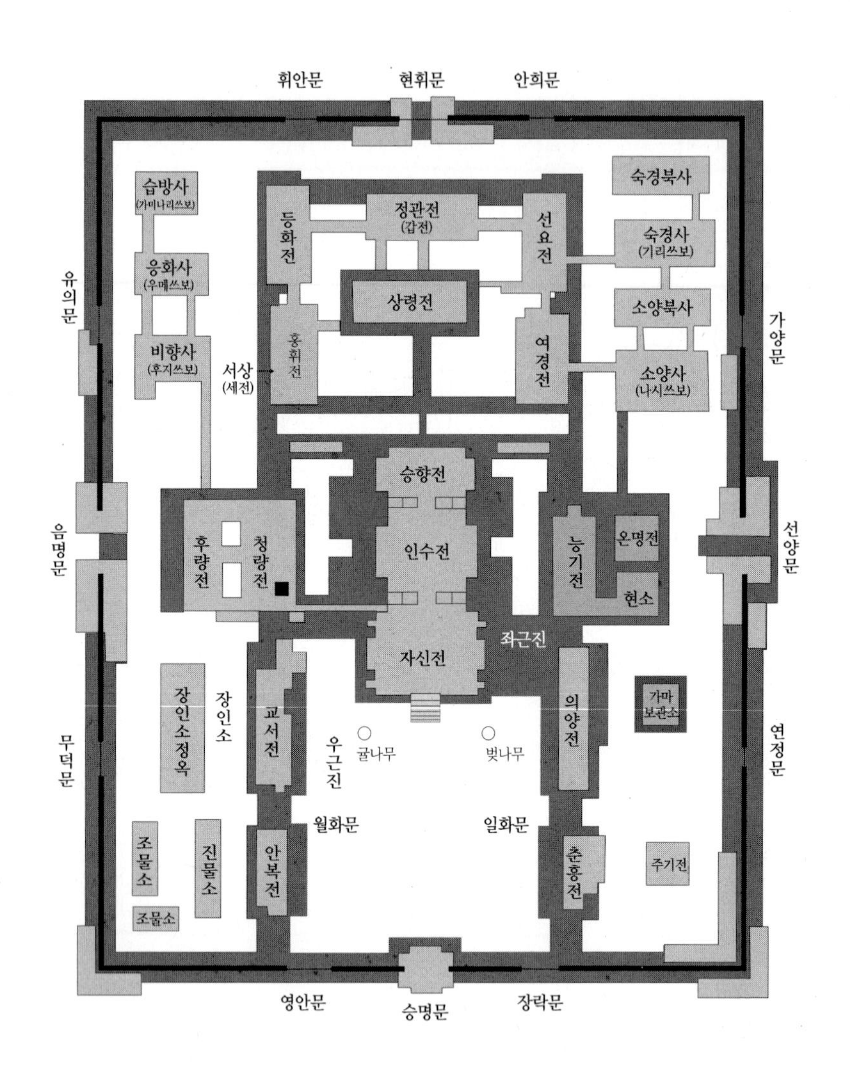
휘안문
현휘문
안희문
습방사
(가미나리쓰보)
응화사
(우메쓰보)
비향사
(후지쓰보)
등화전
정관전
(갑전)
선요전
숙경북사
숙경사
(기리쓰보)
소양북사
소양사
(나시쓰보)
상령전
홍휘전
여경전
서상
(세전)
유의문
가양문
승향전
인수전
자신전
후량전
청량전
능기전
온명전
현소
좌근진
음명문
선양문
장인소정옥
장인소
교서전
우근진
귤나무
벚나무
의양전
가마
보관소
무덕문
연정문
월화문
일화문
조물소
진물소
안복전
춘흥전
주기전
조물소
영안문
승명문
장락문

궁중

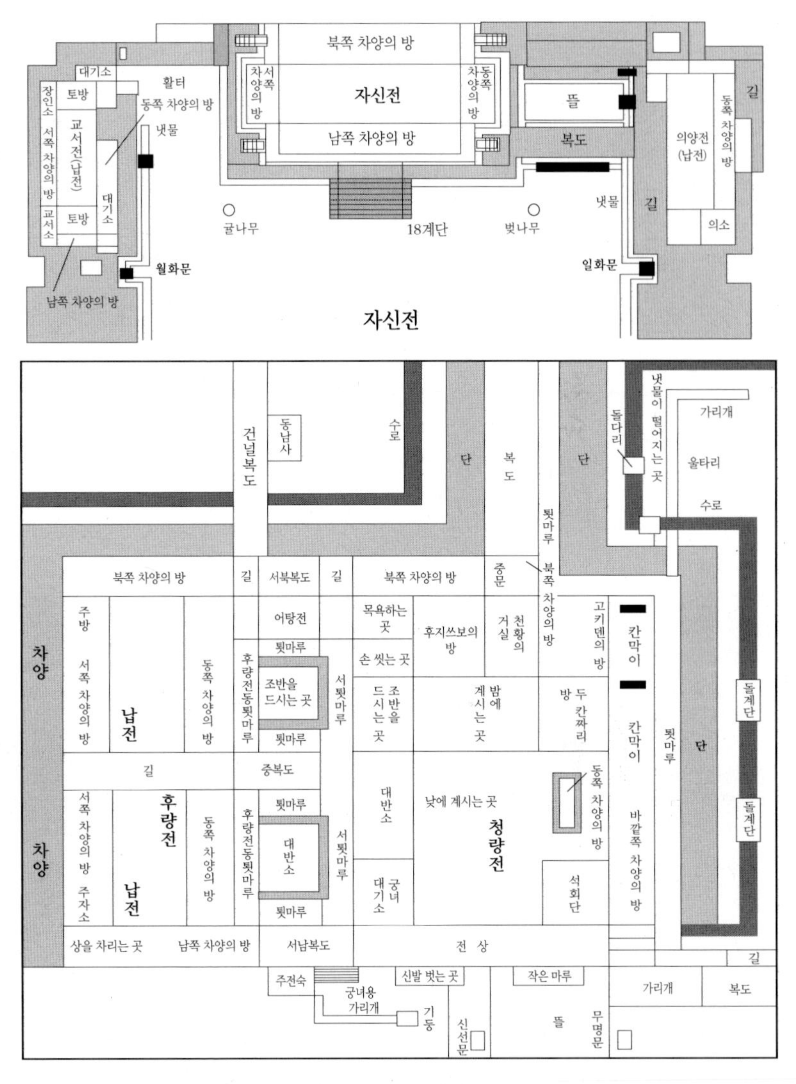
북쪽 차양의 방
자신전
남쪽 차양의 방
서쪽 차양의 방
동쪽 차양의 방
대기소
활터
동쪽 차양의 방
냇물
장인소
토방
교서전(납전)
서쪽 차양의 방
교서소
대기소
남쪽 차양의 방
월화문
귤나무
18계단
벚나무
냇물
일화문
뜰
복도
길
의양전(납전)
동쪽 차양의 방
의소
건널복도
동남사
수로
단
복도
돌다리
냇물이 떨어지는 곳
가리개
울타리
툇마루
차양
북쪽 차양의 방
길
서북복도
중문
고키덴의 방
칸막이
주방
어탕전
목욕하는 곳
후지쓰보의 방
천황의 거실
납전
후량전동툇마루
조반을 드시는 곳
손 씻는 곳
서툇마루
조반을 드시는 곳
밤에 계시는 곳
두 칸짜리 방
돌계단
중복도
대반소
낮에 계시는 곳
청량전
바깥쪽 차양의 방
후량전
주자소
대기소
궁녀
석회단
상을 차리는 곳
서남복도
전상
주전숙
신발 벗는 곳
작은 마루
가리개
궁녀용 가리개
기둥
신선문
무명문

자신전

청량전 · 후량전

위 \ 관	신기관	태정관	중무성	식부성 치부성 형부성 병부성 민부성 대장성 궁내성	좌우 대사인료 도서료 내장료 아악료 현번료 제릉료 주계료 목공료 대학료 주세료 좌우 마료 좌우 병고료	음양료 전약료 내장료 봉전료 대취료 주전료	재궁료
정종1위		태정대신					
정종2위		좌우내대대대신신신					
정3위		대납언					
종3위		중납언					
정4위		참의	경	경			
종4위	백	좌우대변					
정5위		좌우중변 좌우소변	대보	대판사 대보			
종5위	대부	소납언	소보 대감물 시종	소보	두 문장박사	두	두
정6위	소부	좌우대사 대외기	대내기 대승	중판사 대승	조 명경박사	시의	조
종6위	대우 소우		소승 중감물	소판사 소승 대주약		조	
정7위		좌우소사 소외기	대록 소내기 소감물 대주령	판사대속 대록	대윤 명법박사 조교	음양박사 천문박사 주금박사 의박사	대윤
종7위			감물주전 대전약	대해부 소주약	소윤 음박사 산박사 서박사	역박사 음양박사 누각박사 침박사 의사 윤	소윤
정8위	대사		소주령 소록	판사소속 소록 중해부			
종8위	소사		소전약	소해부	대속 소속 마의사	대속	속
대초위						소속	
소초위							

↑ 전상인

지하 ↓

관위상당표

관 / 위	동서시사	수옥사	정친사	조주사	내선사	준인사	직부사	채녀사	주수사	후궁	춘궁방	중궁직	수리직	좌우경직	대선직	좌우근위부	좌우위문부	좌우병위부	탄정대	장인소	검비위사	감해유사	대재부	진수부	안찰사	국사 대국	국사 상국	국사 중국	국사 하국
정종1위																													
정종2위																				별당									
정3위																													
종3위										상시						근위대장			윤				수						
정4위											부									두						가즈사·히타치 우에노의 태수			
종4위										전시	춘궁대부	중궁대부	대부	대부		근위중장	위문독	병위독	대필		별당	장관	대이		안찰사				
정5위															대선대부	근위소장			소필	5위장인									
종5위										장시	춘궁학사		형	형			위문좌	병위좌			좌	차관	소이	장군		수	수		
정6위			정		봉선		정												대소충충	6위장인			대감			개		수	
종6위									정			대진 소진		대진		근위장감	위문대위	병위대위			대위	판관	소감 대판사				개		수
정7위														소진			위문소위		태순 소찰		소위		대전 소판사	군감	기사	대연			
종7위			우		전선											근위장조		병위소위				주전	박사			소연	연		
정8위							우		우				대속				위문대지		소소		대지		소전·산사 의사·소공					연	
종8위													소속			병위소지 병위대지	위문소지				소지			군조		대목·소목	목		
대초위			영사				영사																					목	
소초위									영사																				목

계보도

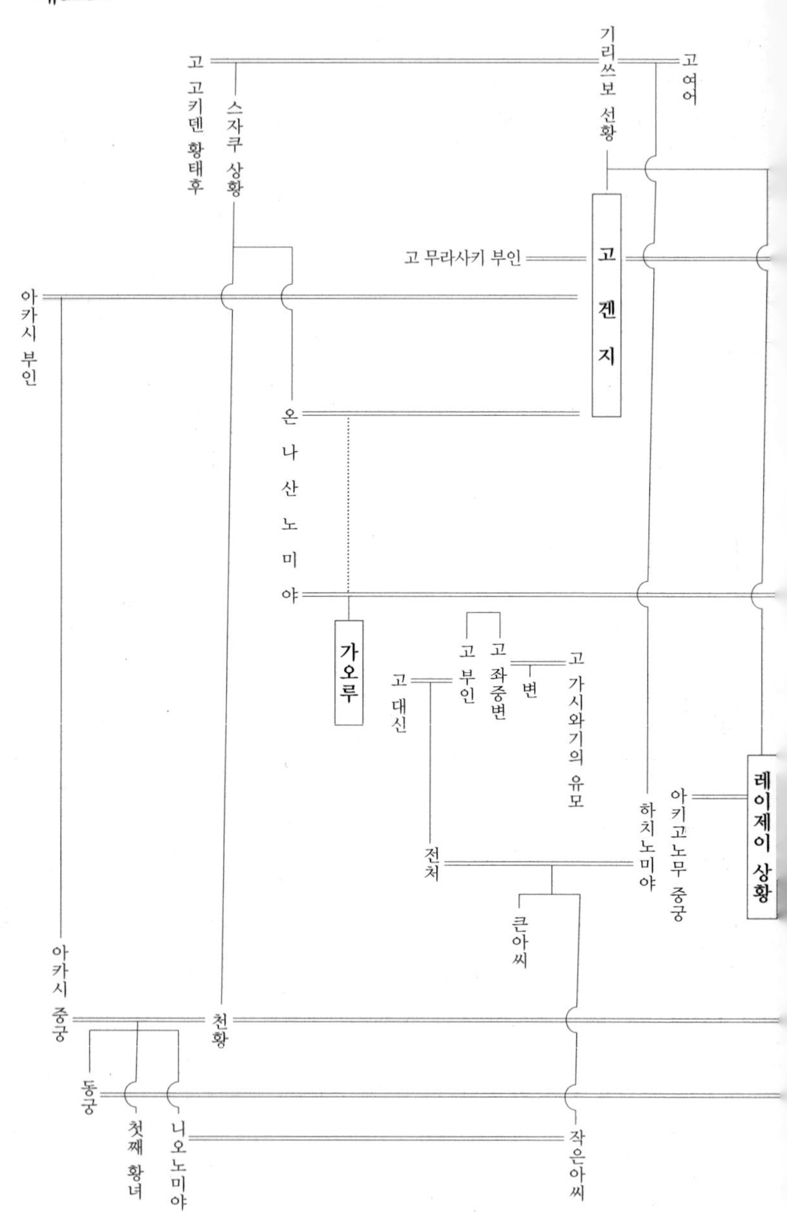

고 고키덴 황태후
스자쿠 상황
기리쓰보 선황
고 여어
고 무라사키 부인
고겐지
아카시 부인
온나산노미야
가오루
고 부인
고 좌중변
변
고 가시와기의 유모
고 대신
하치노미야
아키고노무 중궁
레이제이 상황
전처
큰아씨
아카시 중궁
천황
동궁
첫째 황녀
니오노미야
작은아씨

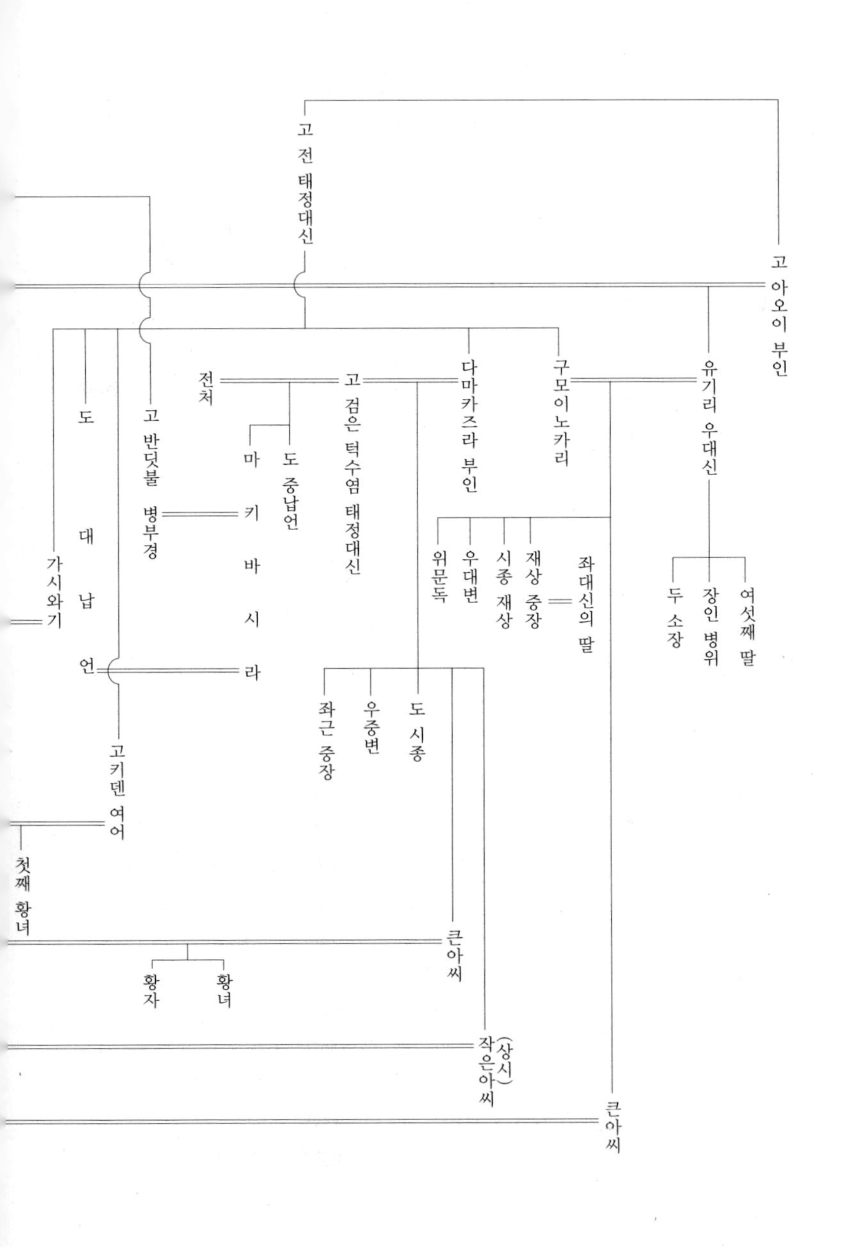

고 전 태정대신
고 아오이 부인
도 대납언
고 반딧불 병부경
가시와기
전처
마키바시라
도 중납언
고 검은 턱수염 태정대신
다마카즈라 부인
구모이노카리
유기리 우대신
위문독
우대변
시종 재상
재상 중장
좌대신의 딸
두 소장
장인 병위
여섯째 딸
좌근 중장
우중변
도 시종
고키덴 여어
첫째 황녀
큰아씨
황자
황녀
(상시) 작은아씨
큰아씨

연표

첩		황제	가오루나이	주요 사항
42 향내 나는 분	44 다케강	긴조제	14	가오루가 4위 시종이 된다.
			15	봄, 유기리와 가오루가 다마카즈라 부인 댁을 방문한다. 삼월, 장인 소장, 다마카즈라의 딸들이 바둑을 두는 모습을 엿본다. 여름, 다마카즈라 부인의 큰딸이 냉천원으로 들어가, 소장은 실망한다.
			16	여름, 사월, 다마카즈라 부인의 큰딸, 레이제이 상황의 황녀 출산. 다마카즈라 부인의 작은딸, 어머니를 대신해 상시가 됨.
			17~19	
45 하시히메			20	가오루는 우지의 하치노미야와 법우로써 친분을 쌓아간다.
			21	
			22	가을, 가오루는 금을 합주하는 우지 아씨들의 모습을 엿본다. 가오루와 큰아씨가 노래를 주고받는다. 겨울, 하치노미야는 가오루에게 아씨들의 후견을 부탁한다. 변이 가오루의 출생의 비밀을 얘기하며 가오루에게 가시와기의 유서를 건넨다. 다마카즈라 부인의 큰딸, 레이제이 상황의 황자를 출산한다.
46 메밀잣밤나무			23	봄, 이월 이십일경, 니오노미야가 하쓰세 참배에서 돌아오는 길에 우지에 잠시 들렀다가 아씨들에게 관심을 보임. 가을, 유기리는 좌대신으로, 가오루는 중납언으로 승진. 하치노미야가 가오루에게 아씨들이 앞날을 위탁하고 산사에 들어가 팔월 이십일경에 서거. 겨울, 가오루는 큰아씨를 연모한다. 니오노미야 역시 우지의 아씨들에게 큰 관심을 보임.
47 갈래머리	43 홍매		24	정월, 우지의 아사리가 아씨들에게 산나물을 선물한다. 여름, 가오루가 아씨들을 엿본다. 팔월, 하치노미야의 일주기 준비. 큰아씨, 가오루의 구애를 거부한 채 하룻밤을 보낸다. 큰아씨는 독신을 관철하기로 결심하고 동생인 작은아씨를 가오루에게 권한다. 니오노미야는 가오루의 안내로 작은아씨와 맺어진다. 사흘째 날 밤의 축하의 떡. 아카시 중궁의 꾸짖음 때문에 니오노미야의 발길이 뜸해진다. 시월 초, 니오노미야가 우지에 단풍 구경을 갔으나 작은아씨를 만나지 못한다. 니오노미야와 유기리의 여섯째 딸과의 혼사가 결정된다. 큰아씨는 낙담하여 병석에 눕는다. 십일월 초, 우지를 방문한 가오루가 큰아씨의 병이 깊은 것에 놀란다. 풍명절회 날, 큰아씨가 세상을 뜬다. 십이월, 가오루는 우지에서 복상을 하며 고인을 추모한다. 연말, 가오루는 도읍으로 올라가고, 니오노미야는 작은아씨를 맞을 준비를 한다.

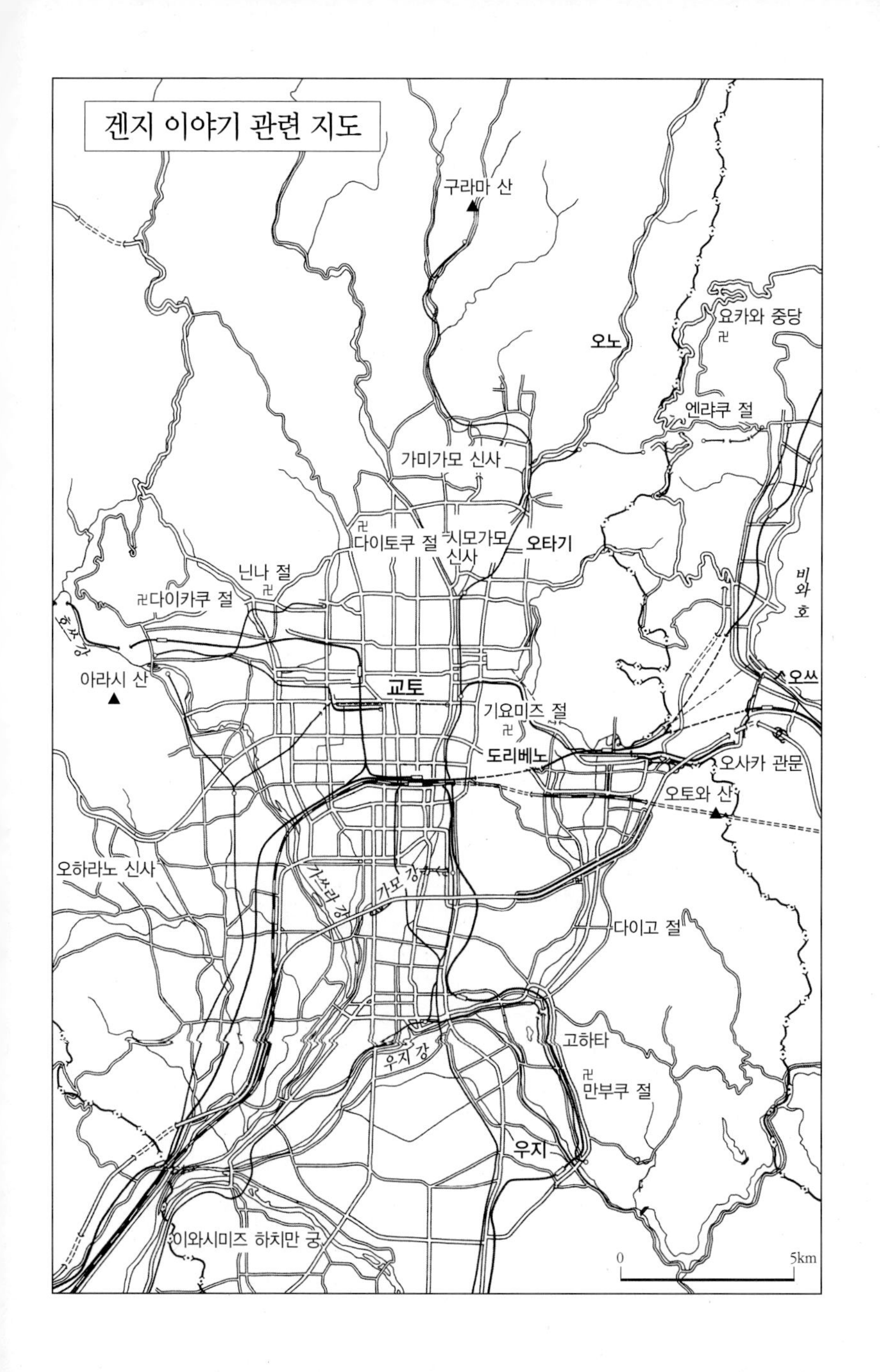

겐지 이야기 관련 지도
구라마 산
요카와 중당
오노
엔랴쿠 절
가미가모 신사
다이토쿠 절
시모가모 신사
오타기
닌나 절
다이카쿠 절
비와 호
오쓰
아라시 산
교토
기요미즈 절
도리베노
오사카 관문
오토와 산
오하라노 신사
가쓰라 강
가모 강
다이고 절
고하타
우지 강
만부쿠 절
우지
이와시미즈 하치만 궁
0
5km

어구 해설

가두歌頭 답가(踏歌) 때 선창을 하는 역. 남답가(男踏歌) 때는 여섯 명.

가사家司 친왕, 섭정, 대신, 3위 이상의 집안에서 집안일을 관장하는 직책.

가섭존자迦葉尊者 석가의 십대 제자. 걸식수행(乞食修行)인 두타행(頭陀行)의 제일인자. 『자명초』(紫明抄)에서는 향산대수(香山大樹) 견나라(堅那羅)가 부처 앞에서 유리금(琉璃琴)을 퉁기며 8만 4천 곡의 음악을 연주하자, 가섭이 위엄을 뿌리치고 일어나 춤을 추었다는 불전에 담긴 일화를 지적하고 있다. 『대수견나라왕소문경』(大樹堅那羅王所問經)에 소재.

가엾다는 한마디 제7권 「떡갈나무」 첩에서 가시와기가 온나산노미야에게 연민을 호소하는 것과 비슷한 구절.

가지기도加持祈禱 밀교(密敎)에서 행하는 주술법, 기도. 귀신이나 악령을 물리치기 위한 기도.

감취락酣醉樂酣 고려악 일월조(壹越調). 헤이안 시대 후기까지 춤이 있었으나, 후에는 곡만 남았다.

개울물 침전(寢殿)의 정원에 도랑을 파서, 강물을 끌어들여 개울처럼 흐르도록 한 물.

검은 턱수염 태정대신의 집안에서 시중을 들었던 말 많은 시녀들 제8권 「다케 강」 첩의 말하는 이. 겐지 일족과는 거리가 먼 화자를 등장시켜, 겐지의 자손에 대한 폭로담을 가능하게 했다.

겐지源氏 미나모토(源)란 성을 가진 씨족을 칭하는 말이다. 따라서 겐 씨라고 번역해야 하지만 『겐지 이야기』에서는 주인공의 이름 역할을 하기 때문에 소리를 그대로 살렸다.

격자문 격자 모양으로 짜서 뒤에 널빤지를 댄 것. 햇빛을 가리거나, 비바람을 막는 데 쓴다. 위아래 두 장이 한 쌍.

견우와 직녀의 만남 칠석(七夕)을 가리킨다. 서로 사랑하는 견우와 직녀가 일을 게을리한 벌로 헤어지게 되었는데, 해마다 칠석날인 칠월 칠일 밤에만 은하수를 건너 만날 수 있었다는 전설이 있다.

고려악高麗樂 고려악은 우악(右樂)으로, 한반도계 음악. 좌악(左樂)은 당악(唐樂)으로, 중국계 음악.

고세치五節 신상제(新嘗祭), 대상제(大嘗祭: 천황 즉위 원년) 전후에 네 명의 무희(대상제 때는 다섯 명)가 소녀무를 추는 행사. 음력 십일월, 축일(丑日), 인일(寅日), 묘일(卯日), 신일(辰日)에 행한다. 마지막 날은 풍명절회.

고세치의 행사가 십일월 초순에 있는지라 신상제(新嘗祭), 대상제(大嘗祭) 때, 궁중에서 행하는 의식. 십일월 중순, 축일(丑日)에서 나흘 동안. 보통은 중순의 축일이지만 축일이 두 번밖에 없는 달에는 상순의 축일에 행한다.

고하타木幡 **산** 우지(宇治)에서 도읍으로 올라가는 길목에 있는 산. 지금의 고하타 동쪽의 산기슭이나 모모(桃) 산 부근이라고 한다. '야마시나 고하타 고을에는 타고 갈 말은 있어도 일부러 걸어오네, 그대를 생각하니'(『습유집』, 「잡사랑」· 가키노모토노 히토마로柿本人麿). 도적들이 출몰하는 위험한 곳.

공경公卿 국정의 최고 간부. 태정관 등. 공(公)과 경(卿)의 총칭. 공이란 섭정, 관백, 대신. 경이란 대납언, 중납언, 참의, 3위 이상.

공달公達 귀족의 자녀.

공식적인 후견인은 될 수 없더라도 가오루는 부부가 아닌 평범한 후견인 자격으로 작은아씨를 접하려고 한다. 이는 큰아씨의 허락을 얻었기 때문이라고 판단된다.

과일 과실, 과자, 술안주 등을 총칭한다.

궁녀宮女, **시녀**侍女 궁중이나 상황전(上皇殿), 또는 귀인의 집안에서 자신의 처소를 갖고 있으면서 일하는 시녀.

그 옛날 「다카사고」를 불렀던 안찰사 대납언 제2권 「비쭈기나무」 첩에서, 운 맞히기에서 지는 바람에 사이바라의 「다카사고」를 불러 겐지의 칭찬을 받았다.

그것까지는 알 도리가 없습니다 제8권「다케 강」첩은 다마카즈라의 시녀를 말하는 이로 상정하고 있기 때문에, 냉천원(冷泉院)에서 있었던 일은 모른다는 태도.

근신勤愼 음양도(陰陽道)의 금기. 불길한 일을 피하기 위해 집에서 조신하게 지내야 한다.

근행勤行 부처 앞에서 경을 읽거나 회향(回向)을 하는 것.

글자는 벼루에다 쓰는 것이 아니니 당시의 금기인가.

기노 쓰라유키紀貫之, ?~945 가인. 36가선 가운데 한 사람.『고금집』(古今集)의 찬자(撰者) 가운데 한 명으로「가나(仮名) 서문」을 썼다. 만년의 저작『도사(土佐) 일기』는 왕조 가나 일기 문학의 선구가 되었다.『칙찬집』(勅撰集)에 총 443수를 올렸다.『고금집』에 101수. 가집으로『쓰라유키집』(貫之集)이 있다.

깔개 물건의 밑에 까는 천.

나레키 큰아씨가 부리는 여동.

넝쿨 제멋대로 자라 문을 여닫을 수 없게 하기 때문에, 황폐한 집을 비유한다. 제1권「하하키기」첩, '비 내리는 날 밤의 여인 품평회'에서 황폐한 집에서 뜻하지 않게 미인을 발견하는 묘미가 화제에 오른다.

눈길을 헤치면서까지 찾아온 '현실임을 문득 잊고 꿈이 아닌가 생각하네, 예전에는 상상이나 했을까, 눈을 헤치고 그대를 찾을 줄을'(『고금집』,「잡하」· 아리와라노 나리히라,『이세 이야기』83단). 우지 10첩에서 가오루와 하치노미야가 보여주는 친교에는『이세 이야기』의 나리히라와 고레다카(惟喬) 친왕의 교류가 중첩돼 있다고도 한다.

느지막한 저녁 초야(初夜)에 해당하는 시간. 밤을 초야, 중야(中夜), 후야(後夜)의 셋으로 나눈 마지막 처음 시간대로, 오늘날의 오후 7시에서 9시경.

니오노미야匂宮**여, 가오루**薫**여** 제7권「향내 나는 분」첩에 있었던 두 남자의 형용. 니오노미야(匂宮)의 匂(니오우)는 원래 시각적으로 빛날 듯 요염한 아름다움을 나타내고, 중장의 이름인 가오루(薫)는 은은하게 떠다니는 향내처럼 그윽한 아름다움을 표현한다.

다라니陀羅尼 불보살이 설파한 주문으로 범어의 한 음 한 음에 재액을 막는 법력이 있다고 하여 원어 그대로 외운다. 진언(眞言)이라고도 한다.

다마카즈라 부인의 큰딸은 사월 구일에 냉천원으로 들어갔습니다 『겐지 이야기』의 옛 주석 『하해초』(河海抄)에서는, 후지와라노 도키히라(藤原時平)의 딸 경극 미야스도코로 호시(褒子)가 다이고(醍醐) 천황의 후궁으로 들어갈 예정이었는데, 아버지인 우다 상황이 취한 고사가 반영되어 있다고 해석했다.

답가踏歌 중국에서 전래된 행사로 남자는 정월 십사일에 여자는 십육일에 나뉘어 치러졌으며 행사 내용도 각기 달랐다. 남답가는 가두, 무인, 악인 등으로 뽑힌 전상인과 전하인이 사이바라를 노래하고 발을 구르며 춤을 추면서 청량전(淸涼殿) 동쪽 어전에서 시작하여 상황전, 동궁전, 중궁전을 돌아 도읍의 경의 호화 저택을 돌면 집집마다 술과 음식을 제공했다. 983년 이후 폐지되어 이치조(一条) 천황 시대에는 행해지지 않았다.

대나무 울타리 대나무나 널로 간격을 두고 짠 울타리.

대반소台盤所 청량전(淸涼殿) 서쪽 차양의 방에 있는 궁녀들의 대기소. 또는 귀족의 집안에서 음식을 조달하는 곳. 부엌.

대향연大饗 헤이안 시대의 연중행사로, 정월에 열린 성대한 향연. 중궁, 동궁이 주최하는 대향연과 대신들이 주최하는 대향연이 있다.

돋을무늬 능직물 무늬가 도드라지도록 짠 능직물.

마키노오槇尾 **산** 우지(宇治) 강의 동쪽 기슭에 있는 산.

만춘락萬春樂 남답가 때 읊는 축언.

머리 장식挿頭 머리, 관 등에 꽃가지나 조화를 꽂는 것.

먹색 옷 먹으로 물을 들인 옷. 또는 엷은 먹물색 옷. 상복. 승의.

명향 불전에서 피우는 향.

무덤 위에나마 '가엾다'는 한마디를 던져주실 마음 『사기』 권31, 오태백세(吳太伯世) 가의 이찰(李札)의 고사에 바탕을 두고 있다. 이찰은 오왕(吳王) 수몽(壽夢)의 넷째 아들로, 아버지의 뒤를 잇지 않고 제국을 돌아다녔다. 그때 서군(徐君)이 이찰의 보검을 좋아했는데, 훗날 이찰이 그에게 보검을 헌상하려고 다시 찾아갔으나 이미 서군은 죽고 없었다. 그래서 보검을 나무에 걸어놓고 사라졌다는 일화.

무명장야無明長夜 어두운 긴 밤이라는 뜻으로, 번뇌에 사로잡혀서 진리의 광명을 보지 못함을 비유적으로 이르는 말.

미야스도코로御息所 천황의 총애를 받는 여성. 특히 황자나 황녀를 낳은 여어, 갱의를 뜻하는 존칭이다.

미야스도코로는 다시 사내 아이를 낳았습니다 레이제이 상황은 재위 중에는 황자를 얻지 못했다. 겐지와 후지쓰보의 밀통으로 태어난 레이제이 상황의 자손에게 황통을 잇게 하지 않으려는 설정인가. 퇴위를 한 후에 황자가 태어나자 다른 부인들은 마음이 상한다.

바둑 중국에서 전래된 유희. 둘이 대좌하고 바둑판에 흑백의 돌을 번갈아 놓아, 넓은 지역을 차지한 자가 승리한다.

발원문願文 신불에게 소원을 빌 때, 그 취지를 쓴 글. 소원이 성취되었을 때 보답의 예를 갖추기 위한 자료로 보관한다.

『백씨문집』白氏文集 중국의 시인 백거이의 시문집. 71권(원래는 75권). 헤이안 시대 『문선』과 함께 많은 사랑을 받았다. 무라사키 시키부는 중궁 쇼시(彰子)에게 이 시문집의 「신락부」(新樂府)를 가르쳤다고 한다. 『겐지 이야기』에서는 제1권 「기리쓰보」 첩 이후 「장한가」, 「이부인」 등이 자주 인용되면서 이야기의 주제에 깊이 관여한다. 그밖에도 풍류시의 인용이 많은 것도 한 특징이다.

변弁 가시와기의 유모의 딸. 불행한 결혼으로 지방으로 내려갔다가 다시 도읍으로 돌아와 아버지 좌중변의 연줄로 우지에 몸을 의지하게 된다. 우지 하치노미야의 부인과는 종자매. 가오루의 출생에 관한 비밀을 알고 있는 사람이다.

변邊 **맞히기** 한자(漢字)의 방(旁: 한자의 구성상 오른쪽으로 붙은 부수)만 보여주고 변(邊: 한자의 왼쪽으로 붙은 부수)을 많이 붙이는 쪽이 이기는 놀이. 그 반대인 경우라는 설도 있다.

보라색 종이에 쓴 경문 보라색 종이에 금니(金泥), 은니(銀泥)로 쓴 경물일까. 길흉 양쪽으로 사용된다고도 한다.

보면 볼수록 혼이 빠져나갈 듯한 기분입니다 혼이 몸과 분리되는 유리혼(遊離魂)의 발상.

보쌈도 불사하겠다는 식으로 약탈 결혼의 가능성을 암시하고 있다. 이야기에서 흔히 볼 수 있다. 『이세 이야기』의 니조(二条) 후궁의 이야기, 『야마토 이야기』의 아사카(安積) 산의 설화, 『겐지 이야기』에서는 겐지의 무라사키 약탈, 검은 턱수염 대장의 다마카즈라 약탈 등이 있다.

부단경不斷經 일정 기간 밤낮없이 독경(讀經)하는 것. 특히 죽은 자의 추선(追善), 명복을 위해 7일 또는 14일 동안 대반야경(大般若經), 최승왕경(最勝王經), 법화경(法華經) 등을 송경한다.

비취색처럼 반짝반짝 빛나고 아름다우니 비취는 물총새과의 새. 등과 꼬리가 파랗고 아름답다. 아름다운 머릿결을 비유.

비파琵琶 나라(良乃) 시대 이전에 페르시아나 인도에서 중국을 거쳐 전래된 현악기. 목에 주(柱)가 붙어 있다. 4현 4주의 악비파(樂琵琶)와 5현 5주의 맹승비파(盲僧琵琶)로 크게 나뉜다. 『겐지 이야기』에 등장하는 비파는 전자이다. 현이 수평이 되도록 들고 회양목으로 만든 술대로 긁어 연주한다. 반딧불 병부경과 아카시 부인은 비파의 명수였다.

빙어 은어의 치어. 비와(琵琶) 호나 우지 강에서 많이 난다. 가을에서 겨울에 걸쳐 잡는다.

사랑에 애가 타 죽으면 사랑한 나머지 죽는다는, 헤이안 시대 화가(和歌)의 전형적인 표현.

사이바라催馬樂 고대 가요. 원래는 민요였지만 헤이안 시대에 아악으로 편성되었다. 사이바라의 반주는 홀, 박자, 육현금, 비파, 칠현금, 피리, 대금, 생황 등이 한다. 춤은 없다. 궁중이나 귀족의 연회석, 사원의 법회 등에서 불렸다.

사이바라 「사쿠라 사람」을 일월조로 연주 사이바라의 고려악 「사쿠라 사람」은 원래 여(呂)의 곡인데, 율(律)의 선율인 일월조로 연주했다. 「사쿠라 사람」. '사쿠라 사람이여. 그 배를 멈춰다오. 나는 섬의 논을 십 정 갈고 있다. 그 논을 보고 돌아오리. 내일 돌아오리. 당신은 입으로 내일이라 하지만, 사실은 그쪽에 이 아내를 놔두고 멀리 간 남편은 내일도 결코 돌아오지 않겠죠. 내일도 결코 돌아오지 않겠죠'.

4위 손왕孫王 가오루를 말한다. 시종은 종5위하에 상당한다. 제7권 「향내 나는 분」 첩과 맞춰보면 가오루 나이 열네 살 때이다.

산山**의 여신** 야마 히메(山姬). 나뭇잎을 물들여 단풍이 들도록 한다고 한다. 큰아씨를 가리킨다.

산후 축하연, 출산 축하연 산실(産屋)의 의식. 출산 후 3, 5, 7, 9일째 밤에 행하는 축하연. 친족이나 관계자들의 음식과 아이의 옷을 선물한다.

삿자리 병풍 삿자리를 댄 병풍. 삿자리는 가늘고 길게 깎은 노송나무나 대나무를 가로세로로 비스듬하게 짠 것.

상복喪服 부모의 상을 당했을 때는 중복(重服). 검은색 상복을 입는다.

상시常侍 내시사(內侍司)의 수장으로 정원은 두 명이며 종5위에 상당하다가 나중에는 종3위까지 올랐다. 궁녀를 감독하고 궁정의식을 관장했다. 천황을 가까이에서 모시면서 주청(奏請)과 선지(宣旨)를 전하고, 궁정의식을 관장했다. 천황의 총애를 받는 자도 많아 여어와 갱의에 준하는 지위가 되었다. 다마카즈라는 딸인 작은아씨를 긴조(今上) 제에게 바칠 생각이다.

새발자국처럼 오락가락하는 필치 쇠약하여 선이 이어지지 않는 필적.

새벽 종소리, 산사의 종소리 이른 아침의 근행을 알리는 종소리. 새벽 4시경.

새벽달 동이 튼 후에도 떠 있는 달. 달의 하순. 새벽달이 뜬 풍경은 이야기 전개에 있어 전형적인 장면 설정.

색을 좋아하는 니오노미야란 인물의 성격을 대표하는 말. 일상에 만족하지 않고 다정다감한 성격.

서해의 끝 서해는 규슈(九州). 그 끝이니 사쓰마(薩摩) 지방을 일컫는 것인가.

설산동자雪山童子 석가의 전신. 설산(雪山: 히말라야 산)의 산속에서 나찰(羅刹)이 '제행무상, 시생멸법'(諸行無常 是生滅法)이라 염송(念誦)하는 것을 듣고 '생멸멸기 적멸위락'(生滅滅己 寂滅爲樂)이라는 그다음 게(偈)를 알기 위해 투신했다는 일화가 『대반열반경』(大般涅槃經)에 있다.

성인식 여자는 성인식 때 처음으로 겉치마를 입고 머리를 올리며, 남자는 상투를 틀고 관을 쓰며 성인용 옷으로 갈아입는다. 성인식은 보통 열두 살에서 열네 살경에 치른다.

소맷자락으로 얼굴을 가리고 큰아씨는 병으로 쇠약해진 모습을 가오루에게 보이지 않으려 한다. 『한서』(漢書), 「외척전」에 따르면, 한(漢) 무제(武帝)의 총애를 받은 이부인(李夫人)은 용태가 무거워지자, 병으로 쇠약해진 추한 모습을 황제에게 보이면 애정이 식을 것을 우려하여 끝내 얼굴을 보이지 않은 채 죽었다고 한다. 그 일화가 반영되어 있다.

속성俗聖 속세에 있으면서 수행하는 구도자. 몸은 속세에 있으나, 마음은 성인(聖人)이라는 뜻. 우바새(優婆塞).

속세에 있으면서 불도를 수행하는 남자在俗の修行者 우바새(優婆塞).

솔잎을 먹고 수행하는 스님들조차 살아 있는 자신의 몸을 버릴 수 없기에 부처님의 가르침을 따르면서도 각 종파를 세워 수행하고 있는 것 아니겠습니까 『열선전』(列仙傳) 하 「모녀」(毛女)에, 원래는 진(晉) 시황제(始皇帝)의 관녀였던 모녀가 진이 멸망한 후, 외딴 산 속에서 도사의 가르침을 받아 솔잎을 먹고 하늘을 날게 되었다는 일화가 남아 있다.

솜꽃을 머리에 꽂았는데 남답가 때 머리에 꽂는, 솜으로 만든 조화.

송경誦經 경을 소리내어 읽는 것. 또는 승려에게 경을 읽게 하는 것.

수법修法 밀교(密敎)에서 행하는 가지기도(加持祈禱)의 법.

수행승修行僧 세상을 등지고 불도 수행에 정진하는 민간의 승.

숙직자宿直者 궁중 등지에서 숙박을 하며 근무하는 사람.

승도僧都**나 승정**僧正 **같은 신분** 승관(僧官)의 신분. 승정, 승도의 순이다.

시녀 소시종小侍從 온나산노미야의 유모의 딸. 온나산노미야와 가시와기의 사이를 중개했다.

시녀들이 나서서 중개를 하지 않았던가 시녀가 아씨에게 남자를 소개하는 이야기는 『오치쿠보 이야기』, 『스미요시 이야기』나 『겐지 이야기』의 제7권 「저녁 안개」 첩의 온나니노미야 이야기 등이 있다. 이 때문에 아씨들은 시녀를 믿지 못하고 고립된다.

심부름값御褒美 녹(祿)을 말한다. 수고를 치하하거나 칭찬의 뜻으로 하사하는 상품. 보통 의복이었다. 니오노미야와 작은아씨의 관계를 정식 결혼의 형태로 갖추게 하기 위해 사자에게 심부름값을 톡톡히 내렸다.

십이월의 달 일반적으로 살풍경하다고 여겨지는 경관. 『마쿠라노소시』(枕草子) 등에는 썰렁한 것의 예로 거론돼 있는데(현존본에는 없다), 『겐지 이야기』에서는 십이월 달의 아름다움에 주목하고 있다.

쌍륙雙六 인도에서 시작되어 나라(奈良) 시대에 중국을 통해 들어온 놀이. 두 사람이 각각 열다섯 개의 검정, 하양 포석을 반상에 늘어놓고, 죽통에 들어 있는 주사위를 흔들어 나온 눈의 수만큼 포석을 움직인다. 먼

저 적진에 들어간 쪽이 이긴다.

씨름 후의 향연 헤이안 시대 궁중 행사의 하나. 천황이 임석한 가운데 씨름 경기를 치르고, 경기가 끝나면 군신에게 연회를 베푸는 절회. 음력 칠월 이십육일, 이십팔일, 이십구일 사흘간에 걸쳐 치러졌다.

아사리阿闍梨 천태, 진언종의 승려로, 조정이 임명한 고승.

아악료雅樂寮 치부성(治府省)에 속하고, 궁중의 가무와 음악을 관장하는 기관. 주로 의식의 주악(奏樂)을 담당했다.

악사들 아악료(雅樂寮)의 악사들. 가사(노래) 네 명, 무사(춤) 네 명, 적사(피리) 두 명, 당악사 열두 명, 고려악사 네 명, 백제악사 네 명, 신라악사 네 명, 기악사 한 명, 요고사(腰鼓師) 두 명.

악인樂人 답가 때 음악을 연주하는 역. 아홉 명.

안개, 구름 우지의 경관. 격리의 상징.

액년厄年 『습개초』(拾芥抄)에는 13, 25, 37, 49, 61, 85, 99세가 되는 해를 액년이라고 한다고 되어 있다. 제8권 「메밀잣밤나무」에서 하치노미야는 61세인가.

어살 우지 강의 겨울 풍경. 대나무나 나무로 짠 것을 그물망을 치듯 설치하고 그 끝에 발을 달아 빙어를 잡는 장치. 도읍 사람들에게는 보기 드문 광경. 노래의 소재.

얼레 고치에서 뽑은 실을 감는 도구.

여동女童 소녀 몸종 또는 하인. 동녀(童女)라고도 한다.

여물 말의 사료.

여악女樂 여자로 이루어진 관현악. '여악'이란 말은 『사기』나 『좌전』(左傳)에도 있는데, 그 내용은 다르다. 일본에서는 내교방(內敎坊)의 여자들이 춤과 악을 한 것으로 상정하고 있는데, 실은 작가가 지어낸 것이라고 해야 할 것이다.

여어女御 천황의 후궁. 황후와 중궁의 뒤를 잇는 지위. 통상 황족이나 섭정, 관백, 대신의 딸이어야 여어가 될 수 있었다.

여인네들의 수레처럼 가장한 수레 은밀한 걸음에 사용하는 삿자리 수레, 팔엽 수레 등의 여자용 수레.

여자는 죄업이 깊은 것, 죄업이 많은 여자의 몸 불교에서는 여자의 성불에 다섯

가지 장애가 있다고 한다. '그리고 여인의 몸에는 또한 오장(五障)이 있으니 첫째는 범천왕(梵天王)이 될 수 없음이요, 둘째는 제석(帝釋), 셋째는 마왕(魔王), 넷째는 전륜성왕(轉輪聖王), 다섯째는 부처가 될 수 없음이니라. 하물며 어찌 여인의 몸으로 신속히 성불할 수 있으랴'(『법화경』法華經, 「제바달다품」提婆達多品).

여자라면 누구나 이 사람에게 마음을 빼앗기게 될 것 남성의 아름다움을 형용하는 말. '자신이 여자라', 또는 '상대가 여자라면'이라는 두 가지로 해석될 수 있다. 제8권 「갈래머리」 첩에서는 전자, 작은아씨의 마음이 가오루에게로 기울지는 않을까 우려하는 니오노미야의 심리라고 보는 것이 타당할까.

염송당念誦堂 염송을 하기 위한 불당. 집 안에 있다. 염송이란 마음으로 기도하고 입으로는 경문, 불명을 읊조리는 것.

엿보기垣間見 『겐지 이야기 두루마리그림』(源氏物語繪卷), 제8권 「다케강」 첩에서는 장인 소장이 발 너머로 중정 건너 아씨의 처소를 들여다보는 장면이 그려져 있다.

옛날 중국 땅에 있었던, 죽은 사람의 혼을 불러오게 한다는 반혼향反魂香 한(漢) 무제(武帝)의 비 이부인(李夫人)의 고사. 총애하던 이부인이 죽자 무제는 방사에게 영약인 「반혼향」을 피우게 했는데, 연기 속에 부인의 모습이 나타났다고 한다. 『백씨문집』 권4, 신락부 「이부인」에 실려 있다.

오래전의 전례 상시를 친자식에게 양보하고 사직한 전례는 역사상의 기록에는 없다.

오십일 잔치 태어난 지 오십 일째를 축하하는 연회. 부모와 조부 등이 젓가락으로 떡을 아기의 입에 넣어주는 의식.

오토와音羽 **산** 교토(京都) 시 야마시나(山科) 구. 야마시로(山城)와 오미(近江)의 경계.

올해 큰아씨는 스물다섯, 작은아씨는 스물셋 당시 귀족의 딸은 열다섯, 여섯 살에 결혼하는 것이 보통이었다. 큰아씨와 작은아씨는 혼기를 놓친 셈이다.

우다宇多 **제, 우다**宇多 **상황**上皇 제59대 천황(867~931). 스가와라노 미치자네(菅原道眞)를 등용하여 후지와라(藤原) 씨를 제압하면서 정치의 쇄신을 꾀했다. 양위 후, 정자원(亭子院)에 살았기 때문에 데시(亭子) 상황이라고도 불린다. 『후찬집』 이하의 『칙찬집』에 17수가 실려 있다.

우지宇治, **우지 산** 현재의 교토 부 우지 시 부근. 하세(長谷) 절로 참배하러 가는 길목에 있다. 산수의 풍광이 아름다워 헤이안 시대 귀족들의 별장지였다.

원추리색 원추리꽃의 색인 주황색. 검은색과 함께 복상 중의 색으로 사용한다.

유모乳母 어머니를 대신하여 갓난아이의 수유와 양육을 담당하는 여자. 일반적인 시녀와는 다른 권한이 있었다. 주군에 대해서도 친모와 다름없는 애정으로, 운명을 함께하며 봉사하는 경우가 많다.

육도六道 불교의 중생관. 중생이 업에 따라 윤회하는 여섯 가지 세계, 즉 지옥, 아귀, 축생, 아수라, 인간, 천상을 말한다.

육조원六条院**에서 실로 흥겨운 여악** 제4권 「첫 새 울음소리」 첩의 끝부분에 잠시 등장한 여악. 자세한 상황은 그려져 있지 않다.

육현금六絃琴 일본 고유의 악기로 현이 여섯 줄이다. 아즈마 금(東琴), 야마토 금(大和琴)이라고도 한다. 일정한 연주법이 없어 즉흥적으로 연주한다.

율律 음악의 조. 단조적인 선율. 중국 전래의 장조적인 선율은 여(呂)라고 한다.

이것이 마지막 우지의 하치노미야가 딸들에게 남긴 마지막 말.

이레마다 치르는 법회 7일째, 14일째, 21일째, 죽은 뒤 이렇게 이레 간격으로 치르는 법회.

이른 새벽의 이별은 아직 경험이 없으니 가다가 길을 헤맬 것입니다 헤이안 시대의 결혼은 남자가 여자의 집을 다니면서 새벽에 일어나 돌아가는 시기를 거쳐 함께 살게 되는 것이 일반적이었다. '이제 처음 겪어보는 새벽의 이별은 돌아가는 길도 몰라 헤맬 정도였으니'(『화조여정』, 「유가오권」夕顔 번역문 177쪽에 나오는 겐지의 노래.)

이세伊勢, 877년경~939년경 『고금집』(古今集) 시대의 여류 가인. 36가선 가운데 한 사람. 우다 제의 총애를 받아 '이세 어(御)'라 불렸고, 황자를 낳았다. 『칙찬집』(勅撰集)에 총 180여 수가 수록돼 있다. 『고금집』에 22수, 『후찬집』(後撰集)에 65수. 가집에 『이세집』이 있다.

이야기 그림 두루마리 본인지, 한 장씩 되어 있는 그림인지 명확하지 않다.

일월조壹越調 아악 6음계의 하나. 서양음악의 'D'를 주음으로 하는 여의 음계.

입궁入內 황후, 중궁, 여어 등이 될 사람이 정식 의식을 거쳐 후궁으로 들어가는 것.

자이고在五 **중장 아리와라노 나리히라**在原業平 825~880. 헤이제이(平城) 천황의 황자 아보(阿保) 친왕과 간무(桓武) 천황의 황녀 이토(伊都) 사이에서 태어났다. 6가선 가운데 한 사람으로 『고금집』, 「가나 서문」에 '정열이 너무 넘쳐나서 표현에 부족함이 있다'고 평가되어 있으며, 30수가 수록되어 있다. 『이세 이야기』의 주인공으로 거론되나 허구가 많다고 한다.

재상宰相 다마카즈라의 시녀. 다마카즈라가 육조원에 있던 시절부터 시중을 든 시녀와는 다른 인물인가. 다마카즈라의 딸 큰아씨에게도 같은 이름의 시녀가 있는데, 이는 다른 사람이다.

쟁箏 현이 13줄인 금. 나라 시대에 중국에서 전래되었다. 현은 1~5현까지를 태서, 6~10현까지를 중서, 11~13현까지를 세서라고 한다. 『겐지 이야기』 시대에 일반적으로 연주된 금은 쟁이었다.

전상인殿上人 4위, 5위 중에서 청량전 전상의 방에 오를 수 있는 자. 또는 5위, 6위 장인을 뜻한다.

전생의 인연, 전생에서의 인연, 숙연, 운명 헤이안 시대의 정토적 불교관에 바탕한 운명관. 현세의 행과 불행은 전생에서 자신이 어떻게 처신했느냐에 따라 이미 결정돼 있다는 발상.

제帝 '미카도'라고 읽는다. 천황을 의미하는 미카도는 절대 권력자는 황제와는 개념이 다른 일본 고유의 존재이다.

조황釣況 낚시질이 잘되고 안 되는 상황.

좀 좀과의 곤충. 종이나 의류를 파먹는다.

죽은 사람 그리워 견딜 수 없으니 차라리 죽음의 약이 있었으면 싶구나 『다케토리 이야기』에서 가구야 히메가 승천하면서 지상에 남겼다는 '불사약'의 반대인가.

중유中有 사후 49일간. 이승에서 저승으로 가기 전 영혼이 방황하는 기간.

중유의 하늘을 떠돌면서 망령이 성불하지 못하고 떠도는 모습.

짙은 감색鈍色 상복(喪服)의 색. 엷은 먹색이라고도 한다.

참의參議**가 되지 못한 것** 비참의(非參議). 3위 이상이면서 참의에 임명되지 않은 자. 또는 4위로 참의가 될 자격이 있는 자.

천향목淺香木 **쟁반**折敷 천향(淺香)은 향나무의 일종. 침향류. 목질이 딱딱하지 않아 침향과 달리 물에 넣어도 가라앉지 않는다.

첫날밤을 보내고 난 후의 문안 편지 남녀가 동침을 한 다음날 아침, 남자가 여자에게 보내는 편지. 이르면 이를수록 성의가 있다고 여겨졌다.

첫째 황녀의 어머님이신 고키덴 여어 유기리의 아버지 겐지는 아카시에서 도읍으로 올라온 후, 육조 미야스도코로가 남기고 떠난 재궁 여어를 양녀로 삼아, 고키덴 여어의 아버지 내대신(과거의 두중장)과 입후를 둘러싸고 대립하게 된다. 유기리는 다마카즈라가 큰딸을 입궁시키는 일로 고키덴 여어와 자매끼리 경쟁을 하게 되는 것을 아닐까 하고 우려한다.

초목이 시들어가듯 무라사키 부인의 죽음을 묘사한 구절과 비슷하다. 십일월, 겨울에 어울리는 표현.

초사흘 밤의 떡 신혼 사흘째 밤, 남녀가 함께 떡을 먹는 풍습. 남자가 여자의 드나들었던 시대에는 이 떡을 먹는 것이 결혼의 성립을 의미했다. 떡은 하얀 색.

출가를 하여 깊은 산으로 닌묘(仁明) 제가 붕어(850년)하자 그를 추모하여 출가한 헨조(遍照) 등의 예가 있다.

친왕親王 황족의 칭호. 친왕 선하를 받은 자. 천황의 형제와 황자는 친왕, 자매와 황녀는 내친왕이라 했다.

칠현금七絃琴 중국에서 전래된 현이 일곱 줄인 현악기. 기러기발이 없고, 주법이 어렵다. 뛰어난 음악은 뛰어난 정치와 통한다는 유교적 이념에 근거하여 황족과 상류층 귀족들이 즐겨 연주했으나, 『겐지 이야기』 시대에는 거의 연주되지 않았다고 한다. 『우쓰호 이야기』에서는 신비로운 악기로 귀히 여겨졌고, 『겐지 이야기』에서는 황족들이 주로 연주한다.

칭명염불稱名念佛 아미타불의 명호(名號)인 '나무아미타불'을 부르는 일. 정정업(正定業)이라고 한다. 정교토에서는 아미타불의 정토(淨土)에 왕생하는 다섯가지 정행(正行) 가운데 제4인 '칭명'을 이른다.

탄기彈棊 중국에서 전래한 유희. 둘이 마주 앉아, 가운데가 높게 돼 있는

네모난 반상에 흑백 6개의 돌을 올려놓고 튀기며 노는 놀이.

투박하고 우글우글한 종이 참빗살나무 껍질로 만든 종이. 하얗고 두꺼워 소식을 전하는 편지에 사용한다. 연문에는 적당하지 않고 풍류가 없다.

풍명절회豊明節會 천황이 햇곡식을 먹고, 그것을 군신에게도 선사하는 연회. 신상제(新嘗祭) 다음날, 음력 십일월, 가운데 신일(辰日). 고세치(五節)의 마지막 날.

피안 법회가 끝나는 날 피안은 첫날과 끝날이 길일이다.

하늘의 해와 달빛을 올려다보는 것도 상중의 마음가짐을 거역하는 일 복상 중이나 근신 중에는 해와 달을 보지 않는다고 한다.

하시 히메橋姬 우지 다리를 지키는 수호신.

하쓰세初瀨**의 하세**長谷 **절** 나라(奈良) 현 사쿠라이(桜井) 시 하쓰세에 있다. 진언종 풍산파(豊山派)의 총본산인 풍산 신락원(神樂院). 헤이안 시대, 관음(觀音) 신앙의 성지로 번성했다.

해선락海仙樂 해청락(海青樂)이라고도 한다. 황종조(黃鍾調)의 곡. 선악(船樂).

화로火爐 나무로 만든 둥근 화로. 오동나무 등의 나무속을 파내고 안에 신주를 댄 것.

활쏘기 대회, 도궁賭弓 음력 정월 십팔일에 궁중의 궁장전(弓場殿)에서 펼쳐지는 활쏘기 대회. 궁중 행사의 하나. 천황이 임석한 가운데, 좌우근위, 병위, 사부의 하인들이 활쏘기 대회를 한다. 경기가 끝나면 이긴 쪽의 대장이 같은 편을 초대하여 연회를 베푼다.

황종조黃鍾調 **선율** 아악 6음계의 하나. 서양음악의 '라'음에 가까운 황종의 음을 주음으로 하는 선율. 여름의 음계.

후견後見 뒤를 보살피는 것. 또는 그 사람. 주종, 부부, 친자, 정치적 보좌 등 다양한 관계에 이용되었다.

후궁後宮 황후와 중궁 등이 살며, 궁녀들이 시중을 드는 곳. 천황의 처소인 인수전(仁壽殿) 뒤쪽에 있으며, 7전 5사로 구성된다. 또 그곳에 사는 황후, 중궁, 여어, 갱의를 이르는 총칭이기도 하다.

작성자: 다카기 가즈코(高木和子)

인용된 옛 노래

가을 안개 자욱한
어둡고 쓸쓸한 하늘에
기러기떼 울면서 날아가네
이 세상은 잠시 머물다 가는 곳이라는 듯이
*「메말잣밤나무」 첩, 가오루의 노래

기러기 날아오는 봉우리에
아침 안개 자욱한 것처럼
수심에 가득 찬 내 마음
달랠 길 없는 이 세상이 싫으니
*『고금집』, 「잡하」 · 작자 미상

「갈래머리」

갈래머리를 한 아이들이여
한 발만큼 떨어져 자고 있더니
몸을 이리저리 굴리고 있네
몸을 찰싹 붙이고 있네
*사이바라의 여 「갈래머리」

강 건너에서 작은아씨가 얼마나 나를 원망하고 있을까

평소는 물론이고
직녀가 은하수 나루터를 건넌다는 오늘 밤도
저 멀리 떨어져 있는 그 사람
내게 무정하리라
*『후찬집』, 「가을상」 · 작자 미상

강물에는 강 건너 기슭에서 바람에 한들거리는 버들가지의 그림자가 어려 있어

강기슭 버들가지는

물 흐르는 대로

자다 일어나다 하지만

뿌리는 굳건히 살아남아 있으니

*『고금화가육첩』 제6

같은 꽃을

훗날의 은둔처라 생각하는 요시노 산에

그대가 함께 가겠노라면

사이좋게 같은 꽃을 머리에 꽂고 싶어

*『후찬집』, 「사랑4」 · 이세

거울을 보아도 내 얼굴이 부끄러울 만큼 이전보다 야위었으니

그 사람 꿈속에도 만나는 일 없도록 하자

매일 아침 거울 속 일굴을 보고

용모의 쇠함을 부끄럽게 여기는 나이기에

*『고금집』, 「사랑4」 · 이세

견우와 직녀의 만남

은하수에 단풍잎 깔아 다리 놓기 때문일까

직녀는 가을만 애타게 기다리네

*『고금집』, 「가을상」 · 작자 미상

겹겹이 낀 구름으로 떨어져 있는 듯하여 서글프니

그 사람에게 보내는 마음만은 막을 수 없거늘

저 봉우리의 흰 구름은 과연 무엇을 가로막으려 하는지

*『후찬집』, 「이별 기려」 · 다치바나노 나오모토(橘直幹)

흰 구름이 겹겹이 낀 먼 곳에

떨어져 있어도 그대 그리워하는 내게

격의를 두지 말기를

*『고금집』, 「이별」 · 기노 쓰라유키(紀貫之)

고풍스러운 우지 다리

고풍스러운 우지 다리를 지키는 이여

그대가 친근하게 여겨지네

알고부터 많은 세월 흘렀으니
*『고금집』, 「잡상」 · 작자 미상

고하타 산
타고 갈 말 있어도
야마시나 고하타 고을에는
일부러 걸어가네
그대를 생각하며
*『습유집』, 「잡사랑」 · 가키노모토노 히토마로(柿本人麿)

그 몸에서 풍기는 향기는 숨길 수가 없으니
주인을 알 수 없는 향기가 나는구나
가을 들판에 피는 등골나물은
누가 벗어놓은 바지일까
*『고금집』, 「가을상」 · 소세이(素性) 법사

그 옛날에 뵈었던 그분
돌아가시고 없는 쓸쓸한 산장에
지금도 바위 울타리를 타고 오른
칡넝쿨은 여전한데
*「갈래머리」 첩, 중궁 대부의 노래
옛날에 만났던 사람들마저
잊고만 사는 고향에서
느긋하게 봄을 맞이하누나
*『후습유집』, 「잡3」 · 후지와라노 요시치카(藤原義懷)
깊은 산속 바위에 둘러싸여
단풍잎 모두 떨어지리라
밝게 빛나는 햇빛 보지 못하고
*『고금집』, 「가을하」 · 후지와라노 세키오(藤原關雄)

그대 목소리조차 못 들은 채 죽음으로 헤어지는 내 혼보다 내가 없는 잠자리에 홀로 자는 그대 생각하니 더욱 슬퍼
*『고금집』, 「애상」 · 작자 미상

그리운 사람을 만나 도란도란 얘기를 나누는 가을날의 긴긴 밤 같은 심정
마냥 긴긴 밤이라
생각할 것도 없네

예부터 만나는 이에 따라

달라지는 가을밤의 길이이니

*『고금집』, 「사랑 3」 · 오시코치노 미쓰네(凡河內躬恒), 『고금화가육첩』 제5

극락정토의 맑은 연못에 핀 연꽃에 올라 살 수 있을 듯한데

극락국토에 칠보로 된 연못이 있으니

팔공덕수가 그 안에 충만하느니라

연못 속 연화는 크기가 수레바퀴와 같고

푸른 꽃에는 푸른빛이 노란 꽃에는 노란빛이

붉은 꽃에는 붉은빛이 흰 꽃에는 흰빛이 나고

그 향은 말할 나위 없이 깊고 정결하느니라

*『불설아미타경』(佛說阿弥埵經)

금과 피리의 선율, 꽃과 새의 향과 지저귐 소리도 계절과 어울려야 사람의 눈과 귀에 머무는 법이지요

꽃과 새의 향과 지저귐 소리를

보지도 듣지도 않는 우울한 이내 몸은

모처럼의 계절을 헛되이 보낼 뿐이네

*『후찬집』, 「여름」 · 후지와라노 마사타다(藤原雅正)

깊은 산골에 숨어 사는 썩은 등걸 같은 처지

내 모습이야

깊은 산 속에 숨은

썩은 나무와 같으나

마음속에 꽃을 피우려면

피울 수 있으니

*『고금집』, 「잡상」 · 겐게이(兼芸) 법사

봄가을을 만나도

아름다움 뽐내지 못하는 것은

깊은 산 속 썩은 나무이려니

*『쓰라유키집』(貫之集)

꽃봉오리가 터지는 벚꽃이 있는가 하면 하늘에 구름이 낀 것처럼 보일 만큼 휘날리며 떨어지는 벚꽃도 있으니

벚꽃이여

하늘에 구름 낀 듯 보일 만큼 휘날려라
늙음이 찾아온다는 길이
가려 보이지 않도록
✽『고금집』, 「경하」 · 아리와라노 나리히라(在原業平)

꽃이 흩어져 떨어진 후, 그 꽃의 흔적이라 여길 만큼…
내 옷을 벚꽃의 연분홍색으로 짙게 물들이자
꽃이 흩어져 떨어진 후에 그 꽃의 흔적이 되도록
✽『고금집』, 「봄상」 · 기노 아리토모(紀有朋)

남녀 사이란 어차피 뭐라 한마디로 이야기하기는 어려운 것이나
세상이란 어차피 똑같은 것
궁전이든 초가집이든
언제 사라질지 알 수 없는 법이니
✽『신고금집』, 「잡하」 · 세미마루(蟬丸)

낮이 긴 봄날에는 무료함이 더하여
생각해보세요
안개 자욱한 산골에서
꽃 피기를 기다리는
봄날의 무료함을
✽『후습유집』, 「봄상」 · 조토몬인(上東門院) 중장

내가 출가를 하게 되면
스승이 되어달라 청할 작정이었는데
그분은 이미 저세상으로 떠나고
메밀잣밤나무 있는 산장에
빈 방만 휑뎅그렁하니
✽「메밀잣밤나무」 첩, 가오루의 노래
우바새가 수행하는 산
메밀잣밤나무 아래 있자니 편치가 않네
이부자리가 아니니
✽『우쓰호 이야기』 사가(嵯峨) 상황, 국화 연회

내가 못 이룬 사랑에 애가 타 죽으면
내가 못 이룬 사랑에 애가 타 죽으면

과연 누구의 이름이 입소문에 오를까
*『고금집』, 「사랑2」 · 기요하라노 후카야부(清原深養父)

내 눈물을 구슬 삼아 꿰고 싶으니
들려오는 울음소리 실로 꼬아
내 눈물 구슬 삼아 꿰고 싶으니
*『이세집』, 『고금화가육첩』 제4

내 소맷자락을 만져보시지요
색보다 향이 더욱 뛰어나구나
누가 소맷자락 스쳐
그 향을 우리 집 매화꽃에
배게 한 것일까
*『고금집』, 「봄상」 · 작자 미상

내일 일을 알 수 없는 무상한 세상인데
나 또한 내일 일은 알 수 없는 몸이나
오늘이 저물기 전에는
죽은 그 사람 생각에 슬프네
*『고금집』, 「애상」 · 기노 쓰라유키

눈길을 헤치면서까지 찾아온 내 마음
현실임을 문득 잊고
꿈이 아닌가 생각하였네
예전에는 상상이나 했을까
눈길을 헤치면서까지 그대를 찾게 될 줄을
*『고금집』, 「잡하」 · 아리와라노 나리히라, 『이세 이야기』 83단

늦가을 비 처음 내리는 후루의 산골은 어찌할까
늦가을 비 처음 내리는 후루의 산골은 어찌할까
이를 생각하는 사람은 물론
그곳에 살고 있는 사람 또한
눈물로 소맷자락 적시고 있으리
*관화3년(986) 6월 10일 궁중 시회
*소네노 요시타다(曾禰好忠)

니오노미야를 기려 어살에 빙어가 잔뜩 모여드니

어살의 빙어에게 물어 보자꾸나
그 사람은 어찌하여
아무런 소식도 주지 않는지
*『야마토 이야기』 89단 · 수리(修理)의 여자, 『습유집』, 「잡가을」

다만 앞날이 어찌 될지 알 수 없어 눈물만 넘쳐흐르니

다만 앞날이 어찌 될지 알 수 없으니
슬픔의 눈물만 앞을 가리네
*『후찬집』, 「이별 기려」(羈旅) · 미나모토노 와타루(源濟)

다쓰타 강의 탁한 강물에 비유하려는 것은 아니나

간나비 미무로의 둑이 무너진 것일까
다쓰타 강의 물이 이리 탁한 것은
*『습유집』, 「사물 이름」 · 다카무코노 구사하루(高向草春)

「다케 강」

다케 강 다리 옆에 있소 다리 옆에 있소
그 꽃밭에 그 꽃밭에 날 보내주오 날 보내주오
소녀들을 같이 붙여서
*사이바라의 여 「다케 강」

단풍놀이

우지 산의 단풍을 구경하지 않는다면
빙어도 보지 못하고
가을이 끝나는 구월이
지나는 것도 모를 터이니
*『후찬집』, 「가을하」 · 지가누(ちがめ)의 딸

달개비처럼 마음이 수시로 변하는 분

참으로 사람이란 말만은 그럴듯하게 하나
마음은 달개비로 물들인 것처럼 쉽게 변하니
*『고금집』, 「사랑4」 · 작자 미상

「당득작불」이란 구절

반드시 성불할 것이기 때문이니라.
*회향을 할 때, 마지막 구절

돌아가는 니오노미야의 더없이 아름다운 모습

새벽녘에 돌아가는
내 님 모습 보지 못하여
오늘은 하루 내내
그리워하며 지내네
✻『만엽집』 권12 · 작자 미상

동쪽 길 끝에 있는 히타치 지방의

동쪽 길 끝에 있는 히타치 지방의
허리띠 걸쇠는 아니지만
잠시나마 그대를 만나려 하니
✻『고금화가육첩』

드넓은 하늘 바람에 날려 사방으로 떨어졌다 하나 이 꽃은 이제 우리의 것
꽃잎을 담뿍 주워모아 모두 함께 바라보아요

✻「다케 강」 첩, 여동의 노래

드넓은 하늘에서 불어오는 바람
막아주는 큰 소맷자락이 있으면 좋겠구나
그리하면 봄에 피는 꽃
바람에 맡기지 않아도 될 터이니
✻『후찬집』, 「봄중」 · 작자 미상

때를 달리하여 죽지는 않을 것이라

나뭇잎 끝에 맺힌 이슬과 나무 밑동에 돋은 물방울은
먼저 죽고 나중 죽는 세상 사람의 비유이련가
✻『고금화가육첩』 제1

떨어지는 벚꽃도 있거니와 지금 막 봉우리가 벌어지는 벚꽃도 있어

벚꽃 필 무렵의 벚꽃 산
떨어지는 꽃도 있거니와
지금 막 봉우리가 벌어지는 꽃도 있어
산이 온통 벚꽃으로 넘쳐나네
✻『겐지석』

떼 지어 날아가는 새들의 날개 소리

새들이 떼 지어 날아가듯
내 소문 퍼지고 말았는데

이제 와서 아무 일 없었다는

표정 지어 무슨 소용 있을까

❈『고금집』, 「사랑3」· 작자 미상

마치 비단처럼 곱게 물든 잎을 뿌려놓은 배의 지붕 아래에서

옛 자취를 그리며 찾아 온 오이 강

단풍이 물 위에 떠있어

마치 배 떠날 채비를 하고 있는 듯하네

❈『신천재집』(新千載集), 「겨울」· 미나모토노 쓰네노부(源経信)

만나지 못하고서야 무엇을 목숨처럼 믿고 살리

외올실을 양쪽에서 꼬아 실을 만들 듯

만나지 못하고서야 무엇을 목숨처럼 믿고 살리

❈『고금집』, 「사랑1」· 작자 미상

말 울음소리

새벽닭 다시 우니 잔월이 지고

먼 길 가는 말이 소리 높여 우니

나그네가 나오네

❈『백씨문집』 권12, 「생이별」

매미 허물 같은 사람이라 하더라도

덧없는 매미 허물 보고 마음을 달래듯

죽은 모습 보고 마음을 달랬으니 후카쿠사 산이여

이제 그 사람 태운 연기라도 피어올라 내 마음을 달래다오

❈『고금집』, 「애상」· 쇼엔(勝廷)

매정하고 쌀쌀맞은 태도까지 그립다는 옛 노래

그 사람을 기껍게 생각하면

잊을 수도 있겠으나

원망스러운 마음이야말로

오래도록 잊지 못하는

회상의 씨가 되었네

❈『고금화가육첩』 제4

그립다 굳이 말하지 않고

마음속으로 그리움 간직하였네

그대의 무정함도 지금은 원망하지 않으리
✽『후습유집』, 「사랑4」 · 다이라노 가네모리(平兼盛)

「매화나무 가지」

매화나무 가지에 날아와 앉은 꾀꼬리
봄이 찾아와 봄이 찾아와 지저귀고 있건만
아직도 눈은 내리고 눈은 계속 내리고
✽사이바라의 여 「매화나무 가지」

머리에 꽂을 꽃을 꺾기 위해 산골짝 우리 집의 볼품없는 울타리를
잠시 스쳤을 뿐인 봄의 나그네인 그대여
✽「메밀잣밤나무」 첩, 작은아씨의 노래

꽃을 꺾기 위해
객지에 잠시 묵는 것이니
깊은 마음도 없으리라는 뜻이리
✽『일엽초』(一葉抄)

몸은 그림자처럼 쇠약해졌는데

사랑 때문에 이내 몸은
그림자처럼 바싹 마르고 말았네
그림자가 되었다 하여
그 사람에게 붙어 있는 것도 아니거늘
✽『고금집』, 「사랑1」 · 작자 미상

어둠 속을 끝없이 헤매는 심정

아직 밝지 않은
어둔 밤 같은 심정으로
만남이 끝났는데
날이 밝았다는 소리 들었는지
✽『하해초』(河海抄)

무명장야의 깊은 어둠으로 떨어져 윤회를 거듭하며 성불할 수 없다면

아직도 진정한 깨달음을 얻지 못하여 늘 꿈속에 있으니
고로 불설에서 생사무명이라 하느니라
✽『유식론』(唯識論) 7

박정한 대우를 받으면 얼마나 괴로운지

그 무정한 사람과 어떻게든 몸 바꿔

지금 내 괴로움이 어떠한지
뼈저리게 느끼게 하고 싶구나
※『겐지석』

배가 일으키는 하얀 물결이 허망하게 두 눈에 비칩니다
이 세상을 무엇에 비유하리
동틀 녘 노 저어 가는 배를 뒤따라
흰 물결처럼 생기고는 사라지는 덧없음이여
※『습유집』, 「애상」· 사미 만제이(沙彌滿誓); 『고금화가육첩』 제3; 『화한낭영집』(和漢朗詠集), 권하

베갯머리를 함께한 귀여운 그 사람과 어찌 하룻밤이라도 떨어져 지낼 수 있으리
※『고금화가육첩』 제5

벽 속에 사는 귀뚜라미처럼
더운 바람 불어오자 귀뚜라미가 벽에 들어간다
매는 날갯짓을 배우고 썩은 물풀은 반딧불 된다
※권6 「월령」(月令)
*『예기』에 늦여름, 벽에 귀뚜라미가 있다는 기록을 반영하고 있는가.

복숭아꽃이여
꺾어서 가까이 보면
더욱 아름다웠으면 좋겠구나
바로 떨어지는 쌀쌀맞은
벚꽃은 아쉬워하지 않으리
※『무라사키 시키부집』(紫式部集)

봄날의 어두운 밤은 아무런 소용이 없으니
매화꽃은 어둠 속에 보이지 않으나 향내만은 숨길 길 없어
※「다케 강」 첩, 장인 소장의 노래
※『고금집』, 「봄상」· 오시코치노 미쓰네

봄들에 제비꽃을 따러 왔건만 들이 마음에 들어 하룻밤을 묵고 말았네
※『만엽집』 권8 · 야마베노 아카히토(山部赤人)

부인의 애정에 의지하여 출가도 하지 못하고
이 세상 괴로움
보이지 않는 산속으로 들어가자니
차마 버리기 힘든 사람이

굴레가 되는구나
*『고금집』, 「잡하」· 모노노베노 요시나(物部吉名)

부채가 아니라 이 술대로도 달님을 부를 수 있네요

달이 첩첩 산중에 숨으니
부채를 높이 들어 이에 비유하네
*『마가지관』(摩訶之觀)

사계절을 따라 피고 지는 꽃과 단풍의 색과 향기도 부인과 함께 바라보고 즐겼기에 마음의 위로가 되었는데

그대 말고 누구에게 보이리
이 매화꽃의 색이며 향은
알아보는 사람이 알아보니
*『고금집』, 「봄상」· 기노 도모노리(紀友則)

「사쿠라 사람」

사쿠라 사람이여 그 배를 멈춰다오
나는 섬의 논을 십정 갈고 있으니
그 논을 보고 돌아오리 내일 돌아오리
입으로는 내일이라 하지만 당신은 거기 있으니
이 아내를 놔두고 멀리 간 서방님은
내일도 결코 돌아오지 않으리 내일도 결코 돌아오지 않으리
*사이바라의 여「사쿠라 사람」

산배꽃

이 세상이 괴롭단들
이 한 몸 어디에 숨기면 좋으리
그런 산도 없으니
*『고금화가육첩』 제6

산속 깊은 곳에서 걷히지 않는 아침 안개처럼

기러기 날아오는 산봉우리에
걷히지 않는 아침안개처럼
수심 가득한 마음 달랠 길 없고
고민이 끊일 날 없는 이 세상이 싫구나
*『고금집』, 「잡하」· 작자 미상

산과 들을 헤매고 다녀봐야

속세를 버리고
어디로 출가를 해야 하나
몸은 한 곳에 붙잡아두겠으나
마음만은 들과 산을 헤맬 터인데

✽『고금집』, 「잡하」 · 소세이 법사

산봉우리에서 불어오는 솔바람

거문고 소리와
산봉우리에서 불어오는 솔바람 소리
서로 닮은 듯하네
거문고는 어느 줄
산은 어느 능선에서
그 소리 나는 것일까

✽『습유집』, 「잡상」 · 재궁여어 기시(徽子)

상불경보살품(常不輕菩薩品)

내 깊이 그대들을 공경하며 감히 가볍게 여기지 아니하니
그대들은 모두 보살도를 행하여 반드시 성불할 것이기 때문이니라

세상과는 완전히 인연을 끊은 채 야산에 칩거한 생활

속세를 버리고
어디로 출가를 해야 하나
몸은 한 곳에 붙잡아두겠으나
마음만은 들과 산을 헤맬 터인데

✽『고금집』, 「잡하」 · 소세이 법사

세상에서 흔히 말하는 끔찍한 귀신

꽃은 피어도 열매를 맺지 못하는 나무에는
귀신이 씌인다고 하네
열매를 맺지 못하는 모두 나무에

✽『만엽집』 권2 · 오토모노 스쿠네(大伴宿禰)

술대가 지는 해를 되돌린다는 얘기

능왕무의 비곡에 「해를 부르는 손」이라는 것이 있다. 경안 무렵 예년처럼 천황께서 무곡을 어람하셨다. 호키의 국수인 고마노 지카모토가 이

곡을 추었다. 소위 곡은 난서에 속한다. 환성락은 큰북에 맞추어 달리며 커다란 원을 그리는 것이다. 이제 원래 자리로 와 돌아가려고 할 때 오른쪽 뒤를 돌아본다. 즉 술대를 들어 올리며 하늘을 보는 것이다. 이것을 「해를 부르는 손」이라고 한다. 또한 「지는 해를 부르는 손」이라고도 한다. 달리다가 불쑥 뒤를 돌아본다. 이에 보는 사람들은 모두 눈을 크게 뜨고 이를 찬미한다.

✽『낙가록』 권48

싸락눈 내리는 깊은 산골은

찾아주는 이 없어 외롭고

아침저녁으로 시름에 잠겨

바라보는 하늘 역시 내 마음처럼

어둡게 구름 껴 있으니

✽「갈래머리」 첩, 우지의 작은아씨의 노래

싸락눈 내리는

깊은 산골의 쓸쓸함은

이곳을 쉬이 찾아주는 이

아무도 없다는 뜻이니

✽『후찬집』, 「겨울」 · 작자 미상

아리따워 곁에 같이 누워 자고 싶은 어린 풀 같은 그대 다른 남자와 맺어지는 것이 안타까워

✽『이세 이야기』 49단에 보이는 증가.

정말이지 이상한 말이로군요

우리는 남매 사이라 격의 없이 여겼는데

✽답가

아침에는 살아 있어도 저녁에는 죽은 목숨일지도 모르는 세상의 무상함

아침에는 젊고 윤기 있는 안색을

세상에 자랑하듯 살아 있어도

저녁에는 죽어 백골이 되어

외진 들판에서 썩어 있으니

✽『화한낭영집』, 권하 「무상」 · 후지와라노 요시타카(藤原義孝)

암수가 따로 잠든다는 산새처럼

길게 늘어진 저 산새 꼬리처럼
긴긴 가을밤을 나 홀로 자야 하나
✽『습유집』, 「사랑3」 · 가키노모토노 히토마로

낮에 와서 밤이면
헤어져 잔다는 산새처럼
그 사람 보지 못하고
밤이 되어 잘 때면
소리내어 울었네
✽『신고금집』, 「사랑5」 · 작자 미상

얕은 잠은 생각에 잠겼을 때의 습관

그 옛날 부모님이
고치라 했던 얕은 잠이
생각에 잠겼을 때의
습관이 되어버렸네
✽『습유집』, 「사랑4」 · 작자 미상

어느 분을 나무 등걸로 의지하고 매달리면 좋을지

비에 젖어 난감한 사람이
나무 그늘을 골라 몸을 피하였건만
비 막아줄 그늘은 없고
단풍만 떨어져 있네
✽『고금집』, 「가을하」 · 헨조(遍照)

어서 빨리 모든 것이 다시 시작되는 새해가 왔으면 좋겠어요

온갖 새들이 지저귀는 봄이면
모든 것이 새로워지는데
나만이 나이 들어 늙어가는구나
✽『고금집』, 「봄상」 · 작자 미상

여자는 죄업이 깊은 것일까요, 죄업이 많은 여자의 몸

여인의 몸에는 또한 오장이 있으니
첫째는 범천왕이 될 수 없음이요
둘째는 제석 셋째는 마왕 넷째는 전륜성왕
다섯째는 부처가 될 수 없음이라

하물며 어찌 여인의 몸으로 신속히 성불할 수 있으랴
❋『법화경』, 「제바달다품」

옆문을 밀어 열고

밖에서 기다리다 정자의 처마 끝에서 떨어지는 빗물에
젖고 말았으니, 그대 집 문을 열어주시오
걸쇠나 자물쇠라도 있다면 문을 걸어 잠그겠지요.
어서 그 문 열고 들어오세요.
저를 결혼한 여자라고 생각하시는지요
❋사이바라의 율「정자」

오늘내일일지도 모른다는 생각

끝내는 가야 할 저승길이라 들었으나
그것이 오늘내일일지도 모른다는 생각은
꿈에도 하지 않았으니
❋『고금집』, 「애상」· 아리와라노 나리히라, 『이세 이야기』 125단

오늘 밤에는 꾀꼬리 울음소리에 꾀었다 여기고

빠르게도 오가는 저녁과 새벽 충주에 머문 세월이 이 년이네
누각 문을 닫아 아침저녁으로 북소리만 듣고
누각 위에 올라가서는 허망하게 오가는 배를 내려다보네
꾀꼬리 울음소리에 이끌려 꽃 아래로 오고
풀들의 푸르름에 붙잡혀 물가에 앉네
춘강은 늘 보아도 물리지 않고
모레와 돌이 깔린 위로 푸른 물이 흐르네
❋『백씨문집』 권18「춘강」의 한 구절. 「더위와 서늘함」

오늘에야 알았습니다

하늘을 우러르듯

아씨를 연모하는 것처럼 보였으나

실은 꽃에게 마음을 빼앗겼었다는 것을

하늘은 그리운 사람이 남겨놓고 간 물건인가
수심에 잠길 때면 올려다보며 한숨 지으니
❋『고금집』, 「사랑4」· 사카이노 히토자네(酒井人眞)

오른편인 이쪽에 마음이 있어

연못가로 떨어지는 꽃이여

수면에 이는 거품이 되어서라도

오른편인 우리에게로

흘러오려마

✽「다케 강」첩, 시녀 대보의 노래

가지에서 헛되이 지고 만 꽃잎이라

물 위에 떨어지자 물거품 되어

덧없이 사라지네

✽『고금집』, 「봄하」 · 스가노노 다카요(菅野高世)

온갖 신들에게 맹세를 하고

여러 차례 맹세하니

온갖 신들도 그 말에

귀가 익어버린 것일까

내 소원이 통하지 않네

✽『자명초』(紫明抄)

우리 가운데 한쪽이 없으면 어찌 살아갈 수 있을까요

서로 사랑하는 우리 중 하나가

만일 그리움에 죽게 된다면

대체 누구를 핑계 삼아 상복을 입으리

✽『고금집』, 「사랑3」 · 작자 미상

우지 강의 흐르는 강물 소리에 흐르는 눈물 소리가 화답하는 듯한 기분

왕소군은 푸른 눈썹 붉은 얼굴에 비단자수 옷으로 치장하고

하는 수 없이 오랑캐의 사막성을 향해 고향을 떠났네

변방에 부는 가을바람은 슬픈 마음을 찢는 듯하고

농산 부근의 강물 소리를 들으며 밤에 강을 건너니

눈물이 하염없이 흐르네

호나라 사람이 부는 뿔피리 소리가

서리 내린 밤하늘에 울려 꿈을 깨우고

그리운 한나라 궁전은 만 리 저편으로 멀어져

달빛 아래 고향을 그리니 단장의 슬픔이 복받쳐오네

왕소군이 화공에게 황금의 뇌물을 주었더라면

아름다운 용모를 그려주고 오랑캐 나라로 떠나는 일도 없이
평생 황제를 모시고 총애를 받으며 살았을 터인데
*『화한낭영집』, 「권하」, 「왕소군」 · 오에노 아사쓰나

우지, 우지 산

내 사는 초막 도읍의 남동쪽에 있어
이렇게 살고 있건만
사람들은 이곳 우지 산을
괴로운 세상이라 부르네
*『고금집』, 「잡하」 · 기센(喜撰) 법사

운하를 저어가는 널도 없는 작은 배

운하를 저어가는 널도 없는 작은 배가
같은 길을 오가는 것처럼
나 또한 같은 사람을
한없이 그리워하는 것일까
*『고금집』, 「사랑4」 · 작자 미상

이아이 절의 종소리는 베개를 높이 세우고 듣고, 향로봉의 눈은 발을 걸고 본다

산사의 저녁 종소리 들을 때마다
오늘 하루가 저물어간다 생각하니
몹시도 서글프네
*『습유집』, 「애상」 · 작자 미상; 『화한낭영집』 권하, 「산가」(山家)

이 몸은 눈물의 강에 떠다니고 있습니다

삿대의 물방울에
내 소맷자락 젖으니
나 또한 부초처럼
떠다니고 있는 듯하네
*『겐지석』

이 세상에 살아 있는 한 죽음 또한 내 뜻대로 되지는 않는 것이니

그대의 가엾다는 한마디는 끝내 들을 수 없겠지요
*「다케 강」 첩, 장인 소장의 노래
살고 죽고를 마음대로 할 수만 있다면
두 번 다시는 가슴 태울 일 없을 텐데

✽『습유집』, 「사랑5」 · 작자 미상

「이 전각은」

이 전각은 참으로 참으로 으리으리하구나
사키쿠사 세 갈래 가지처럼
세 채고 네 채고 전각을 짓고 있구나
전각을 짓고 있구나
✽사이바라의 여 「이 전각은」

이것이 마지막일지도 모르겠다고 말씀하셨거늘

그대와의 이번 만남이 마지막 여행이련가
베개 삼은 풀도 서리 맞아 말랐으니
✽『신고금집』, 「사랑3」 · 우마노 내시(馬內侍)

이런 산중에 파묻히는 것이 가엾고

내 모습이야
깊은 산 속에 숨은
썩은 나무와 같으나
마음속에 꽃을 피우려면
피울 수 있으니
✽『고금집』, 「잡상」 · 겐게이 법사

이렇듯 눈물로 소맷자락을 적셨던 일은 없었거늘

먼 옛날이나 지금이나
지금이나 예전이나
이리 소맷자락 적시는 일은 없으리
✽『겐지석』

해마다 시월이 되면
초겨울 비는 내리나
이렇듯 눈물로 소맷자락
적셨던 일은 없었거늘
✽『화조여정』

이른 새벽의 이별은 아직 경험이 없으니 가다가 길을 헤맬 것입니다

처음 겪어보는
새벽의 이별은

돌아가는 길도 몰라
헤맬 정도였으니
*『화조여정』
옛사람도 사랑의 암로에 길을 잃어
이렇듯 어두운 새벽길을
헤매고 다녔을까
내게는 처음인 사랑의 도피행인데
*「밤나팔꽃」 첩, 겐지의 노래

자꾸만 이런저런 일이 생겨 마음대로 움직일 수가 없었습니다
무성한 갈대숲 헤치고
포구에 들어오는 작은 배처럼
이런저런 일 많아
그리운 사람조차 만나지 못하는
요즘이로구나
*『습유집』, 「사랑4」 · 가키노모토노 히토마로

자식을 생각하는 어비의
자식 둔 부모 마음은
어둠 속을 걷는 것도 아닌데
자식 생각에 어쩔 줄 모르고
길을 헤매이누나
*『후찬집』 권15, 잡1 · 후지와라노 가네스케(藤原兼輔)

자신의 뜻대로 되지 않는 것이 남녀 사이
좋다 싫다 딱부러지게 말할 수 없으니
내 뜻대로 되지 않는 남녀 사이 괴로워라
*『후찬집』, 「사랑5」 · 이세
보잘것없는 내 마음에 내 몸이 따르지 않으나
몸을 따르는 것은 마음이었으니
*『무라사키 시키부집』(紫式部集)

자신의 신상에 불행한 일이 생기면 모든 것을 원망하면서
무릇 내 몸 하나가 원망스러워
이 세상 모든 것을

원망하게 됨이라

✽『습유집』,「사랑5」· 기노 쓰라유키

아스카 강의 소와 여울 같은

인생의 덧없음을 내 몸만의 것으로 여겨

이 세상 모든 것을 원망하게 되나니

✽『후찬집』,「잡3」· 작자 미상

자욱한 아침 안개에 짝을 잃은 사슴

구슬피 우는 소리를

그저 가엾다고만

여기며 듣겠는지요

✽「메밀잣밤나무」 첩, 니오노미야의 노래

소리내어 울 것만 같구나

자욱한 가을 안개에

짝을 잃은 사슴은 아니나

✽『후천집』,「가을하」· 기노 도모노리

저 벚꽃 탓에

바람이 불 때마다 애타하네

내게는 늘 매정하고 쌀쌀맞은

꽃임을 알고 있는데도

✽「다케 강」 첩, 큰아씨의 노래

조릿대가 무성한 음침한 산길을 쉬지 않고 말을 달려

조릿대 그늘 히노쿠마 강가에

망아지 세우니

잠시 물을 마시게 해다오

그곳에서 돌아가는

그대의 뒷모습이나마 볼 수 있도록

✽『고금집』,「신유가」(神游歌) · 작자 미상

지금까지 진정한 마음으로 이곳을 찾은 보람도 있는 게지요

아카사 산의 모습까지 비추는

산속 샘물이 얕은 것처럼

얕은 마음으로 그 사람을

생각한 것은 아니니

✽『고금화가육첩』 제2, 『야마토(大和) 이야기』 155단

참으로 시끄럽다며

가을 들판에 피어 있는 마타리꽃이여

서로가 요염함을 뽐내니

너무도 요란스럽구나

꽃이 피는 것도 한때인 것을

✽『고금집』, 「잡체」 · 헨조(遍照)

체념을 하고 돌아선

비에 젖어 난감한 사람이

나무 그늘을 골라 몸을 피하였건만

비 막아 줄 그늘은 없고

단풍만 떨어져 있네

✽『고금집』, 「가을하」 · 헨조

큰아씨와 헤어진 후의 여운이 그리우니

밤새도록 손에 잡고 있었던

그 사람의 소맷자락이

헤어진 후에도 그리워

견딜 수 없으니

✽『고금화가육첩』 제5

폭포처럼 떨어지는 눈물

내 세상이 언제 오랴

이제나저제나 기다린 보람 없이

흐르는 눈물의 폭포와 누노비키 폭포

어느 쪽이 높으리

✽『이세 이야기』 87단

'풀이 메말라가는 들판'도 슬픈 마음으로 바라보지 않을 수 없는 계절이거늘

사슴 사는 산등성이에

싸리의 아래 잎보다

풀이 말라가는 들판의 정취

또한 마음에 스미네

✽『신천재집』(新千載集), 「가을하」 · 도모히라(具平) 친왕

하늘도 눈발에 가려
햇살 한 줄기 비치지 않는
이 쓸쓸한 산골짜기에
마음마저 슬픔에 갇혀 어두운 요즘이여

온통 흐린 하늘에서 내리는 눈은
쌓인 아래쪽부터 사라지는데
그처럼 내 마음도 남몰래 사라질 것만 같아
수심에 잠겨 있는 요즘이니
❋『고금집』, 「사랑2」 · 미부노 다다미네

하늘만 올려다보며 한숨짓고 있습니다

하늘은 그리운 사람이 남기고 간 물건인가
수심에 잠길 때면 올려다보며
한숨짓고 있으니
❋『고금집』, 「사랑4」 · 사카이노 히토자네(酒井人真)

하시 히메

깔개 위에 홀로 옷을 깔고
오늘밤도 나를 애타게 기다리는
우지의 다리 아씨
❋『고금집』, 「사랑4」 · 작자 미상

함부로 입씨름을 하고 있으니, 끝내 무슨 일이 벌어질지

이 세상에 대해 이렇다저렇다
입씨름을 한 끝에
결국 어찌 된다는 것일까
❋『습유집』, 「잡상」 · 작자 미상

해어져 풀린 상복의 실은

상을 벗자 상복의 해어져 풀린 실
슬픔에 젖은 눈물의 구슬 꿴 실이 되었네
❋『고금집』, 「애상」 · 미부노 다다미네(壬生忠岑)

휘어진 버들가지처럼 늘어진

푸른 버들 실가지 엉겨 있는 이 봄에
바람 불어 버들이 흔들리고 꽃봉오리 터지네
❋『고금집』, 「봄상」 · 기노 쓰라유키

지은이 **무라사키 시키부**(紫式部, 978년경~1014년경)는 헤이안(平安) 시대 중기에 활약한 여류작가로, 일본의 가장 위대한 문학작품이자 세계에서 가장 오래된 완전한 장편소설로 일컫는 『겐지 이야기』(源氏物語)의 저자다. 진짜 이름은 알려져 있지 않으며, '무라사키'라는 별명은 『겐지 이야기』의 여주인공 이름에서 딴 것으로 전해진다. 무라사키 시키부의 생애를 알려주는 주요 자료로는 1008~10년까지 쓴 일기가 있으며, 이것은 그녀가 모셨던 중궁 쇼시(彰子)의 궁정생활을 엿보게 해준다는 점에서도 상당히 흥미롭다. 일부에서는 『겐지 이야기』의 집필시기를 무라사키 시키부의 남편인 후지와라노 노부타카(藤原宣孝)가 죽은 1001년부터 그녀가 궁정에서 시녀로 일하기 시작한 1005년까지로 보고 있다. 그러나 이 길고 복잡한 작품을 쓰는 데는 훨씬 더 오랜 세월이 걸려 1010년 무렵에도 끝나지 않았을 가능성이 더 많다. 한편 히카루 겐지가 죽은 뒤의 이야기는 다른 작가가 썼다고 보는 견해도 있지만, 이 책을 현대어로 옮긴 세토우치 자쿠초는 무라사키 시키부가 오랜 세월을 두고 이 소설을 완성했을 것이란 설을 내세우고 있다.

현대일본어로 옮긴이 **세토우치 자쿠초**(瀬戸内寂聴, 1922~2021)는 일본 도쿠시마 현에서 태어나 도쿄 여자대학교를 졸업한 뒤 결혼한 남편과 중국으로 건너갔으나, 종전을 맞이해 일본으로 돌아온 뒤 작가의 길로 들어섰다. 1972년 불교에 귀의하고 종교활동과 집필활동을 병행했다. 세토우치 자쿠초는 『겐지 이야기』에 대해 남다른 조예와 애정을 가진 작가로, 많은 글과 여러 활동을 통해 『겐지 이야기』의 매력을 널리 알리는 데 힘썼으며, 특히 『겐지 이야기』의 현대어역은 겐지 붐을 일으키는 계기가 되기도 했다. 2006년 문화 · 저술 부문에 이바지한 공로를 인정받아 문화훈장을 받았다. 저서로는 『석가모니』 『다무라 준코』 『여름의 끝』 『꽃에게 물어봐』 『백도』 『사랑과 구원의 관음경』 등이 있으며, 무라사키 시키부의 『겐지 이야기』를 현대어로 옮겼다.

옮긴이 **김난주**(金蘭周)는 1958년 부산에서 태어나 경희대학교 국문과를 졸업하고 같은 학교 대학원에서 수학했다. 일본 쇼와 여자대학교에서 일본 근대문학을 전공하여 석사학위를 받은 후, 오쓰마 여자대학교와 도쿄 대학교에서 일본 근대문학을 연구했다. 옮긴 책으로는 한길사에서 펴낸 세토우치 자쿠초의 『겐지 이야기』를 비롯해, 요시모토 바나나의 『키친』, 에쿠니 가오리의 『냉정과 열정 사이』 『언젠가 기억에서 사라진다 해도』, 오가와 요코의 『박사가 사랑한 수식』, 마루야마 겐지의 『천년 동안에』, 시마다 마사히코의 『천국이 내려오다』, 나라 요시토모의 『작은별 통신』 등이 있다.

감수자 **김유천**(金裕千)은 한국외국어대학교 일본어과를 졸업하고, 일본 도쿄 대학교 인문과학연구과에서 석사학위, 인문사회계연구과 일본문화연구전공으로 박사학위를 받았다. 현재는 상명대학교 일본어문학과 조교수로 있다. 저서로는 『일본의 연애가』(공저) 등이 있으며, 주요 논문으로는 「일본문학과 일본인의 성의식 연구－『源氏物語』를 중심으로」 「『源氏物語』의 논리와 주제성」 「『源氏物語』의 불교」 등이 있다.